크러쉬

크러쉬

이금조 장편소설

위즈덤하우스

Contents

Just one night   007

Lap 1. 망나니 천사   011

Lap 2. 레이스데이의 신데렐라   035

Lap 3. 헛소문   057

Lap 4. 여름휴가   081

Lap 5. 블루벨 하우스   102

Lap 6. 고백   122

Lap 7. 그 여자의 사정   142

Lap 8. 달콤한 불청객   161

Lap 9. 최고의 밤   179

Lap 10. 그 남자의 사랑법   198

Lap 11. 몸살 219

Lap 12. 이별 241

Lap 13. 마지막 선물 260

Lap 14. 행복을 잡는 법 278

Lap 15. 사고 300

Final Lap. Please marry me 323

Just love 348

～ 외전 ～

First love 367

Shiny blue 397

Cyril 413

본 도서는 소설의 설정을 위해 2015년 이전 포뮬러 원 규정을 따랐습니다.
현행 규정과 일부 상이할 수 있습니다.

Just one night

희미한 소리가 의식을 깨웠다.

시릴은 낯선 천장을 바라보며 천천히 눈을 깜박였다.

H호텔 스위트.

팀 보스가 세계적인 호텔 체인과 파트너 계약을 맺은 이유는 드라이버의 현지 적응을 위해서라던 래리의 말이 떠올랐다. 어차피 이 주마다 바뀌는 잠자린데 인테리어가 비슷하다고 해서 별다를 리가.

부스스 몸을 일으킨 시릴은 옆자리를 내려다보았다.

어제는 레이스데이였다.

영국그랑프리의 마지막 날인 레이스데이(Raceday, 결승전).

실버스톤 서킷(Circuit, 자동차 경주장)은 비 때문에 자욱한 물보라가 일고 있었다. 시야 확보에 어려움을 겪은 드라이버들이 여기저기서 크래시를 일으켰다. 관중들은 시종일관 엎치락뒤치락하는 경기에 더없이 열광했다.

그 혼전 속에서 시릴은 선두로 달리고 있었다. 기어박스 문제로 고작 한 랩(Lap, 트랙의 한 바퀴)을 남겨 두고 리타이어(Retire, 사고나 기계적인 문제로 레이스를 완주하지 못하고 포기하는 것)하기 전까지는.

그 때문에 화가 나 바에서 위스키를 퍼마셨지. 열을 식히러 뒷문으로 나갔었고.

시릴은 헝클어진 금발을 쓸어 올렸다.

방 안에는 자신 외에는 인기척이 없었다. 잠결에 들었던 소리는 아마 문이 닫히는 소리인 것 같았다.

그는 가늘게 뜬 눈으로 방 안을 살폈다.

커다란 통유리 창으로 들어오는 햇살 덕분에 객실의 풍경이 한눈에 들어왔다. 방 안은 룸메이드가 방금 다녀간 것처럼 깨끗했다.

지난밤의 흔적은 아무 데도 남아 있지 않았다.

어젯밤 그가 여기저기 벗어던진 옷가지는 윙체어 위에 차곡차곡 개켜져 있었다. 어디다 떨어뜨린 건지 기억조차 나지 않는 손목시계도 얌전히 그 위에 놓여 있었다. 자신이 바닥에 쏟은 게 분명한 콘돔 박스마저 서랍 안에 가지런히 들어가 있었다.

혹시나 해서 콘솔 위를 쳐다봤지만 메모 따윈 없었다.

"흠⋯⋯."

턱을 괸 시릴은 물끄러미 빈 베개를 바라보았다.

이상하게도 다른 때와 달리 그녀의 모습 하나하나가 망막에 남아 있었다. 창백한 상아색 피부와 대조를 보이는 검은 머리가 인상적이어서 그런가?

잠들기 전까지는 그 반짝이는 검정색 머리칼이 품안에 있었다. 솜털조차 보이지 않는 매끄러운 피부와 닿는 게 무척이나 기분 좋았던 기억이 났다.

자신이 한계까지 몰아붙일 때마다 커다랗게 떠지던 암갈색 눈동자와 붉은 입술이 떠올랐다. 마치 콕핏(Cockpit, 레이싱 카의 운전석)에 앉아 출발신호를 기다리고 있을 때처럼 심장이 두근거렸다.

그와 밤을 보낸 여자들은 대부분 침대에서의 근사한 아침 식사를 기대했다. 그럴 때마다 시릴은 룸서비스를 불러 주고 방을 빠져나가곤 했다. 개중에는 다시 연락할 구실을 만들기 위해 일부러 속옷이나 액세서리를 흘리고 가는 여자도 있었다.

이렇게 자신보다 먼저 일어나 도망치듯 사라진 여자는 단 한 명도 없었다.

물론 자신이 좀 지나쳤다는 자각은 있지만. 시릴은 가볍게 혀를 찼다.

하지만 지난밤 그는 머릿속이 몽땅 날아갈 정도로 흥분했었다. 그런 상태에서 자제하라는 건 무리 아닌가? 긴 손가락이 금발머리를 긁적였다.

새벽이 될 즈음엔 그녀는 거의 정신을 잃다시피 했다. 아무리 그가 키스를 퍼부어도 이따금 작게 신음만 흘리는 정도였다.

그런데 그 몸으로 저걸 다 치우고 갔다고?

상당히 재미있는 사람이네.

시릴의 입가에 나른한 미소가 떠올랐다.

Lap 1. 망나니 천사

이진은 미간을 찌푸리며 벽에 기대섰다.

오랜 시간 자전거로 단련된 다리가 후들거렸다.

고작 섹스 한 번에 체력이 몽땅 바닥나다니 어처구니가 없었다. 정확히 말하자면 한 번은 아닌 것 같지만.

사실 얼마나 했는지 그녀도 몰랐다. 지난밤의 기억은 베일 너머로 보는 것처럼 흐릿하고 몽롱했다. 며칠간의 수면 부족에 샴페인이 더해진 결과였을까.

눈을 뜬 순간부터 자신이 저지른 충동적인 행동을 믿을 수 없었다. 그녀는 십 대 때도 이렇게 무모하지 않았다.

"진, 밤새 열차에 치이기라도 했어?"

팀 빌딩 복도에서 마주친 에드 길리언이 불쑥 얼굴을 들이댔다. 이진은 시무룩한 눈으로 남자를 마주 보았다.

"사람은 열차에 치이면 죽어요, 에드."

"뭐, 그만큼 안 좋아 보인다는 얘기야. 어쨌든 진짜 열차에 치인 것보다 나아 보이긴 하네. 하하."

에드가 크게 소리 내어 웃었다.

에드 길리언은 맥라렌 F1(McLaren Formula One) 레이싱 팀의 수석 엔지니어였다.

세 명의 월드챔피언을 배출하며 'F1의 마법사'로 불리던 천재 엔지니어. 십 년 전 갑자기 F1을 떠났던 그는 지난해 말 맥라렌 팀으로 화려하게 복귀했다.

그러나 이번 시즌 맥라렌의 새 레이싱 카는 아홉 번의 그랑프리를 치르는 동안 불안정한 모습을 보이고 있었다. 에드는 이제 마법사도 한물간 게 아니냐며 미디어의 집중포화를 받는 중이었다. 그 때문인지 몇 가닥 남지 않은 머리카락이 더 줄어든 것 같았다. 서른 살부터 머리가 빠지기 시작했다는 남자는 오십 대인 지금엔 거의 대머리가 돼 있었다.

열차가 아니라 한 남자에게 치였죠. 당신들이 애지중지하는 그 드라이버요. 이진은 왠지 비뚤어지고 싶은 충동을 삼키고 무난한 답을 골랐다.

"샴페인이 좀 안 받았나 봐요."

결승 다음 날인 월요일의 피트(Pit, 서킷 안에 만들어진 정비소)는 대부분의 팀들이 떠나고 없었다. 맥라렌도 이미 어제 필요한 장비를 독일로 보내고 지금은 마지막 철수작업 중이었다. 그래도 잘 살펴보면 분명 어딘가 한둘 정도는 숙취에 시달리는 사람이 있을 것이다.

"진은 술 안 마시지 않나?"

에드가 날카롭게 허를 찔렀다.

"……안 받아서 안 마셨던 거죠."

"흐음."

에드는 그녀를 요모조모 훑어보았다. 맥라렌 로고가 새겨진 모자 아래 눈이 약간 부어 있고, 낯빛은 탈색된 시트처럼 창백했다. 팀복 아래엔 목을 감싸는 터틀넥 니트까지 껴입고 있었다.

……그러고 보니 이맘때였던 것 같은데. 거기다 어제는 비도 오지 않았던가? 에드의 눈빛이 심각해졌다.

"진, 오늘은 그만 집으로 돌아가는 게 낫겠어."

"오후에 본부에서 회의가 있잖아요."

"보고서는 어제 이미 전송했으니 빠져도 돼. 진은 원래 어제가 오 프였잖아. 대신 오늘 휴가를 줄 테니 가서 쉬도록 해."

어깨를 툭툭 치는 손길에 이진은 그만 무릎이 꺾일 뻔했다. 에드 는 어서 가라며 손을 흔들고 그녀를 지나쳐갔다.

식은땀 한 방울이 등을 타고 흘러내렸다.

사실은 지금 당장이라도 뜨거운 물에 몸을 담그고 싶었다. 허리 는 결리고 다리엔 힘이 들어 가지 않는 상태였다. 무엇보다 그곳은 화끈거리다 못해 열이 나는 것 같았다.

터틀넥으로 감춰진 이진의 몸은 온통 얼룩덜룩해서 거의 얼룩말 수준이었다. 샤워를 하다 그 엄청난 흔적들을 발견했을 때는 할 말을 잃고 말았다. 원래 멍이 잘 드는 체질이긴 했지만 이런 적은 처음이었다.

가십지에 실린 그의 수많은 기사 중에 침대 매너가 거칠다는 얘긴 없었던 것 같은데. 걸음을 떼는 이진의 미간이 찌푸려졌다.

가끔씩 정신이 돌아올 때마다 기억나는 건 전부 자신을 덮치는 그의 모습이었다. 기절하기 전 마지막 기억은 대체 언제쯤 편히 잘 수 있을까, 하는 생각이었다.

원래 자신은 그 남자와 그런 식으로 밤을 보낼 만한 사이가 아니었다. 어제 일은 그를 쫓아다니는 여자들이 마침 하나도 보이지 않은 탓에 생긴 사고였다.

팀 빌딩을 나서자 뜨거운 7월의 햇살이 머리 위로 쏟아졌다. 오랜만에 눈이 시리게 화창한 날씨였다.

이진은 지난밤의 기억을 수면 아래로 깊게 가라앉혔다.

그 일은 언젠가 오랜 시간이 흐르면 그런 적도 있었지, 하고 웃어 넘길 작은 해프닝으로 남을 것이다.

……그런데 어째서 이 남자가 눈앞에 있는 거지?

이진은 피트 개러지(Pit garage, 그랑프리 기간 동안 레이싱 카의 보관과 정비가 이뤄지는 차고) 앞에서 자신을 가로막고 선 시릴을 올려다보았다.

금실이 반짝이는 것 같은 금발과 지중해를 닮은 새파란 눈동자.

그린 것처럼 우아한 콧날과 끝이 살짝 올라가 달콤해 보이는 입술.

시즌 중이라 조금 그을린 황금빛 피부가 완벽한 대칭을 이루는 얼굴을 빛내고 있었다.

남자의 키는 6피트(183cm)로 F1 드라이버 중에서 큰 편에 속했다.

드라이버의 몸무게가 레이싱 카의 무게에 영향을 미치는 만큼 시릴의 장신은 약점이었다. 마치 모델처럼 늘씬하게 보이는 저 몸은 분명 극기적인 체중 조절의 결과물일 것이다.

검은 티셔츠와 타이트한 청바지를 입은 그는 방금 화보에서 튀어나온 것 같았다.

작년에 영국에서 가장 섹시한 남자 1위로 뽑혔다고 했던가? 그런데 대체 그런 설문 조사는 누가 하는 걸까?

멍하니 그를 바라보던 이진의 시선이 브이넥으로 파인 목 부근에 닿았다. 그런 얘길 들어선지 도드라진 울대뼈조차 섹시하게 보이긴 했다.

티셔츠의 짧은 소매 아래로 파랗게 핏줄이 불거진 팔뚝이 드러나 있었다.

그녀는 날렵하게만 보이는 저 팔이 얼마나 단단한 근육으로 뭉쳐 있는지 잘 알고 있었다. 사라지지 않은 어젯밤 기억 중에는 시릴이 한 팔만으로 그녀의 체중을 지탱하던 장면도 있었다.

그 순간 뇌리에 새겨진 그의 나체가 적나라하게 눈앞에 떠오르자 이진의 얼굴이 조금 창백해졌다.

인체의 신비라고밖에 할 수 없는 일이었다. 저 남자와 밤을 보내고도 나름 멀쩡한 자신이 놀라웠다. 성적인 감각이 둔해서일까.

쓸쓸함을 삼킨 그녀는 자연스럽게 말을 내뱉었다.

"무슨 일이죠?"

"그건 내가 할 말 같은데."

시릴은 몹시 심각한 눈으로 그녀를 내려다보고 있었다.

"혹시……."

말을 꺼내려던 시릴이 다시 입을 다물어 버렸다.

대체 왜 이러는 거지?

그는 시선을 끌고 있었다.

당연했다. 그랑프리가 끝난 다음 날 팀의 드라이버가 피트 개러지에 나타나 스태프에게 친근하게 말을 걸고 있으니.

평소 시릴은 수석 엔지니어인 에드가 아니면 아는 척도 하지 않는다고 들었다. 그 때문에 맥라렌에 합류 후 첫 시즌의 중반에 접어들고 있는데도 시릴과 팀 크루들의 사이는 서먹했다.

여기저기서 호기심에 찬 시선들이 날아들고 있었다.

당신, 지금쯤 런던으로 돌아갔어야 하지 않아? 왜 여기 있는 건데?

이진은 따끔따끔 뒤통수에 꽂히는 시선들을 의식하며 모자를 눌러썼다.

시릴은 당황하고 있었다.

햇빛 아래 선 그녀는 무척 어려 보였다. 어젯밤 베개 위에 넓게 펼

처졌던 긴 머리카락이 포니테일로 질끈 묶여져 한층 소녀 같았다.

설마, 미성년자와 사고 친 건 아니겠지?

그러나 팀복을 입고 팀 로고가 새겨진 모자를 쓴 작은 얼굴은 어떻게 봐도 십 대로 보였다.

미성년자라니!

아무리 상대가 기억에 남을 밤을 만들어 준 장본인이라 해도 절대 넘을 수 없는 장벽이었다.

"몇 학년?"

5G(G-force, 중력가속도, 5G는 중력의 5배)의 압력에도 끄떡하지 않는 F1 드라이버인 그가 현기증을 느끼고 있었다. 어릴 적 무엇을 해도 괜찮지만 범죄자만은 되지 말라던 아버지의 당부가 스쳐갔다.

"무슨 말이죠?"

"설마 GCSE(영국의 중등교육 수료 시험) 전인 건 아니겠지?"

"내 제자 괴롭히지 마."

갑자기 끼어든 에드의 목소리에 시릴의 얼굴은 그야말로 파랗게 질렸다. 에드 길리언은 마치 시릴이 다른 팀의 스파이라도 되는 것처럼 경계했다.

"제자?"

"그래, 내 제자."

에드는 이진을 숨기듯 앞을 가로막고 가슴을 쭉 폈다.

그는 어제 오후 이 건방진 드라이버가 리타이어한 후 불안정한 기어박스에 대해 잔뜩 불만을 쏟아 내던 걸 기억하고 있었다. 너, 감히 내가 만든 레이싱 카를 값비싼 고물이라고 불렀지. 에드가 시릴을 흰 눈으로 흘겨보았다.

"아이가 없군요. 언제부터 피트에서 학생을 쓰게 된 겁니까?"

시릴은 오히려 험악하게 에드에게 되쏘았다.

"뭐?"

"맥라렌에선 인턴십 안 받지 않나요? 게다가 위험하게 피트에서 학생을 쓰다니! 다치거나 사고라도 나면 어쩔 셈이죠? 당신이 책임질 겁니까? 어떻게 책임질 건데요!"

에드는 성급하게 불을 뿜는 드라이버가 말을 멈추길 기다렸다. 그리고 조용히 옆을 가리키며 한마디했다.

"소개하지. 여긴 내 제자인 서이진, 공학박사로 어엿한 성인이야. 본부에서 공기역학 엔지니어로 일하고 있지."

말문이 막힌 시릴의 표정에 에드가 가소롭다는 듯 콧방귀를 뀌었다. 그는 시릴을 무시하고 이진에게 귓속말을 소곤거리기 시작했다.

"진, F1 드라이버는 제 잘난 맛에 사는 종족이라 가까이하면 좋을 게 없어. 그중에서도 시릴은 싸가지 없기론 챔피언이야. 재수 없게 걸리면 인생이 고달파지니까 어서 도망가자."

들으란 듯 크게 속삭이던 에드는 시릴에게 쫓겨났다. 에드는 혼자 가지 않으려 버텼으나 땅딸막한 오십 대 남자가 온몸을 근육으로 무장한 스물여섯 살 청년을 이길 수는 없었다.

"몇 살이에요? 진짜 박사예요? 이름이 진이예요?"

에드가 떠나자마자 시릴은 그녀에게 질문을 퍼부어 댔다.

"서른 살이고 유체역학 학위를 가지고 있어요."

"서른? 설마, 그거 나 웃으라고 하는 농담이죠?"

"농담 아닌데요."

내가 왜 당신에게 그런 농담을 하지? 이해할 수 없는 소리였다.

"말도 안 돼. 어떻게 이 얼굴이 서른일 수 있죠?"

믿을 수 없다는 얼굴에 이진은 어깨를 으쓱했다. 서양인들은 보통 동양인의 나이를 잘 구분하지 못했다. 게다가 그녀는 동안인 편이었다. 종종 미성년자로 오인받는 이진에게 이런 반응은 익숙했다.

"안색이 나쁜데 좀 앉을래요?"

"괜찮아요."

"혹시 에드가 괴롭히는 거 아니에요? 사람이 이렇게 될 때까지 부려먹다니! 노동청에 신고해 줄까요?"

순간 이진은 너무 어이가 없으면 말문이 막힐 수 있다는 사실을 경험했다.

이거 당신 때문이잖아. 새벽까지 사람을 괴롭힌 게 누군데 지금 엉뚱한 사람에게 뒤집어씌우는 건가.

그때 이진의 시야에 한 젊은 남자가 멀찍이서 서성이는 모습이 들어왔다. 시릴의 매니저였다. 그는 초조한 얼굴로 시릴과 시계를 번갈아 보고 있었다.

"그런데 혹시 내게 볼일이 있어요?"

그 말을 들은 시릴의 눈이 살짝 가늘어졌다. 어쩐지 기분이 상한 것 같기도 했다.

"두 시간 전에 우리가 어디 있었는지 벌써 잊어버렸다고요?"

시릴이 그녀 쪽으로 고개를 숙였다. 다음 순간 나직한 음성이 귓가로 쏟아졌다.

"난 당신의 체취, 맛, 촉감을 전부 기억하는데. 당신이 얼마나 조였는지, 얼마나 깊게 날 받아들였는지 내 몸에 고스란히 흔적이 남아 있어요. 당신 몸도 분명 날 기억할……."

이진은 저도 모르게 손바닥으로 그의 입을 막아 버렸다. 아무리 그녀가 사람들과의 관계에 서툴러도 이런 말을 공공장소에서 듣는 게 일반적이지 않다는 건 알았다.

잠시 멈칫한 시릴의 눈이 다음 순간 장난스럽게 휘었다. 따뜻하고 축축한 것이 그녀의 손바닥을 핥았다.

화들짝 놀란 이진은 불에 덴 것처럼 손을 치웠다. 시릴은 마치 크림을 핥은 고양이 같은 표정으로 그녀를 보고 있었다.

원나잇 상대는 다음 날 서로 모르는 척하는 게 룰 아닌가?

어젯밤은 그녀에게 낯선 경험이지만 원나잇이 왜 원나잇인가. 한 번으로 끝나니까 원나잇인 거지.

게다가 어제는 레이스데이였다. 레이스데이마다 신데렐라를 고르는 남자가 갑자기 왜 이러는 걸까? 영문을 알 수 없어진 이진은 눈을 깜박였다.

"점심 같이하지 않을래요?"

"예?"

"사실은 같이 아침을 먹고 싶었는데 당신이 가 버리는 바람에 지금까지 굶었거든요."

시릴이 달콤하게 웃었다. 너무 아름다워서 현실감이 없는 웃음이었다.

"난 기차를 타러 갈 건데요."

원나잇 상대의 밥까지 챙겨 주다니. 무척 다정한 사람이구나 싶었다. 하지만 지금 그녀는 무언가를 먹을 수 있는 상태가 아니었다.

"내가 태워다 줄까요?"

"그건……."

"함께 가는 게 어때요? 가는 길에 점심도 해결하고, 좋죠?"

테두리로 갈수록 짙어지는 새파란 홍채에 그녀의 얼굴이 비치고 있었다. 언젠가 본 사진 속 바다가 저런 색이었다.

"신경 써 줘서 고마워요, 미스터 크레이그."

시릴의 미소가 환해졌다.

이런 눈에다 대고 거절의 말을 하는 사람은 아마 많지 않겠지. 이진도 인정했다. 하지만 시릴과의 만남은 여기까지가 끝이다.

"그런데 배고프지 않아요."

시릴의 완벽한 미소에 균열이 갔다.

시릴은 그 여자 스태프가 떠난 후에도 꼼짝 않고 그 자리에 서 있었다.

이제 가도 될까? 아니면 조금 더 기다려야 하나?

시릴의 매니저인 래리 보이트는 침을 삼키며 고민했다.

시릴이 멀찍이 떨어져 있으라고 하는 바람에 대화 내용은 듣지 못했다. 대체 시릴은 그 스태프를 어떻게 아는 거지? 스태프가 거의 칠십 명에 가깝긴 하지만 그래도 사 개월간 아홉 번의 그랑프리를 함께 다녔다면 대충 낯이 익을 텐데 생소한 얼굴이었다. 더군다나 그녀는 동양인이라 눈에 띄는 타입인데도.

그런데 쟤는 왜 저렇게 저기압이야? 조금 전까지는 방긋방긋 웃어 대더니 왜 또 저래?

시릴의 표정이 사뭇 험악하자 래리의 심장이 졸아들었다.

그때 카메라를 든 두 남자가 먹이를 발견한 하이에나처럼 시릴 쪽으로 달려가는 모습이 래리의 시야에 포착됐다.

아차차!

어제 리타이어한 후 곧장 사라지는 바람에 시릴은 인터뷰할 기회가 없었다. 혹시나 하고 아침부터 피트와 팀 빌딩을 얼쩡거리는 기자들이 있을 거라는 예상을 했어야 하는데!

래리는 젖 먹던 힘을 다해 뛰었다.

시릴 크레이그의 F1 데뷔는 화려했다.

그는 데뷔전에서 3위로 들어와 드라이버 포인트를 따낸 무서운 신인이었다. 그리고 첫해에 겨우 2점 차이로 당시 월드챔피언을 따라잡았다.

육억 포뮬러 팬들은 시릴의 공격적 드라이빙에 열광했다.

그러나 이 어마어마하게 잘생긴 천재는 그 후로도 계속 포디움 (Podium, 그랑프리 우승자와 2위, 3위로 레이스를 마친 드라이버들이 오르는 시상대)에 올랐지만 월드챔피언의 트로피는 얻지 못했다. 잦은 레이싱 카 고장과 리타이어로 매번 코앞에서 월드챔피언 자리를 놓치는 바람에 불운의 드라이버로 불렸다.

그럼에도 시릴은 현존하는 F1 드라이버 중에서 가장 인기 있는 피사체였다. 압도적으로 여성 팬이 많은 드라이버이기도 했다. 그의 사진이 실리는 날이면 신문 판매 부수는 두 배로 껑충 뛰었다.

어제도 매체를 뒤덮은 것은 그랑프리 우승보다 고장 난 레이싱 카에서 빠져나오는 시릴의 사진이었다.

「불운의 아이콘, 또다시 리타이어」

「맥라렌의 마법사도 서킷의 저주를 풀지는 못해」

「망나니 천사, 결국 서킷의 저주에서 벗어나지 못하는가」

타이틀조차 전부 극적이었다.

한발 늦었다!

래리가 생각한 순간, 기자가 달려온 그대로 시릴에게 마이크를 들이댔다.

코앞에서 터지는 플래시 불빛에 시릴의 눈이 찌푸려졌다.

"시릴, 이번 시즌 들어서 벌써 두 번째로 리타이어한 기분이 어떤가요?"

기자가 다짜고짜 던진 질문에 래리의 얼굴이 새파래졌다.

지금 저걸 질문이라고!

래리는 짧은 순간 시릴이 저 돼먹지 못한 기자의 면상에 주먹을 날리면 몸으로 막아야 하나, 아니면 내버려뒀다가 변호사와 합의금을 의논할까 갈등했다.

"더럽게 나빠."

사하라 사막도 얼릴 듯한 목소리였다.

당황한 기자가 멈칫거리는 사이 래리가 재빨리 끼어들었다.

"하하. 여러분, 시릴은 다음 스케줄이 꽉 차 있어서 이만 떠나야 할 것 같습니다. 나머지 질문은 독일에서 받도록 하지요. 그럼 좋은 하루 보내십시오."

래리는 보안요원에게 눈짓해서 얼른 기자들을 밖으로 내보냈다.

그래도 평소 매스컴 앞에서는 가증스럽게 웃는 연기를 하더니 오늘은 영 그럴 기분이 아닌가 보네. 가늘게 뜬 푸른 눈동자는 어딘가 다른 곳에 정신을 뺏긴 것처럼 보였다.

웃지 않는 시릴은 본래 성격이 나온다는 걸 래리는 경험으로 알고 있었다. 팔 년째 시릴의 매니저로 일하면서 그는 이 천사 같은 포장지 속에 얼마나 싹수없는 도련님이 들어 있는지 뼛속까지 알게 되었다.

생긴 건 방금 그림에서 빠져나온 천사가 맞는데 성격은 제멋대로였다. 오죽하면 '망나니 천사'라고 불릴까.

다행히 시릴의 유일한 장점인 얼굴이 절대적인 도움이 됐다. 팬들은 어떤 스캔들이 터져도 시릴에게 너그러웠다. 존재하는 것만으로도 눈을 호강시킨다나 어쩐다나.

에잇, 빌어먹을 외모지상주의 세상. 아무리 성격이 지랄 맞아도 잘생기면 용서된다, 이거냐. 래리는 마음속으로만 부르짖었다.

그나마 시릴이 사람들과의 교류에 관심이 없어 천만다행이지, 그렇지 않았다면 자신은 이미 오래전 위장병으로 병원에 실려갔을 것이다.

"제기랄. 미스터 크레이그라고 하니까 마치 아버지를 부르는 것 같잖아."

"응? 누가?"

래리는 자신에게 불똥이 튈까 봐 슬슬 눈치를 봤다. 시릴은 예전부터 아버지와 사이가 그다지 좋지 못했다. 누군가 또 앨 건드렸군 그래.

"……."

어린 시절부터 시릴은 자신의 미소가 사람들에게 미치는 영향을 잘 알았다. 사람들의 관심은 귀찮지만 한 번 웃어 주기만 하면 모두 자신이 원하는 대로 움직여 주었다.

누나는 어린 막냇동생을 위해 그랑프리가 열리는 도시마다 그를 데려가 주었고, 자동차에만 미친 아들 때문에 아버지가 붙여 준 가정교사는 시릴의 미소 한 번에 몰래 수업을 빼먹도록 도왔다.

원하지 않아도 사람들은 그에게 다가오고 말을 걸었다. 특히, 여자들은 더했다. 여자아이들은 얼굴을 붉히고, 나이 든 여자들은 시릴에게 너그러웠다. 거짓 미소 한 번이면 누구나 그에게 빠져들기 마련이었다.

그런데 그녀는 그와의 동행을 거절했다. 그 단호한 대답에 어쩐지 속이 비틀렸다.

"짜증나네."

약간 젖은 것처럼 보이는 암갈색 눈. 벨벳처럼 부드러워 보이는 그 눈동자를 만지고 싶다는 생각이 들었다.

충족되지 못한 허기가 온몸을 휘감았다.

"……예쁘면 다야?"

"일단 런던으로 돌아가자. 시릴."

래리가 시릴의 혼잣말을 듣는 둥 마는 둥 초조한 얼굴로 재촉했다.

시릴은 어제 경기 직후에 사라져 버렸다.

감시 역으로 붙여 놓았던 제이미는 술을 마시다 먼저 나가떨어졌는지 중간에 소식이 끊겼다.

아침에 혼자 상쾌한 얼굴로 나타난 시릴은 자신의 개인 트레이너의 행방에 대해선 관심도 없었다. 결국 래리는 바 구석에 시체처럼 구겨져 있는 불쌍한 제이미를 발견했다.

그 덩치만 큰 순둥이를 버리고 오다니. 넌 진짜 나쁜 놈이야. 알기나 해?

애처롭게 래리는 속으로만 욕을 퍼부었다.

"농담 아니고 오늘 스케줄 진짜 많거든? 독일그랑프리가 코앞이야. 이렇게 한가롭게 있을 때가 아니라고."

징징거리는 래리의 목소리가 한쪽 귀로 들어와 다른 귀로 흘러나 갔다. 조각 같은 미간을 잔뜩 찌푸린 시릴이 돌아서 걷기 시작했다.

안도의 한숨을 내쉬던 래리가 멈칫했다.

잠깐, 예쁘다고? 누가? 이제껏 시릴이 그런 말을 한 적이 있던가?

시릴은 어릴 때부터 예쁘다, 천사 같다, 아름답다는 말을 지겨울 정도로 들었다. 그래서 예쁘고 아름다운 것에 무심해져 버렸다. 어린아이나 작은 동물을 봐도 귀엽다거나 예쁘다는 소릴 하는 걸 보지 못했는데?

갸우뚱거리던 래리는 어느새 저 멀리 앞서 있는 시릴에 놀라 허겁지겁 달려갔다.

이진은 F1 팀에서 일하면서 모터스포츠에 열광하지 않는 유일한 직원이었다.

에드가 실버스톤에서 벌어지는 영국그랑프리 기간 동안 그녀를 어시스턴트로 불러들인 것도 그 때문이었다. 결국 그녀가 팀 빌딩 안에서만 근무를 하는 바람에 경기를 보는 일은 벌어지지 않았지만.

자동차를 목숨처럼 사랑하는 에드는 이진이 일을 즐기지 못하는 것을 안타까워했다. 수년간 F1에서 물러나 강단에 섰을 때에도 그의 관심은 언제나 모터스포츠를 떠나지 않았다.

원래 대학에서 항공우주공학을 공부하던 이진은 박사과정으로 유체역학을 전공했다.

그녀의 작은 꿈은 언젠가 고요한 우주에서 지구를 바라보고 싶다는 거였다. 어릴 때부터 수학과 물리학에 뛰어난 재능을 보인 이진은 진로를 정하는 데 큰 어려움이 없었다.

하지만 뜻밖의 일로 이 년간 준비했던 박사논문을 폐기해야 하는 사태가 벌어지고 말았다. 그때 모터스포츠와 연관된 방향으로 새로운 주제를 잡으라고 권유한 사람이 바로 에드였다.

이진의 새 논문은 유명한 과학저널에 실리며 많은 관심을 불러일으켰다.

F1 경력이 없는 그녀가 맥라렌에 채용된 데는 에드의 추천과 그 논문이 결정적인 역할을 했다. 일반 양산차가 아닌 F1 레이싱 카는 항공기와 같은 최첨단 공학기술을 쓰기 때문이다.

이진이 담당하는 공기역학(Aero-dynamics, 에어로 다이내믹스) 분야는 현대 F1의 핵심이었다. 엔진의 성능이 승패를 좌우하던 과거와 달리 지금은 공기역학의 전쟁이라고 해도 과언이 아니게 됐다.

다행히 공기역학 엔지니어인 그녀는 주로 연구실에서 일할 뿐 세계 곳곳에서 열리는 그랑프리에 따라다닐 일은 없었다. 그렇지 않다면 치명적인 결함을 가진 그녀가 맥라렌에서 일하는 것은 불가능했을 것이다.

이진은 자동차를 무서워했다. 정확히는 작은 승용차 안에 갇히는 것을 두려워했다.

그런 점에서 F1의 레이싱 카가 일반 차와 달리 커다란 장난감처럼 생긴 것은 다행이었다.

밖으로 돌출된 거대한 네 개의 타이어와 지붕이 없는 낮은 차체, 드라이버의 몸에 맞춘 콕핏, 팔만 개의 수제 부품으로 이루어진 690킬로그램짜리 첨단과학의 집합체가 바로 레이싱 카였다.

하지만 이진은 레이싱 카를 트랙에서 마주친 적은 없었다. 그 좁은 차에 드라이버가 갇혀 있는 사진만 봐도 가슴이 답답해졌다. 그래서 그녀는 단 한 번도 레이싱 경기를 참관하지 못했다.

그런 그녀도 맥라렌의 드라이버가 누군지는 알았다.

드라이버는 귀하신 몸이다. 수천만 파운드의 몸값을 자랑하는 팀의 간판스타였다. 그래서 어젯밤 호텔 뒤쪽에서 시릴을 발견했을 때 그냥 지나칠 수가 없었다.

처음엔 누군지 몰랐다. 어둠 속에선 화단에 주저앉아 있는 사람이 금발이란 것밖에 알 수 없었다.

"괜찮아요? 어디 다쳤어요?"

남자가 고개를 들자 희미한 가로등 아래 얼굴이 드러났다. 순간 이진은 멍해졌다. 이 사람이 왜 땅바닥에 앉아 있는 거지?

"여기서 잠들면 안 돼요."

진지하게 말하는 그녀를 시릴이 나른한 눈으로 올려다보았다. 그는 이진의 팀 복과 목에 걸린 스태프 신분증을 발견하고는 키득거렸다.

"아하, 맥라렌. 날 물 먹인 팀이로군."

취했구나.

완벽한 영국식 영어를 구사하기로 유명한 시릴이 모음을 길게 끌며 대답하자 이진은 깨달았다. 그에게서 알코올 냄새가 진하게 풍기고 있었다.

어디서 이렇게 마신 걸까? 대체 그의 매니저는 어디에 있는 거지?

호텔의 투숙객들은 거의 정문만 사용하지 뒤쪽으로는 출입하지 않았다. 이진도 자전거 때문에 화단 쪽으로 돌아오지 않았다면 그를 보지 못했을 것이다.

이진은 자전거에 자물쇠를 걸며 힐끔 그를 돌아보았다. 비틀거리며 일어나려다 넝쿨에 걸렸는지 시릴이 다시 주저앉고 있었다. 이진은 저도 모르게 입을 열었다.

"아이비는 독성이 있어서 그렇게 만지면 안 돼요."

어깨에 걸린 넝쿨을 걷어 내던 시릴의 동작이 뚝 멎었다.

"맥라렌이긴 한데…… 도와줄까요?"

희미하게 한쪽 입꼬리를 끌어올린 시릴이 순순히 팔을 뻗었다. 이진은 조심스레 아이비넝쿨을 건드리지 않고 그가 빠져나오도록 도왔다.

"사람을 불러 줄까요?"

장신의 남자가 몸을 기대오자 어깨가 묵직해졌다.

"……귀찮은데. 그냥 당신이 데려다주면 되지 않아요?"

시릴이 반쯤 내리뜬 눈으로 중얼거렸다.

결국 이진은 그를 부축해 후문 쪽으로 걸음을 옮겼다.

누군가가 자신을 의지하는 걸 느끼는 기분이 생각보다 나쁘지 않았다. 키가 맞지 않아 오히려 그녀가 시릴의 품에 안긴 것 같은 모양새가 되긴 했지만.

호텔은 드라이버들이 묵는 스위트룸이 있는 층을 비롯해 총 두 개 층의 객실을 맥라렌에게 내주었다. 엘리베이터도 따로 배정해 일반 손님들이 드라이버나 팀 관계자들과 섞이지 않도록 배려해 주었다.

엘리베이터 앞에 서 있는 보안 요원이 그녀가 내민 신분증을 보고 엘리베이터 버튼을 눌러 주었다.

최상층의 복도에는 아무도 없었다.

이진은 시릴의 손에서 받아든 카드키로 문을 열었다.

"자고 일어나면 나아질 거예요. 머리는 아플지 몰라도……. 아, 좋은 걸 줄게요."

이진이 주머니에서 꺼낸 것은 작은 약통이었다. 시릴은 그녀가 내민 새하얀 알약을 뚫어지게 쳐다보았다.

"기분이 나아질 거예요. 효과가 좋아요. 나도 가끔 먹거든요."

"……그러니까 내게 약을 팔겠다고요?"

시릴의 입술이 냉소적으로 휘었다.

"아뇨. 그냥 줄게요. 난 다시 사면 되니까."

"힘들게 구한 걸 내게 그냥 준다고요? 눈물 나네요."

어쩐지 비꼬는 걸로 들리는데 기분 탓인가? 이진은 눈을 깜박거렸다.

"별로 힘들지 않아요. 약국에선 다 파는걸요."

순간 새파란 홍채가 커졌다.

"잠깐, 이걸 어디서 샀다고요?"

"약국에서요. 처방이 필요하긴 하지만."

"대체 이게 뭔데요?"

"두통약이오. 왜요?"

그녀의 대답에 갑자기 시릴이 웃음을 터뜨렸다.

"맙소사, 미안해요. 당신을 오해했어요."

"무슨 오해요?"

"드라이버는 함부로 약을 먹을 수 없어요. 시즌 내내 도핑테스트가 수시로 있거든요. 그런데 당신이 갑자기 수상한 알약을 내미니까……"

말을 멈춘 시릴이 어깨를 으쓱했다.

이진은 그제야 깨달았다. 자신의 행동이 마약을 건네는 걸로 보일 수도 있다는 사실을.

"아, 그 생각을 못했네요. 그럼 이건 도로 가져갈게요."

손을 움츠리는 그녀에게서 시릴이 약통을 가로챘다.

"아뇨. 날 위해 준 거니 내가 가질게요."

나른한 웃음을 띤 시릴은 신기한 물건이라도 보듯 이리저리 약통을 들여다보았다.

"난 이만 갈게요. 잘 자요."

그녀의 인사에 문가에 기대선 시릴이 입술을 비죽였다.

"날 두고 가겠다고요?"

그 모습이 잠투정을 하는 아이 같아서 이진은 무심코 웃고 말았다.

그녀의 얼굴을 보던 시릴이 갑자기 녹아들 듯 미소 지었다. 금빛 속눈썹이 마치 나비의 날개처럼 팔랑거렸다. 살인미소라 불리는 그의 트레이드마크였다.

"나랑 잘래요?"

금빛 천사처럼 보이는 남자가 낮은 목소리로 물었다. 오싹할 정도로 관능적인 중저음이었다.

"추워요?"

그녀가 떨자 시릴이 고개를 갸웃거렸다.

완벽하게 온도 조절이 되는 호텔 안이 추울 리가 없었다. 하지만 그녀의 목덜미엔 소름이 돋아 있었다.

"따뜻하게 해 줄게요, 다정하게 할 자신은 없지만."

이진은 그의 손을 바라보았다. 남자답지만 손가락이 길고 아름다운 손이었다.

열려진 문 앞에서 그녀는 내민 손을 잡았다.

그것은 살면서 한 번쯤 저지르게 되는 작은 일탈이었다.

하룻밤의 꿈같은 사건. 아침이 되어 신기루처럼 사라질 거라는 확신이 없었다면 결코 벌어지지 않았을 일이다.

오랜 시간이 지나 다시 그 푸른 눈을 보자 마음이 흔들렸다. 어쩌면 낯선 환경과 여름날의 비 때문에 우울했던 기분도 한몫했을 것이다.

그녀가 원하는 것은 조용하고 평범한 삶이었다.

열정이나 사랑 같은 격렬한 감정은 필요치 않았다.

언젠가 적당히 마음이 맞는 사람을 만나면 결혼을 할 수도 있겠지만 그러지 못해도 상관없었다. 이대로 혼자 평화롭게 나이 들어 가는 것도 나쁘지 않았다.

하지만 집으로 돌아가는 기차 안에서도 내내 시릴의 미소가 눈앞 에서 사라지지 않았다.

Lap 2. 레이스데이의 신데렐라

화요일 아침이었다.

하루 종일 침대에서 죽은 듯 자고 일어나니 몸이 한결 나아진 것 같았다.

이진은 천천히 유령처럼 일어나 밤사이 켜 둔 전등을 모조리 껐다.

반쯤 비몽사몽인 채로 방밖으로 나온 그녀는 좁은 복도를 가로질 렀다. 걸음을 옮길 때마다 오래된 마룻바닥이 삐걱대는 소리를 냈다. 아직 잠들어 있을 다른 사람들을 위해 그녀는 가파른 계단을 조심스럽게 내려갔다.

이 집에서 살게 된 첫 주에 굴러떨어질 뻔한 이후로 이진은 잠이 덜 깬 상태로 계단을 내려갈 땐 주의하는 편이었다.

하지만 결국 마지막 계단을 내려서다 난간에 살짝 부딪히고야 말았다.

"아야."

그녀는 작게 신음 소리를 내며 몸을 구부렸다.

이진은 이 집에서 가장 먼저 일어나는 사람이었다. 하우스메이트인 조는 병원에서 야간 경비를 하기 때문에 늘 정오가 지나야 일어났다.

한 지붕 아래 살아도 이 집에선 주말이 아니면 다른 사람과 마주칠 일이 거의 없었다. 소란스러운 기숙사 생활에 익숙한 그녀에게 아침의 이 적막감은 아직 낯선 것이었다.

부엌에서 커피를 내리며 이진은 멍한 눈으로 밖을 바라보았다.

작은 부엌 창 너머로 잿빛 하늘이 낮게 드리워져 있었다. 우울한 날씨였다.

매년 이맘때가 되면 이진의 컨디션은 최악이었다. 비까지 내리면 밤새 악몽에 시달리는 날도 허다했다.

예상치 못한 일이었지만 올해는 시릴 때문에 이틀간 정신없이 곯아떨어졌다. 첫날은 거의 기절한 것에 가깝긴 하지만.

분명 섹스는 거칠었던 것 같은데 시릴은 묘하게 다정한 구석이 있었다.

가끔 눈꺼풀 위로 그의 입술이 느껴졌다. 낮게 무어라 속삭이는 목소리가 달콤한 마약처럼 그녀를 잠들게 했었다.

또다시 생각이 시릴에게 머문 것을 깨달은 이진은 쓰게 웃었다.

그녀는 찬장에서 머그를 꺼내 커피를 부었다. 커피 향이 옅은 안개처럼 퍼져 나갔다.

뜨거운 커피를 한 모금 삼키자 밤사이 잠들었던 뇌가 활동을 시작했다. 놀라운 카페인의 힘이었다. 많은 영국인들이 차를 사랑하지만 저혈압으로 멍한 머리에는 커피가 즉효였다.

시야가 맑아지자 찢어지고 보풀이 일어난 카펫의 귀퉁이가 보였다. 그러고 보니 그저께 아침에 걸려 넘어질 뻔한 자리가 바로 그곳이었다.

지은 지 백 년은 넘은 듯한 낡은 집은 여기저기 수리가 필요한 곳이 많았다. 침실과 부엌의 가구들은 낡고 색이 바래 애초의 무늬를 짐작하기 어려웠다. 하지만 집주인인 노부부는 집의 유지에 필요한 최소한의 수리비조차 아끼는 형편이었다.

이곳은 언제나 기숙사 생활만 하던 이진이 처음으로 구한 '집'이었다.

맥라렌은 런던의 서남쪽에 위치한 서리 주(Surrey州) 워킹(Woking)에 본부를 두고 있다. 캠브리지를 떠나 맥라렌에서 일하게 된 이진에겐 살 곳이 필요했었다.

1층 침실과 거실은 주인 부부의 공간으로, 2층에 있는 세 개의 침실은 이진과 조, 그리고 인도에서 온 리즌이 각각 사용했다.

다운타운 쪽으로 가면 좀 더 나은 곳을 구할 수 있을지도 모른다.

하지만 차로 출퇴근을 할 수 없는 이진에게 선택지는 많지 않았다. 그리고 높지 않은 월세까지 생각하면 이 집은 최적의 장소였다.

방으로 돌아온 이진은 이른 출근 준비를 했다. 어제 하루를 빠진 탓에 일이 밀렸을 게 뻔했다.

칠월 초였지만 아침저녁으론 조금 쌀쌀한 날씨였다.

현관을 나선 이진은 방수 점퍼의 지퍼를 올리고 후드의 끈을 단단히 여몄다.

그녀는 매일 아침 맥라렌까지 자전거로 출근했다.

처트시 로드(Chertsey Road)를 따라 북쪽으로 3킬로미터 남짓 달리면 F1 레이싱 카와 슈퍼카인 SLR 맥라렌을 생산하는 본부(맥라렌 테크놀로지 센터)가 나온다.

맥라렌의 본부는 태극 모양 건축물로 유명했다. 공중에서 내려다보면 아래쪽 반원에 인공호수를, 위쪽 반원엔 건물을 지은 독특한 형태였다.

유리와 새하얀 기둥들로 이루어진 최첨단 건물은 거대한 숲 한가운데 숨어 있었다. 본부가 밖에서 보여도 안 되고 주변 생태계를 파괴해서도 안 된다는 정부의 요구를 반영시킨 결과였다.

자동문을 지나 1층에 들어서면 전면 유리창 너머로 인공호수와 숲으로 둘러싸인 지평선이 한눈에 들어온다. 탁 트인 전망을 배경으로 시대를 풍미한 맥라렌의 레이싱 카들이 위풍당당하게 늘어서 있었다.

본부는 CEO의 결벽증에 가까운 취향 탓에 티끌 하나 없이 새하얀 바닥을 유지하고 있었다. 우주선을 방불케 하는 내부는 출입카드가 없으면 들어갈 수 없는 금지 구역이 대부분이다.

이진은 유리로 된 원통형 엘리베이터를 타고 연구실로 향했다. 대부분의 직원들이 아직 출근 전이라 사방이 조용했다.

자리에 앉은 이진은 먼저 지난 레이스 결과를 분석한 회의 내용부터 확인했다.

하나의 그랑프리가 끝나면 디자인팀과 엔지니어들은 그 기간 동안 수집된 데이터를 바탕으로 문제점을 해결할 방법을 찾는다. 다음 번 레이스에 필요한 부품이 결정되면 시뮬레이션 작업을 거쳐 기한 내에 생산까지 모두 끝낸다.

그렇게 새로운 부품으로 교체된 레이싱 카는 매번 일주일 만에 본부를 떠나게 된다. 이 놀라운 작업이 가능한 것은 F1의 우수한 인재들과 막대한 자본의 힘 덕분이었다.

하지만 주말에 있을 독일그랑프리는 영국그랑프리와 거의 동일한 셋업으로 나가야 한다.

촉박한 날짜 때문이었다. F1 그랑프리는 평균 이 주에 한 번꼴로 열리는데, 이번엔 고작 일주일의 여유밖에 없었다.

부품과 장비를 실은 트레일러는 이미 호켄하임링 서킷에 도착해 있었다. 지금쯤 스태프들은 30톤이 넘는 장비들을 풀고 정리하느라 한창일 것이다.

일에 몰두한 이진은 옆자리가 하나둘씩 채워지기 시작한 것도 깨닫지 못했다.

정신없이 모니터를 들여다보던 그녀는 자신을 부르는 소리를 듣고서야 고개를 들었다. 어느새 점심시간이 된 것이다.

이진은 즐겁게 수다를 떠는 동료들의 뒤를 따라 천천히 걸었다.

식당으로 향하는 복도 벽에는 수많은 우승트로피가 진열돼 있었다. 뭐니 뭐니 해도 맥라렌은 육십 년이 넘는 F1 역사를 화려하게 장식한 명문 팀인 것이다.

식당 입구가 갑자기 소란스러워졌다. 머릿속으로 에어로 파츠(Aero parts, 레이싱 카의 공기 저항을 줄여 주는 부품)의 스케치를 떠올리고 있던 이진은 잠시 뒤에야 그 이유를 깨달았다.

"안녕, 진."

그녀가 앉아 있는 식탁 너머에서 시릴이 인사를 건넸다.

시즌 중에 드라이버를 팀 본부에서 보는 거야 당연하다 싶을 수도 있지만 시릴은 달랐다.

팀메이트인 스테판 마이어가 지하에 있는 수영장과 체육관에서 주로 훈련을 하는 데 반해 시릴은 개인 트레이너와 함께 훈련을 했기 때문에 팀 본부에 얼굴을 내미는 일은 드물었다. 시뮬레이션 주행 훈련조차 자기 집에서 한다는 말이 있었다.

시릴은 드라이버 소집이나 전략 회의가 아니라면 본부에 얼씬도 하지 않았다.

"여긴 어쩐 일로……?"

"스태프들과 좀 더 가까워질 필요가 있다고 생각해서요."

틀린 말은 아니었다. F1 레이싱은 드라이버와 엔지니어들이 하나로 뭉쳐 최고의 결과를 만들어 내기 때문에 팀 스포츠에 가깝다.

하지만 왜 지금에 와서, 그것도 자신 앞에 앉아서 이런 소릴 하는 걸까.

"음, 본부에선 이런 걸 먹는군요. 맛있어요?"

시릴이 포크로 그릇에 담긴 샐러드를 뒤적거리며 물었다.

"괜찮아요."

사실은 조금 체할 것 같은 기분이었다.

"진은 무얼 좋아하죠? 어떤 음식이 제일 좋아요?"

또다시 이어진 질문공세에 그녀는 포크를 내려놓았다.

"미스터 크레이그."

"제발 그렇게 부르지 말아 줘요. 다들 시릴이라고 부른다고요."

"……시릴, 내 이름은 이진이에요."

"에드는 진이라고 하잖아요."

"그건, 에드만 그렇게 불러요."

끼익.

의자가 끌리는 소리가 크게 울렸다.

"혹시 배 나오고 머리 벗겨진 사람이 취향이에요?"

시릴이 차갑게 얼굴을 굳히고 있었다.

자리에서 일어난 시릴을 올려다보던 이진은 다른 때와 달리 식당 안이 유난히 조용하다는 사실을 깨달았다. 게다가 어쩐지 사람들이 일제히 이쪽을 향해 몸을 기울이고 있는 것 같은 느낌도 들었다.

"그거 먹을 건가요?"

이진은 한 입도 먹지 않은 시릴의 샐러드를 가리키며 물었다.

"당신이 원하는 게 뭔지에 따라 달라지겠죠."

"잠깐 밖으로 나갈 수 있을까요?"

"좋아요."

그녀의 말에 시릴이 활짝 웃었다.

이진은 식당을 벗어나 아예 건물 밖으로 나갔다. 설사 자신들의 대화가 궁금해도 밖에까지 따라올 사람은 없을 것이다.

그녀는 한낮의 따가운 햇살이 닿지 않는 건물의 그늘에서 멈췄다. 그리고 잠자코 시릴이 말을 꺼내길 기다렸다. 아무래도 할 말이 있는 건 시릴 같았으니까.

"난 오늘 오후엔 독일에 가야 해요."

당연했다.

오늘이 벌써 화요일. 이번 주말엔 독일의 호켄하임링 서킷에서 그랑프리가 열린다. 에드와 다른 엔지니어들은 이미 독일로 출발한 상태였다. 드라이버인 시릴은 아무리 늦어도 수요일 전에는 서킷에 도착해 있어야 한다.

"예."

어색한 침묵이 흘렀다. 시릴은 무언가를 기대하는 사람처럼 빤히 그녀를 쳐다보고 있었다. 이진이 가만히 있자 조금 실망한 것도 같았다.

"진, 나랑 독일에 가지 않을래요?"

뜻밖의 말에 이진이 눈을 깜박거렸다.

"난 본부에서만 일해요. 실버스톤에 갔던 건 특별한 경우였어요."

"에드에게 들었는데, 당신이 원한다면 피트에 합류할 수 있다고 하던데요?"

에드, 대체 왜 그런 소릴!

하지 않아도 될 이야기를 해 버린 에드 때문에 이진의 미간이 찌

풀려졌다.

에드는 종종 이진에게 레이스 엔지니어가 되는 건 어떠냐고 물었다. 그래서 그녀가 좀 더 많은 현장 경험을 쌓길 바랐다.

그것은 F1 관련자라면 누구나 바라 마지않을 기회였다. 사실 이진은 에드가 자신에게 지나친 특혜를 주는 게 아닌가 생각하고 있었다.

하지만 그녀는 다른 사람들처럼 쉴 새 없이 전 세계를 돌아다니는 게 불가능했다. 이동하려면 분명 차를 타야 할 일도 생길 것이다.

좁은 자동차 안은 그녀에게 압박감을 주는 장소였다. 매번 남들처럼 아무렇지 않게 있을 자신은 없었다.

"미스터 크레이그."

"시릴. 내 이름은 시릴이에요."

그가 자신을 이름으로 부를 것을 고집했다.

"……시릴, 내게 원하는 게 뭐죠?"

상대는 눈이 멀 정도로 잘생긴 부자에 세계적인 스포츠 스타. 자신은 그저 평범한 공기역학 엔지니어였다.

그와 자신의 접점은 고작 하룻밤이었다.

"당신과 함께 가고 싶어요."

"난 당신이 왜 이러는지, 내게 뭘 원하는지 모르겠어요."

이진이 난처한 기색을 보이자 시릴의 눈이 둥글게 휘었다.

"사실은 나도 잘 모르겠어요. 이런 적이 처음이라. 하지만 당신을 만난 후로 내 머릿속은 한 가지 생각밖에 떠오르지 않아서요."

깊게 울리는 목소리가 오싹할 정도로 낮아졌다.

"당신을 알고 싶어요."

그녀의 귓불에 뜨거운 손가락이 닿았다. 시릴은 바람에 날리는 머리카락을 귀 뒤로 넘겨 주었다. 단단한 손끝이 우연인 듯 맥박이 뛰는 자리에 스쳤다.

"당신이 어떤 걸 좋아하는지, 어떤 키스를 하는지, 얼마나 뜨거워질 수 있는지 모조리 알고 싶어요. 당신 안에서 그걸 고스란히 느끼고 싶어요. 당신도 날 다시 느끼고 싶지 않아요?"

이진은 그의 목소리에 스며 있는 노골적인 욕망에 저도 모르게 뒷걸음질쳤다.

시릴과 함께 보낸 밤의 기억은 대부분 사라졌는데 몸이 저절로 반응했다. 브래지어에 갇힌 가슴이 딱딱해진 것을 느낀 이진은 팔짱을 꼈다.

자신이 누군가에게 성적 욕구를 불러일으킬 수 있다는 점과 자신 역시 거기에 동화되었다는 사실에 놀랐다.

하지만 그 밤은 이미 지나갔다. 기억 속에도 남아 있지 않았다. 그런데 왜 시릴은 아직 그 밤이 끝나지 않은 것처럼 구는 걸까.

"그날 일은,"

어쩐지 목이 갑갑해져 이진은 침을 삼켰다.

"실수였어요."

"……실수?"

순식간에 시릴의 얼굴이 차가워졌다.

"그래요. 둘 다 술에 취해 있기도 했고……."

"난 그렇다 치고, 당신은 고작 샴페인 한 잔에 말인가요?"

그의 빈정거림에 이진은 입술 안쪽 살을 지그시 깨물었다.

"실수를 되풀이하고 싶진 않아요. 그러니 그런 일은 다시 생기지 않을 거예요."

잠자코 이진을 내려다보던 시릴이 갑자기 몸을 돌렸다. 그는 그녀를 지나쳐 성큼성큼 계단을 내려갔다.

주차장이 아닌 정문 앞에 버젓이 세워진 차는 맥라렌의 슈퍼카인 P1이었다.

위로 열리는 버터플라이 도어가 열리자 시릴이 차에 올라탔다. 은색 차체는 제로백(from zero to 100km/h, 정지 상태에서 100km/h에 도달하는 시간)이 고작 2.8초밖에 걸리지 않는다는 명성대로 총알처럼 튀어나갔다.

어, 화가 난 것 같은데 위험하지 않을까.

직업이 드라이버인 남자를 걱정하는 게 쓸데없는 짓이긴 했다. 그래도 일반 도로에서 저런 속도라니.

이진은 순식간에 시야 밖으로 사라지는 차에서 눈을 떼지 못했다.

시릴은 그길로 곧장 독일로 날아갔다.

그리고 연습 주행과 퀄리파잉(Qualifying, 예선) 내내 저기압의 기류를 사방에 뿌려대며 래리의 피를 말렸다.

평소 성격은 까칠해도 레이스 위크엔드(Race weekend, 그랑프리가 열리는 금요일부터 일요일까지)에는 완벽하게 컨디션을 조절하는 시릴이었다. 그는 레이싱 카에 이상만 없으면 크게 감정의 기복을 보이지 않는 편이었다.

그런 시릴이 대놓고 심기 불편한 기색을 보이자 만나는 사람마다 무슨 일 있냐고 래리에게 물었다.

화창한 일요일.

호켄하임링 서킷에서 시릴은 폴 투 윈(Pole to win, 예선 1위 자리에서 출발해 1위로 들어오는 것)으로 우승했다. 이번 시즌 네 번째 그랑프리 우승이었다.

패덕(Paddock, 레이싱 카의 정비, 보관 등을 하는 제한 구역. 팀 관계자 외의 출입이 금지돼 있다)은 축제 분위기에 휩싸였다. 그러나 시릴의 기분은 더욱더 하향 곡선을 그리고 있었다.

포디움에서조차 시릴의 얼굴은 풀리지 않았다. 오죽하면 샴페인 세리머니 때 다른 드라이버들이 시릴의 눈치를 보느라 샴페인을 허공에 집중적으로 뿌렸을까.

결국 맥라렌의 또 다른 드라이버인 스테판이 폭발했다. 평소 얌전하고 말이 없던 스위스 청년은 헬멧을 집어던지고 나가 버렸다.

그러게 12위로 들어와 포인트 획득에 실패한 스테판 옆에서 우승한 놈이 인상을 쓰고 있으니 열을 안 받을 수가 있나.

래리는 원망의 눈길을 보내는 스테판의 크루들에게 시릴 대신 사과해야 했다.

시릴의 호텔 방에 쳐들어온 래리는 부글부글 끓고 있었다.

인터뷰도 안 하겠다고 쌩하니 가 버린 시릴 때문에 기자들에게 변명을 지어내느라 진땀을 흘려야 했기 때문이다.

"너, 대체 왜 이러는데?"

"시끄러워. 나가."

시릴은 소파에 앉아 천장을 노려보고 있었다.

"못 나가! 대체 뭐가 문제야! 무슨 일인지 알아야 해결을 하지!"

고함 소리에 시릴의 미간이 찌푸려졌다. 머리를 쓸어 올린 시릴이 천천히 입을 열었다.

"호르몬에 이상이 생긴 것 같아."

"뭐?"

"테스토스테론 과잉일까?"

그렇지 않고서야 자신의 상태를 설명할 수 없었다.

진은 그들 사이에 아무 일도 없었다는 듯 말했다. 분명 원나잇은 흔한 일이고 각자 갈 길 가자는 쿨한 태도는 평소라면 환영할 만한 것이었다.

그런데 왜 자신은 마치 걷어차인 기분이 드는 걸까.

그날 밤, 분명 여자가 필요하긴 했지만 그보다는 호기심이 일었다.

다정한 듯하면서 담담한 그 암갈색 눈이 침대에서 어떻게 변하는지 궁금해졌다. 좀 더 가까이에서 보고 싶었다. 그래서 예정에 없던 손을 내밀어 진을 붙잡았다.

언제나 먼저 다가온 여자들과만 관계를 맺었던 시릴에겐 처음 있는 일이었다.

지금껏 시릴에게 섹스는 스트레스 해소를 위한 수단일 뿐이었다. 레이스가 뜻대로 풀리지 않을 때 폭발할 듯한 긴장감과 화를 풀어 놓을 곳이 필요했다.

여자들은 대부분 시끄럽고 성가신 존재였다. 어차피 다 똑같으니 가릴 이유가 없었다. 금발이거나 갈색이거나, 마르거나 풍만하거나. 하물며 미인이 아니라도 상관없었다. 그러다 보니 시릴은 그녀들의 이름조차 궁금한 적이 없었다.

왜 당신만 특별한 걸까.

시릴은 이름 모를 한 여자가 아니라 진과 섹스를 했다는 사실을 분명히 인지하고 있었다.

그 충족감이 아무것도 아니었다고? 고작 실수였다고?

실수였다는 상대를 붙들고 혼자 안달할 만큼 여자에게 굶주리지 는 않았다. 그러니 이제 머릿속에서 진을 지우고 일상으로 돌아가야 했다.

그런데 그 무심한 여자의 잔상이 손끝에 박힌 가시처럼 시릴을 괴롭히고 있었다.

지금은 뭐 하고 있을까, 누구랑 함께 있을까, 혹시 내 생각은 하지 않을까.

레이싱 카에 앉아 있는 순간만 빼고 눈을 뜬 순간부터 잠들 때까 지 진이 떠올랐다.

결국 어젯밤엔 꿈까지 꾸었다.

밤새 난잡하고 야한 꿈을 꾸던 시릴은 고통스러운 열기로 가득 찬 상태로 깨어났다. 그는 얼음장 같은 찬물로 샤워를 삼십 분이나 하고서야 몸을 가라앉힐 수 있었다.

"인간에게도 발정기가 있을까?"

"······네가 짐승이냐."

그 난리를 피운 게 고작 섹스 때문이었다고? 기가 막혔다. 정말 후환만 없다면 잘생긴 저 머리통을 한 대 쥐어박는 건데. 래리는 속으로 이를 갈았다.

"섹스 좀 못 한다고 안 죽어."

"그런데 왜 이렇게 미칠 것 같지?"

시릴이 초조하게 주먹을 쥐었다 폈다. 이렇게 불안정한 시릴은 처음 본다. 미심쩍어진 래리의 눈이 가늘어졌다.

"너 설마 약 같은 걸 한 건 아니겠지?"

대답 대신 곧바로 살벌한 시선이 날아왔다.

하긴 그럴 놈이 아니지. 폐활량이 줄어들까 봐 담배 근처도 가지 않는 지독한 놈이 약 따윌 할 리가. 게다가 자신이 지금 누구 때문에 강제 금연 중인데.

시릴은 레이싱에 방해가 될 만한 일은 아무것도 하지 않았다. 반대로 말하면 레이싱을 위해서라면 무엇이든 했다.

심장 강화를 위해 하루에 10킬로미터씩 달리는 것만 해도 그렇다. F3 시절부터 시릴은 단 한 번도 훈련을 빠뜨린 적이 없었다. 그는 매일 철인3종 경기 선수에 버금갈 정도의 훈련을 소화하고, 근육이 과하게 부풀지 않도록 체중 관리를 했다.

자나 깨나 시릴의 머릿속에 든 거라곤 레이스에 대한 것뿐이었다.

"네가 스트레스가 쌓이긴 쌓였나 보다. 레이스에 이기고도 이러다니. 그래, 가라, 가. 가서 아무나 붙잡고 풀어."

그 꼴이 보기 좋은 건 아니지만 오늘은 말릴 기운도 없었다.

"싫어."

단박에 거절의 말이 돌아왔다.

"뭐?"

"난 이제까지 여자 취향이 없다고 생각했는데 말이야."

래리의 입이 황당함으로 쩍 벌어졌다. 그럼 네가 이제까지 잔 그 여자들은 다 남자였냐? 래리는 고함을 지르고 싶은 마음을 꾹꾹 눌렀다. 안 돼. 앤 내 밥줄이야.

"사실은 지금껏 취향인 상대를 못 만났던 게 아닐까?"

이어진 말에 래리의 얼굴이 희한하게 일그러졌다.

네가 무슨 거시기로 신데렐라 찾는 왕자도 아니고 그 많은 여자들을 겪고 이제 와서? 어디 가서 그런 얘기하면 여자들한테 몰매 맞는다. ……하고 싶은 얘기가 목구멍까지 치밀었다.

"그래서 지금에 와서야 알게 된 네 취향이 뭔데?"

래리가 마지못해 입을 열었다.

"예쁜 사람."

쥐꼬리만 한 기대감이 푸시시 꺼졌다. 래리의 주먹이 부들부들 떨렸다. 세상에 예쁜 여자 싫어하는 남자도 있더냐.

"키는 내 팔에 안으면 딱 맞을 정도에 머리색이랑 눈은 짙었으면 좋겠어. 검은 머리에 암갈색 눈이 예쁘더라고. 피부는 부드러워야 해. 매끄러워서 닿으면 기분 좋게 잠들 수 있게. 겉으론 조금 무심한 듯 보여도 사실은 다정한 사람이 좋아. 내가 위험에 빠졌을 때 손을 내밀어 구해 주고, 날 걱정해서 약을 챙겨 줄 정도로 상냥했으면 하니까."

뭐야, 이 지나치게 사실적이고 구체적인 묘사는? 이거 분명 실재 인물 얘기 맞지? 시릴은 래리의 표정이 점점 썩어 들어가는 것도 아랑곳하지 않고 말을 이었다.

"참, 둘만 있을 땐 괜찮지만 남들 앞에선 잘 웃지 않는 게 좋겠어."

모든 조건이 다 이상하긴 했지만 마지막이 제일 이상했다.

"웃는 건 왜 안 되는데?"

"웃는 걸 보면 솜털이 곤두서더라고. 그리고 거기도 서."

나른하게 눈을 내리뜬 시릴이 어깨를 으쓱했다.

거기? 어디? 순간 이해가 안 됐던 래리는 곧바로 소리를 내질렀다.

"야!"

그런 거 듣고 싶지 않아! 내가 왜 네 거기 활동까지 알아야 하는데! 냉장고에서 탄산수를 꺼내 벌컥벌컥 들이켠 래리는 길게 한숨을 내쉬었다.

"그래서 그 팜므파탈이 대체 누군데?"

"진."

"누구?"

시릴이 어떻게 진을 모를 수 있냐는 눈으로 래리를 쏘아보았다.

미안하다. 그 마성의 여인이 내 눈에는 안 보여서. 래리는 식어 빠진 표정으로 응답했다.

결국 시릴이 툭 던지듯 내뱉었다.

"너도 실버스톤에서 봤잖아."

"……? 설마 그 동양인 스태프?"

멀어서 잘 보지는 못했지만 시릴 말대로 세상에 다시없을 정도의 뇌쇄적인 미인은 분명 아니었는데?

그래, 그 예쁜 사람이란 건 결국 '네 눈에' 예쁜 사람이구나. 역시 취향의 세계는 깊고도 넓은 법이지.

솔직히 시릴이 워낙 튀는 외모다 보니 웬만한 여배우나 모델들도 그 앞에서는 빛을 잃었다. 누구를 데려다 놔도 성에 찰까 싶었는데…….

아니, 아니, 지금 이런 게 문제가 아니지. 너는 지금 여자가 눈에 들어오냐?

정신을 차린 래리는 마구 닦달하고 싶은 걸 꾹 눌러 참았다.

지난 시즌, 윌리엄스와의 계약이 끝난 시릴은 냉큼 맥라렌의 오퍼를 받아들였다. 'F1의 마법사' 에드 길리언이 맥라렌에 돌아왔다는 소식을 접했기 때문이다.

시릴에게 필요한 것은 그의 과감한 드라이빙을 받쳐 줄 안정적이고 빠른 레이싱 카였다.

F1에 입성한 지 사 년. 이번에야말로 '저주받은'이라는 꼬리표를

떼어 내고 월드챔피언이 될 기회였다.

그런데 이 레이싱에만 미친 것 같던 인간이 한눈을 팔다니, 그것도 시즌 중에.

그나마 7월 말이 되면 여유가 잠깐 생긴다지만 그전에 헝가리그랑프리가 있다. 다음주 수요일까지는 헝가로링 서킷에 도착해 있어야 하니 실제론 열흘도 남지 않은 상태였다.

무슨 일이 있어도 그랑프리엔 지장이 없도록 만들어야 했다.

"그래, 그래. 일단 헝가리그랑프리가 끝나고 생각하자. 그땐 휴가도 있고 하니까 느긋하게 데이트 신청도 하고……."

시릴의 표정에 래리의 말소리가 점점 작아졌다. 푸른 눈이 폭풍 직전의 하늘처럼 어두워지고 있었다. 야, 노려보지 좀 마. 나같이 마음 약한 사람은 심장마비 걸려!

"왜, 왜?"

"실수였다잖아."

그 말을 끝으로 시릴이 갑자기 입을 다물어 버렸다. 더 이상 말을 뱉는 것조차 화가 난다는 기색이었다.

시릴이 속상해하고 있었다. 그 낯선 모습에 래리의 호기심이 더럭 솟았다.

"무슨 말이야? 혹시 내가 도와줄 수 있을지도 모르잖아. 말을 해야 도와주지."

팔 년의 매니저 생활을 공으로 한 건 아니기에 래리는 시릴을 살살 구슬려 뒷말을 끌어냈다.

"다시는 나랑 자지 않겠대."

결국 시릴이 실토했다. 시무룩한 목소리는 마치 좋아하는 장난감을 빼앗긴 어린아이 같았다.

"다시는? 그 말은 둘이 나 모르게 벌써 연애를 했단 거야? 언제?"

"연애?"

시릴이 골똘히 생각하는 걸 보자 의심이 들었다.

"⋯⋯연애, 한 거 아니야? 둘이 처음 만난 게 언젠데?"

"영국그랑프리 마지막 날에."

"영국그랑프리 마지막 날? 레이스데이에?"

엄습해 오는 불길한 예감에 래리는 재차 묻지 않을 수 없었다.

"⋯⋯너 설마 그날 만나서 바로 베드인한 건 아니겠지?"

"그랬는데?"

"그건 그냥 원나잇이잖아! 이제껏 네가 레이스데이마다 하던 거!"

결국 래리가 버럭 소리를 지르고 말았다.

시릴에게는 유독 이상한 여자들이 꼬였다. 일부러 고르기도 힘들 텐데 시릴 주변에는 그런 여자들이 넘쳐났다.

스포츠 스타들과 잔 경험을 트로피처럼 떠벌리는 그루피(Groupie), 아니면 시릴의 유명세를 노린 햇병아리 배우나 모델. 최악으로는 돈을 뜯어내려고 거짓으로 임신했다고 주장한 여자도 있었다.

시릴은 평소엔 여자들을 거들떠보지도 않다가 레이스를 망친 날이면 그녀들과 잤다. 여자들은 그 순간을 노리고 마치 하이에나처럼 시릴의 주변을 서성댔다.

어떤 여자들은 시릴과의 하룻밤을 떠벌려 기사로 팔기도 했다. 가십지들은 그 여자들을 '레이스데이의 신데렐라'라고 불렀다.

"그 여자도 레이스데이의 신데렐라냐?"

"그렇게 부르지 마."

새파란 불꽃처럼 변한 눈동자가 싸늘하게 경고했다.

시릴이 뭐라던 래리의 머릿속에서 그녀는 '레이스데이의 신데렐라 중 하나'라는 꼬리표가 붙었다.

"어쨌든 왜 너랑 그걸 안 하겠대?"

자기도 원하니까 시릴이랑 잤을 것 아닌가? 이제 와서 왜 빼는 거지? 노리는 게 따로 있나? 래리의 시선은 자연 삐딱해졌다.

"몰라. 내가 그걸 알면 이러고 있겠어?"

시큰둥하게 내뱉은 시릴이 고개를 홱 돌려버렸다.

또다시 이상한 여자에게 걸려들었구나. 다른 때와 다른 점은 시릴이 드물게 그 여자에게 관심을 보인다는 거고. 그렇다고 해서 시릴이 그런 여자의 덫에 빠지게 놔둘 수는 없는 일이었다.

이혼한 전처에게 호되게 당한 래리는 쉽게 여자를 믿지 않았다. 게다가 지난 팔 년간 시릴의 옆에서 본 여자들은 최악의 인상만 더해 주었다.

로맨틱한 사랑을 꿈꾸던 미국 청년은 여자에 관해 시니컬한 남자로 변한 지 오래였다.

"걱정하지 마. 그냥 한번 튕겨 본 거겠지. 원래 여자들은 자기 몸값을 부풀리는 법을 잘 알거든. 일단 런던으로 돌아가자. 내가 알아볼게."

　냉정하게 계산을 마친 래리는 시릴을 달랬다.

　그때만 해도 래리는 그 문제를 가볍게 생각했다.

Lap 3. 헛소문

점심시간이 되자 이진은 자신을 찾아온 에드에게 붙들렸다.

"지난번에 진이 디자인한 에어로 파츠의 시뮬레이션 결과가 나왔어. 결과가 제법 좋아. 몇 가지 보완해야 할 점은 있겠지만. 아, 물론 풍동 실험(터널 모양의 구멍 안에서 인공적으로 기류를 발생시켜 하는 실험)도 거쳐야 하지. 그래도 내 생각엔 시즌 후반이 아주 기대돼."

에드는 흥분한 얼굴로 양 손바닥을 비볐다. 마치 새 장난감을 받은 아이 같은 표정이었다.

"그래서 말인데, 아직도 피트에 합류할 생각은 없나?"

"……이유를 알잖아요. 에드."

"시도도 하지 않고 포기할 셈이야? 진은 트랙을 달리는 레이싱 카를 본 적이 한 번도 없잖아. 그게 얼마나 멋진지, 얼마나 가슴을 뛰게 하는지 모른다고."

아이처럼 부루퉁했던 얼굴이 진지한 스승의 얼굴로 바뀌었다.

"에어로 다이내믹은 실제 경험의 유무가 엄청난 차이를 불러오는 분야야. 컴퓨터가 세상의 모든 걸 다 해결할 수 있다고 착각하는 머저리들이 많은데 공기역학은 달라. 실제 트랙에서 달려 보지 않으면 절대 알 수 없어."

실제로 컴퓨터 시뮬레이션에선 좋았는데 트랙에서 반대의 결과가 나오는 건 흔한 일이었다.

"진은 이제껏 내가 본 중에서 가장 훌륭한 재능을 가지고 있어. 하지만 이대로 가다간 언젠가 한계에 부딪히고 말거야."

에드의 경고에 그녀는 묵묵히 고개를 끄덕였다.

F1에 몸담은 이상 극복해야 할 문제였다. 아니면 머지않은 미래에 다른 일을 찾아봐야 할지 모른다.

"골치 아픈 얘긴 여기까지 하고. 자, 먹자고. 한턱낸다는데 실컷 먹어 줘야지. 돈이 썩어나는 놈이라 티도 안 나겠지만."

에드는 접시에 수북하게 쌓인 음식을 보며 싱글거렸다. 오늘 점심은 바닷가재에 캐비아까지 준비된 화려한 식단이었다.

"참, 아침에 메리가 신신당부하던데, 금요일에 저녁 먹으러 올 수 있나? 메리가 진을 보고 싶어해. 엘리스도 요즘 진이 자길 까먹은 게 아니냐고 시무룩해 있다고."

메리는 에드의 아내였다.

그들 부부는 캠브리지에 있을 때부터 종종 이진을 집으로 초대하곤 했다. 메리는 집에서 만든 따뜻한 파이가 얼마나 맛있는지 이진에게 알려 준 장본인이었다.

두 사람의 딸인 엘리스는 올해 열세 살이 됐다. 아주 어릴 때부터 보아 온 엘리스는 이진을 무척이나 따르고 있었다.

"예, 그럴게요."

캐비아를 얹은 빵을 한입에 꿀꺽 삼킨 에드가 이진의 안색을 살폈다.

여름철 비 오는 날이면 이진의 컨디션은 나빠졌다. 아무래도 부모의 사고가 떠오르는 시기라 견디기 힘들 것이다.

다행히 올해는 그럭저럭 넘어가는 것 같긴 했다. 역시 시간이 약이야. 에드는 스스로 납득하며 입을 열었다.

"진, 혹시 시릴과 사귀는 중인가?"

"아뇨. 왜 그런 생각을……?"

놀란 이진의 눈이 휘둥그레졌다.

"지난번 시릴이 콕 집어서 진을 물어본 것도 그렇고, 어쩐지 둘 사이의 분위기가 묘한 것 같단 말이야. 본부에 얼씬도 안 하던 시릴이 요즘 부쩍 자주 보이지. 거기다."

에드가 엄지손가락으로 옆을 가리키며 속닥였다.

"저렇게 대놓고 노려보잖아."

에드의 손을 따라 고개를 돌리자 곧바로 시릴이 눈에 들어왔다. 그는 자신의 매니저에게 무언가 말을 건네는 중이었다.

"안 노려보는데요?"

"아니긴! 방금 전까지 분명 노려보고 있었다니까?"

"에드, 눈 나쁘잖아요."

이진은 에드가 주머니에 꽂아 둔 안경을 지적했다.

"진짜야. 봤다니까? 이것 봐, 팔에 소름이 쫙 끼쳤다고."

"알았어요. 그렇다고 칠게요."

"진짜라니까?"

고개를 끄덕이는 이진의 입가에 웃음이 떠올랐다.

"둘이서 딱 붙어서 뭐 하는 거야?"

시릴의 눈이 싸늘하게 얼었다. 당장 달려가 떼 놓고 싶은 눈치였다.

"그냥 얘기하는 거겠지."

"진이 웃고 있잖아."

"웃지도 못하냐?"

"그러니까 왜 저 인간이랑 웃고 있냐고."

래리는 자신들과 조금 떨어진 테이블을 곁눈질로 살폈다.

웃고 있다고 하기도 뭐했다. 그녀는 아주 희미하게 입꼬리를 올렸을 뿐이다.

이진은 에드와의 대화에만 열중하는 것처럼 보였다. 시릴의 관심을 끌 생각이었다면 분명 성공이었다. 시릴이 계속 안절부절못하고 있으니까.

"최고예요. 시릴!"

"잘 먹을게요. 고마워요!"

"사랑해요! 시릴."

직원들의 환호에 래리가 대신 손을 흔들어 주었다.

래리가 시릴의 이름으로 연 깜짝 파티였다.

그는 VIP파티를 전문으로 하는 케이터링 업체를 불러 본부 식당에 직원들을 위한 점심을 준비시켰다. 뜻밖의 선물에 사람들은 감동한 것 같았다. 이 이벤트의 주체만 빼고.

"나랑 밥 먹는 건 싫다고 하고선 저런 늙다리랑 같이 먹는 게 말이 돼?"

그러니까 결국 너랑 밥 안 먹어서 삐진 거냐?

"표정 풀어. 사람들이 쳐다본다."

래리가 웃으며 잇새로 작게 내뱉었다. 안 그래도 이목을 집중시키는 네가 그렇게 바람난 애인 보듯 그쪽만 살피면 다 눈치채잖아. 래리가 옆구리를 찌르자 시릴은 그제야 억지 미소를 지었다.

그때 이진이 자리에서 먼저 일어서는 모습이 시야에 잡혔다. 래리는 따라 일어나려는 시릴을 얼른 붙들었다. 이 인간이 깽판을 놓기 전에 격리시켜야 했다. 게다가 지금부터 자신이 할 얘기는 시릴이 알 필요가 없었다.

"안 되겠다. 넌 빠져."

"왜?"

시릴이 삐딱하게 대꾸했다.

"일 망치고 싶은 건 아니지? 일단 내게 맡기고 조금 있다 나와."

불만 어린 기색의 시릴을 앉혀 두고 래리는 식당을 벗어났다.

"잠시 얘기 좀 할 수 있을까요?"

래리는 정문 앞에서 이진을 따라잡았다.

"안녕하십니까. 전 시릴의 매니저인 래리 보이트라고 합니다."

그는 명함을 건네며 그녀를 자세히 살폈다.

가까이서 보니 독특한 분위기를 가진 미인이었다.

단정하고 조금 서늘한 느낌의 미인. 갸름한 얼굴에 주근깨 하나 없는 피부가 눈길을 끌었다.

동양인인데도 노랗다기보다는 투명하게 보일 정도였다. 이런 피부를 가지기 위해서라면 영혼이라도 팔 여자들이 수두룩할 것이다.

"무슨 일이시죠?"

래리는 입가에 사무적인 미소를 떠올렸다.

"지난번 실버스톤에서 시릴에게 도움을 주셨다고 들었습니다. 동사할 뻔한 걸 구해 주셨다고 하더군요."

설사 노숙을 한다 해도 한여름에 동사하기는 힘들었다. 게다가 시릴은 취해서 잠든 것도 아니었는데? 지나친 과장에 이진은 눈을 깜박거렸다.

"그래서 보상을 해 드리고 싶습니다."

"그럴 정도의 일이 아닌데요?"

고작 방까지 데려다준 걸로 무슨 보상을? 그 정도는 누구나 할 수 있는 일이었다.

"물론 더 이상 시릴에게 접근하지 않겠다는 약속을 해 주신다면 말입니다."

"예?"

래리의 눈이 한순간에 차가워졌다.

"혹시 신데렐라를 꿈꾸고 있다면 빨리 현실을 직시하는 게 나을 겁니다. 시릴이 당신 같은 여자와 다시 어울릴 일은 없을 테니까요."

이진의 얼굴이 창백해졌다. 왜 이 사람이 자신에게 이런 얘기를 하는지 알 수 없었다.

"노파심에서 하는 말입니다만, 어지간한 건 기사로 팔아도 별 도움이 안 될 겁니다. 그러니 제 제안을 받아들이는 게 당신에게도 이득입니다. 보석으로 하시겠습니까? 아니면 수표가 편하십니까? 혹시 따로 원하는 거라도?"

몰아치는 이야기에 정신이 없었다. 하지만 한 가지만은 확실하게 이진의 뇌리에 박혔다.

"……제게 돈을 준단 건가요? 시릴을 만나지 않는 대가로?"

"서이진 씨의 시간에 대한 보상이라고 여기면 되겠군요."

숨이 막혔다. 눈앞이 아득해지는 기분에 이진은 입술을 깨물었다.

"난 그런 부끄러운 돈은 받지 않아요."

다시는. 그런 일은 평생에 한 번이면 충분했다. 그녀의 대답에 래리의 눈썹이 치켜 올라갔다.

"재미있는 가치관이군요. 이런 말까진 꺼내지 않으려 했습니다만 유부남과의 관계보다 돈을 받는 게 더 부끄럽습니까?"

"뭐라고요?"

"에드 길리언과 불륜을 저지를 때 그의 아내와 아이가 마음에 걸리진 않던가요?"

"그게 무슨……?"

"감춰질 거라 생각했습니까? 소문이 자자한 일인데요. 최소한 이 일은 상처받을 사람이 없지 않습니까?"

있었다.

이진은 또다시 상처받고 있었다.

"이런 식의 흥정은 시간 낭비일 뿐입니다. 서로를 위해서 깔끔하게 거래를 마무리하는 게 낫지 않겠습니까?"

그는 얼굴에 희미한 경멸을 드러내며 그녀를 재촉했다. 이진은 자신의 손안에서 편지 봉투가 구겨지고 있다는 사실을 깨달았다.

"돈은 필요하지 않아요. 어차피 다시 시릴을 만날 일은 없으니까요. 그럼 전 볼일이 있어서……."

그녀는 살짝 고개를 숙이고 서둘러 자리를 떠났다. 붙잡을 새도 없었다.

유령처럼 창백한 얼굴이었다. 마치 큰 충격이라도 받은 것처럼. 왜? 저런 여자가 고작 말 몇 마디에 흔들렸다고? 래리는 그녀를 믿을 수 없었다.

독일에서 돌아오는 길에 그는 서이진에 대한 조사를 의뢰했었다.

한 번씩 레이스데이의 신데렐라들이 문제를 일으킬 때마다 자신이 이용하던 곳이었다. 조사원은 짧은 시간에 제법 만족할 만한 결과를 가져왔다.

예상한 그대로였다.

그녀는 부모, 형제도 없고 재정 상태 역시 그리 좋지 못했다. 학자금 대출 상환에 시달리는 것도 아닌데 예금 잔고는 늘 텅 비어 있었다. 맥라렌이 직원에게 급여 대신 쥐꼬리를 주는 게 아니라면 그녀에게 낭비벽이 있는 게 분명했다.

그리고 눈에 띄는 남자관계는 없었지만 에드 길리언과의 소문이 있었다.

서이진은 에드 길리언의 도움으로 맥라렌에 입사했고 그의 비호를 받고 있었다. 그들의 지나치게 친밀한 관계는 구설수에 올라 있었다.

가난하지만 야망이 있는 미인이 승진을 위해 유부남을 꼬여낸 얘기는 새로울 것도 없었다.

돈에 궁한 그 여자가 이제는 더 큰 물고기인 시릴을 노리고 있는 것이다. 시릴을 거절한 것도 일부러 애태우기 위한 수작이겠지.

상황은 한숨이 나올 정도로 뻔했다.

그런데도 이상하게 기분이 꺼림칙했다. 이제껏 자신이 본 여자들과 다른 분위기 때문인가?

"오호라, 이진에게 관심이 있었던 거예요? 래리."

갑작스레 들려온 음성에 래리는 정신을 차렸다.

인사팀의 마사 머레이.

맥라렌의 소식통인 여장부였다.

아무래도 점심시간이라 지나는 시선이 많았다. 시릴에 이어 자신까지 그녀를 찾으니 무슨 일인가 호기심이 일었을 것이다.

"하하, 관심이라뇨. 그런 거 아닙니다."

"괜찮아요. 숨길 필요 없어요."

마사는 손사래를 치는 래리를 보며 다 안다는 듯 웃었다.

"사실 그 정도 미인에게 관심 안 가는 게 이상한 거죠."

래리의 난처한 표정에 뭘 착각했는지 마사가 혀를 찼다.

"알아요. 쉽지 않죠? 남자에 관심이 없는 건지 도통 데이트하는 걸 못 봤다니까요. 하지만 포기하진 않을 거죠? 그녀가 얼마나 괜찮은 사람인데요."

마사는 윙크를 하며 그를 부추겼다. 본격적으로 데이트라도 주선하려는 듯한 태도였다.

"이진을 보고 있으면 묘하게 마음이 쓰이고 챙겨 주고 싶어진다니까요. 에드가 예뻐하는 이유를 알 것 같지 않아요? 호호."

"그럼 에드 길리언과의 부적절한 관계를 알면서 이런 말을 하시는 겁니까?"

래리가 불쾌한 기색으로 이의를 제기했다.

"부적절한? 아, 처음 한동안 그런 헛소문이 돌긴 했었죠."

"헛소문……요?"

마사가 크게 웃음을 터뜨렸다.

"그럼요, 말도 안 되는 소리예요! 에드가 목숨처럼 사랑하는 게 뭔지 알아요? 모터스포츠죠. 그럼 목숨보다 더 사랑하는 건 뭘까요?"

불길한 예감이 덮쳐와 래리는 대답하지 못했다.

"바로 메리와 엘리스예요. 조금이라도 에드를 아는 사람이라면 그런 헛소릴 하진 못할걸요?"

"그런데 어째서 그런 소문이……?"

당황한 래리가 말을 흐리자 마사가 커다랗게 한숨을 내쉬었다.

"여긴 캠브리지 출신 박사가 발에 채일 정도로 많죠. 그중에서도 이진은 특별한 인재예요. 그녀는 마치 공기의 흐름을 눈으로 읽는 것처럼 수식으로 바꿔서 파츠를 그려내거든요. 맥라렌에 30년간 있으면서 수많은 천재 엔지니어들을 봤지만 지금껏 그런 사람은 딱 한 명밖에 보지 못했어요. 예전에 마법사라고 불리던 남자였죠."

"……에드 길리언이군요."

래리가 목이 졸리는 것 같은 소리를 냈다.

"맞아요. 두 사람을 지켜보면 전혀 다른데도 마치 닮은꼴 부녀처럼 느껴져요. 모터스포츠를 위해 태어난 사람들 같다고나 할까요, 호호. ……그리고 누군가의 입김만으로 채용될 만큼 맥라렌은 만만한 곳이 아니에요."

마사의 눈이 차갑게 식었다.

"과학저널에 실린 이진의 논문은 수많은 섀시(Chassis, 자동차의 차체) 디자이너들에게 영감을 줬어요. 엔지니어들도 사람이니 타고난 재능에 질투가 나겠죠. 가끔은 그걸 숨기지 못하고 남을 상처 입히려는 사람들이 있더군요."

래리는 아무 말도 못하고 돌처럼 얼어붙어 있었다.

"사실 이진은 지나치게 일에 빠지는 경향이 있어요. 같은 부서 사람들이 다들 얼마나 걱정한다고요. 일에 몰두하면 먹는 것도 잊어버려서 점심때마다 일깨워 줘야 한다고 하소연을 하지 뭐예요? 문제가 해결되지 않으면 도통 집에 가질 않는대요. 그러니 래리가 꼭 데이트 신청을 해 줘요. 연구실에만 박혀 있기엔 그 예쁜 얼굴이 너무 아깝잖아요."

이제 마사의 말은 래리의 귀에 거의 들어오지도 않았다.

"그런데 그 헛소문을 아직도 퍼뜨리고 다니는 인간이 누구예요? 세상에 다시없을 나쁜 놈이네?"

세상에 다시없을 나쁜 놈이 된 래리의 얼굴이 핼쑥해졌다.

나 방금 무슨 짓을 한 거지?

그런 소문이 도는 줄은 꿈에도 몰랐다.

생각에 빠져 목적지를 지나쳐 갈 뻔한 이진은 급하게 자전거를 세웠다.

에드는 이진에게 가장 소중한 사람이었다. 처음으로 자신을 믿어 주고 애정을 보여 준 사람이 바로 그였다. 에드는 이진의 스승이자 한 번도 가져 보지 못한 아버지 같은 존재였다.

그런 에드가 자신 때문에 곤란에 처했는데 그녀는 알지도 못했다.

에드와 메리는 아마 소문을 들었을 것이다. 다정한 그들은 일부러 자신에겐 알리지 않았겠지.

손끝이 떨리는 것을 본 이진은 주먹을 말아 쥐었다.

점심시간의 우체국은 조금 붐볐다. 부산한 소음 속에서 이진은 멍하니 자신의 차례를 기다렸다.

시릴의 매니저가 자신에게 돈을 주려고 했다. 마치 조부처럼.

사람들이 돈을 주고 떼어 내야 할 만큼 뭔가 자신에게 문제가 있는 걸까?

"무엇을 도와드릴까요?"

직원이 몇 번이나 부르는 소리를 듣고서야 이진은 더 이상 앞에 손님이 없다는 사실을 깨달았다. 이진은 창구로 가 편지를 내밀었다.

조부의 변호사 앞으로 보내는 이달치 수표였다.

이진이 처음 빚을 갚겠다고 했을 때 변호사는 돈을 받지 않으려 했다. 그때부터 그녀는 다달이 수표를 부치기 시작했다.

어렸을 때는 학업 때문에 어쩔 수 없었지만 더 이상은 조부에게 1파운드도 빚지고 싶지 않았다. 다행히 맥라렌에서 일을 하면서부터는 여유가 생겨 그동안 받은 돈을 조금씩 돌려줄 수 있게 되었다.

이진의 조부는 그녀를 싫어했다. 정확히는 집안의 터부라 생각해 감추고 싶어했다. 이진의 어머니를 근본도 없는 입양아라며 무시하고, 이진 역시도 수치로 여겼다.

이진이 처음 조부의 연락을 받은 건 열두 살 여름이었다.

부모와 함께 자동차 사고를 당한 그녀는 에든버러 근교의 한 병원에서 깨어났다.

조부의 대리인으로 찾아온 변호사는 팔과 다리에 깁스를 한 채 누워 있는 이진에게 딱딱한 목소리로 그녀가 고아가 되었음을 알려 주었다. 아버지의 유해는 이미 한국으로 보내졌고 어머니는 장례도 없이 화장 처리된 상태였다.

조부는 변호사를 통해 그녀를 가족으로 받아들일 생각이 없으며, 유산을 포기하면 성인이 될 때까지 학비와 생활비는 대주겠다고 통보했다.

이진은 그날 부러진 팔로 상속 포기 각서에 사인을 했다. 그리고 그날부터 열여덟 살이 될 때까지 매달 조부의 변호사로부터 수표를 받았다.

삽시간에 하늘이 어두워지더니 갑자기 비가 쏟아지기 시작했다.

미처 우체국을 나서지 못한 이진은 보도블록 위로 작은 물웅덩이들이 생기는 모습을 지켜보았다. 빗방울이 만들어 내는 무수한 동심원처럼 쓰린 기억들이 덧그려졌다.

그녀는 대학을 가기 위해 열세 살 때부터 생활비로 지급된 돈을 모았다. 정말 필요한 것이 아니면 쓰지 않고 최대한 돈을 아꼈다.

열여덟 살이 되는 순간 매달 오던 수표는 물거품처럼 사라질 것이다. 대학 등록금은 장학금을 받으면 충당할 수 있지만 물만 먹고 살 순 없으니 미래를 생각해야 했다.

다행히 이진은 최소한의 돈으로 살아가는 법을 알고 있었다. 세상에 혼자 남겨진 순간부터, 아니 그 이전부터도 자신의 일은 스스로 결정해야 했으니까.

열여덟 생일날 이후로 연락이 끊겼던 변호사를 다시 본 건 그녀가 맥라렌에 입사했을 때였다. 이진은 직접 런던의 사무실로 찾아가 빚을 갚겠다는 의사를 전했다. 그리고 그 외의 어떤 접촉도 일체 거부했다.

그런데 얼마 전 조부의 변호사가 연락을 해 왔다.

조부가 그녀의 귀국을 원하고 있다는 내용이었다. 상대할 가치조차 없는 말에 이진은 전화를 끊어 버렸다. 그러나 변호사는 포기하지 않고 끈질기게 통화를 시도하고 있었다.

도대체 왜?

부모가 둘 다 한국인이지만 그녀는 한국 땅을 밟아 본 적도 없었다. 그곳은 그녀에게 아무 의미가 없었다. 얼굴도 모르는 조부가 있는 나라일 뿐이었다.

비가 그치길 기다리느라 조금 늦었다.

이진은 점심시간이 끝나기 전에 돌아가기 위해 열심히 페달을 밟았다.

반 정도 길을 갔을까, 뜻밖의 일이 벌어졌다. 그녀를 지나치던 차하나가 별안간 급정거를 한 것이다. 순간 물웅덩이에 닿은 타이어가 거칠게 물보라를 일으켰다.

촤아악!

차 옆쪽에 있던 이진은 고스란히 물세례를 맞고 말았다.

뒷좌석에서 시릴이 튀어나왔다.

"무슨 운전을 이따위로 해!"

네가 갑자기 세우라고 했잖아! 나도 고의가 아니었다고! 망할 웅덩이가 하필 거기에! 뒤따라 내린 래리는 속으로 피눈물을 흘렸다.

이진의 옷에서 물이 뚝뚝 떨어지고 있었다. 시릴은 혀를 차며 그녀의 팔을 잡았다.

"차에 타요. 데려다줄게요."

"아뇨, 괜찮아요."

이진은 옷이 젖은 것보다 갑자기 나타난 시릴에 더 놀랐다.

"젖은 채로 갈 셈이에요? 감기라도 걸리면 어쩌려고."

"조금만 가면 본부가…… 시릴!"

시릴은 그녀를 억지로 자전거에서 끌어내렸다.

"시릴!"

래리가 시릴을 가로막고 말렸다.

"가끔은 남의 이목도 좀 생각해라."

"그게 뭐가 중요해."

네가 유명인이라는 자각은 있냐? 치밀어 오르는 울화에 래리는 한껏 미간을 구겼다.

"싫어하잖아."

"뭐?"

"우리랑 같이 가기 싫어한다고."

창백하게 질린 이진을 내려다본 시릴은 자신을 뿌리치려 애쓰느라 움켜쥔 주먹을 발견했다. 순식간에 시릴의 손에서 힘이 빠져나갔다.

래리는 굳은 표정의 시릴을 억지로 차에 밀어넣고 문을 닫았다. 그리고 이진을 도와 넘어진 자전거를 세워 주었다.

"죄송합니다. 그리고 아까도 실례가 많았습니다. 제가 소문만 듣고 오해를 한 것 같습니다."

래리의 태도는 무척 정중했다. 하지만 그녀는 그가 웃는 얼굴로 자신에게 쏟아 낸 말을 기억했다. 이진은 시선을 피하며 살짝 고개를 숙였다.

"아뇨. 그런 소문이 도는 줄 몰랐어요. 알려 주셔서 감사해요."

감사를 받을 일이 아닌데. 나는 거짓 소문을 군이 당사자에게 알려 상처를 줄 만큼 나쁜 놈은 아닌데.

자신을 경계하는 암갈색 눈동자를 보자 양심이 쿡쿡 찔렸다. 자전거는 부리나케 시야에서 사라져 버렸다.

나 정말 나쁜 놈 맞구나.

문득 래리는 끊은 지 팔 년이나 된 담배가 피우고 싶어졌다.

이게 뭐지?

이진은 질린 얼굴로 눈앞의 물건을 노려보았다.

"꽃 배달입니다."

자신도 모르게 입 밖으로 소리 내 물었나 보다. 배달원이 웃으며 그녀에게 대답했다.

물론 꽃인 건 그녀도 알았다. 단지 이건 붉은 산처럼 보였다.

커다란 장미꽃다발 뒤에 가려져 배달원의 얼굴은 잘 보이지도 않았다. 달콤하고 짙은 향기가 사방에 물씬 풍기고 있었다.

이진의 호흡이 가빠졌다.

보안 문제로 배달원은 그녀의 연구실로 직접 갈 수 없었다. 안내 데스크의 호출에 이진은 로비까지 와야 했다.

배달원은 이진을 보자마자 반갑게 꽃다발을 건넸다. 그러나 이진이 황급히 뒤로 물러나는 바람에 그의 시도는 무산됐다.

"받을 수 없어요."

"예?"

이진이 한 발 더 물러났다. 이번엔 더 큰 보폭으로.

"잠깐만요!"

그녀가 두 걸음 더 물러서자 안 되겠다 싶은 청년이 이진에게 다가가려 했다.

"가까이 오지 마요!"

그녀가 소리치자 청년이 멈칫거리며 섰다.

"난 장미 알레르기가…… 에취!"

이진은 재빨리 손바닥으로 얼굴을 가렸다. 어깨를 움츠린 그녀는 몇 번이나 재채기를 했다.

배달원은 마치 악마에게라도 쫓기듯 도망치는 그녀를 멀뚱히 지켜봐야 했다.

"장미를 싫어하는 여자는 없다며?"

이를 악문 듯 내뱉는 목소리가 살벌했다.

붉은 장미는 래리의 생각이었다. 여자는 장미, 선물은 뭐니 뭐니 해도 장미라고 큰소리를 쳤는데 결과가 이 꼴이었다.

"이것 때문에 진이 병원까지 갔대."

그들은 결국 이진이 처방을 받으러 조퇴했다는 얘기를 전해 들었다. 그리고 본부에는 누군가 그녀를 음해하려고 장미를 보냈다는 소문이 퍼졌다.

시릴의 손에 짓이겨지고 있는 수백 파운드짜리 장미꽃들이 불쌍했다.

"그런 알레르기를 가지고 있는 줄 누가 알았냐?"

래리도 억울했다.

시릴이 처음으로 멀쩡한 여자를 골랐는데 자기가 훼방을 놓은 게 아닌가 싶어 미안한 마음이 들었다. 그래서 여자들이 좋아하는 꽃과 저녁 식사 초대를 생각해 낸 것이다.

이진에게 보낸 장미는 사과의 마음까지 담아 각별히 신경을 쓴 꽃다발이었다. 결단코 그녀에게 해를 끼칠 마음은 없었다.

낭만적인 분위기에서 시릴과 만나게 할 생각이었는데 일이 꼬이고 말았다.

이진은 장미가 화해의 제스처였다는 사실을 모르고, 시릴은 발바닥에 가시가 박힌 곰처럼 으르렁거리고 있었다.

시릴의 발밑에는 목이 뚝뚝 부러진 장미꽃의 잔해만 쌓여 갔다. 래리는 자신 대신 희생당한 꽃들을 애도했다.

그날 아침 맥라렌 본부의 직원들은 설문조사지 하나를 받았다.

직원 간 친목 도모를 위한 앙케트

굵은 볼드체의 제목 아래 반드시 이름을 표기하라는 주의사항이
적혀 있었다.

친목 도모를 위해 앙케트를 한다는 게 좀 이상했지만 직원들은
자신들의 성향을 알기 위한 조사가 아닐까 짐작했다.

그런데 문항들이 조금 이상했다.

모든 질문은 '좋아하는'이라는 단어로 시작됐다.

「좋아하는 음식은 무엇입니까?」

「좋아하는 꽃은 무엇입니까?」

「좋아하는 색깔은 무엇입니까?」

「좋아하는 음악은 무엇입니까?」

「좋아하는 보석은 무엇입니까?」

「좋아하는 차종은 무엇입니까?」

      ⋮

「이상형의 남자는 어떤 타입입니까?」

남자?

사람들은 마지막 문항에서 멈칫했다. 어째서 이상형의 '이성'이

아니라 '남자'인 거지? 이거 혹시 성 정체성에 대한 조사인 걸까?

맥라렌의 남자 직원들은 난데없이 커밍아웃에 대한 고민에 빠져들었다.

"이게 뭐야?"

시릴은 설문지를 뚫어지게 쳐다보았다.

종이 위에는 이진의 이름이 단정한 필체로 쓰여 있었다. 글씨를 예쁘게 쓰는구나 하는 생각도 잠시, 새하얀 빈칸의 향연에 시릴은 울컥하고 말았다.

"이러면 진이 뭘 좋아하는지 알 수 있을 거라며?"

"나도 그럴 줄 알았지."

이렇게 묵비권을 행사할 줄 누가 알았나. 래리는 어깨를 으쓱하며 책상 위에 쌓인 설문지 더미로 눈을 돌렸다.

이 설문조사를 위해 래리는 하루 종일 인사팀의 마사를 쫓아다녔다. 시릴이 스태프들과 가까워지고 싶어서 그런다는 둥 말도 안 되는 감언이설로 그녀를 구슬려야 했다.

그런데 얻은 소득이 고작 이름 스펠링이라니.

다른 직원들은 착실하게 설문지를 메꿔서 냈다. 대부분의 질문에 답을 쓰지 않은 사람은 서이진, 그녀뿐이었다.

"그래도 하나는 건졌네."

이진은 마지막 문항에선 성실하게 대답했다.

「평범한 사람」

시릴과 백만 광년은 떨어져 있는 말이었다.

"음, 넌 절대 안 되겠다."

무심코 뱉은 말에 무시무시한 시선이 되돌아왔다.

"그, 그래도 네가 조금은 마음에 들었겠지. 그러지 않고야 너랑 잤겠냐?"

시릴의 표정이 묘하게 변했다.

"마음에 들어야만 함께 자는 건가?"

"보통은 그렇지. 너도 생각해 보면 알 거……."

시릴의 얼굴이 급격히 어두워지자 래리는 혀를 깨물고 싶어졌다.

예시를 잘못 들었구나! 하필이면 원나잇이 일상인 놈한테 묻다니! 래리의 이마에 식은땀이 맺혔다.

"지금까지 만난 여자 중에 조금이라도 호감 가는 사람이 있었을 거 아냐? 하다못해 얼굴이나 몸매라도."

"그런 적 없어."

"단 한 명도?"

"……."

무언의 긍정에 래리가 입을 떡 벌렸다.

"그럼 왜 레이스 후에 여자와 잔 거야?"

"남자와 잘 순 없으니까."

"……짐승."

시릴의 눈에 새파란 불꽃이 일었다. 래리는 한숨을 내쉬며 입을 열었다.

"서이진 씨 말인데, 그냥 포기하면 안 될까? 시릴."

"왜?"

"지난번에 내가 얘기를 해 봤는데…….""

래리는 말끝을 흐리며 시릴의 눈치를 살폈다.

사실 시릴은 섹스에 대해선 담백한 편이었다.

시릴이 정말 난잡한 성격이었다면 시도 때도 없이 여자들과 스캔들을 일으켰을 것이다. 하지만 시릴은 레이스를 망쳤을 때만 여자를 찾았다. 시즌 중이 아닐 때는 몇 달이나 여자에 관심도 보이지 않고 지냈다.

시릴은 정말 스트레스 해소로 섹스를 하는 것이다. 그래서 이제껏 지속적으로 관계를 이어 온 사람이 없었다.

예전 F1에 들어오기 전의 시릴은 레이스가 제대로 풀리지 않는 날엔 폭력 사건에 연루되곤 했었다. 그는 일부러 불량배들에게 시비를 걸어 싸움질을 했다.

으슥한 뒷골목이나 펍에서 시릴을 발견할 때마다 가슴을 쓸어내린 적이 한두 번이 아니었다.

매 경기마다 드라이버는 좁은 콕핏에 몸을 구겨 넣고 두 시간 가까이 극심한 긴장 상태를 유지해야 한다. 시릴에겐 쌓인 스트레스를 분출할 곳이 필요했다.

래리 자신도 소중한 드라이버가 몸이 상하는 것보단 차라리 원나잇이 낫다고 생각했다. 어차피 그 여자들도 순수한 목적으로 시릴에게 접근한 건 아니니까.

하지만 서이진을 또다시 시릴에게 휘말리게 하기엔 양심이 걸렸다. 그녀는 이대로 조용히 내버려 두었으면 싶었다.

그래, 모두를 위해 이게 나아. 래리가 눈을 질끈 감고 내뱉었다.

"네가 싫대."

네가 이러는 건 고작 섹스 때문이잖아. 그 여자도 평범한 사람이 좋다잖아. 그러니 네가 포기하는 게 맞아. 꼭 내가 한 실수가 찔려서 이러는 건 아니야. 래리는 속으로 열심히 자기변명을 했다.

"싫다고?"

시릴은 조금 멍한 얼굴로 래리의 말을 되뇌었다.

"그래, 그러니까 잊어버려. 너 싫다는 사람 굳이 다시 만나서 뭐하겠냐? 세상은 넓고 미인은 더 많고……."

더 이상 래리의 말이 귀에 들어오지 않았다.

뭐야, 이거.

시릴은 심장 부근을 꾹 눌러 보았다.

자존심이 상한 걸까. 가슴이 화상이라도 입은 것처럼 화끈거렸다.

Lap 4. 여름휴가

"내게 져서 기분이 별로인 건 알겠는데 얼굴 좀 펴지 그래?"

지나가던 독일인이 시릴에게 한마디 던졌다. 현재까지 이번 시즌 랭킹 포인트 1위인 레드불의 드라이버였다.

"뭐?"

"퀄리파잉에서 나한테 졌다고 이러는 거 아냐?"

시릴은 웬 헛소리냐는 눈으로 상대를 내려다봤다.

헝가리그랑프리가 열리는 헝가로링은 모나코만큼 추월이 어려운 서킷이었다. 폴 포지션(Pole position, 예선에서 1위를 한 차가 결승 레이스에서 출발하는 위치)을 획득한 드라이버가 그대로 우승할 확률이 높았다.

그러다 보니 퀄리파잉 때부터 선수들은 치열한 신경전을 벌였다. 대부분 속도가 빠른 옵션타이어를 장착해 좋은 자리를 차지하려 애썼다.

시릴은 아슬아슬한 차이로 눈앞의 남자에 이어 2번 그리드(Grid, 각 드라이버의 레이스 출발 위치. 예선 순위에 따라 트랙에 출발선이 그려져 있다)를 차지한 상태였다.

"신경 *끄고* 네 동전이나 잘 챙기지 그래? 잃어버렸다고 징징대지 말고."

독일인의 얼굴이 붉어졌다.

그는 소문난 미신 신봉자였다. 레이싱부츠에 1페니 동전을 끼워 넣고, 항상 왼쪽으로만 레이싱 카에 올라타는 등 유난을 떠는 인물이었다.

F1은 인공위성까지 동원해 전략을 짜는 첨단 스포츠지만 미신을 믿는 드라이버가 수두룩했다.

사실 왼쪽에서 레이싱 카를 타는 정도는 귀여운 축에 속한다. 짝짝이로 부츠를 신는 드라이버부터 레이스 전엔 꼭 화장실에 틀어박히는가 하면 마늘과 십자가를 가지고 다닌 드라이버까지 있었다.

"너야말로 맥라렌의 전통을 이어야 하지 않나? 오늘은 무슨 색이지? 설마 푸른색?"

자존심이 상한 독일인이 시릴을 위아래로 훑으며 빈정거렸다.

과거 맥라렌의 유명한 드라이버였던 데이비드 쿨사드의 일화를 빗댄 것이다.

유난히 행운의 파란 팬티에 집착한 쿨사드는 F3 시절 레이스 때마다 파란 팬티를 입고 나갔다. 하도 입어서 구멍이 나자 나중엔 팬티를 기워서 입었다.

물론 운명의 그날, 크래시가 날 줄은 쿨사드도 몰랐을 것이다. 구조 중에 자신의 레이싱슈트가 벗겨질 거란 예상도 못했을 테고, 쿨사드의 구멍 난 파란 팬티는 중계 화면에 고스란히 담겼다.

하지만 그 후로도 쿨사드는 그랑프리에 항상 그 행운의 팬티를 가지고 다녔다고 한다.

미신을 믿지 않는 시릴로서는 도저히 이해할 수 없는 행동들이었다.

물론 눈앞의 독일인이 더 신경에 거슬리는 건 그가 몇 번이나 자신의 코앞에서 월드챔피언 트로피를 낚아채 갔기 때문이다.

"왜? 나한테 지면 팬티 색깔 탓이라도 하려고?"

시릴이 코웃음 쳤다.

"오늘은 열심히 내 꽁무니나 뒤쫓게 될걸?"

패스티스트 랩(Fastest lap, 결승에서 가장 빠른 랩타임기록)을 매번 시릴에게 빼앗긴 전 챔피언이 이를 갈며 응수했다.

"첫 코너도 지나기 전에 그 코를 납작하게 해 주지."

시릴의 선전 포고에 그는 쿵쿵 발소리를 내며 자기 피트로 돌아갔다.

오후 두 시.

출발신호가 뜨자 트랙은 혼전의 도가니에 빠져들었다. 갑자기 내린 소나기로 1번 헤어핀 구간(Hairpin, U자형의 급격한 코너링 구간)에서 여섯 대의 레이싱 카가 충돌했다.

시릴과 레드불의 레이싱 카도 그중에 있었다. 스타트가 늦어 2위로 밀렸던 전 챔피언이 무리하게 시릴을 추월하려다 충돌한 것이다. 그 여파로 우승 후보였던 두 선수가 함께 나란히 리타이어하고 말았다.

시릴은 팀 라디오에 대고 '자해공갈단이나 하면 어울릴 멍청이'라며 독일인을 비난했다.

하필 그때 맥라렌의 팀 라디오 교신 내용이 중계방송을 타는 중이었다. 전 세계 팬들이 시릴의 욕설을 똑똑히 들었다.

시릴은 곧바로 서킷을 떠났고 FIA(국제자동차연맹)는 그의 무례한 발언에 일만 파운드의 벌금을 매겼다.

한 달간의 그랑프리 휴식 기간이 돌아왔다.

런던으로 돌아온 다음 날부터 시릴은 저택에 틀어박혀 꼼짝도 하지 않았다.

꼬박 사흘이 지난 아침 래리는 블루벨 하우스로 호출당했다.

블루벨 하우스는 억만장자인 시릴의 아버지가 열여덟 살 생일 선물로 준 곳이었다. 그는 골칫덩이 막내아들에게 따로 집을 사 주고 본가에서 쫓아냈다. 어차피 레이싱을 하느라 일 년 내내 전 세계를 떠돌아다니는 아들이었다.

넓은 대지 위에 지어진 블루벨 하우스는 겉모양은 18세기 양식의 저택이지만 내부는 현대식이었다. 시릴이 자기 편의에 맞춰 다 뜯어고친 것이다.

블루벨 하우스는 열 개의 침실과 체육관, 실내 수영장은 물론 본부와 동일한 장비로 제작된 시뮬레이션 룸까지 갖추고 있었다. 저택 뒤쪽에는 헬기 착륙장도 준비돼 있었다.

이곳은 허락받지 않고는 가족이라도 함부로 출입할 수 없는 시릴만의 요새였다.

"어서 오십시오, 무슈 보이트."

근엄한 표정의 제롬이 문가에서 래리를 맞았다. 캔자스의 평범한 소도시 출신인 래리는 그의 프랑스 악센트를 들을 때마다 어쩐지 주눅이 들었다.

언제나 똑같은 표정으로 상대의 기를 죽이는 노신사는 프랑스의 유서 깊은 귀족 바르테즈가(家)의 집사였다.

제롬의 조상을 거슬러 올라가면 프랑스 혁명 전부터 바르테즈가의 집사였다고 한다. 그는 대대로 집사라는 사실에 대단한 자부심을 가지고 있었다. 오죽하면 평생을 바친 걸로도 부족해서 은퇴할 나이에 전 여주인의 아들 뒤치다꺼리를 하고 있을까.

제롬의 전 여주인은 이자벨 크레이그였다. 그녀의 결혼 전 성이 바로 바르테즈였던 것이다.

"시릴은 어디 있습니까?"

"도련님은 수영장에 계십니다."

실내 수영장에 들어서자 물살을 가르는 기다란 팔이 보였다.

신은 불공평했다.

시릴 크레이그는 너무도 현실감이 떨어지는 존재였다.

은수저를 물고 태어난 걸로도 부족해 직업은 전 세계에 스무 명 남짓한 F1 드라이버. 거기다 할리우드에서 러브콜이 쏟아지는 외모와 조각 같은 몸매까지 신은 그야말로 한 인간에게 모든 것을 몰아주었다.

물론 신에게도 티끌만 한 양심은 있었다.

"시릴!"

래리가 힘껏 소리쳤지만 시릴은 들은 척도 하지 않았다. 힘차게 물을 헤치며 턴을 하는 모습만 보였을 뿐이다.

하지만 분명 자신의 목소리를 들었다는 데 래리는 전 재산을 걸 수도 있었다.

모든 것을 다 가진 것처럼 보이는 시릴에게 부족한 것은 단 하나, 바로 저 제멋대로에 개도 안 물어갈 성질머리였다.

공식 휴가 기간에 사람을 오라 가라 하는 것도 부족해서 불러 놓고 이러기냐. 래리의 얼굴이 암담한 기색으로 물들었다.

그 후로도 삼십 분간 래리는 풀 가장자리에서 멍청히 서 있어야 했다.

시릴은 제 성에 찰 때까지 풀을 왕복하고서야 물 밖으로 나왔다.

가슴과 복근의 깊게 팬 골 사이로 물이 뚝뚝 떨어지고 있었다. 늘씬한 근육질의 몸에 검은색 수영복 하나만 걸친 모습은 파파라치가 침을 흘리며 달려들 만했다.

시릴이 젖어서 색이 진해진 금발을 쓸어 넘기자 완벽한 이목구비가 드러났다. 남녀를 불문하고 누구든 홀릴 얼굴이었다.

래리는 자신이 확실한 이성애자란 사실에 감사했다. 게다가 저 훌륭한 껍데기에 혹하기엔 자신은 시릴에 대해 아는 게 너무 많았다.

"여기 있습니다, 도련님."

어느새 다가온 제롬이 정중하지만 애정이 묻어나는 손길로 타월을 건넸다.

"오늘 수영은 그만하시는 게 어떻겠습니까?"

"알았어, 제롬."

"체력 소모가 심해 몸이 많이 축나신 것 같습니다. 요리사에게 특제 영양식을 준비시켜 두었습니다."

제롬의 목소리에는 안타까운 기색이 철철 흘러넘쳤다.

대체 저 몸의 어디가 축났다는 말인가? 래리는 나이 든 집사의 심한 콩깍지에 울컥했다.

방금 전 삼십 분간 풀을 왕복하고 숨도 별로 헐떡이지 않는 강철 인간이었다.

아무리 겉모양은 천사 같은 도련님이라지만 우리 좀 솔직해집시다! 영감님! 래리는 마음속으로 울분을 토했다.

"손님도 식사를 하시고 가십니까?"

제롬의 날카로운 회색 눈이 흘깃 래리에게 닿았다.

"그러든지."

"그, 그럴까?"

무심한 시릴의 대답에 래리가 반색했다.

블루벨 하우스의 프랑스인 요리사는 천재였다.

래리는 미쉘린가이드에서 별을 받은 레스토랑보다 이 저택의 요리가 더 환상적이라는 사실을 알고 있었다. 이런 황금 같은 기회를 놓칠 리가.

최상급 스테이크와 혀를 녹이는 천상의 디저트들이 신기루처럼 그의 눈앞에 펼쳐졌다.

"무슈 보이트는 요즘 무척 심신이 편하셨나 봅니다. 체중이 느셨군요. 식이요법 식단으로 따로 올리겠습니다."

영감님! 아니, 집사님! 풀 같은 거 말고 고기! 고기! 나도 특제 영양식 먹을 줄 아는데!

쌩하니 찬바람을 일으키며 나가는 제롬의 뒷모습에 래리는 피눈물을 흘렸다.

제롬은 자신을 싫어하는 게 분명했다. 호칭만 해도 그렇다. 자신이 이 집을 드나든 지 몇 년째인데 아직도 무슈 보이트란 말인가.

저 멀쩡한 도련님은 특제 영양식이고, 고생하는 나는 식이요법이라니!

애먼 시릴을 흘겨보던 래리가 멈칫했다. 그러고 보니 턱선이 좀 날카로워진 것 같기도 하고?

개인 트레이너인 제이미의 말로는 요즘 시릴은 매일 저택 주변을 수십 바퀴씩 달리는 걸로 부족해 네 시간 넘게 트레드밀을 뛰고 두 시간 동안 수영을 한다고 했다.

완전히 지쳐 쓰러질 때가 돼서야 침실로 들어간다며 제이미의 걱정이 이만저만 아니었다.

시릴이 정해진 일과를 무시하고 몸을 혹사시키고 있다는 건 위험 신호였다.

덜컥 걱정이 된 래리는 시릴의 몸을 꼼꼼히 체크했다. 푹 쉬면서 시즌 후반을 준비해야 할 이 때에 드라이버가 스스로 컨디션을 망치고 있다면 큰일이었다.

"그만 좀 보지 그래."

물기를 닦던 시릴이 무심한 얼굴로 입을 열었다.

"응?"

"난 남자는 관심 없어. 거기다 변태 매니저는 싫다고."

"뭐, 뭣?"

순간 래리가 멍청해진 사이 시릴이 그를 앞서 지나쳤다.

잠시 후 정신을 차린 래리의 고함이 텅 빈 수영장에 울려 퍼졌다.

"야! 무슨 소리야! 나도 너 관심 없어! 거기 서! 시릴! 시릴!"

연락을 받고 안절부절못하던 내가 머저리지.

래리는 우걱우걱 샐러드를 씹어 먹으며 시릴 앞에 놓인 두툼한 스테이크를 흘겨보았다. 밥줄만 아니면 저걸 확 그냥!

"……심장에 문제가 있는 거 같아. 검사를 해 봐야 할까?"

시릴이 가슴 언저리를 문지르며 진지하게 중얼거렸다.

"뭐? 너 어디 아파?"

날벼락 같은 소리에 놀란 래리가 벌떡 일어났다.

얼마 전 받은 검진에서도 아무 이상 없었고 제이미도 별말이 없었는데 이게 대체 무슨 일이야!

"닥터 제라드를 부를까?"

"난 지금껏 심장이 안 뛰는 줄 알았는데 말이야."

"……야, 심장이 안 뛰면 사람은 죽어."

어이가 없어진 래리가 도로 의자에 주저앉았다.

시릴은 조각 같은 얼굴을 무표정하게 굳히고 있었다. 그는 레이싱을 할 때 외에는 심장의 존재를 느껴 본 적 없었다. 그런데 진에게 거절당할 때마다 심장이 저렸다.

"진을 떠올리면 여기가 욱신거려."

"또 그 얘기냐? 한동안 아무 말 없어서 잊은 줄 알았더니."

헝가리그랑프리 전에 래리는 진을 포기하라고 했다.

자존심이 상했을 뿐이라고 생각했는데 확실히 그 후로 내내 몸이 이상했다.

진이 자신을 싫어한다. 되새길수록 심장이 아픈 말이었다.

감정 때문에 육체가 아플 수도 있다니. 평생 누가 뭐라던 신경을 써 본 적이 없는 시릴로서는 낯선 경험이었다.

"사실 그 정도 미인은 많아. 런던엔 검은 머리 동양인이 수두룩하거든."

"무슨 소리야?"

"찾아보면 네 취향의 여자들이 많을 거란 말이지."

"내가 왜 다른 여자를 찾아봐야 하는데?"

래리의 미간이 찌푸려졌다. 널 싫어한다는 말은 그새 잊어버렸냐? 꾸며낸 거긴 하지만 자신 때문에 있던 정도 다 떨어졌을 테니 아주 거짓말도 아니었다.

"안 될 성싶은 일은 빨리 포기하고 다른 길을 찾으라는 말이다."

"다른 길?"

"세상에 검은 머리 여자가 그 사람뿐이겠냐?"

"다른 검은 머린 싫어."

"뭐?"

"다른 여자도 싫어."

"왜?"

"그 여자들은 진이 아니잖아."

시릴이 이상하다는 눈으로 래리를 봤다.

"너 취향이 검은 머리 아녔어?"

"응. 진이지."

"동양 미인이라며?"

"그래. 진이잖아."

시릴은 머리 나쁜 학생을 가르치듯 힘주어 말했다.

"한 사람에게만 맞춰진 게 무슨 취향이냐. 그런 건 취향이 아니라……!"

래리는 문득 입을 다물었다. 설마…….

그러고 보니 앞에서 얼쩡거리고 화내고 안절부절못하는 모습이 꼭 좋아하는 여자애한테 잘 보이고 싶어하는 풋내기 소년 같았다.

"너 그 여자와 뭘 하고 싶은데?"

"그야……."

"섹스는 빼고."

래리는 그에게서 나올 말이 뻔해 가로막았다. 잠시 눈을 굴리던 시릴이 입을 열었다.

"보고 싶어."

한마디로 끝날 줄 알았던 대답이 줄줄이 튀어나왔다.

"웃는 것도 보고 싶고, 목소리도 듣고 싶고, 만지고 싶어. 무엇보다 진의 눈에 비치는 게 나밖에 없으면 좋겠어. 다른 놈들이 진을 보는 게 마음에 안 들어. 말을 건네는 것도 싫어."

봇물 터지듯 쏟아져 나오는구나. 그동안 말하고 싶어 어떻게 참았냐? 기가 막히고 코가 막힐 일이었다.

"그게 고작 자고 싶은 사람에 대한 감정이라고 생각한다면 넌 정말 구제불능 멍청이다."

갑자기 래리의 머리가 지끈거리기 시작했다.

첫 단추를 엄청나게 잘못 끼웠다. 이거 어쩔 거야?

자신이 무참히 그녀를 몰아세운 말들이 다시금 떠올랐다. 시릴에게 접근하지 말라는 둥 돈을 주겠다는 둥 하는 말이 새록새록 떠오르자 래리는 괴로워졌다.

그는 시릴의 반짝이는 금빛 머리통을 쥐어박지는 못하고 대신 흘거보았다.

"네 탓이야! 네가 먼저 원나잇이니, 자니 안 자니 해서 그렇잖아! 그리고 대체 본부로 찾아가서 무슨 얘길 했기에 널 다시 안 본대?"

래리가 다짜고짜 퍼부었다. 네 탓이다. 이건 절대적으로 네 탓이야. 래리는 자기 최면을 걸었다.

"안고 싶다는 얘기밖에 안 했어."

시릴은 짜증 섞인 손길로 머리를 흩뜨렸다.

"그러니까, 지금, 만나자마자 침대로 끌고 간 주제에 다시 찾아가서 한 말이 고작 그거라고?"

어이가 없어 입이 떡 벌어졌다.

"끌고 간 거 아냐. 진도 원했어."

"네가 짐승이냐? 좋아하는 사람이 생기면 당연히 데이트 신청부터 해야지!"

"잠깐, 좋아하는 사람이라고?"

이상하다는 듯 보는 시릴의 표정에 정말 때리고 싶어졌다. 이거 두 눈 감고 딱 한 대만 치면 안 되려나?

"그럼 네가 이러는 이유가 뭐라고 생각하는데?"

"진을 좋아해? 내가?"

눈을 깜박이던 시릴이 스스로를 가리키며 반문했다.

"그걸 나한테 물어보면 내가 알겠냐!"

결국 래리가 분통을 터뜨리고 말았다.

시릴은 남들처럼 평범한 성장기를 보내지 않았다.

워낙 어릴 때부터 모터스포츠에만 빠져든 터라 제대로 된 학교생활을 할 수 없었다. 시릴은 툭하면 수업을 빼먹거나 학교에서 도망쳤다.

시릴의 교육은 집안에서 붙여 준 가정교사들을 통해 이뤄졌고 또래 친구도 없었다. 사춘기 시절 남들은 한창 이성에 눈뜰 때도 그는 레이싱에만 미쳐 있었다.

래리는 세상에 부족한 것 없는 줄 알았던 시릴이 처음으로 측은하게 느껴졌다. 이제 보니 이 성격 나쁜 미청년은 제대로 자라지 못한 어린애였던 거다.

세상에, 저 잘난 얼굴에 차고 넘치는 조건을 갖고 사랑 한번 못 해 봤다니!

난 그래도 연애는 물론 결혼도 해 봤는데. 부모와는 정기적으로 연락하고 친구도 그럭저럭 있지. 인간관계가 메마르다 못해 사막인 시릴에 비하면 자신의 인생은 오아시스나 다름없었다.

그러나 래리의 심술 가득한 우월감은 일 초도 가지 않았다.

"진이 보고 싶어."

시릴이 벌떡 일어섰다. 당장이라도 뛰쳐나갈 기세였다.

"야! 지금 휴가 기간이야!"

래리의 고함 소리에 시릴은 발을 멈췄다.

지금은 모든 F1 팀에게 의무인 보름간의 여름휴가였다.

이 기간 동안 공장은 폐쇄되고 전 직원에게 휴가가 주어진다. 대부분의 직원은 고향으로 돌아가거나 휴가를 즐기러 떠난 상태였다.

자신은 진의 전화번호도 모르고 어디 사는지도 알지 못했다. 시릴은 충격에 빠졌다.

"이 주나 진을 못 본다고? 난 진의 주소도 모르는데?"

"내가 아는데……."

시릴의 고개가 전광석화처럼 돌아갔다.

"나도 모르는 진의 주소를 네가 어떻게 알고 있어?"

"그, 어쩌다 보니. 왜? 왜 그런 눈으로 보는데?"

"내 변태 매니저가 무슨 속셈으로 진의 주소를 가지고 있을까 생각 중이야."

시릴은 의심의 눈초리를 거두지 않았다.

이거 내가 한 짓을 들키면 뼈도 못 추리겠구나.

래리는 이 연애가 제대로 굴러가지 않으면 난생처음 사랑에 빠진 저 인간이 얼마나 주변을 들볶을지 예감했다. 그리고 그 첫 번째 희생자는 분명 자신이 되겠지.

위산이 소용돌이치며 역류하는 느낌에 래리는 깊이 좌절했다.

누굴 원망하겠냐. 내 무덤 내가 팠지. F3 시절 네 드라이빙에 홀려 계약서에 사인한 내 손가락을 부러뜨리고 싶다.

"난 그냥, 혹시나 네가 알고 싶어하지 않을까 싶어서……."

래리가 식은땀을 흘리며 변명했다. 그는 제물을 바치는 심정으로 시릴의 손에 메모를 넘겼다.

미안합니다, 서이진 씨. 나로선 이게 최선입니다. 나도 나름 노력은 했다는 걸 알아주세요.

"어쩔 셈인데?"

래리는 뚫어져라 주소를 보는 시릴에게 물었다.

"진이 날 좋아하게 만들어야지."

"무슨 수로?"

"당당하게 다가갈 거야."

"당당하게라며!"

울분에 찬 래리가 소리를 질렀다.

"그래."

"고작 뒤를 미행하는 게 당당한 거냐? 이게 더 변태 같지 않아?"

"누가? 너?"

뒷좌석에 기대앉은 시릴이 코웃음 쳤다.

그래, 거만하게 팔짱을 끼고 앉아 있는 모습조차 패션 화보가 따로 없구나. 누가 봐도 지질한 변태는 운전대를 잡고 있는 자신 같았다.

너 이러려고 나한테 운전시킨 거지? 원망을 담은 래리의 눈이 리어 뷰 미러를 노려보았다.

그러나 시릴의 시선은 저 멀리서 자전거 페달을 밟는 그녀의 뒷모습에서 한시도 떨어지지 않고 있었다.

"너무 빨라. 진을 앞지를 셈이야?"

시릴의 핀잔에 래리는 울컥했다.

"차로 자전거 뒤를 따라가는 게 쉬운 줄 알아?"

"시속 사백 킬로미터로 달리라는 것도 아닌데 뭐가 문제야?"

"그럼 네가 하든가!"

"이런 어린애도 할 수 있는 일을 나더러 하라고?"

어린애도 할 수 있는 일을 못하는 어른이 돼 버린 래리는 피눈물을 삼키며 천천히 브레이크를 밟았다.

그래, 이 인간은 드라이버였다. 0.02초 만에 기어를 바꾸고 파워 스티어링 없이 시속 300킬로미터에서 핸들 조작을 하는 잘난 F1 드라이버.

그 드라이버는 짝사랑 상대가 집밖으로 나온 순간부터 뒤를 졸졸 따라다니는 중이었다. 시릴은 래리를 닦달해 아침부터 잠복근무를 시켰다.

어제 겨우 좋아한다고 깨달은 주제에 어떻게 하루 만에 곧장 스토커로 진화하냐. 레이싱도 리타이어 아니면 포디움이더니, 도대체 왜 넌 중간이란 게 없어!

차가 한적한 주택가로 접어들었다. 길 양쪽으로 적갈색 벽돌벽에 흰 창문을 단 비슷한 집들이 다닥다닥 붙어 있었다.

현재 래리가 운전하고 있는 것은 자신의 중고 머스탱이었다.

시릴의 차고에 있는 차들은 전부 번쩍번쩍한 슈퍼카뿐이라 튀어도 너무 튀었다. 절대 미행에는 쓸 수 없는 차였다.

"어떻게 자연스럽게 만나지?"

"뭐라고 할 건데? 산책 나왔다가 우연히 마주쳤다고 할 셈이야? 런던에 사는 네가 무슨 수로?"

그거 참 고소하네, 라고 생각하며 래리가 이죽거렸다.

"죽었다 깨어나도 자연스럽게는 불가능하니까, 포기해."

"저게 뭐지?"

신나게 떠드는 래리를 시릴이 가로막았다.

이진의 집 앞에 누군가 있었다. 검은 정장을 입은 두 남자가 길가에 세워 놓은 벤츠에서 내려섰다.

한동안 그들은 이진과 이야기를 나눴다. 하지만 뭔가 의견이 맞지 않은 듯 얼굴을 굳힌 이진이 뒤돌아서고 있었다. 그때 갑자기 달려든 남자들이 이진을 억지로 벤츠에 태웠다.

"시릴!"

순간 말릴 사이도 없이 시릴이 차 밖으로 튀어나갔다.

순식간에 팔이 잡혔다.

어두운 차 안으로 거칠게 밀어넣어지자 숨이 막혔다.

불시에 당한 일에 몸은 저절로 반응하기 시작했다. 가라앉았던 기억이 해일처럼 밀려들었다.

몸을 파고드는 유리조각. 차창으로 들이치는 차가운 빗방울. 녹슨 쇳조각을 닮은 비릿한 냄새.

그것은 죽음과 고통의 냄새였다.

온몸이 부러진 것처럼 아팠다. 숨을 들이쉴 때마다 피 냄새가 울컥거리며 올라왔다.

그녀는 열두 살 때로 돌아가 차갑고 습한 어둠 속에 갇혀 있었다. 엄마, 엄마? 어디에 있어? 어디선가 어린아이의 흐느낌 소리가 들리는 것 같았다.

갑자기 차 문이 벌컥 열리고 흐트러진 금발머리가 나타났다. 그것은 마치 구름 위로 빠져나온 태양처럼 눈을 사로잡았다.

"진!"

새파란 눈동자가 시리도록 선명했다.

당신이 어떻게 여기에 있지? 이진은 어둠을 환히 밝히는 그 빛을 붙잡고 싶었다. 그러나 이미 그녀에겐 손을 뻗을 힘조차 남아 있지 않았다. 정신이 아득하게 곤두박질치고 있었다.

다음 순간 이진은 단단한 품속으로 거세게 끌려 들어갔다. 강철 같은 두 팔이 그녀를 안아 들고 있었다. 뜨거운 심장소리가 닿을 듯 가까워졌다.

넓은 가슴에선 숲을 닮은 청량한 향기가 났다. 눈앞을 가리던 짙은 피 냄새도 점차 흐려지고 있었다.

어쩐지 안심이 된 이진은 따뜻한 품에 얼굴을 묻었다.

시야가 까맣게 흩어졌다.

팔월 초의 한낮은 제법 더웠다.

차 안은 시릴의 요구로 에어컨을 끈 상태였는데도 그녀는 떨고 있었다.

래리가 힐끔 리어 뷰 미러로 기절한 이진을 살폈다.

담담하고 조금 차가운 인상이라고 생각했는데 오늘은 달라 보였다.

시릴의 어깨에 기대 있는 창백한 얼굴은 눈물에 젖어 있었다. 애처롭기도 하고 무의식중에 깨문 듯 붉게 달아오른 입술이 좀 섹시하기도 했다.

가끔 그녀가 작게 숨을 내뱉을 때마다 시릴은 불에 데기라도 한 듯 움찔거렸다.

"좀 괜찮은 것 같아?"

"눈 돌리고 운전이나 똑바로 해. 가로수라도 박을 셈이야? 그 운전 솜씨로 한눈까지 파냐?"

순간 래리는 저 인간을 확 길바닥에 버리고 갈까 했지만 기절한 이진 때문에 눌러 참았다.

"치사하다. 얼굴 좀 본다고 닳아?"

차에 탄 이후로 시릴은 내내 그녀를 품에서 놓지 않았다. 식은땀이 밴 이마에서 머리카락을 떼어 주고 등을 쓸어 주고 있었다.

마치 상처 입은 제 암컷을 보호하려는 짐승 같았다. 시릴이 누군가를 저렇게 돌보는 모습을 처음 본 래리는 신기했다.

덥지도 않냐? 고개를 절레절레 흔들던 래리의 눈에 무언가 포착됐다. 시릴이 불편한 듯 몸을 뒤척이고 있었다. 설마 저거, 그거 아니겠지?

다음 순간 래리는 입을 떡 벌렸다.

"이 짐승! 기절한 사람을 보고 그게 서냐?"

"시끄러. 닥치고 운전이나 똑바로 해. 달팽이도 이보단 빠르겠다."

쏘아붙이는 와중에도 그녀가 깰까 봐 소리를 낮추는 모습엔 기가 막힐 지경이었다.

그 후로도 시릴은 몇 번이나 다리를 바꿨지만 그녀를 끌어안은 팔만은 절대 풀지 않았다.

허리 아래는 짐승인데 위쪽은 눈물 날 정도로 순정적인 묘한 장면이었다.

Lap 5. 블루벨 하우스

얼굴에 닿은 시트가 무척이나 부드러웠다. 마치 햇살에 데워진 마시멜로처럼.

응?

이진은 살며시 한쪽 눈을 떴다.

자신의 방에 저런 샹들리에가 있었나? 시야에 들어온 낯선 물건에 이진은 눈을 깜박였다.

팔을 들자 크림색 실크시트가 따라 올라왔다. 자신은 이런 비싼 시트를 쓰지 않는다. 게다가 그녀의 방은 그저 흰 페인트로 칠해졌을 뿐, 저렇게 앤티크 벽지를 바른 벽도 아니었다.

눈을 뜨자마자 보이는 낯선 풍경에 이진은 어리둥절해졌다.

여기가 어디지?

자신의 침실을 몇 개나 합쳐 놓은 듯한 거대한 방이었다. 전체적으로 크림색과 연녹색을 사용한 방은 우아하고 아름다웠다.

그녀가 누워 있는 곳은 다섯 명이 누워도 될 듯한 거대한 침대 위였다. 매트리스 한쪽이 꺼져 몸을 웅크리고 자야 하는 자신의 침대와 달랐다.

"잘 잤어요?"

방 안으로 들어온 남자를 본 순간 한 달 전으로 시간이 되돌아가는 것이 느껴졌다.

여긴 호텔 방인가? 아직 레이스데이의 밤이 끝나지 않은 걸까?

푸른색 니트가 시릴의 푸른 눈을 한층 강조하고 있었다.

간편한 차림을 하고 있어도 그는 후광을 두른 듯 빛이 났다. 머리가 살짝 젖어 있는 걸 보니 샤워라도 하고 온 것 같았다.

시릴이 다가와 자연스럽게 그녀의 뺨에 손을 얹었다. 이진은 멍한 눈으로 그를 바라보았다.

"계속 깨어나지 않아서 걱정했어요. 의사는 당신이 자는 거라고 말했지만 그래도 대기하고 있으라고 했어요."

의사가 환자가 깰 때까지 대기도 하는 사람이었어? 언제나 반대의 경우만 보던 이진은 얼굴을 찌푸렸다.

"의사는 필요 없어요. 그보다 여긴……?"

"내 집이에요."

시릴의 집?

이진은 그제야 뭔가 이상하다는 사실을 깨달았다.

그녀가 알기로 시릴의 집은 분명 런던에 있었다. 워킹에 사는 자신이 왜 런던에, 그것도 시릴의 집 침대에 누워 있단 말인가.

"어째서 내가 여기에 있죠?"

"기억나지 않아요? 당신은 납치될 뻔했어요."

시릴의 말을 듣자 기억이 되살아났다.

난생처음 휴가를 얻은 이진은 할 일이 없었다. 랩톱조차 가지고 나올 수 없을 정도로 휴가 중 업무는 일절 금지된 상태였다. 그래서 오랜만에 냉장고를 채우기 위해 마켓에 장을 보러 갔었다.

에드가 함께 휴가를 보내자며 자신의 별장으로 초대했지만 이진은 거절했다. 모처럼 가족끼리 오붓하게 보내는 그들의 시간을 방해하고 싶지 않았던 것이다.

"마침 내가 지나가던 길에 당신을 발견하지 않았다면 큰일 날 뻔했죠. 납치범들이 도망치긴 했지만 번호판을 외워 뒀어요. 지금쯤 래리가 수사 의뢰를……."

"아뇨."

이진이 시릴의 말을 가로막았다.

"예?"

"그냥 내버려 둬요."

"그자들은 당신을 해치려 했어요."

"얘기를 하려던 것뿐이었어요."

그녀의 대답에 시릴의 눈이 가늘어졌다.

"아는 사람들인가요?"

"예."

정확히는 그들을 보낸 사람이 누군지 아는 것이지만.

어젯밤 조부의 변호사가 전화를 걸어 왔다.

변호사는 조부가 그녀를 만나러 조만간 영국에 올지 모른다는 소식을 전했다. 이진은 조부가 오든 말든 만날 생각이 없었다. 변호사는 그녀를 설득하려 했지만 실패했다.

그리고 오늘 집 앞에서 변호사가 보낸 사람들과 마주친 것이다. 생각보다 그들의 태도는 강경했다. 남자들이 일단 가서 얘기하자며 그녀의 팔을 잡아끌면서 문제가 생겼다.

"얘기를 하려고 사람을 납치하다니. 지독히도 매너가 없는 사람들이네요."

시릴의 차가운 빈정거림에 이진은 묵묵히 입을 다물었다.

조부를 보호할 생각은 없었다. 하지만 경찰이 수사를 시작하면 싫어도 조부와 엮이게 된다.

이진은 더 이상 그쪽과는 아무런 관계도 맺고 싶지 않았다. 빚만 청산하면 두 번 다시 연락할 일도 없는 사람들이었다.

"도와줘서 고마워요. 그럼 이제 돌아가⋯⋯!"

침대에서 일어나려던 이진은 어, 하고 앞으로 고꾸라졌다. 다음 순간 그녀는 시릴의 품안에서 눈을 깜박이고 있었다. 침대에서 굴러 떨어지기 직전 시릴이 그녀를 낚아챈 것이다.

"괜찮아요?"

시릴이 걱정스럽게 물었다.

이진은 이해할 수 없다는 눈으로 자신의 발목을 쳐다보았다.

"염좌로군요."

엄숙한 표정의 사십 대 의사가 퉁퉁 부어오른 왼쪽 발목을 보며 진단했다. 진회색 슈트를 멋지게 차려입은 그는 의사라기보다는 세련된 비즈니스맨처럼 보였다.

"금방 괜찮아지겠지? 많이 아픈가요?"

걱정스럽게 이진의 얼굴을 들여다보는 시릴의 표정이 더 안 좋아 보였다. 이진은 고개를 저었다.

"네가 제일 잘 아는 증상일 텐데 새삼 뭐가 그리 궁금해?"

의사가 가볍게 핀잔을 주었다.

"얼음으로 찜질을 해 주는 건 알지? 소염진통제를 처방해 줄 테니 당분간 무리만 안 하면 괜찮을 거야. 그보다 너, 잠깐 얘기 좀 하자."

말을 마친 의사는 싫은 기색이 역력한 시릴을 붙잡고 방 밖으로 나갔다.

방 안에는 이진과 나이 지긋한 노신사만 남았다. 의사가 방에 불려 올 때 함께 들어왔던 사람이었다.

"닥터 제라드는 도련님과는 사촌지간이십니다. 도련님이 처음 카트(Kart, 레저용이나 경주용으로 만들어진 1인승 자동차. 레이싱의 기본기를 익힐 수 있기 때문에 대다수 드라이버들이 어린 시절 카트부터 시작한다)를 타실 무렵부터 돌봐 주신 분이지요."

이진이 올려다보자 그는 인자한 눈으로 웃었다.

"저는 제롬 로베르입니다. 이 집안의 관리를 맡고 있습니다."

회색이 조금도 섞이지 않은 새하얀 백발을 완벽하게 빗어 넘긴 얼굴은 세월의 풍파에 깎여 모난 부분 없이 둥글었다.

놀랍게도 그는 이 여름날, 검은 턱시도에 보타이를 매고 있었다.

"혹시 다른 불편하신 점은 없습니까? 고단한 하루를 보내셨으니 시장하실 것 같은데요."

그 말에 이진은 자신이 하루 종일 아무것도 먹지 않았다는 걸 깨달았다. 그녀의 얼굴을 본 제롬이 기다렸다는 듯 말을 이었다.

"그럼 저희 도련님과 함께 저녁을 드시는 건 어떠십니까?"

"예?"

"도련님은 매일 혼자서 식사를 하신답니다. 어려서부터 가족과 떨어져 지내야 했기 때문에 외롭게 자라신 분이지요. 사실 이 집에 손님이 오는 것은 무척 드문 일입니다. 몸도 불편하신 분께 이런 부탁을 드리는 게 실례인 줄 알지만 잠시 저희 도련님의 말동무를 해 주시지 않겠습니까?"

주름진 얼굴에 밴 안타까움에 이진은 저도 모르게 고개를 끄덕이고 말았다. 그녀의 승낙에 제롬이 반갑게 웃었다.

"그럼 얼음 팩을 준비해 오겠습니다."

"누구야?"

"뭘?"

시릴은 2층에 두고 온 이진이 신경 쓰여 건성으로 대꾸했다. 제롬이 있을 테지만 자신이 곁에 있어 주고 싶었다.

그래도 자신의 집에 있는 이진을 보자 몇 주 만에 처음으로 기분이 나아졌다. 갈증이 조금이나마 해갈된 기분이었다.

"누군데 네 집에 데려다 놓은 거야?"

"병원에 안 가?"

"네가 여자를 집에 데리고 왔는데 지금 병원이 문제야?"

집요하게 구는 사촌형을 보며 시릴은 귀찮게 됐다고 생각했다.

차라리 다른 의사를 부를 걸 그랬나? 하지만 스콧이라면 가십지에 기사를 팔 걱정은 하지 않아도 되었다.

"신경 꺼. 병원 일이 한가한가 보지? 그새 망했어?"

"날 몇 시간이나 기다리게 만든 게 너다."

"의사가 환자 좀 기다린 게 그렇게 억울해? 히포크라테스 선서할 때 졸았어?"

"말 안 해 주면 클로에한테 전화한다? 그러면 어떻게 될지 알지?"

스콧의 협박에 시릴의 눈이 가늘어졌다.

이진의 이야기를 듣는 순간 클로에는 만사 제쳐 두고 런던으로 달려올 것이다. 정문에서 들여보내지 않으면 그만이지만 시끄러워질 게 뻔했다. 클로에가 알게 되면 온 가족이 알게 되는 건 시간문제였다.

"……진을 좋아하는 것 같아."

"누가?"

시릴은 사촌형의 멍청한 얼굴을 노려보았다. 그 머리로 용케 병원장까지 하고 있네. 알고 보면 돈으로 산 면허 아냐?

"내가."

"뭐?"

스콧이 돌아서려는 시릴의 옷을 잡아끌었다.

"스톱! 스톱!"

"놔. 무슨 짓이야?"

불쾌한 기색에 스콧이 재빨리 손을 뗐다. 시릴은 함부로 제 몸에 손대는 것을 싫어했다.

"미안, 미안. 그러니까, 지금, 네가 저 여자를 좋아하는 것 같다고? 이야, 우리 시릴이 연애를? 이거 빅뉴스네."

싱글거리는 스콧의 얼굴을 보니 기껏 좋아진 기분이 다시 나빠지려 했다.

"그런데 좋아하는 거면 좋아하는 거지, 좋아하는 것 같다는 건 또 무슨 소리야?"

"어쨌든 클로에에게 한마디라도 하면 병원 문 닫게 해 줄 테니까 알아서 해."

"네 농담은 꼭 진담처럼 들려서 무섭단 말이지."

스콧이 몸을 부르르 떨며 너스레를 떨었다. 시릴이 코웃음 쳤다.

"농담 아닌데?"

"야, 시릴!"

시릴은 구시렁대는 사촌형을 현관 밖으로 몰아내고 두 칸씩 계단을 올랐다. 그러나 자신을 부르는 목소리에 다시 되돌아와야 했다.

"경찰에 알렸어?"

래리의 얼굴을 보자마자 시릴은 가장 급한 문제부터 꺼냈다.

"일단 연락은 해 뒀어. 관할 문제 때문에 워킹 경찰 쪽으로 넘어갈 것 같아."

"취소해."

"뭐?"

"경찰은 안 돼. 진이 싫어해."

"그래도 납치 미수는 범죄인데."

래리가 석연치 않은 얼굴로 반대를 했다.

"맞아. 그러니 그냥 넘어갈 순 없지."

"취소하라며?"

"공식적으로 취소야. 하지만 비공식적으론 난 그놈들이 누군지 꼭 알아야겠어."

이젠 대놓고 뒷조사를 시키는구나. 래리의 표정이 떨떠름해졌다.

"야, 그건 좀. 본인이 알리기 싫어하는 것 같은데……."

시릴의 날카로운 시선이 래리의 말을 잘랐다.

"난 알 필요가 있어. 진을 위협하는 건 날 위협하는 것과 마찬가지니까."

네 멋대로의 해석에 서이진 씨도 동의한대?

사실 네가 그 여자의 애인이나 남편도 아니잖아. 잘해 봐야 애인 후보, 그것도 혼자 열 올리는 주제에. 래리는 차마 입 밖으론 꺼내지 못하고 조그맣게 속으로만 투덜거렸다.

하긴 몸 사리지 않고 주먹을 날릴 때부터 알아봤다. 시릴이 그녀를 옮기는 동안 남자들은 재빨리 차로 도망쳤지만 모두 성한 채로 돌아가진 못했다.

"그리고 이거 고쳐서 가져와."

"뭔데?"

시릴은 래리에게 액정에 금이 간 휴대전화를 건넸다.

"진이 가지고 있던 건데 아까 그놈들 때문에 망가졌어."

위쪽에서 들리는 작은 발소리에 시릴의 고개가 돌아갔다. 시릴은 계단을 내려오는 제롬을 보며 미간을 찌푸렸다.

"왜?"

왜 이진을 혼자 두고 나왔냐는 말이었다.

"얼음 팩을 가져다드리려고 합니다. 그리고,"

정중하게 대답한 제롬은 극적인 효과를 노린 듯 잠시 말을 끊었다.

"오늘 저녁 식사는 화이트 룸에 준비하겠습니다."

"거긴 왜?"

화이트 룸은 다수의 손님을 맞을 때나 쓰는 다이닝 룸으로, 평상시 시릴은 그곳에서 식사를 하지 않았다.

"그분과 함께 식사를 하셔야 하니까요."

"진이 나랑 저녁을 먹겠대?"

새파란 눈이 기쁨으로 일렁이자 제롬이 부드럽게 웃었다.

"예. 그러니 도련님도 어서 준비를 하십시오."

순식간에 계단을 달려 올라간 시릴이 복도 너머로 사라졌다.

래리는 어이없는 얼굴로 인사도 없이 사라지는 뒷모습을 지켜봤다. 저렇게 좋을까. 하긴 첫사랑이니 좋기도 하겠다.

고개를 돌리다 제롬과 시선이 마주친 래리는 저도 모르게 움찔거렸다. 제롬의 얼굴은 가면을 쓴 듯 무표정했다. 시릴을 향해 짓던 인자한 미소는 흔적도 없었다.

"무슈 보이트는 이만 돌아가시는 게 좋겠습니다."

하루 종일 미행하랴 운전하랴 정신없이 돌아다녀야 했다. 저녁때도 다 됐는데 러시아워를 뚫고 돌아가라고? 누가 시릴의 집사 아니랄까 봐 매정하기 짝이 없었다.

"시간도 늦었는데……."

래리는 웃는 얼굴로 대화를 시도했다.

"도련님은 그분과 식사를 하셔야 합니다."

방해하려 들면 용서치 않겠다는 기색이었다.

억울했다. 자신이 이제껏 누구 때문에 이 고생을 했는데! 단지 시릴이 실수할 수도 있으니까 옆에서 구경 좀 하겠다는 건데. 덤으로 저녁도 살짝 해결하고.

"그러니까 제가 옆에서 코치를……."

"장미라든가 흙탕물 세례 같은 거 말입니까?"

회색 눈썹이 어림도 없다는 듯 치켜 올라갔다. 순간 머릿속에 떠오른 것은 시릴이 제롬에게 다 까발렸구나, 하는 생각이었다.

말문이 막힌 틈에 제롬이 래리를 현관으로 안내했다.

"안녕히 가십시오, 무슈 보이트."

래리의 눈앞에서 쿵, 하고 문이 닫혔다.

시릴의 자리는 그녀의 옆이었다.

스무 명은 앉을 듯한 긴 테이블의 양끝에서 밥을 먹는 것도 괴상하겠지만 이 자리도 어색하긴 마찬가지였다. 맞은편 자리도 있는데 굳이 이렇게 딱 붙어 앉을 건 없잖아. 이진은 바쁘게 오가는 손을 보며 지적했다.

"난 다리를 다친 거지 팔이 잘못된 게 아닌데요, 시릴."

"의사가 절대안정이라고 한 말 못 들었어요?"

시릴이 웃으며 그녀의 접시에 샐러드를 덜어 주었다.

"이건 비밀인데, 루이의 음식은 절대 남기면 안 돼요."

갑자기 그가 목소리를 낮춰 소곤거리자 이진은 고개를 갸웃거렸다. 루이?

"주방을 책임지는 요리사입니다."

옆에서 제롬이 와인을 따르며 알려 주었다. 크리스털 잔에 진홍빛 액체가 찰랑찰랑 채워졌다. 술이 약한 이진은 그저 혀끝만 대다시피 했지만 무척 향기로운 와인이라는 건 알 수 있었다.

"섬세한 루이가 충격받아서 가출할지도 모르거든요. 그러면 다른 고용인들도 줄줄이 따라 나갈걸요? 다들 루이의 요리 때문에 여기서 일하는 게 아닌가 의심이 들 정도니까. 그래도 남을 사람은 아마 제롬 정도일까요?"

"저도 확신할 순 없습니다, 도련님."

근엄하게 서 있던 제롬이 한마디 거들었다.

"윽, 제롬마저."

시릴이 장난스럽게 배신당한 시저 흉내를 냈다.

"내 절반에 프랑스인의 피가 흐르는 걸 아나요?"

그 때문에 영국 팬과 프랑스 팬들은 서로 시릴이 자기네 선수라 며 우겼다. 미묘한 신경전은 시릴이 런던으로 주거지를 옮기면서 결 론이 났다.

포디움에서 '신이여 여왕을 구하소서'가 울려 퍼질 때마다 영국 팬은 환호하고 프랑스 팬들은 우거지상이 된다.

"어렸을 땐 거의 프랑스에서 살았어요. 어머니가 영국의 음침한 날씨를 싫어했거든요. 아버진 어머니 말이라면 도버 해협도 메워 버 릴 분이라 아예 주거지를 프랑스로 옮겨 버렸죠. 그래선지 다른 건 다 괜찮지만 영국의 음식은 적응이 안 돼요. 사실 루이가 없었다면 런던에서 지내기는 힘들었을 거예요. 평생 피시 앤 칩스나 먹어야 한다면 슬픈 일이죠."

가차없는 평가에 이진은 고개를 끄덕였다. 하긴 영국의 요리가 세계적으로 악명이 높긴 하지.

시릴의 장담대로 루이의 요리는 탄성이 나올 만큼 훌륭했다. 샐 러드는 싱싱했고 육즙이 밴 고기는 입안에서 녹을 듯 부드러웠다. 기숙사나 대학교의 구내식당에서 나오는 것과는 차원이 달랐다.

이진은 마치 예술 작품처럼 보이는 디저트를 한 스푼 떠서 입안 에 넣었다. 차갑고 달콤한 딸기향이 입안 가득 퍼져 나갔다.

이렇게 먹으면 순식간에 체중이 불어날 것 같은데 용케도……. 한 순간 군살이라곤 없던 시릴의 몸이 머릿속에 떠올랐다. 엉겁결에 고개를 돌리다 시릴과 눈이 마주친 이진은 놀라 숨을 삼켰다. 순간 차가운 셔벗이 그만 기도로 넘어갔다.

"괜찮아요?"

콜록거리며 기침을 하는 이진의 얼굴이 순식간에 빨개졌다.

"괘, 괜찮아요. 그냥 늘 이렇게 먹는데 배가 나오지 않아서, 관리를 잘했다 싶어서요."

당황한 나머지 머릿속에 있던 말을 그대로 뱉은 이진은 혀를 깨물고 싶어졌다. 잠깐 멈칫한 시릴이 자신의 배를 내려다보더니 싱긋 웃었다.

"음, 내 두둑한 뱃살을 보지 못했나요? 적어도 세 겹은 될 텐데. 밤이라서 그랬나? 하긴 보통 근육이라고 착각하기 쉬운 부위긴 하죠."

그럴 리가. 믿을 수 없다는 얼굴에 시릴이 눈썹을 추켜올렸다.

"의심스럽다면 당장 보여 줄 수도 있는데요."

시릴이 새하얀 드레스셔츠의 단추에 손을 가져가자 이진의 눈이 휘둥그레졌다.

"보, 보여 주지 않아도 괜찮아요!"

눈을 질끈 감은 이진은 다급히 그의 손을 가로막았다. 놀란 듯 잠시 침묵을 지키던 시릴이 천천히 입을 열었다.

"알았어요, 진. 그러니 손을 놔주세요. 아파요."

애써 웃음을 참는 듯 시릴의 목소리가 희미하게 떨리고 있었다. 눈을 뜬 이진은 화들짝 놀랐다.

단추쯤이라고 생각했던 것은 그의 가슴이었다. 정확히 말하면 자신의 손은 시릴의 유두를 움켜쥐고 있었다.

"미, 미안해요."

이진은 서둘러 손을 뗐다. 시릴이 작은 웃음소리를 냈다.

"아무래도 조금 민감한 부위라. 하하, 아깝네요. 식사 중만 아니라면 얼마든지 괜찮아요, 진."

실크셔츠 위에 선명하게 남은 구겨진 자국에 이진의 얼굴은 더이상 붉어질 수 없을 만큼 달아올랐다. 애써 외면하듯 천장을 보고 있는 제롬을 보자 쥐구멍이라도 있다면 숨고 싶어졌다.

"시릴, 제발."

애처로운 그녀의 얼굴에 시릴이 화제를 돌려 주었다.

"좋아요. 음. 당신의 궁금증에 답을 하자면, 늘 이렇게 먹진 않아요. 그랑프리가 있는 주에는 달걀흰자와 샐러드, 바나나 같은 식단으로 배를 채워야 하거든요. 레이스가 없는 날까지 맛없는 음식을 먹긴 싫어서요."

남은 시간 동안 시릴은 그랑프리에서 있었던 에피소드로 그녀를 즐겁게 해 주었다. 그는 재치 있고 매력적인 대화 상대였다.

식사가 끝나자 시릴은 그녀를 의자에서 안아 들었다. 식당에 내려올 때 이미 한차례 실랑이를 벌인 이진은 이번엔 얌전히 몸을 맡겼다. 자신이 아니면 일흔이 넘은 제롬이 해야겠냐는 말에 애처로운 눈으로 바라보던 노인이 떠오른 탓이다.

누군가에서 안기는 건 익숙하지 않았다. 그래서 무릎 뒤에 닿은 억센 팔뚝이 자꾸 신경 쓰였다.

"발목이 아파요?"

시릴이 잔뜩 몸을 굳히고 있는 그녀를 내려다보았다. 이진은 고개를 저었다. 발목의 부기는 조금 가라앉아 있었다.

"아뇨. 그냥 스커트가 익숙하지 않아서."

"예쁜데요? 당신에게 잘 어울려요."

식사 전에 메이드가 커다란 상자를 가지고 왔었다.

속에는 블라우스와 무릎을 살짝 덮는 스커트가 들어 있었다. 이진이 단 한 번도 입어 보지 못한 부드러운 촉감의 옷이었다. 어디에도 라벨이 붙어 있지 않아서 혹시 기성복이 아닌 건가 하는 불안한 생각도 들었다.

그러나 선택의 여지가 없었다. 너덜너덜해진 청바지를 입을 생각이 아니라면.

조금 전 의사는 고민도 하지 않고 가위로 그녀의 바지를 싹둑 잘라 버렸다. 부어오른 발목 때문에 바짓단을 끌어올리는 게 쉽지 않은 탓이었다.

"고마워요."

이진은 시릴이 침대 위에 자신을 내려놓자 말을 꺼냈다.

"날 구해 주고 이렇게 도와줘서요."

"당신은 내 집에 온 손님이잖아요. 그리고 지금은 움직일 수도 없는 상태고요. 당연히 내가 돌봐야 하는 게 맞죠."

시릴이 무심히 어깨를 으쓱하며 대답했다.

"하지만 이 옷도 그렇고……."

"당신 옷은 내 사촌이 망쳤죠. 그리고 이 집에는 늘 손님용 옷이 준비돼 있어요. 겨우 옷 한 벌 가지고 부담 가질 필요는 없어요."

손님용 옷이라고? 이렇게 자신에게 딱 맞는 사이즈가? 조금 의심스럽긴 했지만 시릴이 그렇다는데 더 이상 대꾸할 말이 없었다.

"잘 자요, 진."

시릴이 그녀의 이마를 가린 머리카락을 걷어 올리며 미소 지었다. 손가락이 스친 자리 위로 입술이 닿았다. 달콤한 입술의 온기가 피부에 스며들었다. 이마에서 시작된 키스는 미간을 스치고 코끝에 머물렀다가 마침내 부드럽게 입술을 누르는 것으로 끝났다. 손끝이 간질거릴 만큼 따뜻하고 다정한 키스였다.

"오늘은 이 정도로 만족할게요."

시릴은 이마를 맞대며 부드럽게 속삭였다. 푸른 밤바다처럼 깊어진 눈동자가 그녀의 눈을 사로잡았다.

시릴이 방을 나간 후에도 그 나직한 목소리는 귓가에서 떠나지 않았다. 심장이 제멋대로 뛰고 있었다.

이진은 메이드가 도와주러 들어올 때까지 멍하니 침대에 앉아 움직이지 못했다.

아침이 되자 시릴은 다시 그녀의 방에 나타났다.

웃는 얼굴로 손에는 베드트레이를 든 채.

"좋은 아침이에요, 진. 당신이 영국식과 프랑스식 중 어떤 걸 좋아할까 고민했는데 결정을 내리지 못했어요."

윗입술보다 약간 더 도톰한 시릴의 아랫입술이 매력적으로 휘어졌다.

시릴이 침대 위에 놓은 트레이에는 붉은 튤립 한 송이만 놓여 있었다.

꽃에 영국식, 프랑스식 구분이 있었나?

이진은 그의 말이 선뜻 이해되지 않아 눈을 깜박이며 튤립을 바라보았다.

그때 제롬이 커다란 트롤리를 밀고 방안으로 들어왔다. 그것을 본 후에야 시릴의 말이 이해되었다.

3층짜리 트롤리 위에는 영국과 프랑스식 아침이 뒤섞여 있었다.

맨 위층의 토스트와 베이컨, 소시지가 담긴 접시들 옆에 놓인 건 시리얼 그릇과 과일이었다. 중간의 커다란 바구니에는 크루아상과 바게트, 브리오슈 같은 빵이 가득 담겨 있었다.

다섯 명은 충분히 먹을 만한 엄청난 양이었다.

"커피? 아니면 홍차? 아, 오렌지주스와 핫 초콜릿도 있어요."

시릴이 아래쪽에 놓인 티포트와 병을 가리키며 물었다.

"난 아침을 먹지 않아요."

"그건 별로 좋지 못한 습관인데요."

시릴이 고개를 절레절레 흔들었다.

"오늘만이라도 시도해 보는 건 어때요? 루이를 봐서라도?"

그러고 보니 고소한 빵 냄새에 갑자기 식욕이 솟는 것도 같았다.

이진은 유혹에 굴복했다.

"그럼 커피와 빵으로 할게요."

"훌륭한 선택이에요. 루이의 크루아상을 맛보면 앞으로 굶겠다는 생각은 절대 안 할걸요?"

시릴이 베드트레이 위로 빵을 옮기며 윙크를 했다. 제롬이 잔에 커피를 따르자 그가 건네받아 그녀 앞에 놓아 주었다.

"나도 같은 걸로."

시릴의 지시에 제롬은 침대 옆 테이블에 시릴의 아침 식사를 차렸다.

제롬이 조용히 문을 닫고 나가는 것을 보며 이진은 커피를 한 모금 삼켰다. 순간 그녀의 눈이 휘둥그레졌다.

커피 향이 퍼질 때부터 좋다고 생각은 했다. 하지만 그녀는 단 한 번도 이렇게 향기로운 커피를 마셔 본 적이 없었다.

시릴의 장담대로 따뜻한 크루아상은 황홀할 만큼 맛있었다. 바삭한 껍질 안에 층층이 결이 살아 부드럽고 촉촉했다.

"맛있어요."

얼떨결에 내뱉자 시릴이 만면에 웃음을 띠었다. 두 사람은 서로를 바라보며 여유로운 아침 식사를 시작했다.

이진은 문득 어제부터 지금까지 줄곧 자신의 곁을 맴도는 시릴이 걱정됐다.

"시릴, 할 일이 있지 않아요? 휴가니까 따로 계획이 있었을 것 같은데요. 난 괜찮으니까 신경 쓰지 말고 원래대로……."

"당신도 말했다시피,"

그녀의 말을 가로막은 시릴이 어깨를 으쓱했다.

"지금은 공식 휴가 중이죠. 그리고 난 최고의 아침 식사를 즐기고 있고요. 누가 이 이상의 휴가를 바라겠어요?"

푸른 눈이 나른하게 그녀를 바라보며 웃었다.

그 눈동자가 어젯밤의 키스를 떠올리게 만들었다. 시릴과 하룻밤을 보낸 적도 있는데 이상하게 어젯밤 키스가 잊히지 않았다. 아직도 피부 위에 그의 감촉이 남아 있는 것 같았다.

또다시 얼굴이 붉어지려 했다. 이진은 재빨리 커피를 마시는 척 자신의 얼굴을 가렸다.

커다란 창 너머 수줍게 들어온 햇살이 시릴의 금발에 부딪혀 하얗게 부서지고 있었다.

커피잔이 달그락거리는 작은 소음이 만들어 내는 아침은 평화로웠다. 이따금 불어온 바람에 새하얀 모슬린 커튼이 날리는 모습조차 따사롭게 느껴졌다.

비현실적일 만큼 평화롭고 아름다운 아침이었다.

Lap 6. 고백

눈 깜박할 사이에 일주일이라는 시간이 흘렀다.

이진의 침대 옆에는 화병 하나가 놓여 있었다. 그곳에는 정확히 일곱 송이의 튤립이 꽂혀 있었다. 매일 시릴과 아침을 먹은 흔적이었다.

시릴은 그녀의 식사 시간과 티타임을 점령했다. 이진은 제롬이 우려낸 홍차와 루이의 디저트에 중독되었다. 그녀는 블루벨 하우스에서 평생 먹은 것보다 더 많은 디저트를 맛보았다.

사실 이진은 온종일 시릴과 함께하고 있었다.

시릴은 그녀와 함께 서재에서 책을 보거나 영화를 보며 시간을 보냈다. 의외로 시릴과 그녀는 취향이 잘 맞았다.

방에 딸린 드레스 룸에는 지금 수십 벌의 옷이 걸려 있었다. 여전히 그녀에게 딱 맞는 사이즈의 옷들로. 어디선가 들어 본 것 같은 유명 란제리 브랜드의 속옷 세트까지 완벽하게 갖춰져 있었다.

대체 파티에서나 입을 법한 칵테일드레스는 왜 있는 거며 캐시미어스웨터는 또 왜 있는 걸까. 그걸 입을 만한 날씨가 되면 자신은 이곳에 있지도 않을 텐데.

이쯤 되면 아무리 둔감한 그녀라도 손님용이라는 게 거짓말인 걸 모를 수가 없었다. 그리고 마음 한편에 쌓이는 부담도 따라서 커지고 있었다.

이진은 왼쪽 발목을 움직여 보았다. 부기는 완전히 사라졌고 통증도 없었다.

이제 집으로 돌아갈 때가 된 것이다.

어제저녁, 그녀가 가까운 지하철역이 어디에 있냐고 묻자 제롬이 묘한 얼굴을 했다. 그는 이 저택이 넓은 부지 때문에 지하철과는 조금 거리가 있다는 설명을 해 주었다. 하긴 창밖으로 옆집이 보이지 않으니 도심 한가운데일 리가 없었다.

자신의 자전거가 이곳에 없다는 사실이 조금 아쉬웠다. 하지만 어떻게 해서든 지하철역만 찾는다면 워킹까지 가는 데는 문제가 없을 것 같았다.

문을 노크하는 소리가 들렸다. 그녀의 대답에 방안으로 들어선 사람은 시릴이었다.

"발목은 좀 어때요?"

창가에 서 있는 그녀를 보고 시릴이 가까이 다가왔다.

"괜찮아요. 그래서 말인데 이제……."

"그럼 산책 갈래요?"

그녀의 말이 채 끝나기도 전에 시릴이 제안했다.

"예?"

"오늘 날씨가 좋아요. 가끔은 밖에 나가 햇볕을 쬐어 줘야죠."

"햇볕이요?"

이진은 창으로 보이는 하늘과 시릴을 번갈아 보며 되물었다.

"사실은 당신이 날 도와주는 거라고 해야겠군요."

"예?"

"며칠간 훈련을 안 했다고 내 트레이너가 날 잡아먹으려 들어요."

하긴 줄곧 그녀 곁에 있었으니 훈련할 틈이 없긴 했다. 문득 시릴이 안쓰러워졌다.

"휴가 기간에도 훈련은 쉴 수 없나 보군요."

"불쌍한 드라이버는 휴가 중에도 악당에게 시달리는 법이죠. 가볍게 뛸 예정인데 파트너가 필요해요. 악당 트레이너가 자긴 바쁜 일이 있어서 못 온다는군요."

"페이스메이커 같은 건가요? 난 그럴 정도로 잘 뛰지는 못하는데……."

이진이 걱정스럽게 물었다.

"걱정 말아요. 당신을 위해서 따로 준비한 게 있으니까."

"그럼 옷을 갈아입어야 할 것 같은데요."

시릴은 가벼운 니트와 면바지 차림의 그녀를 보며 고개를 저었다.

"그 정도면 충분해요."

이진은 시릴의 손에 이끌려 밖으로 나갔다. 현관 앞에서 그들을 기다리고 있는 건 은색으로 반짝이는 자전거였다.

"당신은 이걸 타고 날 도와주세요."

"도련님, 무슈 보이트의 전화가 와 있습니다."

그때 문 앞에 나타난 제롬이 시릴을 불렀다.

"잠깐만 기다려요, 진. 곧 돌아올게요."

말을 마친 시릴은 서둘러 응접실로 들어갔다. 제롬의 얼굴에는 흐뭇한 미소가 떠올라 있었다.

"아침 산책을 하기에 매우 좋은 날입니다, 마드무아젤."

정말? 시릴도 그렇고 제롬도 시력에 문제가 있는 게 아닌가 의심스러워졌다. 간간이 햇살이 비치고는 있지만 구름이 잔뜩 끼어 있어서 좋다고 하기엔 절대 무리인 날씨였다.

이진의 미덥지 않은 시선에 제롬이 헛기침을 했다.

"걱정 안 하셔도 됩니다. 이곳에는 장미가 한 그루도 없답니다."

"예?"

"원래는 저택 뒤쪽에 흰 넝쿨장미가 심어져 있었습니다만, 얼마 전 도련님이 쓸모없는 꽃이라고 말씀하셔서 다 뽑아냈지요."

제롬은 빙긋이 미소 지으며 그녀를 바라보았다.

얼마 전? 설마……. 무언가 떠오르려는 찰나 당황한 제롬이 소리쳤다.

"저희 도련님은 장미 같은 건 절대! 선물하지 않습니다. 장미를 엄청나게, 싫어하시거든요."

노집사의 창백한 안색에 그녀는 자신도 모르게 고개를 끄덕이고 말았다. 안심한 듯 제롬의 얼굴에 미소가 되돌아왔다.

"시릴은 밖에서 자주 훈련을 하나요?"

"저택의 경계를 따라 만들어진 조깅 코스가 있습니다. 봄이 되면 길 양옆으로 블루벨이 가득 핀답니다. 아주 아름다운 광경이지요."

"여름이라 꽃이 다 져서 안타깝네요."

"내년에 보시면 되지요."

제롬이 당연한 소릴 한다는 듯 맞받았다.

내년에 나는 이곳에 없을 텐데 그게 가능할까요. 이진은 말없이 미소 지었다.

그녀는 순식간에 돌아온 시릴과 함께 저택을 벗어났다.

잘 정돈된 프랑스식 정원을 지나 키 큰 나무들이 심어진 담 가까이 가자 푸른색으로 경계를 표시한 길이 눈에 들어왔다.

"왜 이 길을 따로 만들었어요?"

이진이 천천히 페달을 밟으며 물었다. 시릴의 집에는 체육관이 있다고 들었다.

"가끔은 트레드밀 말고 이렇게 하늘을 보며 뛰고 싶을 때가 있거든요."

시릴의 싱그러운 웃음이 눈부셨다.

"정원사는 조경을 망친다고 무척 싫어하지만. 그래서 블루벨을 잔뜩 심어서 가리려고 애쓰죠."

제롬이 자랑하는 블루벨에 그런 숨겨진 비밀이 있었다니. 이진의 얼굴에 웃음이 떠올랐다.

"내 옆에서 달려 줘요, 진. 언제나 내가 당신을 볼 수 있게."

시릴이 흘러내린 머리카락을 귀 뒤로 넘겨 주며 주문했다. 또다시 그녀의 심장이 엇박자로 뛰었다.

"그리고 조금이라도 힘들거나 불편한 곳이 있으면 바로 얘기해야 해요."

"걱정하지 말아요. 다 나았다니까요."

시릴은 이진에게 몇 번이나 당부한 후에야 천천히 달려 나가기 시작했다.

이따금 스치는 바람이 황금색 실 같은 머리카락을 어루만졌다. 햇살이 비치지 않아도 시릴의 주변은 환한 빛으로 물들어 있는 것 같았다.

조깅 코스를 따라 저택 주위를 세 바퀴쯤 돌았을 때 갑자기 비가 쏟아졌다. 굵은 빗방울이 후드득 소리를 내며 떨어졌다. 순식간에 옷이 젖기 시작했다.

"지겨운 영국 날씨."

시릴이 신음하며 불평을 했다. 이진도 차가운 물방울에 어깨를 움츠렸다.

정원에는 마땅히 비를 피할 곳이 없었다. 저택이 보이긴 했지만 거기까지 가는 동안 몽땅 젖어 버릴 게 뻔했다.

"현관까지 누가 먼저 도착하나 내기할까요? 진."

"자전거랑 시합을요?"

엉뚱한 제안에 이진의 눈이 동그래졌다.

"날 만만히 보면 안 될걸요. 아, 그리고 상품은 진 사람이 이긴 사람에게 딥키스해 주기예요."

"뭐라고요?"

"자, 달려요! 진!"

지금까지와는 비교도 안 되는 속도로 달려나가는 시릴을 보며 이진은 힘껏 페달을 밟았다.

예상대로 그들은 흠뻑 젖은 채 저택 앞에 도착했다.

대기하고 있던 제롬의 안내로 이진은 욕실로 직행했다.

따끈한 목욕 후에 시릴은 그녀에게 집 안 구경을 시켜 주겠다며 나섰다. 이진이 블루벨 하우스에 머무른 지 일주일 만이었다.

맨 처음 들른 수영장에는 한 사람이 있었다.

6피트 3인치(190cm)는 족히 넘을 듯한 키에 온몸을 풍선 같은 근육으로 부풀린 남자였다. 그는 덩치에 맞지 않게 궁색한 모습으로 풀 옆에 쪼그리고 앉아 있었다. 그의 손에는 수경과 뜰채가 들려 있었다.

"어? 시릴!"

"왜 아직 여기 있어?"

반가워하는 남자에 반해 시릴은 성가신 기색이 역력했다.

"진, 이쪽은 내 트레이너예요."

"아, 안녕하세요. 제이미 칼튼입니다."

시릴의 무성의한 소개에 남자는 얼굴을 붉게 물들이고 더듬거렸다. 시릴이 자신을 소개시킬 생각을 하지 않자 이진은 스스로 밝힐 수밖에 없었다.

"안녕하세요. 전 서이진이에요."

"예, 말씀 많이 들었습니다."

부끄러움을 많이 타는 타입인지 제이미는 귓불까지 붉어진 얼굴로 웃었다.

"왜 진을 보고 얼굴을 붉혀?"

시릴이 못마땅하게 자신의 트레이너를 노려보았다. 깜짝 놀란 제이미가 고개를 저었다.

"아냐, 아냐! 시릴!"

"바쁘시다고 들었는데 일은 끝나셨나요?"

"어? 안 바쁜데요?"

이진의 질문에 제이미가 맹한 얼굴로 대답했다. 시릴의 미간이 확 찌푸려졌다.

"그럼 여기서 뭘 하고 계셨어요?"

이진은 이해가 가지 않아 되물었다.

"아, 시릴이 수영장에서 제 방 열쇠를 잃어버렸다고 해서요. 아직 못 찾았거든요. 하하."

웃으니 안 그래도 처진 눈매가 더 내려와 남자를 순한 판다처럼 보이게 했다.

"블루벨 하우스에 머무르시나요?"

"예. 휴가라서 고향에 갔다가 오늘 돌아왔는데 방문이 잠겼더라고요, 하하. 그런데 시릴, 어쩌다 열쇠를 여기까지 갖고 온 거야?"

"당분간 필요 없을 거야."

시릴이 무뚝뚝한 목소리로 쏘아붙였다.

"응?"

"놀러나 가."

"하지만 시릴, 오늘부터 훈련을 할 거라고 했잖아. 그래서……."

시릴은 눈치라곤 없는 저 트레이너를 물속에 밀어 버릴까 고민했다.

"당분간 진이 도와줄 거야. 그렇죠? 진."

상냥하게 묻는 시릴에게 이진은 아무 대답도 할 수 없었다. 시릴은 네 탓이라는 듯 제이미를 노려보았다.

"다음 주까지 휴가를 줄 테니 아무 데나 가 버려."

"그, 그래. 시릴."

죄 없는 트레이너가 도망치듯 허둥지둥 수영장을 빠져나갔다.

이진은 시릴을 물끄러미 올려다보았다. 시릴은 나쁜 짓을 하다 들킨 아이처럼 이리저리 시선을 피하고 있었다.

"악당 트레이너라면서요?"

시릴의 말과는 달리 제이미는 예의 바르고 순한 남자였다.

"당신과 달려 보고 싶었어요."

한숨을 내쉰 시릴이 솔직히 고백했다.

"사과 같은 건 안 해요. 후회 안 하니까. 어차피 휴가가 연장되면 제이미도 좋을 거잖아요."

말은 그렇게 해도 시릴의 얼굴은 억울하다는 기색이 역력했다. 남자의 뻔뻔함에 이진은 어쩔 수 없다는 듯 웃었다.

"……나중에 열쇠는 찾아 줘요. 애꿎게 수영장 바닥 뒤지게 하지 말고."

순식간에 시릴의 얼굴이 환해졌다.

"그럴게요! 진."

신이 난 시릴은 차고를 보여 주겠다며 그녀를 데려갔다.

그곳에는 도로에서 그 모습도 찾기 힘든 슈퍼카들이 즐비했다.

지난번에 본 적 있는 맥라렌의 P1부터 부가티 베이론, 코닉세그 아제라, 람보르기니 무르시엘라고와 전 세계에 단 스물다섯 대밖에 없다는 파가니 존다F까지 있었다.

시릴의 차고는 자동차광들이 꿈꾸는 낙원이었다.

차고를 보며 이진은 이 남자가 정말 스피드를 좋아한다는 사실을 깨달았다. 차고 안에 세단이나 왜건처럼 보통 사람들이 타는 차는 한 대도 없었던 것이다.

"타고 싶은 게 있어요? 우리 드라이브할까요?"

"……난 차를 못 타요, 시릴."

잠시 망설이던 이진은 사실을 밝혔다.

납치를 당할 뻔한 그때 이미 시릴은 자신을 보았다. 그리고 이 이야기를 한다면 시릴과 거리를 두는 데 도움이 될지도 몰랐다.

시릴이 고개를 갸웃거렸다.

"혹시 차멀미 같은 거 해요?"

"아뇨."

이진을 런던으로 데리고 오는 동안 시릴도 이상하다고 생각하긴 했다.

자신의 품에서 곧장 기절한 거며, 의식이 없는 상태에서도 소리 없이 눈물을 흘리던 모습이 예사롭게 보이지 않았다. 단순히 충격 때문이라고 넘기기엔 미심쩍었던 게 사실이었다.

"어릴 때 사고를 당해서 차를 타지 못해요."

시릴이 눈썹을 살짝 찌푸리는 것을 보며 이진은 말을 이었다.

"몸에는 아무런 문제가 없어요. 그저 내 머릿속 한 부분이 고장 난 것뿐이라고 하더군요."

처음 그 사실을 알게 된 건 사고가 나고 일 년쯤 지나서였다.

찾아갈 엄마의 무덤조차 없다는 말에도 이진은 울지 않았다. 앞으로 혼자서 살아가야 한다는 이야기를 들어도 두렵거나 슬프지 않았다.

그녀의 망각 상태가 깨어진 것은 어느 날 택시를 타려고 했을 때였다.

새파랗게 질린 이진은 온몸에 통증을 호소하며 의식을 잃었다. 그 후에도 몇 번이나 자동차를 타려고만 하면 기절하거나 호흡곤란이 왔다. 무의식 속에서 사고의 악몽에 갇힌 그녀는 탈진할 때까지 울곤 했다.

그녀의 사정을 아는 사람들은 두 가지 반응을 보였다. 정신이 이상한 여자애라고 수군거리거나 동정 어린 눈길로 보거나.

한숨 소리가 들려오자 이진의 가슴이 조여들었다.

"음, 앞으로 카섹스는 절대 못 하겠네요."

시릴이 크게 실망했다는 듯 어깨를 늘어뜨렸다.

"사실 조금 기대했는데. 아무래도 좁을 듯해서 롤스로이스를 한 대 살까 했거든요. 내부는 꼭 흰색으로 주문할 생각이었죠. 그 편이 당신이 내 위에서 움직일 때 더 잘 보이지 않……."

이진은 손을 뻗어 그의 입을 다물게 했다. 대체 이 남자는! 그녀의 얼굴에 붉디붉은 홍조가 떠올랐다.

시릴이 웃음을 터뜨렸다. 이진의 고백으로 어두워진 분위기가 순식간에 날아가 버렸다.

장난스러운 시릴의 눈빛을 본 순간 이진은 물러서려 했다. 지난번 비슷한 상황에서 그가 무슨 짓을 했는지 떠오른 것이다. 하지만 시릴이 더 빨랐다.

시릴은 이진의 손목을 붙들었다. 열기를 품은 입술이 먼저 닿았다. 그는 손목 아래 맥박이 뛰는 곳을 천천히 핥았다. 뜨거운 혀가 그녀의 피부를 적셨다.

순식간에 가슴이 뜨거워졌다.

"시릴……, 그만."

그녀가 가늘게 헐떡였다. 시릴은 연약한 피부 위에 입술을 댄 채 낮게 속삭였다.

"정말 내가 그만두길 원해요?"

오싹할 만큼 달콤한 목소리였다.

"차 안이 안 된다면 보닛 위도 괜찮아요."

시릴은 옆에 있는 부가티 쪽으로 이진을 밀었다. 차갑고 매끄러운 철판이 다리에 닿았다.

"트랙에서 출발신호를 기다리고 있을 때 어떤 기분인지 아나요?"

시릴이 그녀를 덮치듯 보닛 위로 양팔을 짚었다. 이진은 그의 팔 안에 갇혔다. 단단한 허벅지가 그녀의 다리 사이로 파고들고 있었다. 시릴의 입술이 귓불에 닿을 듯 가까워졌다.

"손바닥 아래서 1.6리터 터보엔진을 단 괴물이 으르렁대면 전신이 팽팽하게 긴장돼요. 심장박동수도 어느덧 한계치까지 높아지죠."

시릴은 이진의 손을 자신의 가슴 위에 올려놓았다. 얇은 티셔츠 아래 거칠게 뛰는 심장이 생생하게 다가왔다.

"떨리는 게 느껴지나요?"

귓불을 빨아당기는 그의 입술에 정신이 아득해졌다. 목덜미에 단단한 이가 스치자 소름이 돋았다.

이진은 탄탄한 가슴에 손을 댄 채 떨고 있었다. 따뜻한 살갗 아래서 매끈한 근육이 꿈틀거렸다. 그는 사냥감을 노리며 몸을 낮추고 있는 아름다운 맹수 같았다.

"난 당신이 원하는 대로 움직여 줄 수 있어요."

시릴의 손이 블라우스 속으로 파고들었다. 단단한 손가락이 여린 등을 어루만졌다. 시릴의 숨소리가 조금씩 거칠어지기 시작했다.

"귀를 찢는 배기음 속에서 시속 삼백 킬로미터로 트랙을 미끄러지면 온몸이 뜨거워져요. 손끝의 감각과 신경도 폭발할 듯 예민해지죠. 트랙 위에선 가끔 화이트아웃이 오는 때가 있어요. 순간적으로 온 세상이 하얗게 변하는 아찔한 순간이죠. 그럴 때면 오직 감각에만 의존해서 달려야 해요."

어느새 고리가 풀렸는지 그의 손이 브래지어를 밀어 내렸다. 얇은 실크 너머로 붉은 유두가 비치고 있었다. 가슴 위로 따스한 입김이 닿자 이진은 숨이 멎을 것 같았다.

시릴의 입술이 블라우스 위로 가슴을 삼켰다. 실크와 함께 유두가 입안에 빨려 들어갔다. 시릴은 그 작고 붉은 몽우리를 마음껏 혀로 희롱하고 감아올렸다.

실크 블라우스가 천천히 타액에 젖어들었다. 시릴은 블라우스 너머 빳빳하게 서 있는 유두에 이를 세웠다. 이진의 목에서 가느다란 신음이 흘러나왔다.

"나랑 자요, 진. 당신에게 그 기분을 느끼게 해 줄게요."

평소보다 짙어진 청색 홍채가 그녀를 비추고 있었다. 이진은 홀린 듯 그에게 손을 뻗었다.

갑자기 시릴이 몸을 굳혔다.

"여기선 안 돼요. 아니, 지금은 안 돼. 빌어먹을!"

시릴이 거칠게 욕설을 내뱉었다. 놀란 그녀가 움츠러든 것을 본 그가 한숨을 쉬었다.

"깜박했는데 차고엔 감시 카메라가 설치돼 있어요. 동작 인식 시스템이라 우리가 들어온 순간 자동으로 켜졌을 거예요."

이진이 황급히 그에게서 떨어졌다.

"카메라를 끄라고 하고 올게요."

"아뇨. 이제 그만 여기서 나갈래요."

그녀의 말에 시릴이 혀를 찼다. 이진은 떨리는 손으로 흐트러진 옷을 정돈했다. 젖은 블라우스가 살갗에 달라붙어 쉽지 않았다.

"기다려요."

시릴이 이진을 들어올려 다시 부가티 위에 앉혔다.

"나가고 싶어요, 시릴."

시릴은 내려오려는 그녀를 붙들고 대신 블라우스 단추를 잠가 주었다.

"잠시만요. 당신이 진정될 때까지만 여기 있어요."

시릴은 그녀의 떨림이 가라앉을 때까지 기다려 주었다.

"난 이제 돌아갈 때가 된 것 같아요, 시릴."

이진은 그를 마주 보지 못하고 고개를 숙였다. 자신의 귀에도 목소리가 형편없이 흔들리고 있었다.

"……그 얘기일 것 같았어요. 사실 당신이 그 얘길 꺼낼까 봐 마음 졸였죠."

시릴의 목소리가 쓸쓸하게 울렸다.

"당신이 지금 가 버리면 다들 섭섭해할 거예요. 여긴 무덤처럼 쓸쓸해지겠죠. 휴가가 끝날 때까지만이라도, 조금만 더 머물러 주지 않을래요?"

"하지만……."

"거절하기 전에 하룻밤이라도 생각해 줘요. 날 위해서 그 정도는 해 줄 수 있지 않아요?"

그동안 시릴이 얼마나 자신을 정성껏 돌봐 주었는지 안다. 그래서 그녀는 그 애틋한 부탁을 차마 거절하지 못했다.

"생각해 볼게요."

이진은 콘솔 위에 방치했던 휴대전화를 집어 들었다.

이틀 전 시릴이 가져다준 것이다. 액정이 손상되는 바람에 수리를 해야 했다고 했다.

전원을 켜자 곧이어 메시지가 들어오기 시작했다. 에드가 보낸 안부 메시지였다. 늦어서 미안하다는 답장을 보내고 나자 낯익은 번호 하나가 눈에 들어왔다.

조부의 변호사로부터 부재중 전화가 열일곱 통이나 와 있었다. 그는 그날 이후 줄곧 그녀에게 연락을 시도한 것 같았다.

「작은 오해가 있었던 것 같습니다. 만나 뵙고 말씀드리고 싶습니다.」

「조부님께서 곧 영국에 오실 것 같습니다.」

「어디 계십니까?」

「연락 바랍니다.」

이진은 굳은 얼굴로 메시지를 모두 삭제했다.

"진, 들어갈게요."

노크 소리가 들리고 시릴이 방 안으로 들어섰다.

새하얀 셔츠와 연회색 바지를 입은 시릴은 방금 화보에서 빠져나온 것 같았다. 화사한 금발이 뚜렷한 이목구비를 감싸고 있었다. 시릴은 어딘가 쑥스러운 얼굴로 한 손을 등 뒤로 감추고 있었다.

"당신과 이것저것 많은 이야기를 했다고 생각했는데……."

잠시 목을 가다듬듯 시릴이 말을 끊었다.

"생각해 보니 가장 중요한 이야기를 하지 않았더군요."

그가 감추고 있던 것은 주홍색 튤립이었다. 시릴은 수줍게 꽃망울을 벌린 튤립 꽃다발을 그녀에게 내밀었다.

"당신을 좋아해요, 진."

갑작스러운 고백에 기쁨보다 씁쓸함이 치밀었다.

얼마나 많은 여자들이 당신의 그 말에 가슴이 설렜을까. 이 집의 손님으로 머물며 옷을 받은 여자가 자신이 처음은 아닐 것이다.

시릴의 미소를 보고 있으면 달콤한 착각에 빠져든다. 마치 이 행복한 순간이 영원할 것 같다는 착각.

돌아가야 했다. 이건 지속될 수 없는 환상이다. 현실이 아니라는 걸 망각하기 전에 자신의 자리로 돌아가야 했다.

"난 우리가 더 이상 가까워지지 않았으면 해요, 시릴."

이진이 꽃을 외면하자 기대감으로 반짝거리던 시릴의 눈이 흐려졌다.

"왜요?"

"그날 하루면 충분하니까요."

하룻밤이면 된다고 여겼다. 지금도 이미 지나치게 멀리 온 상태였다.

이진은 그날 밤 시릴이 취해 있어 다행이라고 생각했다. 그 때문에 시릴은 자신이 다른 여자들과 다르다는 사실을 눈치채지 못한 것 같았다.

시릴이 그 밤을 좋은 추억으로 생각하고 있다면 애써 그 기억을 망치고 싶지 않았다.

"어째서요?"

"난 바람둥이랑은 연애 안 해요."

시릴이 한 대 맞기라도 한 것처럼 고개를 젖혔다. 그의 손에서 꽃다발이 떨어졌다.

"당신과 난 사는 세계가 달라요. 당신은 화려하고 세련된 여자들에 익숙하겠지만 난 그런 사람들과 달라요. 내 생활은 평범하고 흥미롭지도 않으니까. 당신은 금세 지루해지고 내게 싫증날 거예요."

"내겐 당신이 처음이고 누구에게도 이런 감정을 가져 본 적 없다고 해도 말인가요?"

시릴의 목소리가 조금 떨리는 것처럼 들렸다.

"그래요."

이진은 억지로 말을 입 밖으로 밀어냈다.

"왜요?"

"당신을 믿을 수 없으니까요."

커다랗게 떠진 파란 눈동자가 상처 입은 것처럼 보여서 가슴이 따끔거렸다.

"그럼 왜 내 키스를 받아 주었어요? 아니라고 하진 말아요. 여자가 날 원하는지 아닌지 구분 못할 정도로 멍청이는 아니니까."

"어차피 하룻밤이라면 상관없으니까요."

순식간에 공기가 얼어붙었다. 이진은 침묵이 이토록 불길하고 날카로운 것인지 처음 알았다.

"하룻밤이라면 상관없다고요?"

시릴이 이를 갈듯 말을 내뱉었다.

그는 이진을 끌고 가 침대에 던지다시피 밀쳤다. 푹신한 매트리스 위로 튀어 오른 이진은 곧바로 단단한 몸 아래 깔렸다.

"당신에겐 지난 일주일이 아무것도 아니었다고요? 나 같은 건 하룻밤 놀이 상대로는 괜찮지만 애인으로 삼기에는 부족하니까?"

자신 위에 걸터앉은 시릴 때문에 이진은 침대에서 벗어날 수 없었다. 거기다 시릴이 그녀의 손바닥 위로 깍지를 끼는 바람에 옴짝달싹하지 못했다.

이진은 거친 행동보다 시릴의 얼굴에 놀라 굳었다. 창백하게 질린 시릴은 눈빛만 푸르게 형형했다.

"그러면 오늘도 원나잇이라고 생각해요. 오늘도 내일도 모레도."

으르렁거리듯 내뱉은 시릴은 그녀의 몸 위로 고개를 숙였다.

가슴 아래에 입술이 닿자 이진은 움츠러들었다. 언제나 그의 입술은 따뜻했는데 지금은 차갑게 느껴졌다.

어쩌다 이렇게 됐을까. 자신은 이 햇살 같은 남자에게 무슨 짓을 한 걸까.

시릴이 자신에게 억지로 난폭한 짓을 할 거란 생각은 들지 않았다. 그러기엔 이 남자는 지나치게 다정했다.

하지만 달콤한 일주일의 끝이 고작 이렇다고 생각하니 서글퍼졌다. 눈물이 새어 나올 것 같아 이진은 눈을 감아 버렸다.

어느 순간 그녀는 시릴이 꼼짝 않고 있다는 사실을 깨달았다.

"심장이 아파."

시릴은 그녀의 배에 얼굴을 묻고 중얼거렸다. 쓸쓸하고 애잔한 목소리였다.

"이제 알 것 같아요. 이런 게 좋아하는 거라고요?"

자조 어린 웃음에 넓은 어깨가 떨리고 있었다.

"당신이 이렇게 날 갈가리 찢어도 미워할 수조차 없는데 고작 좋아한다고……? 하하."

그 공허한 웃음소리는 폐에서 쥐어짜는 것처럼 처참하게 들렸다.

Lap 7. 그 여자의 사정

구름 한 점 없이 맑은 아침이었다.

이진은 이곳에 올 때 입고 왔던 옷을 다시 입었다. 바지만 어쩔 수 없이 빌리기로 했다.

어차피 빈손으로 왔기에 따로 준비할 것도 없었다.

다른 건 다 괜찮았다. 단 하나, 눈에 밟히는 것이 있었다.

이진은 조심스레 손을 뻗어 주홍색 꽃잎을 쓸었다. 붉은 튤립 옆에는 새로 주홍빛 꽃다발이 꽂혀 있었다. 시릴의 마음 같아서 차마 바닥에 그대로 버려둘 수 없었다.

하지만 어떤 물건이건 어울리는 곳이 있는 법이다. 이 꽃들은 여기가 가장 어울렸다. 마치 시릴처럼.

노크 소리가 들리자 그녀는 미련을 떨치듯 손가락을 떼어 냈다. 문을 열고 들어온 제롬이 정중하게 고개를 숙였다.

"헬기가 대기 중입니다."

"시릴은……."

"도련님은 몸이 불편하셔서 인사를 못 하실 것 같습니다."

시릴은 어젯밤 그녀를 두고 사라져 버린 후 다시 나타나지 않았다. 작별 인사를 하고 싶었는데 불가능할 것 같았다. 여길 떠나면 이제 시릴과 만날 기회는 사라진다. 어쩌다 운이 좋으면 본부에서 먼발치로나 보게 되겠지.

이진은 입술을 깨물었다.

"헬기는 필요치 않아요. 길을 가르쳐 주시면 혼자 갈 수 있어요."

"사실은 제가 관절염이 도져 바깥출입이 어렵습니다."

거짓말이었다.

그동안 제롬은 2층 계단을 쉴 새 없이 오르내리면서 한 번도 힘든 기색을 보인 적 없었다.

그녀는 나이 든 집사가 자신을 헬기에 태우기 위해 거짓말을 하고 있다는 것을 알았다. 게다가 제롬은 장미가 없다는 말을 하던 그때처럼 어색한 헛기침을 하고 있었다.

"굳이 걸어서 가시겠다면 제가 안내해 드리겠습니다만 늙은 저와 몇 시간이고 길거리를 헤매는 걸 원치는 않으시겠지요? 이젠 나이가 들어 그런지 한번 몸이 아프면 회복도 어렵답니다."

"그냥 방향만 가르쳐 주시면……."

"죄송합니다. 기억력이 예전만 못해 방향을 가늠하기 힘들 것 같습니다. 역시 늙으면 죽어야 하나 봅니다."

노집사의 침통한 목소리에 결국 이진은 항복하고 말았다.

"······헬기를 타고 갈게요."

워킹으로의 여정은 짧았다.

헬기는 소음이 엄청났다. 헤드셋을 쓰지 않고는 귀가 먹먹해질 정도였다. 하지만 이진에게는 요란한 프로펠러 소리가 귀에 들어오지 않았다. 주변 풍경을 설명해 주는 친절한 조종사의 배려에도 그저 고개만 끄덕일 뿐이었다.

헬기는 본부의 착륙장에 그녀를 내려 준 후 다시 런던 쪽으로 날아갔다.

버스를 타고 집으로 돌아오는 동안 이진은 줄곧 창밖을 바라보았다. 하지만 눈을 뜨고 있어도 금발의 잔상이 사라지지 않았다.

이진은 집 앞에서 집주인과 마주쳤다.

"이 시간에 웬일이야? 오늘 출근 안 했어?"

쓰레기를 버리던 노부인이 고개를 갸웃거렸다.

"휴가라서요."

"아, 그랬군? 어디 놀러 안 가?"

자신이 일주일간 없었는데 그녀는 모르고 있었다. 이진은 쓴웃음을 베어 물었다.

"그냥 집에서 좀 쉬려고요."

2층은 조용했다.

조는 아직 일어날 시간이 아니었고 리즌의 방은 오늘도 비어 있는 듯했다. 영업직인 리즌은 장기출장이 잦아 거의 얼굴을 보기가 힘들었다.

방문을 닫은 이진은 문에 등을 기댔다. 런던을 떠난 지 고작 한 시간 남짓 지났을 뿐인데 지독하게 지친 기분이었다.

그녀가 타던 자전거는 흔적도 없이 사라져 버렸다. 그날 제대로 자물쇠를 채울 틈도 없었다. 시간이 꽤 지나 버렸으니 이제 와서 찾기는 어려울 것이다.

새로 사야 할 테지만 이미 변호사에게 수표를 보낸 후라 이번 달은 여유가 없었다. 중고라도 하나 구해야 되지 않을까.

먹을 게 아무것도 없을 테니 마켓에도 다시 가야 하는데.

머릿속에 무수한 생각이 떠돌아다녔지만 지금 당장은 아무것도 하고 싶지 않았다. 몸이 바닥으로 꺼질 듯 무거웠다.

이진은 침대에 파고들어 태아처럼 몸을 웅크렸다.

비가 오는 것도 아닌데 기분이 가라앉았다. 이렇게 화창한 날씨인데 왜 춥게 느껴지는 걸까. 마치 세상에 혼자 남겨진 것 같은 기분이었다.

잔뜩 흐리다가 비까지 쏟아지던 어제 아침이 떠올랐다. 햇살이 묻어날 것 같은 시릴의 웃음소리가 들리는 것 같았다.

다시 오지 않을 그날은 오래도록 기억 속에 남아 자신을 괴롭힐 것이다.

어쩐지 눈물이 났다.

◆❖◆

"서이진 씨는?"

"자기 집으로 돌아갔어."

삭막하게 가라앉은 목소리였다.

"웬일이야? 절대 안 보낼 것처럼 굴더니만."

갑자기 제롬에게 전화가 오기 전까지 래리는 모처럼의 평화를 즐기고 있던 참이었다.

휴가 일정도 모조리 취소시키고 블루벨 하우스엔 얼씬도 하지 말라기에 잘돼 가나 싶었더니……. 쯧쯧. 시릴의 얼굴을 본 래리는 혀를 찼다.

"진이 자꾸 날 밀어내."

일주일간 가까워졌다고 생각했는데 다시 멀어져 버렸다. 시릴은 이진이 왜 자신을 밀어내려고만 하는지 도무지 이유를 알 수 없었다.

분명 네가 뭔가 잘못했겠지. 래리는 백 퍼센트의 확신으로 생각했다.

그렇다고 이렇게 방안에 틀어박혀 있다니 정말 시릴과 어울리지 않았다. 제롬이 비상상황이라며 자신에게 전화를 할 만했다.

하지만 난 어떤 미끼를 흔들면 네가 벌떡 일어날지 알고 있지. 그러게 너한텐 내가 있어야 한다니깐? 으쓱한 래리는 시릴의 눈앞에 두툼한 서류봉투를 들이밀었다.

"지난번에 네가 말한 거, 결과가 나왔어."

이번에는 최고의 전문가를 고용해 일을 맡겼다. 래리는 신중에 신중을 기해 몇 번이나 조사 내용을 확인했다. 뼈아픈 실수는 한 번으로 족했다.

"지금은 볼 기분 아냐."

시릴은 지친 눈으로 고개를 돌려버렸다.

당분간은 그녀를 생각하고 싶지 않았다. 단 하루라도 이진을 떠올리지 않을 수 있다면 무슨 짓이라도 할 수 있을 것 같았다.

사실 하반기 그랑프리 시즌이 코앞으로 다가왔으니 자신이 몰두해야 할 일은 수없이 많았다.

"보는 게 좋을 텐데. 후회할걸?"

나도 후회했거든. 래리는 뒷말을 속으로 삼켰다.

눈썹을 찌푸린 시릴이 서류봉투를 받아들었다. 시릴은 오랫동안 말없이 보고서를 읽기만 했다. 시간이 흐를수록 그의 미간에 잡힌 주름이 깊어졌다.

"이게 다 사실이야?"

어릴 때 교통사고를 당했다는 이진의 말은 지나치게 간추린 것이었다.

빗길에 미끄러진 차가 언덕 아래로 굴렀고 양친은 그 자리에서 즉사했다. 이진은 유일한 생존자였다.

전신 골절과 타박상, 무수한 유리파편이 그녀의 몸을 덮쳤다. 발견이 늦어진 바람에 이진은 밤새 사고 난 차 안에 갇혀 있었다. 출혈 과다와 저체온증인 상태에서 살아난 것만으로도 기적이었다.

그녀가 고작 열두 살 때의 일이었다. 그 사고로 이진은 일 년 가까이 병원 침대에서 생활해야 했다.

"그런데 열세 살 손녀를 혼자 수녀원 기숙학교에 보내는 게 일반적인가?"

그것도 사고로 부모를 잃은 후에? 시릴의 눈이 조사 내용을 다시 훑었다.

이진의 아버지는 한국인 유학생이었고, 어머니는 어릴 때 영국으로 입양된 한국인이었다. 생존해 있는 그녀의 친척은 한국에 있는 조부뿐이었다.

"그 조부라는 사람이 손녀딸에게 아예 관심이 없었나 봐. 학교생활 중에 단 한 번도 방문기록이 없더군. 물론 그녀를 한국으로 부른 적도 없어."

사고 전까지 이진은 잦은 결석과 이사로 정상적인 학교생활을 하지 못했다. 그녀가 제대로 학교를 다니게 된 것은 열세 살이라는 늦은 나이였다.

보고서는 이후 그녀의 학업 성과에 대해 자세히 나열하고 있었다.

이진은 수학과 물리학에 천부적인 자질을 보였다. 그녀는 무서운 속도로 월반을 해서 또래와 같은 나이에 대학에 들어갔다. 대학에서도 항상 수석을 놓치지 않았고, 결국 에드의 추천서로 맥라렌에 입사하게 되었다.

하지만 시릴은 천재라 불릴 만한 그녀의 화려한 이력보다 다른 것에 주목했다.

이진은 남보다 늦은 나이에, 보호자도 없이 낯설고 엄격한 학교에 방치되었다. 기숙학교를 다니는 동안도, 대학에 들어갔을 때도 그녀는 언제나 혼자였을 것이다. 시릴은 싸늘하게 입술을 비틀었다.

"분명 돈이 부족해서 그런 것 같진 않은데 말이지."

이진의 조부는 한국에서 이름만 대면 알 만한 거물 정치인이었다.

보고서는 그가 여러 복지사업에 손을 대고 있으며 사학재단의 이사장이기도 하다는 사실을 알려 주고 있었다. 타국에 어린 손녀를 버려두고 찾지도 않은 작자가 온갖 봉사 단체의 직함은 다 달고 있었다.

"웃기는군."

시릴은 그 뻔뻔한 작자의 사진을 집어던졌다.

"더 재밌는 걸 알려 줄까? 네가 준 번호 기억나지? 그 번호의 주인이 누군지 알아?"

이진에게 휴대전화를 돌려주기 전 시릴은 통화 목록을 살폈다. 그때 동일한 번호로 수차례 남겨진 부재중 전화를 발견한 그는 래리에게 번호를 넘겨주었다.

"그 조부의 일을 봐주던 변호사 번호였어."

"진이 아직 조부와 연락을 하고 있었어?"

시릴의 한쪽 눈썹이 치켜 올라갔다.

"일방적인 연락 같던데? 그녀를 납치하려던 놈들을 고용한 게 바로 그 변호사거든."

"뭐?!"

시릴이 의자에서 벌떡 일어났다. 래리가 기대하던 반응이었다.

"그리고 이건 그 변호사 사무실의 예전 비서를 통해 알아낸 정본데, 이십 년 가까이 손녀딸에게 관심도 없던 조부가 최근에 그녀를 만나고 싶어했었대. 그런데 계속 거절당하니까 거친 방법을 쓴 것 같아."

푸른 눈이 분노로 한층 어두워졌다.

"그 비서가 서이진 씨에게 동정적이어서 쓸 만한 정보를 꽤 털어놨어. 물론 성추행에 해고까지 당한 것 때문에 앙금이 남은 게 더 크겠지만."

"무슨 정보?"

"서이진 씨가 작년부터 매달 변호사에게 돈을 보내오고 있대."

"돈을? 왜?"

"성인이 될 때까지 생활비를 대준 게 그 조부라고 하더군. 그걸 되갚을 생각인가 봐. 기특하지? 그런데 원래 그 생활비가 상속 포기의 대가였다지 아마?"

"그게 무슨 소리야?"

래리가 서류 한 부를 건넸다.

"변호사 사무실에 복사본이 보관돼 있는 걸 입수했어. 그런데 각서의 날짜가 언젠지 알아? 사고가 나고 겨우 일주일 뒤였어."

말을 마친 순간 래리는 살기 어린 침묵이란 어떤 것인지 똑똑히 깨달았다.

"……그러니까, 진이 사고로 다쳐서 누워 있을 때 할아버지라는 작자가 상속 포기 각서에 사인을 받아 갔다고?"

이를 악물고 한 자 한 자 뱉어 내는 시릴의 눈이 살벌했다.

제대로 열받았구나! 거의 검게 변해 버린 눈동자를 보자 래리는 오싹해졌다. 자신이 불을 붙이긴 했지만 일을 너무 크게 벌인 게 아닌가 하는 뒤늦은 후회가 들었다.

"그, 그런 얘기지."

"그래 놓고 이제 와서 미친 노인네가 진을 만나고 싶어해?"

으드득 이가 갈리는 소리가 무시무시했다.

"요즘 한국 정부 내에서 내각 개편의 움직임이 있다더라고. 거기에 그 미친 노인네가 교육부장관의 물망에 올라 있다는 소문이 몇 달 전부터 정계에 돌고 있지. 이쯤 되면 뭔가 감이 잡히지 않아? 뭐가 구린 인간이라면 국회 인사청문회를 앞두고 이것저것 걸리는 것이 많겠지. 가령 버려둔 손녀라든가?"

시릴의 얼굴에서 표정이 사라졌다. 마치 분노가 한순간 차갑게 응고된 듯한 얼굴이었다. 잠시 창밖을 바라보며 생각에 빠졌던 시릴이 고개를 돌렸다.

"요즘 에티엔이 어디 있는지 알아봐."

"뭐? 왜?!"

화들짝 놀란 래리가 소리쳤을 때 시릴은 이미 문 쪽으로 걸음을 옮기고 있었다.

"넌 어디 가려고?"

"진을 혼자 두면 안 될 것 같아."

"어쩔 셈인데?"

대답 대신 시릴은 사나운 웃음을 지었다.

서류에 적힌 글 따위보다 진을 잘 아는 사람의 조언이 필요했다.

유일하게 그녀가 마음을 터놓는 사람. 그녀가 왜 자신을 밀어내는지 알려 줄 사람.

생각만 해도 울화가 치밀지만 물어볼 데가 한 사람밖에 없었다.

에드는 다짜고짜 쳐들어온 건방진 청년의 얼굴을 흘겨보았다.

공식 휴가 기간만이라도 네 얼굴을 안 보고 싶다는 건 지나친 기대였나.

"혹시 미리 전화해서 약속을 잡는다거나 그런 기특한 생각은 안 해 봤겠지?"

에드의 불평에 시릴의 눈썹이 치켜 올라갔다.

"이 시골 동네까지 오느라 얼마나 시간 낭비를 했는지 압니까? 지금 약속을 잡을까요? 일 분 기다려 드리죠."

그러게 누가 널 초대했다고 여길 와, 여길 오길! 에드가 불만스럽게 볼을 부풀렸다.

"기분이 상하려고 하는군."

"나도 기분 나쁘지만 참고 있잖아요. 그러니 당신도 참아요."

적반하장이구나. 에드는 혀를 내둘렀다. 제멋대로인 성격은 자신도 만만치 않다고 생각했는데 그 방면에서 이 젊은 드라이버는 세계 최강이었다.

"일단 이거부터 짚고 넘어가죠. 당신, 대체 그녀와 무슨 관계입니까?"

"누구? 진?"

순간 시릴의 얼굴에 짜증이 담겼다.

"그렇게 부르지 마시죠."

"내가 진을 진이라 부르겠다는데 네가 무슨 상관이지? 그렇게 궁금하면 진에게 직접 물어보지 그래?"

푸른 눈에서 불꽃이 튀었다.

"아니, 뭐 그 정도야 내가 말해 줄 수도 있고. 흠흠. 진은 내가 가장 사랑하는 제자지."

에드는 목을 가다듬는 척하며 냉큼 대답했다.

"당신이 대학에서 가르친 학생이 몇 명이나 됩니까? 왜 그녀만 특별히 사랑씩이나 하는 건데요?"

사랑이라고 말할 때 이가 으드득거리는 소리가 섞였다.

여보, 내가 이런 배은망덕한 놈을 위해 레이싱 카를 만들었어. 인생 참 무상해. 에드의 눈앞에 산책 나간 아내와 딸의 얼굴이 아른거렸다.

"왜냐하면 진은 나를 닮았거든."

"……이제 보니 제정신이 아니군요. 누구한테다 닮았단 소릴 하는 거야, 대체."

시릴은 에드의 휑한 정수리와 튀어나온 배를 노골적으로 비웃었다. 어이없다는 눈길에 에드의 자존심이 휴지처럼 구겨졌다.

"나도 네 나이 때는 괜찮았거든?"

"내 나이가 아니라 오십 년을 거꾸로 가도 당신은 진 발꿈치도 못 닮아요."

"발꿈치라니! 발꿈치를 왜 닮아! 그리고 못 닮다니, 진을 닮으려면 먼저 네 허락이라도 받아야 된다는 소리냐? 흥! 네가 진이랑 같이 밤새도록 연구에 몰두해 본 적 있어? 마침내 공식을 찾아내고 기뻐서 서로 얼싸안은 적은? 새벽에 별을 보며 같이 커피 마셔 본 적도 없지? 쌤통이다. 너같이 겉만 번지르르한 놈이 우리의 섬세한 교감을 이해나 할 수 있겠어? 우린 떼려야 뗄 수 없는 영혼의 쌍둥이라고!"

울컥한 에드가 마구 시릴에게 퍼부었다. 소리 지르던 에드는 문득 기가 차다는 시릴의 시선을 깨닫고 입을 다물었다.

"아니, 사실은 내가 기뻐서 안은 거긴 하지만⋯⋯. 이, 이게 아니라! 에잇! 노려보지 마! 이 건방진 놈!"

"⋯⋯기분이 더 더러워졌어."

말끝마다 우리, 우리 하는 소릴 듣고 있자니 가슴에 뭔가 부글거리는 기분이었다. 이 땅딸막한 남자가 진을 알고 함께 공유한 시간이 부러웠다. 부럽고 질투가 나서 속이 타 버릴 것 같았다.

에드는 뭔가 잔뜩 억울해 하는 얼굴을 손가락으로 가리켰다.

"그런데 왜 네놈이 진에게 관심을 가지지? 내 제자에게 집적대면 가만 안 둔다. 세상 여자 다 괜찮지만 걘 건드리지 마."

"당신이 왜 신경 씁니까?"

시릴은 불쾌한 기분을 여지없이 드러냈다.

"몇 번을 말해야 알아들을 거냐? 내 제자니까! 그러는 넌 뭔데?"

"난 진의……."

자신만만하게 말문을 열던 시릴은 갑자기 입을 다물었다. 난 진의 뭐지?

하룻밤을 같이 보낸 상대?

드라이버와 스태프 사이?

제대로 된 관계라고 부를 만한 어떤 것도 떠오르지 않았다.

순간 숨이 콱 막혔다. F3 시절 충돌사고로 갈비뼈가 부러졌을 때보다 더 끔찍한 기분이었다.

"심심해서 찔러보는 거라면 관둬. 가만 놔둬도 위태로운 애니까."

"당신은 지금 내가 심심해서 여기까지 쫓아온 줄 압니까?"

답답함에 가슴을 열어 보이고 싶을 정도였다. 시릴의 말투는 애원조가 돼 가고 있었다.

"당신은 알고 있죠? 진이 왜 날 믿으려 하지 않는지, 무조건 밀어내려고만 하는 이유가 뭔지 가르쳐 주세요."

"네놈이 여자문제에 미덥지 못한 건 사실이잖아? 여자 뒤꽁무니나 쫓아다니는 너 같은 놈팡이를 어떻게 믿겠어?"

에드가 콧방귀를 뀌었다.

"난 한 번도 여자를 쫓아다닌 적 없어요. 진 말고는."

시릴의 얼굴이 시무룩해졌다. 누가 사제 간 아니랄까 봐 자신을 거절하는 이유도 똑같았다.

잔뜩 기가 죽은 얼굴을 주의 깊게 살피던 에드가 입을 열었다.

"예전에 너처럼 진 앞에서 알짱거리던 놈이 하나 있었지."

순간 시릴이 긴장했다. 진에게 연인이 있었다고?

"멀쩡한 놈인 척 굴더니 결국 뒤통수를 치고 달아나 버렸거든."

"무슨 짓을 한 겁니까?"

"진이 준비 중이던 논문을 베껴서 제 이름으로 발표했지. 그놈 때문에 진은 이 년을 날리고 처음부터 다시 시작해야 했고."

"빌어먹을!"

시릴은 주먹으로 의자를 내려치다 에드의 눈총을 받았다. 이름도 모르는 그 남자에게 살의가 치솟았다.

"그렇게 배신을 당하면 사람을 다시 믿는 게 쉽진 않지. 음? 그러고 보니 너, 그놈과 닮았다."

대체 어디가! 자신이 진의 옛 연인을 연상시킨다는 말에 시릴은 이를 갈았다.

"그놈도 금발이었거든."

"염색이라도 해야겠군요. 아니, 차라리 그 인간을 찾아내 죽여 버리는 게 낫겠네요."

"살인은 안 돼. 그보단 네가 진 앞에서 사라지면 간단하지 않아?"

"그건 안 됩니다."

"그 애를 힘들게 만들 거라면 시작도 하지 마. 순간의 변덕 따위로 상처 입히기엔 너무 아까운 아이니까."

"난 변덕스럽지 않아요."

시릴은 분함이 덕지덕지 밴 얼굴로 에드를 노려보았다.

그 새파란 눈동자에 에드는 기억을 거슬러 올라갔다.

에드가 F1에서 잊혀진 십 년 동안 변함없이 그를 방문한 사람이 하나 있었다.

당시 최연소로 유럽 슈퍼A 챔피언십 우승을 한 소년이었다. 이미 그 전에 프랑스 카트챔피언으로 전승을 거두며 두각을 나타낸 소년의 얼굴을 에드도 알고 있었다.

하지만 첫 만남에서 그런 시건방진 소릴 지껄일 만큼 당돌할 줄은 몰랐다.

"난 반드시 F1 드라이버가 될 겁니다. 그리고 그때 당신이 만든 레이싱 카를 타고 세계챔피언이 되고 싶어요. 그러니 그 전까지 무조건 F1에 복귀해요."

F1은커녕 F3 무대조차 밟아 보지 못한 어린애의 치기 어린 발언이었다.

전 세계의 무수한 아이들이 포뮬러 원(F1, Formula One)의 입성을 꿈꾼다.

하지만 F1 드라이버는 재능은 물론이고 돈과 운까지 따라야 하는 일이다. 세상에 스무 개뿐인 시트를 차지한다는 게 그리 쉬운 일이겠나.

처음에는 한두 번 그러다 말겠지, 하고 무시했다.

그러나 그 소년은 매년 꼬박꼬박 대학으로 찾아와 에드를 괴롭혀

댔다.

올 때마다 이번에 유러피언 F3 챔피언이 됐다, 다음번엔 GP2 챔피언십 트로피를 가져오겠다며 호언장담했다. 마침내 사 년 전, 슈퍼 라이선스(F1 레이스에 참가할 수 있는 라이선스)를 획득하고선 약속을 지키라며 한달음에 달려오기도 했다.

물론 에드는 단 한 번도 눈앞의 청년에게 약속을 한 기억 따윈 없었다.

그래, 성격은 하자투성이지만 최소한 변덕스럽진 않군. 오히려 쇠심줄보다 끈질겼다. 에드는 시릴을 바라보며 마지못해 인정했다.

"이만 가 보겠습니다. 할 일이 많아서요."

"잠깐!"

에드는 제 볼일 끝났다고 쌩하니 등을 돌리는 시릴을 불러 세웠다.

"혹시 내 대학 연구실 책상 위에 항상 병이 하나 놓여 있던 거 기억나나?"

"내가 왜 그 지저분한 책상을 기억해야 합니까?"

난장판이던 책상을 떠올리며 시릴이 미간을 찌푸렸다.

예나 지금이나 변함없이 말 하나는 참 예쁘게 하지. 한쪽 입꼬리를 올린 에드가 의미심장하게 물었다.

"후회할 텐데?"

"후회 따위……."

요즘 어쩐지 저 말로 자신을 협박하는 사람이 늘어난 기분이었다. 웃기시네. 시릴이 코웃음 치며 돌아섰다.

"설마 데이트 신청하러 가면서 빈손으로 갈 생각은 아니겠지? 진이 절대 거절할 수 없는 한 가지를 알려 주지."

그의 발걸음이 우뚝 멎었다. 에드가 기분 나쁘게 낄낄대면서 웃었다. 시릴은 이번만 참자고 스스로를 타일렀다.

"엘리스가 토피(Toffee, 캐러멜화한 설탕, 당밀, 버터 따위를 섞어 만든 사탕)를 좋아해서 아내가 만들어 주거든. 나도 손님용으로 두고 가끔 먹긴 하는데……."

"당신이 더 많이 먹는 건 아니고요?"

에드의 두둑한 아랫배를 보며 시릴이 삐딱하게 받아쳤다. 에드의 얼굴이 새빨개졌다.

"어, 어쨌든! 당시 진이 석사과정을 밟고 있었는데 어느 날부터 연구실만 들어오면 그 병을 쳐다보더라고. 달라고 하면 될 걸 왜 그러나 싶어서 한번은 꺼내서 줬는데 곤란한 얼굴로 그걸 바라만 보더군. 그래서 먹고 싶었던 거 아니냐고 물었더니 한 번도 먹어 본 적이 없어서 맛을 모른다지 뭐야. 예전에 한 번 받은 적이 있는데 아까워서 먹어 보진 못했대."

말을 하며 에드가 고개를 절레절레 흔들었다. 시릴의 눈이 차가워졌다.

단 걸 그다지 좋아하진 않지만 그도 어린 시절엔 간식 시간이 따로 있었다. 그런데 영국에서 태어난 진이 그 나이까지 토피를 한 번도 먹어 보지 못했다고?

"그 후로도 가끔씩 진에게 초콜릿이나 사탕 같은 걸 먹여 봤는데

죄다 처음 먹어 본 것들이었어. 대체 그 부모는……."

한숨을 내쉬던 에드가 힐끔 시릴을 쳐다보았다.

"혹시 진의 부모에게 일어난 사고에 대해 알고 있나?"

시릴이 말없이 고개를 끄덕였다.

"아마도 그 부모가 어릴 때 진을 잘 돌보지 못한 것 같아. 진이 사람들과의 관계에 쉽게 마음을 열지 못하는 건 그 영향이 클 테지."

어떻게 당신은 이렇게 가족 운이 없을까. 지독한 할아버지에 아이를 제대로 돌보지 않았을 게 분명한 부모까지. 갈 곳을 잃은 분노가 시릴의 안에서 휘몰아쳤다.

시릴이 어렸을 때 세상을 떠난 어머니는 언제나 다정하고 아련한 기억으로 남아 있었다. 아버지와 사이가 좋은 편이라고 말할 순 없어도 시릴의 아버지는 부모로서의 의무는 소홀히 하지 않았다. 누나와 형은 귀찮을 정도로 자신을 챙겼다. 어린 시절 시릴은 혼자였던 적이 없었다.

하지만 이진은 가장 가족을 필요로 한 순간 외면당했다. 그 가여운 사람이 그런 취급을 당했다는 사실에 가슴이 아팠다.

"토피를 가져가."

에드가 석상처럼 굳은 시릴의 어깨를 툭툭 두드렸다. 그가 처음으로 하는 격려의 제스처였다.

"그래도 토피를 가장 좋아하니까. 따뜻해 보여서 좋다고 하더군."

Lap 8. 달콤한 불청객

작은 집 안에 이사 대란이 일어났다.

집주인인 노부부와 조, 얼굴도 보기 힘들던 리즌까지 한꺼번에 이사를 나가게 된 것이다.

며칠 전 노부부는 갑자기 집이 팔렸다는 통보를 해 왔다.

집을 내놓은 지는 오래되었지만 팔릴 기미가 보이지 않던 차에 매수자가 나타났다고 했다. 세입자들의 항의가 있었지만 부부는 이런 좋은 기회를 놓칠 생각이 없었다.

결국 이사는 속전속결로 이루어졌다. 그 배경에는 새로 집을 산 사람이 날짜를 맞춰 준다면 주겠다던 웃돈이 있었다.

금요일 아침, 이틀에 걸친 이사의 마지막 주자는 조였다.

"아니, 저 삼십 년 묵은 소파는 왜 두고 갔대요?"

빠뜨린 짐이 없는지 확인하던 조는 거실에 덩그러니 남아 있는 흉물에 눈살을 찌푸렸다. 어제 이사를 나간 노부부는 몇몇 낡은 가구를 두고 갔다. 사실 버리고 간 것과 다름없었다.

"혹시 쓰일 일이 있을지도 모른다고요."

"그럴 리가요!"

이진의 대답에 조가 코웃음을 쳤다.

"……그런데 누군지 몰라도 제대로 바가지를 쓴 것 같지 않아요? 이런 낡은 집을 시세의 두 배나 주고 사다니."

새 집주인의 잘못된 투자를 지적하면서도 조는 들떠 있었다. 그가 자신들의 이사 비용까지 부담해 주었기 때문이다.

"그런데 이진도 이번 기회에 옮기는 게 낫지 않아요?"

"난 여기가 편해서요. 원하는 사람은 그대로 살아도 좋다고 하더라고요."

이진도 새 집주인의 변호사라는 사람의 전화를 받았다. 그는 정중하고 조심스러운 목소리로 그녀의 의향을 물었다.

"어? 나한텐 더 이상 세입자를 구하지 않을 거라고 했는데."

조가 고개를 갸우뚱거렸다.

"어쨌든 잘 생각해 봐요. 어차피 이사 갈 거면 이럴 때 가야죠."

그는 윙크를 하며 자신의 윗주머니를 두드렸다. 조는 친구들을 동원해 짐을 옮겼다. 이사 비용으로 받은 돈은 고스란히 그의 주머니 속으로 들어갔다.

"조! 어서 나와. 맥주 산다며!"

길가에 세워진 차 안에서 조의 친구들이 부르고 있었다.

"이만 가야겠네요. 친구들한테 한턱내기로 했거든요."

이진은 그를 현관 앞까지 배웅했다.

"어디로 가기로 했어요?"

"다운타운 쪽에 약혼녀랑 작은 플랫을 빌렸어요."

"축하해요. 잘 가요, 조."

"당신도 행운을 빌어요."

떠들썩했던 조와 그의 친구들이 떠났다. 일 년 가까이 얼굴을 익혔던 사람들이 사라진 집은 휑하게 느껴졌다.

유난히 조용한 집 안에서 전화벨이 울리자 놀란 이진은 휴대전화를 떨어뜨릴 뻔했다.

── 진!

전화기에서 명랑한 소녀의 목소리가 튀어나왔다. 전화를 건 것은 에드의 딸 엘리스였다.

엘리스는 휴가 전에 저녁 약속을 못 지킨 이진에게 잔뜩 실망한 눈치였다. 이진은 소녀를 달래며 한 시간 동안 수다를 들어 주었다. 어린 소녀는 친구도 없이 콘월의 바닷가에서 보내는 휴가가 지루한 모양이었다.

전화를 끊을 무렵에야 마음이 풀린 엘리스는 이진에게 꼭 찾아와 달라고 부탁했다. 그러나 점차 에드와의 만남을 줄일 생각에 이진은 확답을 하지 못했다. 엘리스의 우울한 목소리에 덩달아 마음이 무거워졌다.

복잡한 머리를 식히기 위해 이진은 남은 오후 시간을 청소에 바쳤다.

어차피 여섯 시에 새 집주인과의 약속이 있었다. 변호사는 그녀에게 시간에 맞춰 집에 있어 달라고 당부했다.

이진은 집 안을 정리하며 필요한 물건과 예산을 확인했다. 집주인이 바뀌는 건 예상치 못한 일이어서 당장의 식비를 빼고는 은행에 잔고가 거의 없었다.

그나마 다행스럽게도 주머니 사정이 넉넉해진 노부부는 부엌의 낡은 냉장고와 세탁기를 두고 갔다. 새로운 집주인이 집을 꾸미기 전까지는 이진에게 꼭 필요한 물건들이었다.

문제는 자전거였다.

며칠간 중고 장터와 자전거 가게를 찾아봤지만 바캉스 기간이라 그런지 적당한 가격의 매물이 없었다.

아무래도 월요일 출근하기 전까지 자전거를 구하긴 힘들 것 같았다. 당분간은 불편해도 버스를 타고 출퇴근하는 수밖에 없었다.

찌르릉 ——

정확히 약속 시간에 초인종이 울렸다.

이진은 서둘러 앞치마를 벗고 현관으로 나갔다. 그러나 새 집주인의 얼굴을 본 순간 할 말을 잃고 말았다.

"당신 때문이 아녜요."

시릴은 선글라스를 머리 위로 끌어올리며 재빨리 입을 열었다.

"워킹에 집이 필요했어요. 아무래도 런던은 오가는 데 불편하니까요. 여기는 본부와 가까우니 최적의 장소잖아요? 집이 아담해서 부담 없고, 공기가 맑으니 폐에도 좋겠죠. 주위가 조용하니까 마음의 안정을 얻을 수 있을 테고요."

시릴은 낡은 집의 장점을 늘어놓기 시작했다. 지금 이걸 믿으라고 하는 걸까. 급기야 백 년 된 굴뚝이 운치 있어 보인다는 칭찬까지 나오자 이진은 입을 열었다.

"내가 여길 나간다면요?"

이진의 말에 그제야 시릴이 입을 다물었다.

"만약 내가 다운타운에 집을 얻으면 어떻게 되는데요?"

"그럼 그 집을 또 사겠죠."

더 이상 둘러대기를 포기한 듯 시릴이 어깨를 으쓱하며 말을 이었다.

"다운타운 쪽도 괜찮아요. 조금 시끄럽긴 하겠지만 장점도 있겠죠. 뭐 교통이 편리하다거나 쇼핑센터가 가깝다거나. 당신이 원하면 내가 알아볼까요? 하우스가 좋아요? 아니면 플랫?"

대놓고 자신을 따라오겠다는 선언에 이진의 미간이 찌푸려졌다.

"시릴, 이건 스토킹이에요."

"맞아요. 거기다 처음도 아니죠."

시니컬한 말투였다.

"왜……?"

"생각해 보니 당신이 내게 빚진 게 있더라고요."

"내가 뭘 빚졌는데요?"

"우리 내기에서 진 사람이 딥키스를 해 주기로 했었죠."

순간 커다래진 암갈색 눈을 보며 시릴이 덧붙였다.

"지금 당장은 요구하지 않을 테니 그렇게 겁먹을 것 없어요. 대신 날 여기 있게 해 줘요."

시릴은 부드러운 목소리로 그녀를 설득하기 시작했다.

"나랑 연애는 안 하겠다면서요. 그럼 뭘 하고 싶죠? 친구? 하우스메이트? 뭐든 당신이 원하는 대로 시작해요."

"대체 왜……?"

이렇게까지 하는 거죠? 차마 하지 못한 질문에 시릴이 힘없이 미소 지었다.

"아무것도 없는 것보단 그게 나으니까요."

"당신은 여기서 살 수 없어요, 시릴."

목 안쪽이 마르는 기분이었다. 이진은 억지로 침을 삼켰다.

"내가 이 집을 샀다니까요?"

시릴의 눈썹이 항의하듯 치켜 올라갔다.

"아뇨. 내 말은, 당신이 여기서 견디지 못할 거란 말이었어요."

"왜 내가 못 견딜 거라 생각하죠?"

"여긴 런던에 있는 당신 집에 비하면 너무 좁고 낡은 데다 제롬이나 다른 고용인들도 없잖아요."

"그런 건 중요치 않아요. ……만 있으면. 뭐 좁긴 하네요."

시릴은 한눈에 슥 집 안을 둘러보며 중얼거렸다. 중간의 말은 순간적으로 낮아져 듣지 못했다.

"자, 이건 집들이 선물이에요."

시릴이 리본이 달린 커다란 상자 하나를 그녀에게 건넸다.

이 상황에 무슨 집들이 선물? 그리고 집주인인 그가 왜 그녀에게 선물을 준다는 말인가?

그녀가 멍하게 있는 사이 시릴은 달랑 하나 가져온 옷 가방을 들고 계단을 올라갔다. 잠시 후 정신을 차린 이진은 서둘러 그의 뒤를 쫓아갔다.

다행히 시릴이 방문 손잡이를 돌리기 전에 도착할 수 있었다.

"거긴 내 방이에요."

"아까워라. 몇 초만 빨랐어도 당신 방을 구경할 수 있었는데. 좋아요, 그럼 난 이 방으로 하죠."

재빨리 손을 든 시릴이 웃으며 바로 옆방을 가리켰다. 조가 쓰던 방이었다.

"보지도 않고요? 방은 아래층이 더 클 거예요."

"방 크기 따위는 상관없어요."

문을 열고 들어가던 시릴이 잠시 멈칫했다.

방안에는 철제프레임에 매트리스뿐인 싱글침대와 낡은 붙박이장 하나가 전부였다. 이진은 시릴이 한 번도 이런 방을 본 적이 없을 거라는 데 얼마 없는 전 재산을 걸 수도 있었다.

"아담하네요."

시릴이 매트리스 위에 털썩 걸터앉았다. 이진은 싱글싱글 웃으며 자신을 보는 시릴을 걱정스럽게 바라보았다.

"당장 오늘 밤 쓸 침대 커버와 시트는 있어요?"

그런 게 있을 리가.

할 말을 잃은 시릴을 두고 이진은 자신의 방으로 갔다 돌아왔다. 그녀가 시릴에게 건네준 것은 옷장에서 꺼내 온 여분의 시트였다.

시릴은 잠자코 그녀가 가져다준 시트를 내려다보았다. 그의 푸른 눈에 살짝 난감한 빛이 스쳤다.

그제야 이진은 시릴이 시트 정리 같은 일을 해 본 적이 없을 거라는 데 생각이 미쳤다.

"잠깐 일어나 봐요."

그녀는 매트리스 위에 시트를 넓게 펼쳤다. 그리고 순식간에 네 모퉁이의 각을 잡아 말끔하게 정리했다. 시릴이 줄곧 옆에서 감탄을 터뜨렸다.

"대단한데요? 진, 당신은 정말 못하는 게 없군요."

시릴은 고작 시트 정리 하나로 그녀가 지구라도 구한 듯 굴고 있었다. 이진의 얼굴에 홍조가 떠올랐다.

"기숙사 생활을 십 년 넘게 하다 보면 자연스레 익히게 되는 기술이에요."

이진은 저녁 식사로 자신이 할 수 있는 유일한 음식을 만들었다. 샌드위치였다.

식사는 배고픔을 채울 정도면 된다고 생각하는 이진은 평생 요리에 신경 써 본 적이 없었다. 맛있는 걸 먹으면 맛있다는 생각은 들지만 그뿐이었다. 그녀에겐 요리를 할 시간도 돈도 충분치 못했다. 그나마 맥라렌에서 일하면서 더 이상 굶는 일은 사라졌다.

다행히 어제 장을 봐서 샌드위치 속을 채울 만한 게 있었다. 시릴은 환한 얼굴로 접시 위의 샌드위치를 남김없이 먹어치웠다.

그래도 블루벨 하우스에서의 만찬을 생각하면 형편없는 저녁이었다. 애피타이저도 디저트도 없이 고작 햄과 토마토, 양상추를 넣은 샌드위치가 전부인 식사라니.

식사 준비에 이어 설거지까지 하는 그녀를 보며 시릴이 사과했다.

"미안해요. 형편없는 집주인이라서……."

의기소침해진 목소리였다. 그가 도와주겠다고 나섰다가 접시를 깨뜨린 탓이었다.

하긴 집주인에게 여분의 시트를 내어 주고 저녁까지 해다 바치는 세입자가 어디 있을까. 하지만 그녀는 시릴의 저택에서 일주일 가까이 보살핌을 받았으니 사실 이 정도는 아무것도 아니었다. 문제는 왜 모든 것이 갖춰진 블루벨 하우스를 두고 시릴이 여기서 차가운 샌드위치나 먹고 있는 건가 하는 거였다.

이진은 침대에 들 준비를 하며 힐끗 벽을 바라보았다. 모든 신경이 옆방에 쏠려 있었다.

그래서 노크 소리가 들렸을 땐 심장이 내려앉는 줄 알았다. 방 밖에 시릴이 심각한 표정으로 서 있었다.

"매트리스가 한쪽이 꺼져 있어요."

어떻게 그럴 수가 있느냐는 얼굴이었다. 이진의 표정을 들여다보던 시릴이 눈매를 가늘게 좁혔다.

"설마 당신 침대도 그런 건 아니겠죠?"

무언의 긍정에 시릴은 기가 막힌다는 듯 중얼거렸다.

"빌어먹을. 이 집 안에는 제대로 된 게 하나도 없군. ……당신 말이 맞아요. 난 생각보다 더 쓸모없는 인간이었나 봐요."

몸을 돌린 시릴은 말릴 새도 없이 계단을 내려가 버렸다. 곧이어 현관문이 닫히는 소리가 쾅, 하고 울렸다.

이진은 아무 말도 못 하고 눈만 깜박였다.

시릴이 가 버린 것이다.

이로써 시릴의 무모한 도전은 하루도 걸리지 않고 끝이 나 버렸다. 당연하다고 생각하면서도 치밀어 오르는 씁쓸함에 이진은 쉽게 잠들지 못했다.

밤새 뒤척이다 한 시간도 제대로 자지 못했는데 어느새 창밖은 날이 밝고 있었다.

"……안 갔어요?"

잠이 덜 깨서 헛것이 보이는 걸까.

이진은 부엌 의자에 앉아 있는 시릴을 멍하니 바라보았다. 그녀가 식탁에 부딪힐 뻔하자 시릴이 재빨리 붙잡았다.

"어딜요?"

"어제 당신이 나가는 소릴 들었는데."

"조깅을 좀 했어요."

시릴은 새벽 네 시까지 돌아다녔다는 말은 하지 않았다.

"당신이 올라오는 소리를 못 들었는데."

"소파에서 잠깐 눈을 붙였거든요. 그보다 꿈에서 본 속옷은 아니더라도 섹시한 잠옷 정도는 기대했는데."

시릴이 그녀의 티셔츠를 바라보며 윙크를 했다.

꿈? 시릴의 꿈에 속옷이 왜 나오지? 이진은 이해가 가지 않아 몽롱한 머리로 생각했다.

"혹시 나 때문에 일부러 이런 옷으로 갈아입은 거예요?"

"아뇨. 이게 원래 잘 때 입는 옷이에요. 함께 사는 하우스메이트가 네 명이나 되니까요."

시릴은 그녀가 또다시 식탁 모서리에 부딪히려 하자 재빨리 의자에 앉혔다.

"그건 다른 남자들이 당신 잠옷 차림을 봤다는 얘긴가요?"

"이걸 굳이 잠옷으로 부른다면 그렇겠죠."

이진은 무릎 아래까지 내려오는 커다란 티셔츠를 가리켰다. 티셔츠 앞부분에는 곰돌이 푸가 해맑게 웃고 있었다.

잔뜩 굳은 표정으로 반응하는 그가 우스웠다. 누가 보면 그녀가 스트립쇼라도 한 줄 알겠다.

의자에서 일어난 이진은 손을 뻗어 찬장을 더듬거렸다. 텅 빈 찬장 안쪽으로 밀려 들어간 건지 원하는 물건에 손이 닿지 않았다.

"뭘 찾아요?"

"커피요. 파란 거."

보다 못한 시릴이 파란 커피통을 붙잡아 그녀의 손에 쥐여 주었다. 이진은 여과지에 커피를 넣고 커피메이커에 물을 부었다.

"커피 마실래요?"

못마땅한 침묵을 깨기 위해 그녀가 말을 걸었다.

"미안해요. 여긴 이것밖에 없어요."

이진은 시릴에게 사과했다. 불청객은 시릴인데 왜 자신이 미안한 마음이 드는지 모르겠지만.

"당신이 마시는 거라면 나도 좋아요."

이진은 두 개의 머그를 꺼내 커피를 따랐다. 그녀가 건네준 머그에 입을 댄 시릴의 얼굴이 곧바로 무표정해졌다. 한 모금을 삼킨 그는 머그를 내려놓았다.

"생각보다 나쁘진 않네요."

그럴 리가. 향이 다 달아난 이 인스턴트커피가 형편없다는 것은 그녀도 잘 알았다. 고작 일주일간이지만 블루벨 하우스의 커피에 길들여진 자신의 혀에도 별로였으니까.

그래도 잠에 취한 머리를 깨우기 위해선 카페인이 절실했다. 이진은 뜨거운 커피를 생명수처럼 목안으로 넘겼다.

다음 순간 그녀는 시릴이 싱글거리고 있는 걸 발견했다. 왜?

"잠이 덜 깬 당신이 이렇게 귀여울 줄이야."

이진은 눈앞에 놓여 있는 두 개의 머그를 바라보고서야 자신이 방금 시릴이 마시던 커피를 가로채 마셨음을 깨달았다.

"미안해요. 이쪽은 아직 마시지 않은 거니까 이걸 마셔요."

이진은 대신 자신의 커피를 내밀었다.

"아뇨. 난 이게 더 좋은데요."

시릴이 그녀가 마시던 머그를 빼앗아 갔다. 그는 보란 듯 그녀의 입술이 닿았던 자리에 입을 대고 마셨다.

얼굴이 빨개진 이진은 뒤로 물러서다 열린 찬장 문에 머리를 부딪치고 말았다.

"아야!"

이번엔 정말 눈물이 날 만큼 아팠다.

"괜찮아요?"

놀란 시릴이 그녀의 머리를 살폈다.

평소에도 아침은 힘들지만 오늘은 유난히 심했다. 어제 시릴 때문에 잠을 설친 탓이었다.

"저혈압이라 커피가 없으면 잠을 못 깨요."

블루벨 하우스에 있을 땐 늘 그가 침대로 아침을 가져다주었다. 그래서 시릴은 그녀가 여기저기 헤매다 부딪히는 모습을 보지 못했다.

"괜찮아요. 오늘은 상태가 좀 안 좋아서 그래요. 그래도 계단에서 떨어지진 않았잖아요."

뒤통수를 감싸며 그녀가 변명했다.

"뭐라고요?"

"별거 아녜요. 예전에 조금 구를 뻔했거든요."

기가 막힌 듯한 얼굴에 이진은 재빨리 설명을 덧붙였다. 그러나 오히려 역효과였는지 시릴은 잠시 말을 잇지 못했다.

"앞으론 아래층에 내려오지 말고 기다려요. 커피라면 내가 가져 다줄 테니까."

칼날처럼 단호한 말투였다.

"왜요?"

"내가 집주인이잖아요, 당신의 안전을 책임져야 하는."

시릴은 처음으로 고압적인 눈을 하고 그녀를 내려다보았다. 이진 은 집주인의 횡포 아닌 횡포에 아무런 반박도 하지 못했다.

정오가 되기 전부터 사람들이 들이닥치기 시작했다.

제일 먼저 현관 앞에 나타난 것은 관절염으로 바깥출입이 어렵 던 노집사였다. 제롬은 자신의 도련님을 데려갈 생각은 전혀 없는지 먼저 집 안부터 꼼꼼히 둘러보았다.

이어서 침대를 비롯한 가구와 가전제품 배달이 줄을 이었다. 해일 처럼 밀고 들어오는 물건에 현관은 발 디딜 틈도 없을 지경이었다.

다행히 젊은 사람도 못 따라갈 정도로 열성적인 제롬의 지휘 아 래 순식간에 집 안이 정리되었다. 오래된 냉장고와 세탁기가 반짝거 리는 신형 제품으로 바뀌고, 거실엔 푹신한 아이보리 가죽소파와 테 이블이 놓였다.

가구 문제로 시릴과 이진은 한차례 실랑이를 벌였다. 이진이 새 가구를 자신의 방에는 들이지 못하게 했기 때문이다.

"난 저런 폐기처분해야 할 가구를 채워 놓고 당신에게 세를 받을 순 없어요."

시릴의 태도는 강경했다.

"내가 낼 수 있는 집세는 아주 적어요, 시릴."

"이제 내가 집주인이니까 집 안의 가구도 내 책임이죠."

하긴 그의 소유인데 뭘 하든 그녀가 간섭할 일이 아니었다. 하지만 시릴이 자신 때문에 돈을 쓰게 할 순 없었다.

"만약 내가 아니라 다른 사람이었어도 당신이 이랬을까요?"

시릴의 얼굴에 낭패라는 기색이 떠올랐다. 애초에 그녀가 아니라면 시릴이 이 낡은 집을 살 이유가 없다는 사실을 둘 다 알고 있었다.

"그러니까 안 돼요."

결국 그녀의 새 침대는 돌려보내졌다.

시릴의 얼굴엔 먹구름이 끼었고 곧 이진의 마음은 불편해졌다.

그 후로 시릴은 제롬과 함께 부엌에 틀어박혀 버렸다. 가끔씩 커다란 소음이 들려오곤 했지만 오후 내내 얼굴을 볼 수 없었다.

해질 무렵에는 제롬이 런던으로 돌아갔다. 노집사는 흐뭇한 얼굴로 인사를 하고 떠났다.

이진은 또다시 시릴과 단둘이 남게 되었다. 시릴의 존재감 탓인지 오늘따라 유난히 집이 좁게 느껴졌다.

"오늘 저녁은 밖에서 먹는 게 어때요? 제롬이 괜찮은 차이니즈 레스토랑을 알려 줬어요."

현관문에 기대선 시릴이 문득 생각났다는 듯 말을 건넸다.

"난 그냥 샌드위치를 먹을래요."

그녀의 대답에 실망한 시릴의 어깨가 처졌다.

서먹해진 분위기에 이진은 도망치듯 뒤뜰로 향했다. 저녁시간이 되기 전에 잡초 제거라도 하며 시간을 보낼 생각이었다.

그러나 뒤뜰에서 낯익은 물체를 발견한 순간 이진의 낯빛이 흐려졌다. 라벤더 화단 옆에 세워진 것은 은색 프레임의 자전거였다. 그녀는 다시 시릴을 찾아 부엌으로 향했다.

"시릴."

뭔가 심각한 표정을 짓고 있던 시릴은 그녀의 부름에 웃으며 돌아섰다.

"생각이 바뀌었나요?"

그러나 방금 전 본 물건으로 머리가 꽉 찬 이진은 미소를 되돌려주진 못했다. 그녀는 공기 중에 떠도는 짙은 커피 향도 깨닫지 못했다.

"뒤뜰에 있는 자전거 말인데요, 당신 건가요?"

"이미 시승도 끝났으니 당신 자전거겠죠?"

가벼운 대답에 이진은 입술을 깨물었다. 블루벨 하우스에서 본 자전거였다. 시릴이 샀다면 정확한 가격은 몰라도 분명 싸구려는 아닐 것이다.

"시릴, 난 그걸 받을 수 없어요."

"왜요?"

그의 무심한 질문에 울컥하고 감정이 쏟아져 나왔다.

누군가에게 뭔가를 받으면 반드시 대가를 치러야 한다. 세상에 거저 가질 수 있는 건 없었다.

처음으로 예쁜 드레스를 사 준 날 엄마는 떠났고, 조부는 돈을 주고 자신을 버렸다.

"당신은 내게 아무것도 사 줄 이유가 없어요. 새 침대도 자전거도 필요 없어요. 어떤 것으로도 날 팔진 않을 테니까요."

시릴의 얼굴에서 표정이 사라졌다.

"내가 당신을 사려 한다고요? 고작 이따위 걸로?"

분노로 어두워진 눈동자에 이진은 자신의 실수를 깨달았다.

"진, 난 한 번도 섹스의 대가로 여자에게 선물을 사 준 적이 없어요. 기억나요? 처음 당신을 안았을 때도 난 당신에게 아무것도 주지 않았죠."

다크 초콜릿처럼 깊고 나른하다고 생각한 목소리가 서늘하게 가라앉아 있었다.

"그런데 이제 와서 좋아하는 여자를 돈으로 사려 들 만큼 추락하진 않았어요."

거칠게 머리를 쓸어 올린 시릴이 지친 한숨을 내쉬었다.

"……난 그저 당신에게 뭐라도 주고 싶었어요. 난생처음 누군가를 기쁘게 해 주고 싶었거든요."

허탈해진 시릴은 그녀를 두고 돌아섰다.

심장에 싸늘한 물이 들어찬 기분이었다. 시릴은 욱신거리는 가슴께를 가만히 눌렀다.

그의 심장은 일반인의 몇 배나 튼튼했다. 그런데 고작 말 한마디에 이렇게 충격을 받다니 믿어지지 않았다. 실제로 심장은 멀쩡할

게 분명한데도 동통은 현실감이 있었다.

시릴은 자신이 이렇게 휘둘리는 게 싫었다. 당장 이 집을 떠나고 싶었다. 그러나 결국 그는 자리를 박차고 나가진 못했다.

레이싱과 관련되지 않은 일로 자신의 감정이 이렇게 흔들린 적이 있던가. 오직 진과 관계된 일뿐이었다.

언제나 당신이지.

시릴은 자조하며 술잔을 들이켰다.

집 안에는 변변한 술조차 없었다. 그래서 시릴은 찬장 속에서 굴러다니던 싸구려 럼주를 마셨다.

술맛은 지독했다. 그의 기분만큼이나.

두 사람이 함께 살 거란 꿈에 부풀어 새벽같이 제롬에게 전화를 했다. 동이 트기도 전 래리를 깨워 가구를 수배하게 만들면서 시릴은 들떠 있었다. 자신이 이렇게까지 사람을 좋아할 수 있는 인간이었나 스스로도 놀랄 만큼.

그녀에 대한 감정을 완벽하게 자각하지 못했을 때조차 그랬다.

아름다운 것.

기쁘고 즐거운 것.

세상의 모든 달콤하고 행복한 것들을 주고 싶었다.

블루벨 하우스에서 시릴은 그녀의 옷을 고르며 즐거웠었다. 자전거를 볼 때는 진이 그것을 타는 모습을 상상했다.

대가 따위를 바란 것이 아니었다. 그저 그녀가 기뻐하는 모습을 보고 싶었다.

Lap 9. 최고의 밤

마치 체한 것처럼 가슴이 답답했다.

이진은 방 안의 유일한 창문을 열었다. 한적한 거리에 낡은 문이 삐걱거리는 소리가 울렸다. 신선한 밤공기가 밀려들어 오자 복잡한 머리가 조금 차분해졌다.

저녁 시간은 이미 지나간 지 오래였다. 그러나 시릴과 그녀 중 누구도 그것에 신경 쓰는 사람은 없었다.

이진은 차마 그를 찾아볼 엄두도 내지 못했다. 옆방에서는 아무런 소리도 들려오지 않았다. 창틀에 몸을 기댄 이진의 시선이 문득 책상 위에 닿았다.

잊고 있던 시릴의 집들이 선물이 거기 있었다.

선물을 받는다는 건 그녀에게 낯선 일이었다. 이진은 생일이나 크리스마스 때 단 한 번도 선물을 받지 못한 아이였다.

이진은 조심스럽게 상자를 열었다.

커다란 상자 안을 가득 채우고 있는 것은 토피였다. 수십 가지의 토피가 색색의 예쁜 포장지에 싸여 있었다. 이렇게 많은 종류의 토피를 본 것은 난생처음이었다.

새하얀 카드 한 장이 토피 위에 놓여 있었다. 아름답고 힘 있는 글씨체는 주인을 닮았다.

「흔히 사람들은 맛있는 걸 먹으면 행복해진다고 이야기하죠. 이건 내가 당신에게 주는 첫 번째 맛이에요. 부디 당신의 행복한 첫 기억이 될 수 있기를.」

이진은 토피 하나를 까서 입에 넣었다. 달콤하고 말랑한 맛이 입 안 가득 퍼졌다.

가슴 한구석에 불씨처럼 남아 있던 오래전 기억이 되살아났다. 당신이 내게 준 첫 기억은 이게 아닌데.

이진의 얼굴에 옅은 미소가 떠올랐다.

시릴은 카드 아래쪽에 작게 추신을 덧붙이고 있었다.

「ps. 혹시 덤으로 과거를 참회 중인 드라이버는 관심 없어요?」

그의 방은 비어 있었다.

다행히 시릴은 멀리 있지 않았다. 이진은 거실 한쪽에서 그를 발견했다.

시릴은 술병을 앞에 놓고 소파에 기대 있었다. 한쪽 팔로 눈가를 덮은 그는 마치 잠든 것처럼 보였다.

"시릴."

나직이 이름을 부르자 시릴이 팔을 치웠다. 잠기운이라곤 없는 짙푸른 눈동자가 드러났다.

"……방으로 올라가요. 여기서 잠들면 안 돼요."

차가운 눈에 이진은 저도 모르게 시선을 피했다. 시릴의 눈이 가늘어졌다.

"내가 뭔가 대가를 요구할까 봐 겁이 나요? 지금 당장 당신을 여기 눕히기라도 할 것 같나요?"

이진은 시릴의 날카로운 말에 놀랐다.

"그런 게 아니……."

"걱정 말아요. 내가 만약 오늘 밤 여자를 산다 해도 그건 당신은 아닐 거예요."

시릴은 심술궂은 말로 그녀를 밀어냈다. 이진이 자신을 그렇게 생각했다는 데 화가 나고 상처를 입었다. 최소한 상처를 핥을 시간은 줘야 할 거 아닌가.

"그만 가 줘요. 지금은 더 이상 당신을 보고 싶지 않으니까."

순간 잔뜩 얼어붙어 있는 이진이 그의 시야에 들어왔다. 그 창백한 얼굴에 마음이 누그러졌다. 이래서야 화를 낼 수도 없다. 긴 한숨을 내쉰 시릴은 미간을 손으로 눌렀다.

"……미안해요. 취했나 봐요. 억지로 날 상대하며 끔찍한 시간을 보낼 필요 없으니 그만 올라가요."

이진은 힘겹게 침을 삼켰다.

"당신과의 시간이 끔찍하다고 여긴 적은 한 번도 없어요."

"행복하다고 생각한 적도 없겠죠."

시릴의 시니컬한 응수에 이진은 고개를 저었다.

그건 사실이 아니었다. 오히려 너무 행복해서 현실이 될 수 없다고 생각했고 두려워졌다.

"당신은 내가 바람둥이라서 연애할 수 없다고 했죠? 왜일까요?"

시릴은 혼잣말을 하듯 낮게 뇌까렸다.

"아, 물론 과거의 내가 잘했다는 건 절대 아니에요. 그 멍청한 행동들은 뼈저리게 후회하고 있어요. 내 미래에 당신이 기다릴 줄 알았다면 그렇게 생각 없이 살진 않았겠죠. 하지만 난 그 여자들과 연애를 한 게 아녜요. 사랑을 맹세한 적도 없고 누굴 상처 입히지도 않았어요."

깊은 바다를 닮은 눈이 가만히 그녀를 응시했다.

"사람을 좋아한 건 당신이 처음이에요. 사귀고 싶은 마음이 든 적도 없었고 당신을 만난 후론 다른 사람은 눈에 들어오지도 않아요. 그런데 왜 당신은 내가 바람을 피울 거라고 확신하는 걸까요?"

날카로운 푸른 눈이 그녀가 숨겨 놓은 진실을 드러냈다. 하지만 시릴은 의기양양한 게 아니라 슬퍼 보였다.

"다른 여자들이 문제가 아닌 거예요. 그렇죠? 당신은 내가 정해진

선을 넘으려 했기 때문에 날 잘라 내고 싶은 것뿐이에요. 당신을 흔들까 봐."

낱낱이 속이 파헤쳐진 기분이었다. 늘 그랬듯이 등을 돌려 피하고 싶었다. 하지만 여기서 도망치면 안 된다. 이렇게 시릴에게 상처를 주고 숨어 버린다면 아마 평생 후회할 것이다.

그를 싫어한다고 오해한 채로 놔둘 수는 없었다. 문제는 바로 자신에게 있으니까.

이진은 바닥이 꺼질 듯한 현기증을 느끼며 입을 열었다.

"고백할 게 있어요. 사실 난 잘 느끼지 못해요."

이진은 아무리 노력해도 섹스를 즐기지 못했다.

예전 남자친구였던 앤드류와의 경험으로 뼈저리게 깨달았다. 매번 그녀는 뻣뻣하게 굳은 상태로 앤드류가 끝낼 때까지 불편함을 참아야 했다. 섹스는 어떤 만족감도 없이 어색하기만 했다.

육체적인 건 중요하지 않다고 말하던 앤드류도 나중엔 불만을 드러냈다. 이진이 자신을 사랑하지 않는다며 점차 화를 내기 시작했다. 마지막엔 자신들이 헤어지게 된 것도 모두 그녀 탓이라며 비난했다.

사실 그녀의 잘못이 맞았다.

애초에 그를 받아들여선 안 됐다. 아무리 외롭고 힘들었어도, 사귀다 보면 자신을 사랑하게 될 거라 앤드류가 자신했어도 시작해선 안 되는 일이었다.

앤드류는 그녀가 절대 줄 수 없는 것을 원했다. 결국 절망한 앤드류가 그녀에게 받은 상처를 되돌려주려 한 건 예정된 결말이었다.

이진은 그가 말도 없이 MIT로 떠났을 때도, 이 년간 준비한 박사 논문이 물거품이 된 것을 알았을 때도 담담히 받아들였다.

하지만 파경을 맞기까지 그 비참한 여정을 시릴과 다시 반복하고 싶진 않았다.

"그러니까 사귄다 해도 잘되지 않을 거예요. 난 남자를 즐겁게 할 줄도 모르고 서툴러요. 당신은 만족하지 못할 거고 결국엔……."

이진은 눈을 질끈 감고 말을 이었다.

소파가 거칠게 바닥에 끌리는 소리가 났다. 벌떡 일어난 시릴이 그녀의 팔을 잡아챘다.

"지금 장난해요?"

그의 성난 목소리에 이진은 채찍을 맞은 것처럼 움찔했다.

"설마 당신이 불감증이라고 말하는 거예요? 나한테? 그날 밤 당신이 내 품에서 몇 번이나 정신을 잃었는지 기억 안 나요?"

시릴은 답답한지 손으로 머리칼을 마구 흐트러뜨리고 있었다.

"그래서 말인데, ……사실은 기억이 잘 안 나요."

"뭐라고요?"

시릴의 동작이 뚝 멎었다. 한동안 무거운 침묵이 두 사람 사이를 채웠다.

이진이 질식할 정도의 무게를 느낄 무렵, 시릴이 그녀의 턱을 들어올렸다. 그의 입술 위로 진한 미소가 피어오르고 있었다.

"……그러니까 이것만 해결되면 우리가 사귀는 데 아무 문제도 없는 거군요?"

먹잇감을 앞에 둔 육식동물 같은 시선에 이진은 몸을 움츠렸다.

"하지만……."

"해결할 수 있어요."

단호한 어조가 그녀를 가로막았다. 시릴이 자신의 셔츠 위로 손을 가져가자 이진의 심장이 조여들었다. 시릴은 하나하나 단추를 풀며 속삭였다.

"혹시 모를까 봐 말해 두는데 그날은 내 평생 최고의 밤이었어요."

시릴의 목소리가 녹아내린 초콜릿처럼 뜨겁고 달콤해졌다.

"내가 만족하지 못할 거라고요? 당신이 얼마나 뜨거웠는지, 날 얼마나 달아오르게 했는지 똑똑히 보여 주죠."

시릴은 거추장스러운 옷을 한 번에 벗어던졌다.

은은한 불빛 아래 황금 조각상 같은 시릴의 육체가 고스란히 드러났다. 실오라기 하나 걸치지 않은 몸은 이미 완벽하게 발기된 상태였다. 실팍한 기둥의 표면에 도드라진 핏줄이 생생했다.

"보여요? 당신 곁에만 있으면 난 항상 이런 상태가 돼요."

이진의 얼굴에서 핏기가 사라졌다. 맨 정신으로 보니 무시무시할 정도였다.

"당신과 잘 생각을 하다니 그날 내가 꽤 용감했군요."

이진은 긴장감을 누그러뜨리려 어색한 농담을 던졌다. 시릴이 장난스럽게 그녀의 손등에 키스를 하며 맞받았다.

"당신의 용기에 감사를."

이진은 표정을 숨기려 고개를 돌렸다. 자신이 이미 시릴과 함께 밤을 보낸 적이 있다는 사실을 믿을 수가 없었다. 처음도 아닌데 왜 이렇게 긴장되는 걸까.

"무서워요?"

손끝이 떨리는 것을 본 시릴은 이진이 두려워하고 있다는 사실을 깨달았다.

"당신이 내게 실망할까 봐 무서워요."

시릴은 뒤에서부터 이진을 끌어안았다. 뜨거운 체온이 차가워진 팔을 감싸 안았다.

"내가 진에게 실망할 일은 절대 없어요. 만약 내가 당신을 기쁘게 만들지 못한다면 나 자신을 원망해야 할 일이죠. 그래도 낙심은 하지 않을 거예요. 우리에겐 긴 밤이 남아 있으니까."

시릴은 그녀의 등에 바짝 달라붙어 속삭이고 있었다. 덕분에 허리에 와닿는 그의 존재감이 지나치게 생생했다. 두려우면서도 흥분되는 묘한 기분이었다. 당장 물러서고 싶으면서도 한편으론 시릴에게 기대고 싶어졌다.

"눈을 감아요, 진. 아무것도 생각하지 말고 내 손에만 집중해요."

귓가에 시릴의 나직한 목소리가 울렸다. 소름이 돋은 목덜미에 그가 입을 맞췄다.

불쑥 티셔츠 속으로 시릴의 손이 들어왔다. 커다란 손이 브래지어를 위로 밀어내고 양쪽 젖가슴을 감쌌다. 시릴은 말랑하지만 탄력적인 가슴을 움켜쥐고 천천히 주무르기 시작했다. 그의 손에 힘이 들어 갈 때마다 가슴 끝이 아릿해졌다.

시릴은 유두를 손가락 사이에 끼우고 장난치듯 잡아당겼다. 그의 손에 희롱당한 유두가 금세 빳빳이 고개를 들었다.

"아파요?"

침을 삼킨 이진은 고개를 저었다.

"당신 가슴에 키스하고 싶은데, 그러면 정신이 나가 버릴 것 같아요. 아깝지만 나중을 위해 남겨 두죠. 오늘은 당신이 내게 적응하는 게 먼저니까."

안타깝다는 듯 혀를 찬 시릴은 위쪽은 놔둔 채 그녀의 바지를 벗겼다.

"흠, 분홍색이군요."

그녀의 팬티를 발견한 시릴이 묘한 웃음소리를 냈다.

"왜요?"

"분홍색은 안정을 주는 색이라고 들었는데, 지금 난 투우사의 깃발을 본 황소가 된 기분이거든요."

커다란 손이 찢어 버릴 듯 팬티를 당기자 이진은 긴장했다. 거칠어진 숨소리에 본능적인 위기감이 들 정도였다.

"그러니 절대 자극하지 말아요. 곧바로 들이받고 싶어지니까."

희미하게 떨리는 목소리는 위험할 정도로 낮아져 있었다. 시릴은 그녀의 목덜미에 이마를 대고 천천히 숨을 가다듬었다. 그의 숨결이 조금씩 잦아들었다.

"알아요? 당신 몸은 삼키고 싶을 만큼 예뻐요."

시릴은 앞으로 손을 뻗어 팬티의 레이스를 천천히 어루만졌다. 손가락이 허벅지 사이를 스치자 가슴이 아플 정도로 딱딱해졌다. 그녀의 가슴을 감싸고 있던 시릴도 느낀 듯 커다란 손이 가슴을 꽉 움켜잡았다. 이진의 호흡이 거칠어졌다.

시릴은 다시 그녀의 다리 사이로 손을 미끄러뜨렸다. 그의 가운뎃손가락이 팬티 위로 천천히 선을 그리듯 움직였다. 위아래로 오가던 손가락이 도톰하게 튀어나온 부분을 찾아내 문지르기 시작하자 이진은 저도 모르게 숨을 삼켰다.

"젖었어요. 느껴져요?"

낮은 속삭임에 흠칫 놀란 그녀가 그의 품을 벗어나려 했다. 가슴 아래를 받친 팔뚝에 힘이 가해졌다.

"나도 젖은걸요."

시릴이 웃으며 그녀의 엉덩이 골 사이에 허리를 비볐다. 단단한 남성의 앞부분이 젖어든 것이 얇은 천 너머로 선명하게 느껴졌다.

그녀의 팬티 위를 쓸던 손가락 하나가 불쑥 갈라진 틈새로 파고들었다. 갑작스러운 침입에 놀랄 새도 없이 시릴이 속삭였다.

"조금 더 적셔 주세요."

긴 손가락이 젖은 안쪽을 눌렀다. 또 다른 손가락이 미끄러지듯 들어왔다. 이진의 입에서 신음이 흘러나오자 손가락을 감싼 내벽이 조여들었다. 시릴은 두 개의 손가락으로 좁은 입구를 천천히 벌렸다.

무릎이 덜덜 떨려 주저앉을 것 같았다. 이진이 무너지려 하자 시릴은 그녀가 테이블에 기대도록 상체를 밀었다.

이진은 테이블 위로 팔을 짚었다. 시릴의 손가락이 다시금 안쪽을 두드리자 그녀의 팔이 휘청거리며 꺾였다. 단단한 목재테이블에 이마가 닿자 서늘하게 느껴졌다.

시릴이 마지막으로 남은 그녀의 팬티를 끌어내렸다. 뜨거운 페니스가 엉덩이에 직접적으로 닿았다.

시릴은 날씬한 허벅지 사이로 자신을 끼워 넣고 천천히 앞뒤로 문질렀다. 굵은 기둥이 젖은 입구 주위를 쓸고 지나갈 때마다 신음이 나올 것만 같았다.

곧게 뻗은 손가락이 한껏 입구를 벌렸다. 순간 페니스의 뭉툭한 앞부분이 입구에 닿았다. 소름 끼치는 느낌에 그녀가 한순간 몸을 움츠리자 시릴이 웃었다.

"아직 모자라요."

세 번째 손가락이 들어왔다. 얼마나 벌어졌는지 확인이라도 하듯 시릴은 천천히 안쪽을 휘저었다. 엄지손가락이 수풀 사이에 숨어 있는 매끄러운 부분을 긁었다.

"아흑."

머릿속이 뜨거워져 수치심도 날아가 버렸다. 아무런 생각이 나지 않았다. 자신이 테이블에 엎드려 허리를 든 자세로 있다는 사실도, 애액이 흘러서 그의 손을 적실 정도라는 것도 잊었다.

그저 여유를 부리는 시릴이 원망스럽고 눈물이 났다.

"……제발, 시릴. ……어서."

이진은 저도 모르게 애원하고 있었다. 가파른 숨이 뚝뚝 끊어졌다.

"당신이 이렇게 날 원하는 모습이 미칠 정도로 좋아요."

시릴도 숨을 몰아쉬고 있었다. 바지에서 콘돔을 찾아 든 그가 이로 포장을 찢었다.

"당신에게서 빼고 싶지 않아. 도와주세요."

그와 마주 보기 위해 천천히 몸을 돌리는 순간 이진은 비명을 지르고 말았다. 몸속에 들어 있던 그의 손가락이 깊숙한 곳을 건드렸기 때문이다. 지나친 자극에 안쪽에서 맑은 정수가 왈칵 쏟아져 나왔다.

그의 가슴에 기댄 이진의 몸은 덜덜 떨리고 있었다. 시릴은 부드럽게 그녀의 등줄기를 쓸어 주었다.

시릴에게서 콘돔을 받아든 손이 여전히 부들거렸다. 아랫배에 닿을 만큼 일어선 검붉은 페니스는 위협적이었다. 이진은 한 손으로 감쌀 수도 없을 만큼 두꺼운 기둥 위로 얇은 고무를 천천히 밀어 내렸다. 그러나 끊임없이 내부를 자극하는 시릴 때문에 몇 번이나 실패하고서야 겨우 일을 마칠 수 있었다.

시릴이 테이블 위로 그녀를 밀어 눕혔다.

"벌려요."

그녀가 다리 사이를 조금 벌리자 그가 고개를 저었다.

"좀 더 벌리지 않으면 안 돼요."

시릴이 이진의 다리를 넓게 벌리고 그 사이에 몸을 밀착시켰다. 커다란 손이 허벅지 안쪽을 나른히 쓸어 올렸다. 시릴은 그녀의 한쪽 발목을 잡아 어깨에 걸쳤다.

아래쪽이 적나라하게 드러나는 자세에 이진은 다리를 모으려 했다. 그러나 시릴이 무릎 뒤쪽을 길게 핥아 올리는 바람에 다리에 힘이 풀리고 말았다.

"흐읏."

숨이 가빠졌다. 눈앞이 어지러워지고 더운 숨이 흘러나왔다.

몸 안쪽에서 손가락이 스륵 빠져나가는 느낌이 선뜩했다. 곧바로 몇 배나 두껍고 긴 것이 들어왔다. 안을 채우는 묵직한 살덩이에 숨이 턱, 하고 막혔다. 거대한 기둥이 조금씩 밀고 들어오는 압박감에 이진은 입술을 깨물었다.

"조이지 말아요."

시릴이 손가락으로 부풀어오른 부분을 슬쩍 튕겼다.

"아, 아앗!"

자지러질 듯한 비명과 함께 입구가 오므라들었다.

이진이 아플 정도로 자신을 조이자 시릴은 숨을 몰아쉬었다. 채 절반도 들어가지도 못하고 끝내긴 싫었다.

시릴은 탱탱하게 부푼 조그만 구슬을 매만지며 그녀를 불렀다.

"진, 진."

그가 애무할 때마다 내부가 쥐어짜듯 조여들었다. 마치 뜨겁게 젖은 벨벳에 감싸인 기분이었다. 이진은 지나치게 민감했다.

"힘을 빼요."

숨을 내쉴 때마다 그가 조금씩 안쪽을 채웠다. 시릴은 도드라진 핏줄 하나까지 그녀에게 각인시킬 듯 느리게 파고들었다. 자칫 쏟아

내는 일이 없도록 조심했지만 아찔한 순간이 몇 번이나 지나갔다.

마침내 가슬가슬한 음모가 이진의 엉덩이에 닿았다.

"다 들어갔어요."

만족감에 찬 목소리였다. 시릴은 그녀의 손을 잡아끌어 자신들이 결합된 부분을 만지게 했다.

"느껴져요?"

그는 자신을 빠듯하게 감싸고 있는 입구와 두꺼운 뿌리 부분, 그 아래 둥근 살덩어리까지 샅샅이 느끼도록 했다.

"당신과 이어져 있어."

마치 그 사실을 음미하듯 시릴은 잠시 이진을 품에 안은 채 멈춰 있었다.

그는 두 손으로 그녀의 허리를 단단히 붙든 채 거의 끝까지 성기를 빼냈다. 빈틈없이 물린 거대한 살덩이가 빠져나가자 찢어지지 않을까 공포감도 느껴졌다.

시릴은 마치 길을 내듯 천천히 앞뒤로 허리를 움직였다. 조금씩 물러났다가 앞으로 나아가는 동안 점차 움직임이 수월해졌다.

그가 이진의 다리 한쪽을 마저 들어올렸다. 나긋한 허리가 공중에 뜬 순간 시릴이 퍽 소리가 날 정도로 깊게 들어왔다.

"아앗!"

충격으로 이진의 눈이 크게 떠졌다. 마치 몸속 깊이 벼락이 내리꽂히는 것 같았다.

그녀의 신음 소리가 신호라도 된 듯 시릴의 움직임이 달라졌다.

굵고 단단한 성기가 거침없이 드나들기 시작했다. 살과 살이 맞부딪치는 소리가 음란하게 울렸다.

한계까지 벌어진 내벽이 그의 움직임에 따라 움찔움찔 조여들었다. 강하게 두드릴 땐 새침하게 문을 열어 주던 그녀가 자신이 물러서면 탐욕스럽게 빨아당겼다. 놓아줄 듯 놓치지 않을 듯 그를 유혹하고 있었다.

마치 세이렌의 노래에 취한 어부처럼 시릴은 정신없이 안으로 파고들었다. 그 누구도 닿지 못한 가장 안쪽까지 닿고 싶었다.

그러면 그녀를 완벽하게 가질 수 있지 않을까.

이대로 한 몸으로 이어질 수 있지 않을까.

말도 안 되는 허황된 생각이라는 걸 알지만 지금 이 순간은 이진의 심장에 닿을 수 있을 것만 같았다.

깊게, 더 깊게.

시릴은 그녀 안에서 수없이 자맥질하며 깊숙이 자신을 내리꽂았다. 아무도 닿지 못한 그곳에 자신을 심어 뿌리를 내리고 싶었다.

몸이 거세게 흔들리고 있었다.

격렬하게 밀어붙이는 허릿짓에 그녀의 몸이 밀려 올라갔다. 이진은 테이블 모서리를 움켜잡았다.

심장이 너무 빨리 뛰어 숨을 쉴 수조차 없었다. 혈관 속에 피 대신 불꽃이 흐르는 것 같았다. 불꽃이 몸 전체를 돌고 돌아 그녀를 완전히 삼키려 하고 있었다.

이진은 낯선 쾌락의 파도에 어쩔 줄 몰라 하며 고개를 저었다.

쾌감이 머리끝까지 차올라서 자꾸 눈앞이 부옇게 흐려졌다. 피부가 온통 저릿했다.

자신이 우는 건지 소리를 지르고 있는 건지도 알 수 없었다. 오직 이 미칠 듯한 감각의 끝을 어서 보고 싶다는 생각밖에 없었다. 아니, 생각 자체가 불가능했다. 온몸의 감각이 뜨거운 촛농처럼 녹아내리고 있었다.

한순간 시릴이 깊게 짓쳐들어왔다. 눈앞이 새하얗게 변하며 숨이 멎을 듯한 쾌감이 덮쳤다. 이진은 새된 비명을 질렀다.

한 치 앞도 보이지 않는 깊은 바다에 빠져들 듯 몸이 아래로, 아래로 떨어지고 있었다. 그 아득한 감각 속에서 이진은 난생처음 맛보는 평화로움을 느꼈다.

시릴도 그녀의 몸속에서 절정을 맞았다. 한순간 완전히 경직된 그가 몸을 떨자 얇은 막 너머로 따뜻한 기운이 퍼졌다.

채 식지 않은 페니스가 안쪽에서 천천히 빠져나갔다. 곧이어 시릴이 그녀 위로 몸을 겹쳐 왔다. 땀에 젖고 뜨거운 남자의 무게가 이진을 눌렀다.

"이대로 죽어도 좋을 거 같아."

시릴이 그녀의 가슴에 기대 중얼거렸다.

"그날이 내 평생 최고의 밤이었다는 거 취소예요."

순간 이진은 저도 모르게 숨을 죽였다.

"오늘이 더 끝내줬어."

시릴은 한껏 배부른 맹수처럼 그녀의 목덜미에 얼굴을 비볐다. 더운 숨결이 귀밑부터 가슴 위까지 간지럽혔다. 이진은 이따금 쇄골에 키스를 하는 시릴의 입술을 느끼며 졸고 있었다.

문득 자신이 말려 올라간 티셔츠 아래엔 아무것도 입지 않은 채 테이블 위에 누워 있다는 사실이 떠올랐다. 순식간에 잠이 달아난 이진의 얼굴이 붉어졌다. 티셔츠를 끌어 내리려는 손을 시릴이 붙잡았다.

"……시릴?"

선명한 푸른 눈이 드러난 그녀의 가슴을 바라보고 있었다.

어째서 저 눈이 아직도 굶주린 것처럼 보이는 걸까. 기분 탓인지 허벅지에 닿은 그의 중심이 묵직해진 것 같은 느낌도 들었다.

"올라갈까요?"

어디를? 이해가 가지 않아 이진은 눈만 깜박였다. 시릴이 나른하게 웃으며 그녀의 뺨을 쓸었다.

"여기도 나쁘진 않지만 당신 등이 멍드는 건 싫으니까. 다음은 편안한 침대 위에서, 어때요?"

이진은 멍한 얼굴로 시릴을 올려다봤다. 방금 전 흘린 땀이 채 식지도 않았는데? 아니, 그보다 최고였다면서?

"하지만……."

시릴은 반론을 제기하는 이진의 입을 키스로 막았다. 동그랗게 뜬 암갈색 눈과 시선이 부딪치자 시릴의 눈썹이 장난스럽게 휘었다.

"기록은 언제나 깨지라고 있는 거죠."

시릴의 말대로 그날 밤 세 번의 기록 경신이 이루어졌다.

◆❖◆

두 사람의 하루는 따뜻한 커피 향으로 시작되었다.

아침 해가 떠오르면 시릴은 부엌 한편에 새로 자리를 차지한 에스프레소메이커에서 토피 향이 나는 커피를 뽑았다. 제롬에게 사용법을 전수받아 한나절을 연습한 성과였다.

그런 다음 2층으로 올라간 시릴은 달콤한 커피로 이진을 깨워 함께 아침을 먹었다. 메뉴는 달랑 커피와 토스트뿐이었지만 어느새 이진은 누군가와 마주 보며 먹는 아침에 익숙해졌다. 사실 그녀는 매일 밤 시릴에게 시달리게 된 후로 눈만 뜨면 배가 고파졌다.

출근 준비를 마친 이진은 시릴의 배웅을 받으며 집을 나섰다.

하지만 자전거가 있어도 종종 버스를 타야 할 일이 생겼다. 어쩌다 무리를 한 다음 날은 자전거를 타기가 힘들었다. 그럴 때마다 직접 본부까지 데려다주겠다는 시릴을 말려야 했다.

사실 시릴은 그녀와 함께 출퇴근까지 하고 싶어하는 눈치였지만 이진에게 강요하진 않았다. 대신 그녀가 없는 낮 동안 제이미와 함께 본부에서 훈련을 하다 퇴근길에 불쑥 나타나곤 했다.

의외로 시릴과의 동거는 힘들지 않았다.

고이 자란 도련님이라 얼마 버티지 못할 줄 알았는데, 시릴은 한

번 방법을 가르쳐 주면 무슨 일이든 막힘없이 해내는 타입이었다.

　퇴근하고 집으로 돌아오면 요리책을 펼쳐 놓고 심각하게 요리 중인 시릴을 발견할 수 있었다. 어떤 날은 말끔히 청소를 해 놓아 이진을 놀래 주기도 했다.

　시릴이 그랑프리 때문에 집을 비우지 않는 한 주의 일상이었다.

Lap 10. 그 남자의 사랑법

이진은 문득 잠에서 깨어났다.

밖은 아직 어두웠지만 방 안은 밝았다. 그녀가 어두운 걸 싫어한다고 한 이후로 시릴은 절대 불을 끄는 법이 없었다.

따끈한 맨살이 이진의 등에 달라붙어 있었다. 그녀 역시 실오라기 하나 걸치지 않은 맨몸이었다.

시릴은 이진의 방을 좋아했다. 정확히는 이진의 방에서 사랑을 나누는 것을 좋아했다. 좁고 매트리스 한쪽이 꺼진 침대를 왜 마음에 들어하는지 줄곧 이해가 가지 않았는데 어젯밤 이유를 알았다.

'그 방은 당신 냄새가 배어 있어서 더 흥분되거든요.'

시릴의 말이 떠오르자 다시금 어이가 없어졌다.

지금 그들이 누워 있는 침대는 시릴의 새 침대였다.

시릴은 이진이 잠이 들고 나면 방을 옮겼다. 자신의 침대에 그녀를 눕히고 맨몸을 끌어안고 잤다. 아침마다 태초의 상태로 깨어난 이진은 당황하기 일쑤였지만 시릴은 옷을 입혀 주는 친절은 절대 발휘하지 않았다.

허리를 일으키자 저절로 신음이 흘러나왔다.

늘 시릴이 먼저 일어나기 때문에 그의 잠든 모습을 보는 건 처음이었다. 그를 만난 첫날 호텔에서도 기회가 있었지만 그때는 몰래 빠져나오느라 정신이 없었다.

밝은 금발을 흐트러뜨린 채 나른한 얼굴로 잠들어 있는 시릴은 정말 천사 같았다, 얼굴만은.

조각 같은 콧날 아래 달콤하게만 보이는 입술이 가볍게 다물려져 있었다. 올이 가는 머리카락에 둘러싸인 얼굴은 한숨이 나올 만큼 여리게 보였다.

어젯밤 저 입술과 몸이 무슨 짓을 했는지 아는 그녀에게는 그 모습이 사기처럼 보였다.

짐승의 거시기를 단 천사라니. 이진은 잠시 시릴을 째려봐 주었다.

마지막 기억은 욕실에서였다.

이진은 기진맥진해서 거의 눈도 뜨지 못하는 상태였다. 시릴은 욕조 안에서 그녀를 자신의 위에 누인 채 몸속으로 들어왔다. 그는 따뜻한 물이 식어 버릴 때까지 느긋하게 그녀를 가졌다. 이진은 찰박거리는 물과 함께 흔들리며 뭉근한 절정에 올랐다.

이탈리아그랑프리가 끝나자마자 곧장 날아온 시릴은 밤새 그녀를 안았다. 일주일만의 깊은 삽입 때문인지 다리 사이가 얼얼했다.

지나치게 혈기왕성한 스물여섯의 남자는 하룻밤에 한두 번으론 만족하지 못했다. 어지간해서는 지치는 법이 없는 시릴에 반해 이진은 익숙지 않은 쾌감에 자주 까무러쳤다.

그럴 때마다 시릴은 그녀가 다시 깨어날 때까지 기다려 주었다. 물론 그 시간 동안 시릴이 손을 놓고 있는 것은 아니었다. 그는 잠자는 그녀의 몸에 끈질기게 애무를 퍼부어 뜨겁게 달궈 놓았다. 그래서 이진은 깨어나자마자 곧바로 열락의 폭풍 속으로 끌려 들어가기 일쑤였다.

처음에는 매일 관계를 한다는 게 버거웠지만 적응이 됐는지 아침에 못 일어날 정도는 아니게 됐다. 하지만 역시 시릴이 그랑프리에서 돌아온 다음 날은 힘들었다.

내 어디가 이토록 당신을 몰입하게 만드는 걸까.

시릴은 마치 그녀가 세상에서 가장 유혹적인 여자인 것처럼 굴었다. 이진의 무심한 손짓 한 번, 눈빛 하나에도 곧장 달려들곤 했다.

시릴은 무슨 일이든 적당히 하는 법이 없었다.

전력을 다해 드라이빙을 하고 온몸으로 부딪쳐 사랑을 한다. 가끔은 그 맹목적인 열정이 두려울 정도였다.

그녀의 시선을 느낀 건지 긴 속눈썹이 살짝 떨리더니 시릴이 눈을 떴다. 푸른 눈이 그녀를 발견하고 나른하게 웃었다.

"키스해 주세요."

이진은 고개를 숙여 시릴에게 입을 맞췄다.

그의 손이 그녀의 뒷목을 잡아 끌어 내렸다. 따뜻한 입술이 그녀의 입술을 핥았다. 시릴은 도톰한 아랫입술을 물었다 놓으며 요구했다.

"입술, 벌려요."

한층 허스키해진 목소리는 허리가 움찔거릴 정도로 섹시했다.

시릴은 섹스할 때면 목소리가 한층 낮아진다. 마치 목소리로 범해지는 기분이 들 정도였다.

뜨거운 숨결이 그녀를 덮쳤다. 그의 혀가 매끄러운 점막을 지나 남김없이 치열을 핥고 빨았다.

"혀를 내밀어요."

그녀가 자신의 요구에 응하자 시릴은 만족스러운 신음을 내뱉었다. 단단한 손가락이 그녀의 긴 머리카락 속으로 파고들었다.

시릴의 혀는 살아 있는 생물처럼 매끄럽게 그녀의 것을 감았다. 젖은 입술과 혀가 뒤엉킬수록 키스는 깊어졌다. 시릴은 그녀의 타액을 모조리 삼켰다.

끝이 날 것 같지 않은 키스 후에 시릴이 숨을 몰아쉬며 낮게 중얼거렸다.

"키스만으로 갈 것 같아."

그의 허리 아래에 아슬아슬하게 걸린 시트가 눈에 띄게 부풀어올라 있었다.

밤새 그렇게 하고 아직도?

"시릴."

이진이 질린 듯 쳐다보자 시릴이 난감하게 웃었다.

"미안해요. 이건 내 마음대로 되는 게 아니라. 그냥 무시해요."

시릴이 장난스럽게 그녀의 머리칼을 흐트러뜨렸다.

이 엄청난 존재감을 어떻게 무시한단 말인가. 그의 아래쪽은 전혀 사그라질 기미를 보이지 않고 있었다.

자신의 시선에 시트가 꿈틀거리자 놀란 이진이 흠칫거렸다. 시릴이 혀를 찼다.

"괴롭히지 않을게요. 그러니 잠깐만 그대로 있어 줘요."

이진과 시선을 맞춘 시릴은 그녀 앞에 무릎을 꿇고 앉았다.

붉은 아침햇살 아래 보이는 시릴의 몸은 아름답다고밖에 표현할 말이 없었다.

균형 있게 뻗어 나간 황금빛 근육이 긴 팔다리를 감싸고 있었다. 촘촘히 근육이 잡혀 있는 배와 탄탄한 허벅지는 마치 살아 있는 대리석 조각 같았다. 거장의 손으로 깎아 낸 작품이 생명을 얻으면 이럴까.

단지 그가 차가운 무생물이 아니라는 증거가 허벅지 사이에 용솟음치듯 솟아 있었다. 긴 손가락에 감싸인 검붉은 성기가 이질적으로 보였다.

"하아, 진."

그녀의 이름을 부르는 목소리가 나른하게 귀에 감겼다. 솜털이 곤두설 만큼 섹시한 음성이었다.

시릴은 단 한순간도 이진에게서 눈을 떼지 않았다. 그 숨막히는 시선 때문에 시릴에게 애무를 당하는 것 같은 묘한 기분이 들 정도였다.

시릴의 손이 혈관이 바짝 선 두터운 기둥을 느리게 훑었다. 이미 끝부분이 젖어 있어 물기 어린 소리가 배어 나왔다. 살이 비벼지는 마찰음에 가쁜 숨소리가 뒤섞였다. 순식간에 방안 공기가 뜨겁고 눅눅해졌다.

"진…… 진, 날 봐요. 응? 진."

시릴은 스스로 입술을 핥으며 빠르게 손을 움직였다. 밤하늘처럼 짙어진 푸른 눈이 당장이라도 그녀를 집어삼킬 듯 응시했다.

마치 눈과 목소리로 한꺼번에 범해지는 것 같았다. 그럼에도 시선을 비킬 수조차 없었다. 이진은 저도 모르게 숨을 멈추고 있었다.

"사랑해요, 진. 웃."

붉은 입술 사이에서 흘러나오는 고백에 가슴이 덜컥 내려앉았다.

시릴은 언제나 이진에게 거리낌 없이 사랑을 속삭였다. 한번도 이진에게 대답을 강요한 적은 없지만 이렇게 그녀가 그 사실을 잊도록 내버려두지도 않았다.

한숨을 삼키는 것 같은 낮은 신음과 함께 우윳빛 액체가 포물선을 그리며 뿜어져 나왔다. 시릴의 손을 적시고 남은 몇 방울이 이진의 가슴 위로 튀었다.

살짝 미간을 찌푸린 시릴은 거칠어진 숨을 고르고 있었다.

땀에 젖은 이마 위로 늘어진 금발에 붉은 햇살이 부서졌다. 감은 속눈썹의 짙은 그늘 아래 깎은 듯한 턱선이 어쩐지 퇴폐적으로 보였다.

햇살이 환한 아침부터 보기엔 지나치게 선정적인 장면이었다.

벌거벗은 시릴의 자위를 코앞에서 볼 거라곤 생각지 못했다. 자

위하는 남자가 이렇게 야한 줄도 미처 몰랐다.

이진은 입술을 깨물었다. 심장이 미친 듯 두근거리고 있었다. 그녀의 몸 깊은 안쪽이 젖어들었다.

어느새 눈을 뜬 시릴은 그녀를 바라보고 있었다. 굶주린 맹수처럼 보인다고 생각한 눈이 부드럽게 휘었다.

"여기가 부풀었네요."

길게 뻗은 손가락이 시트 위로 뾰족하게 존재를 드러낸 유두를 건드렸다. 가라앉은 목소리가 조금 거칠게 들렸다.

시릴은 그녀가 끌어안고 있던 시트를 조심스레 내렸다. 팽팽하게 부푼 가슴이 그의 시선 아래 드러났다. 흰 피부 위로 발갛게 물든 울혈자국이 꽃처럼 피어 있었다. 밤새 그가 깨물고 희롱했던 유두가 바르르 떨렸다.

시릴은 붉게 곤두선 유두에 흰 액체를 나른하게 문질렀다. 젖은 손끝으로 둥글게 원을 그리던 그가 희미하게 웃었다.

이진의 몸이 다시 달아오르고 있었다. 시릴이 나머지 가슴도 만져 주었으면 싶었다. 그의 손가락이 닿지 않은 쪽이 욱신거렸다.

그녀의 마음을 아는 듯 모르는 듯 시릴은 조용조용 속삭이고 있었다.

"사실은 당신 몸속을 이걸로 가득 채우고 싶어요. 당신이 더 이상 품을 수도 없을 만큼 하고 또 해서, 당신이 나밖에 생각 못하게."

지금도 이미 당신밖에 생각 안 나요. 이진은 떨리는 말을 입안으로 삼켰다.

"어때요? 당신 이제 젖었나요?"

시릴이 슬쩍 윙크를 하며 웃었다. 그제야 그의 속셈을 눈치챈 이진의 눈이 동그랗게 떠졌다.

"아침이니까 가볍게 한 번, 아니 두 번만?"

시릴은 어느새 다시 위풍당당하게 서 있는 아래를 들이밀며 조르기 시작했다.

어쩔 수 없다는 듯 한숨을 내쉰 이진은 두 팔을 벌려 그를 받아들였다.

늦었다.

이진은 서둘러 계단을 내려갔다. 출근 시간이 빠듯했다.

시간이 충분하다며 그녀를 꾄 시릴 탓이었다. 물론 거기 넘어간 자신이 더 문제였지만.

스스로의 의지박약에 눈썹을 찌푸리던 그때, 현관 앞 테이블에 놓여 있는 상자가 눈에 들어왔다. 어젯밤 늦게 도착한 시릴이 가져온 게 분명했다.

"시릴. ……자, 잠깐만요! 저게 뭐죠?"

뒤따라 내려온 시릴이 키스를 하려들자 이진이 피하며 물었다.

"세 번째 맛, 이탈리아의 비스코티죠."

키스에 실패한 시릴이 미간을 찌푸리며 대답했다.

"이렇게 매번 사 오지 않아도 돼요."

시릴은 지난번 벨기에에서도 커다란 상자를 들고 돌아왔었다.

그가 준 두 번째 맛은 달콤 쌉싸래한 초콜릿이었다. 혼자선 도저히 다 먹을 수 없는 양이라 이진은 연구실 동료들에게 나눠주었다. 그리고 그 수제초콜릿이 얼마나 무시무시한 가격의 물건인지 알게 되었다.

"내 작은 즐거움을 빼앗으려고요? 진."

시릴은 몹시 섭섭한 기색이었지만, 이진은 그가 매번 자신을 위해 지나친 돈을 쓰는 걸 원하지 않았다. 그래서 핑계를 댔다.

"요즘 살이 찐 것 같아서요. 당분간 간식은 자제하는 게 좋겠다 싶어요."

"그런가요? 하긴 그러고 보니⋯⋯."

아무렇게나 둘러댄 말에 시릴이 진지하게 고개를 끄덕이자 이진은 당황했다. 진짜? 시릴이 어떻게 그걸 알고? 이진의 시선에 시릴이 답을 가르쳐 주었다.

"어젯밤 당신이 내 위에 있었잖아요."

이진의 귓불이 새빨갛게 달아올랐다. 시릴의 위에서 자신이 무얼 했는지 고스란히 떠오른 탓이었다.

"그건 당신이 억지로⋯⋯!"

"하하, 농담이에요. 진, 당신 몸무게는 그대로예요."

이진이 울상을 짓자 참지 못한 시릴이 결국 웃음을 터뜨렸다. 그는 불신이 가득한 얼굴에 대고 윙크를 했다.

"진짜예요. 몸으로 직접 겪은 내가 말하는 거니 확실하죠."

"제발, 시릴!"

시릴은 민망함에 도망치려는 그녀를 품에 끌어안았다.

"사실은 좀 더 살이 붙으면 좋겠어요. 진은 체력이 너무 약하니까. 당신이 기절할 때마다 내 마음이 얼마나 아픈데요."

그녀의 정수리에 턱을 댄 시릴이 안타깝다는 듯 중얼거렸다.

"난 한 번도 몸이 약하다는 소릴 들은 적 없어요. 그건 전부 당신이 지나쳐서 그런 거라고요."

보자 보자 했더니 누구를 상습 기절환자 취급하고 있었다. 억울했다. 자신은 그저 지쳐서 잠든 것뿐이었다.

"난 지극히 정상적인 남자예요. 그저 사랑에 빠져 있을 뿐이죠."

시릴은 이진의 항변을 가볍게 무시했다. 그의 입술이 이마에 닿을 듯 가까워졌다.

"어쨌든 당신만 날 가만두면 기절할 일도 없다고요."

볼멘소리에 시릴은 고개를 저었다.

"그건 나더러 숨을 쉬지 말라는 것과 같은데요."

시릴이 나른하게 웃으며 그녀의 입술 가까이 다가왔다.

"사실 요즘 좀 욕구불만인 것 같긴 해요. 당신이 조금만 길게 버텨 주면 좋을 텐데. 적어도 하룻밤에 다섯 번 정도는…… 읍!"

더 이상 참고 들어 줄 수 없었던 이진은 결국 시릴의 입을 막았다. 손가락 사이에서 그의 웃음소리가 새어 나왔다.

"그보다 출근 시간 늦지 않았어요?"

웃음 섞인 시릴의 말에 이진은 실랑이를 할 시간이 없다는 걸 깨달왔다. 그녀의 눈앞으로 뻗어 온 손이 테이블 위의 키를 집어 들었다.

"자전거를 타고 가다간 지각할 거예요. 내가 데려다줄게요."

얼마 전 시릴은 모터사이클 한 대를 뒤뜰에 가져다 놓았다. 순전히 그녀를 출근시키기 위한 용도였다. 하지만 시릴의 차만큼은 아니라 해도 눈에 띄긴 마찬가지라 이진은 그다지 내켜 하지 않았다.

"하지만……."

"아직 자전거를 탈 만큼 힘이 남아 있단 말인가요? 그런 줄 알았으면 한 번 더 할걸."

아쉬움이 뚝뚝 떨어지는 목소리에 이진의 얼굴 전체가 빨개졌다.

"시릴!"

시릴은 재빨리 그녀의 품에 헬멧을 안겨 주고 입술에 키스했다.

"자, 이러면 해결된 거죠?"

시릴은 자신의 슈퍼카를 모두 블루벨 하우스에 두고 왔다.

그 차들을 집 앞에 주차했다간 하루도 안 돼 파파라치가 떼로 몰려올 것이다.

결국 그랑프리 때마다 시릴을 데리러 오고 다시 데려다주는 건 래리의 몫이 되었다. 하지만 시릴은 매번 래리가 들이닥칠 때까지 늑장을 부리곤 했다.

오늘도 시릴이 옷을 갈아입으러 올라간 사이 이진과 래리는 부엌에서 기다렸다. 단둘만 남겨진 건 처음이라 어색했다. 래리는 커피가 반쯤 남은 잔에 설탕을 넣어 휘휘 저었다.

첫인상이 서늘하게 보였는데 오늘은 좀 달라 보였다. 한결 부드러워진 느낌이랄까. 시릴의 영향인가. 래리는 이진을 힐끔거리며 입을 열었다.

"혹시 시릴이 음식 가지고 성질부리진 않나요? 워낙 입맛이 까다로운 놈이라, 하하."

"아뇨. 별로 가리는 게 없어서요."

요즘 식사 당번은 거의 시릴이 하는 형편이었다. 이진이 일 때문에 늦는 경우가 잦아진 탓이었다.

그들의 식단엔 인스턴트와 샌드위치가 압도적인 비율을 차지했지만, 이제 시릴은 제법 간단한 요리는 만들어 낼 줄 알게 되었다. 물론 여전히 이진을 데리고 멋진 레스토랑에 가고 싶다고 조르는 중이긴 했다.

"시릴이 가리는 게 없다고요?"

"탄 토스트만 아니면 다 좋아하는걸요."

래리는 입을 떡 벌렸다.

어릴 때부터 제롬과 프랑스인 요리사에게 입맛이 길들여진 시릴의 식성은 까다롭기로 유명했다. 프랜차이즈 커피를 종종 구정물이라고 표현하곤 했던 그 시릴이?

래리는 다시 한 번 사랑의 힘이 위대하다는 것을 깨달았다.

"그, 예전에 제가 했던 얘기 말입니다. 혹시 시릴에게……."

래리가 헛기침을 하며 어렵게 말머리를 꺼냈다. 그가 뭘 말하는지 깨달은 이진의 눈이 차분하게 가라앉았다.

"아, 걱정 안 하셔도 돼요. 헤어지고 나서 문제를 일으키거나 하진 않을 거예요. 그러니 돈은 안 주셔도 돼요."

"헤어지다니요! 무슨 그런 말을 하십니까!"

래리가 펄쩍 뛰었다.

"그때 일은 제 오해라고 말씀드렸지 않습니까? 제가 잘리는 걸 보고 싶으신 게 아니라면 그런 말은 입 밖에도 꺼내지 마십시오."

"예?"

생각지 않은 반응에 이진은 어리둥절해졌다.

"사실은 요즘처럼 시릴이 좋아 보인 적이 없어서요. ……좀 사람 같아 보인다고나 할까."

래리는 손바닥으로 얼굴을 쓸어내리며 털어놓았다.

"원래 시릴은 남들이 무얼 좋아할까 고민조차 하지 않는 놈입니다. 당연히 선물 같은 건 해 본 적도 없지요. 자기 가족 생일선물도 저한테 시킬 정도면 말 다 한 거 아닙니까? 그런 놈이 요즘은 가는 곳마다 이름난 간식거리를 찾아다녀요. 직접 가서 맛까지 보고 주문을 하더라니까요. 당신이 먹을 거니까 어떤 맛인지 꼭 알아야 한답니다. 단 건 그리 좋아하지도 않는 놈이 말이죠."

어이없어 하면서도 시릴에 대한 걱정이 느껴지는 말투였다.

"시릴의 곁에는 당신이 꼭 필요합니다. 그러니 오래오래 있어 주세요."

래리의 간곡한 부탁에 이진은 대답을 하지 못했다. 내가 정말 당

210

신에게 필요한 사람일까. 당신 곁에 있어도 되는 걸까.

계단을 내려오는 소리가 들리더니 곧이어 기다란 팔이 뒤에서 그녀를 안아왔다. 시릴은 가느다란 목덜미에 뺨을 비비며 물었다.

"무슨 얘기 중이에요?"

"네 욕 좀 했다. 왜?"

래리가 불퉁하니 대꾸했다. 시릴의 눈썹이 스윽 치켜 올라갔다.

"진짜?"

"저, 시릴. 팔 좀."

래리의 시선을 의식한 이진이 그의 팔에서 벗어나려 했다. 그러나 시릴은 도리어 그녀를 힘주어 안으며 래리에게 시선을 보냈다. 눈총을 못 견딘 래리가 자리에서 벌떡 일어났다.

"아, 그래! 간다, 가! 차에 먼저 가 있을 테니 십 분 내로 나와."

정말 눈꼴시네. 누가 보면 세기의 이별이라도 하는 줄 알겠다. 길어야 고작 일주일 정도 떨어져 있으면서 매번 저 난리라니. 래리는 속으로 구시렁대며 밖으로 나갔다.

문이 채 닫히기도 전에 뜨거운 숨결이 이진의 입술을 덮쳤다.

"벌써 당신이 그리워요."

입안에 파고든 혀가 농밀하게 미끄러졌다. 시릴은 진하게 점막을 핥고 그녀의 혀를 감아서 끌어당겼다. 마치 이진을 송두리째 먹어치울 것처럼 구석구석 빠짐없이 빨아들였다. 그녀의 귓가에 젖은 속삭임이 내려앉았다.

"당신 없이 일주일을 어떻게 견디죠? 어떻게 당신을 두고 갈까요.

응? 진."

그윽한 다크 초콜릿 같은 목소리가 짧은 신음과 뒤섞여 등줄기를 녹아내리게 만들었다.

키스만으로 가슴이 떨리고 숨이 막혔다. 고작 두 개의 살덩이가 맞닿는 것뿐인데 시릴을 제외한 모든 세상이 잊혀졌다.

결국 십오 분을 넘긴 키스는 래리의 난입으로 끝이 났다.

래리는 비행기 시간 다 됐다며 시릴을 끌어내 겨우 차에 태웠다.

늦게 배운 도둑질에 날 새는 줄 모른다고, 세상에 연애는 니들만 하냐? 래리의 볼이 부루퉁해졌다.

물론 연애가 잘 풀려서인지 요즘 시릴의 컨디션은 최고였다. 그랑프리마다 우승트로피를 거머쥐었다. 벌써 6승째였다. 이대로라면 이번 시즌 시릴은 월드챔피언 자리에 오를 것이다.

단지 문제가 하나 있었다. 예전에는 누구보다 먼저 서킷에 도착하던 시릴이 요즘엔 점점 늦어지고 있다.

시릴이 혼자 안달복달할 때는 안된 마음도 있었는데 막상 눈앞에서 닭살 돋는 짓을 해대니 봐주기가 힘들었다.

사람이 달라붙는 걸 싫어해서 섹스할 때 말고는 여자들과 손도 잡지 않던 놈이 한 여자에게만 찰싹 엉겨 붙어 있는 꼴을 보니 낯설기 그지없었다. 하긴 멀쩡한 제 집 놔두고 그 작은 집에 들어가 사는 걸 보면 말 다했지.

"제트기를 살까."

갑자기 들려온 혼잣말에 래리는 순간 브레이크를 밟을 뻔했다. 어이가 없어 잠시 말문이 막혔다.

"……차라리 작별 시간을 줄이는 게 효율적이지 않겠냐?"

"왜 작별 시간을 줄여야 하는데?"

순수한 물음표가 담긴 대답이 되돌아왔다. 래리의 얼굴이 일그러졌다.

그래, 넌 그럴 필요가 없지. 돈이 썩을 만큼 남아도는 놈이니 돈보다 애인하고의 일 분이 더 아깝겠지.

하지만 전용기까지 마련하면 저 닭살 돋는 작별 시간은 더 길어질 게 뻔했다.

"매번 기다려야 하는 내 심정도 좀 생각해 달라는 거다."

곧바로 가당찮다는 시선이 날아왔다. 그래, 네가 그럼 그렇지. 래리는 더 이상 말릴 의욕을 잃었다.

"그런데 용케 데려갈 생각은 안 하는구나."

"할 수만 있으면 벌써 그랬지."

"왜? 아, 자동차 공포증이 있다고 했지."

급격히 침울해진 목소리에 래리는 시릴에게 들은 이야기를 기억해 냈다.

처음 들었을 땐 특이한 병이구나 생각했지만 그녀의 과거를 떠올리자 곧바로 이해가 됐다. 아무래도 어릴 때 당한 차 사고로 그렇게 된 모양이었다.

"어차피 작은 차만 아니면 되는 거 아냐? 기차나 버스를 렌트하는 건 어때? 넌 좀 불편하겠지만."

"……진이 가고 싶어하지 않는 것 같아."

힘없이 중얼거린 시릴은 창을 내렸다. 서늘한 가을바람이 밀려들어 왔다. 차창 밖으로 늘어선 가로수들이 의미 없이 그의 망막을 스쳐갔다.

자주 보면 좀 덜할까 싶었는데 웬걸, 더 좋아졌다.

표정 하나, 작은 손끝의 움직임 하나까지 시선이 간다. 사랑스럽고 사랑스러워서 눈밖에 내놓기가 점점 더 싫어졌다.

시릴은 요즘 자신이 지나치게 섹스에 집착한다는 걸 알고 있었다.

지금 자신은 그녀가 그어 놓은 선 안에 억지로 침입한 상태였다. 한 걸음만 잘못 움직여도 내쫓길지 모른다. 그러니 쫓겨나기 전에 진의 마음을 온전히 손안에 쥐고 싶었다.

하지만 진이 흐트러지는 건 침대에서만이다. 늘 담담하고 흔들림 없는 그녀가 그 순간만은 자신에게 매달리고 갈구한다.

그래서 더욱 진과의 섹스에 몰두하는 것일지도 모른다. 가늘게 떨리는 그 팔이, 희열에 쫓겨 터뜨리는 울음소리가 자신에게 허락된 유일한 것이니까.

온 마음을 다해 사랑을 고백하고 잡지 못해 안달하는 건 자신뿐이다. 진은 마치 언제든지 자신이 붙잡은 손을 놓을 수 있는 것처럼 보였다.

그녀의 마음을 들여다볼 수 없다는 사실에 가끔은 자괴감이 들었다. 이 아슬아슬한 줄타기가 언제까지 계속될지, 자신은 이 초조감을 얼마나 숨길 수 있을지 알 수 없었다.

"형님에게서 연락이 왔어."

래리의 긴장된 목소리가 차 안의 침묵을 깨뜨렸다.

"이젠 네 전화도 생겼으니 가족끼린 직접 통화하는 게 어때? 꼭 이렇게 내가 중간에서 전달해야 하나?"

"이건 진 전용이야."

시릴이 어림도 없다는 듯 눈썹을 추켜올렸다.

하다 하다 이젠 전화 갖고도 사람 차별하기냐. 래리가 한심한 눈으로 쳐다보았다.

원래 시릴은 휴대전화가 없었다.

어린애들조차 갖고 있는 휴대전화가 그에게 없는 이유는 단 하나, 귀찮아서였다. 지금껏 시릴은 사람들과의 연락을 모조리 래리에게 맡겨 버렸다. 심지어 자신의 가족들과도 마찬가지였다.

그런 시릴이 휴대전화를 가지게 된 건 지난 벨기에그랑프리 전부터였다. 전화가 개통되자마자 시릴은 달랑 이진의 번호 하나만 저장시켰다. 그리곤 다른 전화를 받게 만들면 바로 자르겠다고 래리를 협박했다.

지금도 왜 동생하고는 통화가 안 되는 거냐고 물어보던 에티엔의 목소리가 떠오른다. 래리는 몸을 부르르 떨며 에티엔이 보낸 자료를 시릴에게 건넸다.

"왜 그렇게 에티엔을 싫어해?"

남이야 마음고생을 하든 말든 시릴의 질문은 심드렁했다.

"말은 바로 해야지! 싫어하는 게 아니라 무서워! 형님 전화를 받으면 오금이 저린단 말이야. 목소리가 얼마나 싸늘한지 잘못 찍히기라도 하면 인생 종 칠 것 같은 기분이 팍팍 든다고."

"에티엔이 마피아라도 돼? 무슨 그런 심한 말을."

"마피아도 네 형은 안 건드릴걸? 너무 거물이잖아."

이진의 조부인 서인제를 샅샅이 캐려면 한국에도 영향력을 발휘할 수 있는 사람이 필요했다.

이런 일에 시릴의 형 에티엔만큼 적합한 사람은 없었다.

아버지를 도와 미디어사업을 하고 있는 에티엔은 정재계에 수많은 인맥을 가진 막강한 인물이었다. 그는 제트기로 전 세계를 돌아다니기 때문에 몇 달 전부터 약속을 잡지 않으면 만나기조차 힘들었다.

그런 에티엔이 동생의 부탁을 듣고는 발 벗고 나서 준 것이다. 물론 실제 전화로 부탁한 것은 래리였지만.

에티엔이 거느린 정보팀은 가히 세계 최고였다. 원하면 여왕의 내일 아침 식사 메뉴도 알아낼 수 있었다.

그들은 한국과 영국의 인력을 동원해 서인제의 주변을 먼지 한 톨까지 빠짐없이 조사했다. 그 결과 수많은 돈세탁과 관련된 증거가 쏟아져 나왔다.

런던에 있는 변호사 사무실은 정치비자금을 마련하는 창구였다. 서인제의 변호사는 페이퍼컴퍼니를 세워 서인제가 명예회장으로 있는 해운회사의 돈을 빼돌려 비자금을 만들고 있었다.

그 변호사는 서인제의 요구를 들어주기 위해 납치라는 불법적인 수단까지 동원하려 했다. 서인제가 일개 고객이었다면 그런 위험부담을 감수할 리 없었다. 손녀를 버릴 정도로 비정한 작자가 이십 년 가까이 영국에 따로 변호사를 고용한 데는 분명 이유가 있을 거라는 시릴의 생각이 맞았던 것이다.

"그건 보냈어?"

"말도 마. 무거워 죽는 줄 알았다."

인상을 찌푸린 래리가 한껏 투덜거렸다.

그들은 서인제의 변호사에게 '빚은 청산됐으니 두 번 다시 연락하지 마라'는 메시지와 함께 이진의 이름으로 물건을 보냈다. 50파운드짜리 지폐로 안을 꽉꽉 채운 커다란 상자였다. 이쪽을 드러낼 생각은 조금도 없기에 일부러 수표로 보내지 않았다.

"뭐 하러 네가 그 돈을 갚아? 아동방임으로 위자료를 청구해도 모자랄 판에."

"자기들이 일 페니라도 진에게 도움 줬다고 생색내는 꼴을 어떻게 봐? 뭐 어차피 앞으로 한 푼이 아쉬워질 테니 거기 보태는 것도 좋겠지."

시릴은 이진의 납치를 주도했던 변호사를 그냥 내버려둘 생각은 눈곱만큼도 없었다.

그들은 래리가 찾아낸 비서를 통해 소송을 준비했다. 그녀에게 영국 최고의 변호사들을 붙여 성추행과 부당해고 건에 대한 고소 준비를 이미 끝낸 상태였다. 길고 긴 재판이 끝날 때쯤이면 그 악덕 변호사는 영혼까지 털릴 것이다.

그건 시작에 불과했다. 앞으로 그 변호사는 국세청의 적극적이고 지속적인 관심 아래 놓일 것이다. 변호사 자격을 박탈당할 때까지.

물론 서인제에 대한 것은 따로 생각해 둔 게 있었다.

"진?"

일명 '진 전용 전화'를 꺼내든 시릴이 통화를 시작했다.

꿀이 뚝뚝 떨어지는 듯한 목소리였다. 아니, 꿀로 벌을 꾀는 목소리라고나 할까.

"……아뇨. 아직 공항으로 가는 길이에요. 바람이 차가워졌어요. 진. 창문 꼭 닫고 자요. 그리고 내가 없어도 절대 아침 거르면 안 돼요. 갔다 오면 확인할 테니까. ……어떻게요? 그거야 당신도 잘 아는 방법이…… 하하, 끊지 말아요."

태연자약하게 통화를 하는 시릴을 보며 래리는 고개를 절레절레 흔들었다. 시릴은 서인제를 완전히 무너뜨릴 무기를 무릎 위에 놓고 가만히 손끝으로 두드리고 있었다.

이런 걸 보면 시릴은 분명 크레이그가의 핏줄이 맞았다.

적들에게 무자비하기로 유명한 이언 S. 크레이그와 철의 황태자로 불리는 첫째 에티엔, 제 연인을 버렸다고 그 조부의 집안을 풍비박산 내려는 막내아들까지.

오늘 래리는 크레이그가의 남자들한테 원한을 사면 인생이 고달파진다는 사실을 절감했다.

Lap 11. 몸살

자잘한 빗방울이 보도블록 위로 부서지듯 튀어 올랐다.

한적한 워킹과 달리 토요일 정오의 런던은 분주하고 활기찬 공기를 띠고 있었다.

이진은 레인코트의 주머니에 손을 넣고 걸음을 재촉했다.

런던 도심은 작년에 왔을 때와 그다지 달라진 게 없었다. 그때도 그녀는 같은 사람을 만나러 왔었다. 오늘은 한 사람이 더 늘었지만.

어제 조부의 변호사가 연락을 해 왔다. 결국 조부는 영국 땅을 밟은 것이다.

조부를 만날 생각 따윈 없었는데 그러면 집으로 찾아오겠다는 엄포에 결국 그녀는 한발 물러섰다.

시릴과 자신만의 공간에 그들을 들일 생각은 추호도 없었다. 어쩔 수 없이 한 번은 만나야 한다면 먼 곳이 좋았다. 이진은 런던에 있는 변호사 사무실로 약속 장소를 정했다.

내일은 일본그랑프리가 있는 날이었다.

일본과의 시차가 여덟 시간이니 중계시간은 아침 일곱 시. 시릴이 자신의 얼굴을 잊지 말라며 사다 놓은 커다란 TV가 떠오르자 이진의 입술에 미소가 떠올랐다.

리버풀스트리트에 있는 변호사 사무실은 2층이었다.

비서의 안내로 들어선 사무실에는 두 사람이 있었다. 이진은 소파 중앙에 거만하게 앉아 있는 남자를 바라보았다.

오래전에는 어린 손녀를 타국에 팽개친 사람은 어떻게 생겼을까 궁금했던 적이 있었다. 서인제는 어딘가 뱀을 연상시키는 가느다란 눈을 빼면 인상 좋은 노인처럼 보였다.

"의원님, 이쪽이 손녀따님이신 서이진 씨입니다."

변호사가 노인에게 그녀를 소개시켰다.

"안녕하세요."

이진은 천천히 고개 숙여 한국어로 인사를 했다. 어릴 때 어머니가 아버지를 만날 때면 하라고 가르친 대로. 그것은 그녀의 어머니가 할 줄 아는 유일한 모국어였다.

서인제는 날카로운 눈으로 이진을 훑어보았다. 마치 물건을 감정하는 듯한 시선이었다.

먼저 침묵을 깬 것은 서인제였다.

"다행히 얼굴을 빼곤 그것을 닮지 않았나 보군."

발음은 좋지 못했지만 유창한 영어였다. '그것'이 누굴 가리키는지 모를 수가 없었다. 오래전 죽어 무덤조차 남기지 못한 며느리에 대한 그의 경멸은 여전했다.

"제법 공부를 잘했다고 들었다. 날 닮은 게지."

목소리에서 흡족함이 느껴졌다. 그녀의 노력조차 자신의 공으로 돌리는 그의 오만함에 이진은 눈살을 찌푸렸다.

"그런 얘길 하려고 절 만나자고 하신 건가요?"

"어른에 대한 예의가 없구나. 하긴 근본도 없는 그것에게 뭘 배웠을까."

서인제가 혀를 찼다. 이진은 그런 소릴 들으며 자리를 지킬 이유가 없었다.

"제 어머니를 모욕하기 위해 절 부르신 거면 그만 가 보겠습니다."

단호한 말투에 서인제의 눈매가 슬쩍 가늘어졌다.

"한국으로 들어와라. 널 내 손녀로 인정해 주겠다."

한국행 이야기는 처음 듣는 게 아니니 놀랄 것도 없었다. 단지 이제 와서 그가 자신을 인정하겠다는 이유를 알 수 없었다.

"갑자기 이러시는 이유가 뭐죠?"

"서이진 씨, 할아버님은 당연히 서이진 씨 미래를 걱정하셔서 하신 말씀입니다. 가족이 이렇게 멀리 떨어져 사는 것은 바람직한 일이 아니지요."

변호사가 구차한 변명을 하기 시작했다. 이진은 싸늘한 얼굴로 서인제를 바라보았다.

"좋다. 세상을 살려면 그만한 눈치는 있어야지."

서인제는 비린 미소를 지었다.

"이번에 청와대에서 날 교육부장관으로 낙점했다. 곧 후보자 추천이 있을 테고 그러면 국회에서 청문회가 열리겠지. 그런데 요즘 기자들이 여기저기 들쑤시고 다닌다는 소문이 심상찮게 들려오더군."

고작 그런 이유였나. 추한 진실을 화목한 가족사로 탈바꿈시키고 싶어서? 남 앞에 드러내기 위해 예쁜 거짓으로 포장하려고? 서인제를 보는 이진의 눈에 짙은 혐오가 떠올랐다.

"뭘 하시든 그건 제가 알 바가 아닙니다."

"평생을 고작 그런 시골구석에서 썩을 셈이냐? 너도 생각이 있으니 공부를 했을 테지? 얌전히 처신만 하면 적당한 혼처를 골라 주겠다. 지금껏 네가 꿈도 꾸지 못한 풍족한 생활을 하게 될 게다. 원한다면 한국의 대학에서 교수를 해 보는 것도 좋겠지."

자신을 돈으로 낚으려는 뻔뻔함과 멋대로 남의 인생을 정하는 오만함에 욕지기가 치밀었다. 더 이상은 그와 한 공간에서 공기조차 마시고 싶지 않았다. 이진은 자리에서 일어섰다.

"제게 하실 말이 그것뿐이신가요? 그럼 먼저 일어나겠습니다."

"거기 서!"

벼락같은 노성에도 이진은 걸음을 멈추지 않았다. 이제 자신은 그에게 휘둘릴 수밖에 없던 어린아이가 아니었다.

"서라는 말이 들리지 않는 게냐!"

문 앞에 선 이진은 고개를 돌려 서인제를 바라보았다. 평생 권력의 그림자를 좇아 혈육마저 저버린 비정한 얼굴이 거기 있었다.

"감히 할아비 앞에서 등을 돌리다니! 어디서 배워먹은 버르장머리야!"

"이미 십팔 년 전 당신은 그 자리를 버렸습니다. 이제 와서 주장하기엔 좀 늦은 감이 있지 않습니까?"

이진의 대꾸에 서인제의 허연 눈썹이 꿈틀거렸다.

"……제가 꿈도 꾸지 못한 생활이라고 하셨나요? 현실에서조차 그런 악몽을 꿀 생각은 없습니다."

이진은 무작정 거리를 걸었다.

돈으로 자신을 떼어 내려 한 조부가 이젠 돈으로 자신을 사려 들었다. 이제 그녀는 그에게 조금 쓸모 있는 패가 된 것일까. 적당한 가격에 이용할 만한?

유일하게 남은 가족이 저런 사람이었다니. 실소가 흘러나왔다.

자신은 무엇을 기대했던 것일까.

알량한 핏줄의 끌림? 아니면 이제 와서 조부가 사과라도 할 줄 알았나?

기대하는 것도 원하는 것도 없다고 생각했는데 말할 수 없이 비참해졌다.

언제나 그녀를 원하는 사람은 없었다. 부모도 그랬고 조부도 그랬다.

기숙학교에 다닐 무렵 이진은 늘 마지막까지 기숙사에 남아 있던 아이였다. 다른 학생들은 방학이 되면 부모들이 찾아와 집으로 데려갔다. 그러나 아이들이 하나둘 떠나고 학교가 텅 빌 때까지 이진을 찾는 사람은 없었다.

자신의 존재를 부정하는 사람의 혈육이고 싶지 않았다.

몇 장이나 되는 두꺼운 각서에 사인을 할 수밖에 없었던 순간이 떠올랐다.

변호사는 그녀에게 돈 한 푼 없이 버려지는 고아들보다 운이 좋은 거라고 했다. 그나마 굶주리지 않고 학교도 다니게 해 주었으니 고마워해야 한다고 했던가.

하지만 얼굴도 보지 못한 조부에게 벌레 취급을 당한 기억은 오래도록 마음에 남아 그녀를 병들게 했다.

나는 어딘가 망가져 있는 게 아닐까, 사랑을 할 수도 사랑을 받을 수도 없을 만큼 형편없이.

시린 가을비가 잿빛 거리를 적시고 있었다.

젖은 속눈썹을 타고 흐른 빗방울이 눈물처럼 시야를 가렸다.

오랜만에 다시 그날의 꿈을 꾸었다.

자면서 울었던 것일까. 눈가가 부어올라 이진은 힘겹게 눈을 떴다.

아무래도 어제 비를 맞은 게 화근이었다. 정신을 차렸을 땐 거리를 두 시간이나 돌아다닌 뒤였다. 예약해 놓은 기차를 놓쳐 이진은 돌아오는 표까지 다시 끊어야 했다.

아직도 으슬으슬 몸이 떨렸다. 이럴까 봐 어젯밤 약을 먹고 침대에 들었는데 결국 앓는 건 피할 수 없었다.

이진은 건강한 편이었다.

하지만 이렇게 일 년에 한 번씩은 호되게 앓곤 했다. 일에 몰두해 있지 않으면 몸살은 어김없이 복병처럼 찾아왔다. 그래선지 크리스마스 시즌이나 방학 때 앓아누운 적이 많았다. 하루나 이틀을 침대에서 앓다 일어나면 언제 그랬냐는 듯 멀쩡해지곤 했다.

그나마 오늘이 출근하지 않는 날이라 다행이었다. 내일쯤이면 언제나 그랬듯 털고 일어날 수 있을 것이다.

머리맡에 놓아둔 휴대전화에서 벨이 울렸다. 이진은 시큰거리는 팔을 뻗어 휴대전화를 집어 들었다. 시릴이었다.

── 일어났어요, 진?

탁상시계가 아침 아홉 시 삼십 분을 가리키고 있었다. 경기는 이미 끝났을 것이다.

"미안해요. 늦잠을 자 버렸어요."

── 하하. 모처럼의 늦잠인데 푹 잤어요?

시릴은 전혀 기분 상한 기색 없이 웃고 있었다.

"이겼군요?"

── 당연하죠. 이제 내 포인트가 가장 앞서기 시작했어요.

"축하해요, 시릴."

── 음. 그런데 진의 목소리가 이상해요. 어디 아파요?

"자다 일어나서 그런가 봐요. 아니면 수신 상태가 안 좋을 수도 있고. 일본은 머니까요. 그보다 가 봐야 하는 거 아녜요?"

왁자지껄한 소음 속에 간간이 시릴을 부르는 목소리들이 섞여 있었다. 아마도 우승 축하 파티 중인 것 같았다.

── 별거 아녜요. 다들 들떠서 샴페인을 부어 대서 그래요. 진, 괜찮은 거예요?

"그럼요, 난 아무렇지도 않아요. 시릴, 걱정하지 말고 어서 가서 어울려요."

이진은 다시 한 번 축하한다며 전화를 끊었다.

들키지 않기 위해 애써 괜찮은 척한 반작용인지 머리가 욱신거리기 시작했다. 전신에서 힘이 쭉 빠져나갔다.

이진은 몸을 웅크린 채 눈을 감았다. 체온이 없는 시트가 얼음처럼 차갑게 느껴졌다.

오늘따라 멀리 있는 시릴이 몹시 보고 싶었다.

시릴은 끊어진 전화를 가만히 바라보았다.

멀어서 그렇다니. 아프리카 오지도 아니고 이 무슨 일본의 통신망 기술을 의심케 하는 소린지.

게다가 진의 목소리에 유난히 힘이 없었다.

"또 전화를 붙들고 있냐? 자, 마셔."

래리가 샴페인 두 잔을 들고 와 하나를 그에게 건넸다. 그러나 시릴은 잔을 거들떠보지도 않았다.

"경호원에게 연락해 봐."

"왜?! 무슨 일 생겼대?"

샴페인을 삼키던 래리는 놀라 사레가 들 뻔했다.

"그냥 기분이 이상해서 그래. 빨리 전화해."

이젠 기분 내키는 대로 사람을 들볶는구나. 래리가 꿍얼거리며 주섬주섬 전화를 찾기 시작했다.

시릴은 몰래 이진에게 경호원을 붙였다. 이미 한 번의 납치 시도가 있었으니 혹시 모를 불상사를 대비한 조치였다. 만약 그녀에게 무슨 일이 생겼다면 경호원이 알고 있을 것이다.

하지만 문제는 진에게 일이 생겼다고 해도 자신은 움직일 수 없다는 사실이었다. 시릴의 얼굴이 어둡게 경직되었다.

일본그랑프리와 러시아그랑프리는 고작 일주일 차이였다.

영국에 들렀다 갈 여유는 전혀 없었다. 자신은 곧장 러시아로 떠나야 했다.

◆❖◆

따뜻한 손이 뺨을 쓰다듬고 있었다.

온기를 찾아 몸을 웅크리던 이진은 머리칼을 쓰다듬는 손길에 눈을 떴다.

이곳에 있을 리 없는 사람의 얼굴이 눈앞에 있었다.

"어떻게……?"

지금쯤 러시아로 향하고 있어야 할 시릴이 그녀의 머리맡에 있는 것이었다.

"아프면 아프다고 말을 해야죠."

나직하게 책망하는 어조였지만 손길은 다정하기 그지없었다. 시릴은 이불 속으로 손을 뻗어 그녀의 발치에 무언가를 놓아 주었다. 따뜻한 온기가 느껴지는 걸로 봐서 탕파(Hot water bottle)인 것 같았다.

"몸살기가 조금 있었을 뿐이에요. 어차피 시간이 지나면 나을 거고……."

"그래도 당신이 아픈 건 싫어요."

시릴은 이진을 일으켜 침대 헤드보드에 기대게 했다.

"이거 좀 마셔 볼래요?"

시릴이 붉은 색의 액체가 담겨 있는 잔을 내밀었다. 따뜻한 유리잔 내부에는 뿌옇게 김이 서려 있었다.

이진은 느리게 음료를 삼켰다. 새콤달콤한 과일맛과 알싸하게 혀끝을 파고드는 향신료의 향이 입안에 남겨졌다.

"와인이네요?"

"뱅쇼(Vin chaud)예요. 집안사람들이 감기에 걸리면 루이가 이걸 끓여 주곤 했죠."

따뜻한 게 속에 들어가자 떨림이 조금 가라앉는 듯했다. 이진은 뱅쇼를 한 모금 더 마셨다. 그 모습을 시릴이 흐뭇하게 지켜보았다.

"러시아에 갔어야 하지 않아요? 시릴."

더럭 걱정이 된 이진이 입을 열었다.

"괜찮아요. 잠깐 시간을 얻었어요. 그러니 어서 다 마셔요."

대수롭지 않게 말했지만 사실 그렇게 여유로운 상황은 아니었다.

팀 매니저에게 월요일 오후까지는 꼭 가겠다고 다짐한 후에야 그는 영국행 비행기를 탈 수 있었다. 그나마 시즌 후반 들어 시릴이 독주를 이어 가지 않았다면 불가능했을 것이다.

래리는 공항에서 전세기를 수배해 놓고 기다리고 있었다. 지금쯤 애가 닳아 시계만 쳐다보고 있겠지.

하지만 아무도 없는 이 집에 이진을 혼자 앓게 남겨 둘 순 없었다.

빈 잔을 건네받은 시릴은 다시 이진을 자리에 눕혀 주었다. 그는 이불을 목까지 끌어올려 꼼꼼히 덮었다.

"신경 쓰지 말고 푹 자요. 와인이 들어 있어서 잠이 잘 올 거예요. 잠들 때까지 곁에 있어 줄게요."

시릴은 그녀의 눈가를 살며시 손으로 덮었다. 부드러운 입술이 이마 위에 닿았다 떨어졌다.

"앞으로는 내가 당신을 돌봐 줄게요. 당신이 원하는 건 뭐든 들어 줄게요. 그러니까 아프지 말고 어서 일어나요."

시릴의 목소리는 자장가처럼 부드러웠지만 눈에는 한기가 흐르고 있었다. 그는 천천히 머리를 쓸어 주며 이진이 완전히 잠들 때까지 기다렸다.

비 오는 런던 거리를 두 시간 동안 헤매고 다녔다고 했던가, 마치 길을 잃은 아이처럼?

시릴은 고른 숨을 내쉬는 이진을 물끄러미 내려다보았다.

자신을 노출할 수 없어서 경호원은 그저 뒤를 따라다니는 것밖에 하지 못했다고 전했다.

진이 방문했다는 장소를 듣고 나자 원인을 짐작하는 건 어렵지 않았다. 또다시 그 조부와 관련된 일이었다.

연락하지 말라는 말을 귓등으로도 듣지 않았다는 거군. 시릴의 입술이 차갑게 비틀렸다.

폭탄이 터질 날짜를 굳이 앞당기겠다는데 들어주지 못할 것도 없었다. 여기저기 불려 다니느라 바쁘면 두 번 다시 진 앞에 얼쩡거릴 엄두도 못 낼 것이다.

다시 눈을 떴을 때는 아침이었다. 커튼이 쳐진 창으로 희미한 햇살이 숨어들고 있었다.

이진은 침대에서 몸을 일으켰다. 몸이 한결 가벼워져 있었다.

시릴은 이미 떠나고 없었다. 대신 그는 머리맡에 쪽지를 남겨 두었다.

「본부에 오늘 하루 병가를 신청해 놨으니까 푹 쉬어요. 스프를 끓여 뒀으니 굶지 말고요. 냉장고에 뱅쇼도 넣어 뒀어요. 하지만 취할 정도로 마시면 안 돼요. 러시아에서 전화할게요. C.」

유려하게 뻗은 글자 아래에는 오늘도 작은 추신이 달려 있었다.

「ps. 혹시 요리하는 드라이버가 좀 근사해 보이지 않아요?」

그녀는 진하게 눌러쓴 그의 이니셜을 손끝으로 매만졌다.

아마 시릴은 경기가 끝난 뒤 제대로 쉬지도 못했을 것이다.

고작 한나절을 함께 있기 위해 일본에서 여기까지 날아왔다 다시 러시아로 갔다. 게다가 그 시간조차 자신의 잠자는 얼굴만 보고 간 셈이다.

방안은 그가 남기고 간 훈기로 가득했다.

이진은 1층으로 내려가 시릴이 하루 종일 틀어 놓은 난방을 껐다.

오래된 집의 라디에이터는 따뜻하지도 않으면서 난방비 폭탄의 주범이 되곤 했다. 예전 집주인은 한겨울이 되고 나서, 그나마 밤사이 네다섯 시간 정도만 난방을 작동시키곤 했는데…….

시릴은 자신이 얼마나 낭비가 심한 집주인인지 모를 것이다. 그것이 물건이든 감정이든 그녀에게는 아끼지 않고 쏟아부었다.

그래선지 그가 없으면 부쩍 쓸쓸해졌다. 시릴이 집을 비운 날은 밤마다 불을 켜놓아도 그의 빈자리가 느껴졌다.

가볍고 달콤한 연애를 하고 있을 뿐이라 생각했는데 언제 이렇게 당신의 다정함에 중독되었을까. 어느새 내 안의 당신이 이만큼 커져 버린 것일까.

자신은 누군가를 미칠 듯이 사랑하는 게 불가능하다고 생각했다.

첫 연애가 배신으로 끝났을 땐 조금 더 쓸쓸해졌지만 한편으론 그렇게 끝날 거라 예상도 했었다.

하지만 시릴과 헤어지게 되면 담담하게 넘기지 못할 것 같았다. 어쩌면 사고의 기억보다 더 힘들지 모른다는 두려움마저 들었다.

이진은 두 팔로 스스로를 감싸듯 몸을 웅크렸다. 차가운 유리창에 이마가 닿았다.

당신 없이 살 수 없게 되면 어쩌지?

이렇게 따뜻하고 빛나는 당신을 다시 보지 못하는 날이 오면 견딜 수 있을까?

◆❖◆

패덕클럽(Paddock club, F1 스폰서와 VIP들이 경기를 관람하는 서킷 내의 특별구역)의 카페테리아에서 시릴과 마주친 에드는 눈썹을 추켜올렸다.

"얼굴이 왜 그 모양이야?"

"신경 꺼요."

에드는 시큰둥하게 대답하는 얼굴을 요리조리 뜯어보았다.

"네가 설마 연습 주행에 긴장할 만큼 섬세한 놈은 아니고."

러시아에서 열리는 그랑프리는 처음이어서 소치는 모든 드라이버에게 낯선 서킷이었다. 트랙을 익히기 위해 시릴도 오전에 1차 연습 주행을 마쳤다.

"연습 주행 얘기도 꺼내지 마요."

시릴이 짜증 난다는 듯 손사래를 쳤다.

바로 그 연습 주행 때문에 사달이 났다.

연습 주행을 끝내고 레이싱슈트를 갈아입다 그만 휴대전화를 떨어뜨린 것이다. 아차, 하는 사이에 추락한 휴대전화는 액정이 처참하게 깨져 버렸다.

무슨 놈의 액정이 그렇게나 약하단 말인가. 고작 바닥에 좀 부딪혔다고 산산조각 나다니. 분통을 터뜨린 시릴은 래리를 찾았다.

하지만 영국으로 돌아가기 전까지는 래리도 별다른 수가 없었다. 더해서 그는 이참에 통화는 그만하고 경기에나 집중하라는 소리로 불을 질렀다.

시릴은 분개했다. 내가 무슨 전화를 그렇게 자주 했다고!

사실 진의 근무시간이나 시차 등등의 문제를 생각하면 통화할 수 있는 기회가 그리 많지 않았다. 게다가 진까지 경기에 방해된다며 전화를 꺼서 이동 시간이나 경기가 끝난 후가 아니면 전화 걸기가 조심스러웠다.

그나마 이젠 밤에 호텔 방에서나 전화가 가능할 것이다.

하루 종일 진의 목소리를 들을 수 없다니. 시릴의 기분은 맑고 화창한 소치의 날씨와 달리 우중충했다.

에드가 가늘게 뜬 눈으로 시릴을 흘겨보았다.

요즘 이진의 얼굴 보기가 하늘의 별 따기였다. 이게 모두 저놈이 모든 시간을 독차지하는 바람에 생긴 일이었다.

"고이 기른 딸을 웬 도둑놈에게 뺏기고 있는 기분이야."

"왜 또 갑자기 제자에서 딸로 탈바꿈시킵니까? 안 닮았다고 했잖습니까? 당신의 그 유전자로는 절대 진 같은 미인이 나올 수 없다니까요?"

"……그나마 진의 얼굴이 좋아 보여 내가 참는다. 안 그랬으면 네 놈을 두드려 패서라도 떼어놨을 텐데."

"하! 누가 맞아 준대요?"

맞받아치면서도 진이 좋아 보인다는 말에 시릴은 미간의 주름을 허물어뜨렸다.

두 사람이 아웅다웅하는 동안 갑자기 패덕클럽의 입구가 조용해졌다.

에드가 뭔 일인가 하고 고개를 빼고 쳐다보았다. 입구를 등지고 있던 시릴도 그를 따라 고개를 돌렸다.

입구 앞에 한 여자가 서 있었다.

모자와 선글라스 때문에 나이는 짐작할 수 없었지만 높은 콧대와 붉은 입술이 눈에 확 띌 정도의 미인이었다. 디자이너의 작품일 게 분명한 검정 홀터넥 원피스는 그녀의 여신 같은 몸매를 강조하고 있었다. 몸에 밴 자연스러움은 그녀가 사람들의 주목을 받는 데 익숙하다는 사실을 보여 주고 있었다.

여자와 눈이 마주치자 시릴의 양미간이 구겨졌다.

"시릴!"

커다란 모자 아래로 구불거리는 갈색머리가 흩날렸다. 달려온 여자는 그대로 시릴의 목을 끌어안았다. 시릴의 뺨에 키스를 퍼붓는 그녀의 모습에 놀란 사람들의 시선이 쏠렸다.

시릴은 자신에게 매달려 있다시피 한 그녀의 어깨를 안고 재빨리 복도로 나갔다.

시릴은 클로에의 얼굴을 내려다보며 억지로 네 번의 비주(Bisou, 상대의 양볼에 키스하는 프랑스식 인사)를 견뎠다.

클로에는 아직도 자신을 어린애 취급하고 있었다. 행여나 키스를 거부하면 배로 귀찮아진다.

"대체 뭘 뿌린 거야?"

그녀가 놓아주자마자 뒤로 물러선 시릴이 몸서리쳤다.

"당연히 샤넬이지. 몽 쁘띠(Mon petit)."

클로에가 상냥하게 웃으며 시릴의 뺨에 묻은 립스틱을 지웠다.

몸이 약했던 그녀의 어머니는 남편과 의사의 반대를 이기고 셋째를 낳았다. 결국 그 일로 침대생활을 하다 세상을 떠났지만 어머니는 한순간도 아이를 낳은 것을 후회하지 않았다.

시릴은 유난히 감정이 더딘 아이였다.

그 원인이 어린 나이에 어머니를 잃은 탓일까 싶어 얼마나 마음을 졸였던가.

시릴이 태어났을 때 이미 십 대였던 클로에는 어린 막냇동생을 무척이나 아꼈다. 막내아들에게 관심이 없는 아버지와 기숙학교에 있던 둘째를 대신해 그녀는 유독 막내를 챙길 수밖에 없었다.

감정 표현을 거의 하지 않던 어린애를 데리고 여기저기 다닌 것도 클로에였다. 저 푸른 눈에 생기가 돌던 그 순간 자신도 얼마나 들

떴던지.

"웬일이야?"

시릴은 예고 없는 클로에의 방문에 경계했다.

십 대 때 클로에는 한동안 F1에 빠져 있었다. 정확히는 드라이버에 빠져서 그랑프리를 쫓아다녔다.

하지만 요즘은 모나코그랑프리 정도가 아니면 그녀가 패덕클럽에 모습을 드러내는 일은 없었다. 그나마도 시릴이 질색해서 피트로 찾아오지는 않았던 것이다.

"그저께 스콧이 묘한 소릴 하잖아. 블루벨 하우스에 진료를 갔다길래 네가 다친 줄 알았거든? 그런데 네가 연애를 한다고 하더라고."

멍청한 사촌형이 결국 클로에에게 술술 불었군.

첫사랑이 시릴의 주치의를 맡아 달라고 했을 때 넙죽 받아들인 순간 스콧의 인생은 결정된 것과 다름없었다. 스콧은 평생 그렇게 클로에에게 질질 끌려다녔다.

안타깝게도 클로에는 스콧에게 남자로서의 관심이 티끌만큼도 없었다. 클로에의 주변에는 항상 추종자들이 넘쳐났고 그녀는 타고난 매력으로 그들을 손끝으로 움직일 뿐이었다.

"제롬에게 전화했더니 집에 없다고만 하고. 그러니 널 보려면 소치로 와야지, 어쩌겠어?"

한껏 즐거운 기색의 클로에가 슬쩍 목소리를 낮췄다.

"여자는 시끄럽고 귀찮기만 하다며?"

"확실히 그렇지."

"대체 그 사람은 뭐가 다른데? 정말 궁금해서 그래."

"누나처럼 수다스럽지 않아."

"시릴!"

클로에가 뾰로통하게 입술을 내밀었다.

"누나 나이가 마흔에 가깝다는 건 알고 있어? 그런 건 스콧은 몰라도 나한텐 안 통해."

"내가 못 알아낼 거라고 생각해서 이러는 건 아니지?"

시릴의 핀잔에 마음이 상한 듯 클로에의 눈이 가늘어졌다.

클로에가 정말 삐치면 피곤해진다. 무엇보다 아버지가 나서는 건 원치 않았다. 한숨을 내쉰 시릴은 속마음을 조금 꺼냈다.

"사랑스러워. 너무 사랑스러워서 마음을 빼앗길 수밖에 없는 사람이야."

"시릴, 너……."

눈을 동그랗게 뜬 클로에가 말을 잇지 못했다.

시릴의 짙푸른 눈은 열망으로 가득 차 있었다. 자신의 옷을 잡아당기며 레이싱 카를 타고 싶다고 말하던 때 이후로 처음 보는 표정이었다.

"알아, 난 사랑에 빠졌어."

그리고 미치도록 불안해 하고 있지. 시릴은 자조했다. 겉으로 태연한 척하지만 날이 갈수록 초조해지고 있었다.

진을 안을수록 허기는 더 극심해졌다.

그녀의 마음을 알 수 없어서, 자신이 붙들고 있는 게 허상이 아닌가 두려워서.

스콧의 심정을 조금 이해할 것 같기도 했다. 물론 이해는 이해고 절대 그냥 넘어갈 생각은 없지만.

"소개시켜 줘."

"안 돼."

시릴은 반짝거리는 눈으로 조르는 클로에를 단호하게 거절했다.

"왜?"

"싫어. 진을 귀찮게 하면 당장 쫓아낼 거야. 그러니 패덕클럽에서 샴페인이나 마시다 가."

매몰찬 경고를 남긴 시릴은 쌩하니 등을 돌리고 가 버렸다.

"시릴!"

클로에가 등뒤에서 발을 굴렀지만 소용없었다.

◆❖◆

파파라치가 찍은 사진은 두 장이었다.

단 두 장의 사진이 인터넷을 뜨겁게 달구었다.

사실 시릴의 스캔들이 몇 달간 지나치게 잠잠하긴 했다. 서킷에서가 아니라면 그의 모습을 거의 볼 수 없었던 탓에 기사는 순식간에 퍼져 나갔다.

모자와 선글라스로 얼굴을 가린 여자는 그럼에도 대단한 미인이라는 걸 알 수 있었다. 귀족적인 골격과 늘씬한 몸매는 우아한 여신 같았다. 모자에 가려 잘 보이지 않았지만 그녀와 시릴은 키스를 하고 있었다.

또 다른 사진 속에서 시릴은 여자의 어깨를 다정히 끌어안고 있었다.

시릴은 파티에서 여자와 어울리거나 데이트하는 모습을 보인 적이 없었다. 대중 앞에서 여자와 이렇게 다정한 모습을 찍힌 일은 처음이었다.

기사는 시릴의 비밀스러운 연인이 유부녀이거나 마피아의 숨겨둔 정부가 아닐까 추측했다. 그녀가 경호원에 둘러싸여 접근이 아예 불가능했다는 점이 기자의 상상력에 날개를 달아 주었다. 기사는 출처를 밝힐 수 없다는 제보자의 말을 빌려 시릴을 마치 치정사건의 주인공처럼 만들고 있었다.

이진은 물끄러미 사진을 바라보았다.

무척이나 아름다운 커플이었다.

새삼 시릴이 얼마나 매력적인 사람인지 깨달았다. 사진 속에서조차 그는 생생하게 빛을 뿜어내고 있었다.

시릴에게 안겨 있는 여자를 보자 가슴이 따끔거렸다.

그의 팔에 안기는 사람은 자신뿐이라 생각했다. 그가 키스하고 사랑을 속삭이는 사람도 자신밖에 없다고 여겼다.

자신과 시릴은 한 번도 이렇게 사람들의 시선 앞에 나타난 적이 없었다. 언제나 집 안에서 함께 밥을 먹고 잠을 잘 뿐, 밖에서 데이트라곤 해 보지 못했다.

시릴이 원한 것은 아니었다. 모두 이진이 요구한 것이다.

시릴을 배려한 것이라 생각했으나 어쩌면 자신의 두려움 때문이 아니었을까. 언젠가 올 이런 날이 두려워 시릴에게 강요했던 건 아닐까.

집 밖으로 나갈 때마다 얼굴을 가리고, 자신이 올 때까지 하루 종일 혼자 기다리며 당신은 무슨 생각을 했을까.

이럴 줄 알았다면 당신과 데이트 한 번이라도 해 볼 걸 그랬다. 그가 조르던 레스토랑에도 가 보고, 함께 산책도 하고……. 이제 와 시릴과 해 보지 못한 많은 일들이 아쉬워졌다.

이진의 입가에 쓴웃음이 흘렀다.

사귀다 보면 마음이 달라질 수도 있고, 시릴의 애정이 식으면 언제든 헤어지게 될 거라고 생각했다. 늘 준비가 돼 있다고 여겼는데 자신은 큰 충격을 받고 있었다.

그녀는 가벼운 연애를 하고 있던 게 아니었다. 어느새 시릴에게 집착하고 있었던 것이다.

이진의 얼굴은 백지장처럼 창백해진 채였다.

엄마처럼 되고 싶지 않았다. 그런 비극은 되풀이되어선 안 된다. 한 남자에게 휘둘리다 결국 비극적인 끝을 맞은 엄마의 전철을 밟을 순 없었다.

그녀에게 사랑은 독이었다. 상대를 해치는 독.

시릴을 아버지처럼 만들지 않기 위해서라도 여기서 그만두어야 했다.

이진은 뜨거워진 눈가를 손으로 가렸다.

Lap 12. 이별

시릴은 자신과 클로에의 사진이 인터넷에 퍼진 사실을 돌아오는 비행기 안에서야 알게 됐다.

컨디션에 영향을 미칠까 봐 숨겼다고 고백하는 래리의 목을 조르고 싶었다.

크레이그가의 삼 남매 중 아버지의 사랑을 가장 많이 받는 클로에는 막강한 아버지의 영향력으로 언론에 사진 한 장 실린 적이 없었다.

이번 일만 해도 작은 가십지가 인터넷에 먼저 터뜨리지 않았다면 아버지나 형이 조치를 취했을 것이다.

사진에 딸린 기사는 언급할 가치도 없었다. 제멋대로 상상력을 발휘해 자극적으로 써 갈긴 쓰레기에 불과했다.

만약 진이 그 기사 때문에 자신을 오해하면 어쩌지? 긴장한 탓인지 목이 바짝 타들어 갔다.

"진, 혹시 사진……."

시릴은 현관 앞에서 이진과 마주치자마자 말을 꺼냈다.

"대체 이게 다 뭐예요?"

황당한 기색의 이진이 그의 말을 가로막았다.

그제야 시릴은 자신이 어떤 모습인지 깨달았다. 그의 두 손에는 쇼핑백이 넘치도록 들려 있었다. 이것저것 생각할 것이 많아 이번에 좀 많이 사긴 했었다.

"그보다 진……."

"러시아의 과자가게를 몽땅 털기라도 한 건가요?"

이진의 목소리에는 웃음기마저 어려 있었다.

"……그 정도는 아니에요."

일단 그녀의 얼굴에 화난 기색이 보이지 않자 시릴은 크게 안도했다.

혹시 그 기사들을 아직 못 본 걸까? 그럼 분위기를 잡은 다음 차근차근 얘기해도 되겠지? 지옥의 문턱에서 유예기간을 얻은 기분이었다.

쓰레기 같은 기사 때문에 고심하고 기다린 오늘을 망칠 순 없었다.

"저녁은 어떻게 했어요?"

"기내식을 먹었죠."

순순히 대답하던 시릴은 그 다음 질문에 놀라 우수수 짐을 떨어뜨렸다.

"그럼 곧바로 이 층으로 올라가도 되는 거죠?"

그러고 보니 이진이 입고 있는 건 연분홍빛 새틴 네글리제였다.

안쪽이 전혀 비치지 않지만 부드러운 광택이 흐르는 새틴은 몸의 선을 고스란히 보여 주고 있었다. 게다가 가슴 부분이 깊게 파이고 허벅지까지 슬릿이 들어 있어 움직일 때마다 한쪽 다리가 언뜻 드러났다.

이탈리아에서 사 왔지만 이진이 입어 주지 않아 야속했던 그 네글리제. 어떻게 저걸 못 볼 수가 있지? 시릴은 자신의 눈이 의심스러웠다.

"오늘은 내 꿈이 실현되는 날인가요?"

시릴의 목울대가 크게 움직였다. 이진이 부드럽게 미소 지었다.

"내 꿈이기도 하죠."

그녀는 시릴의 목을 끌어안고 뺨에 키스를 했다. 시릴은 곧바로 이진을 안아 들고 뛰다시피 계단을 올라갔다. 고작 2층에 있는 침실이 멀게만 느껴졌다.

침대 옆에 그녀를 내려 준 시릴은 서둘러 콘솔 쪽으로 다가갔다. 안에 있는 콘돔을 꺼내기 위해서였다. 서랍을 여는 팔을 이진이 잡았다.

"오늘밤은 필요 없을 거예요."

순간 이해가 가지 않아 시릴은 그녀를 바라보았다.

"약을 먹고 있어요. 의사에게 처방을 받았거든요."

맙소사.

시릴은 난생처음 호흡곤란을 느꼈다. 순식간에 아랫도리에 피가 몰렸다. 자신의 거친 숨소리가 귓전에 울리고 있었다.

그들은 누가 먼저랄 것도 없이 입술을 겹치며 서로의 옷을 벗겼다.

"내 욕심 때문에 당신이 약 먹는 건 싫은데……."

시릴이 헐떡이면서도 그녀의 가슴을 움켜쥐었다. 거친 키스 탓에 목소리가 드문드문 끊겼다.

"나도 당신을 느끼고 싶었어요, 어떤 방해물도 없이."

이진은 임신의 위험을 감수하고 모험을 할 순 없었다. 그런 무책임하고 어리석은 짓의 결과로 태어난 것이 바로 자신이니까. 하지만 약 몇 알로 시릴을 직접 느낄 수 있다면 마다할 이유가 없었다.

시릴의 눈이 차오르는 희열로 한층 푸르러졌다.

"지금 내가 얼마나 기쁜지 당신은 상상도 못 할 거예요."

시릴은 이진의 몸에 진한 키스 자국을 남기기 시작했다. 그녀의 목덜미와 가슴이 붉게 물들어 갈수록 공기도 후끈 달아올랐다.

정신을 차렸을 때는 어느새 침대에 누워 있었다.

그녀의 위에 자리 잡은 시릴이 고개를 숙였다. 이진은 시릴의 입술이 닿은 곳에 소스라치게 놀랐다.

"무, 무슨……!"

"당신을 맛보고 싶어요. 허락해 줘요, 진."

시릴이 부드러운 무릎 안쪽을 쓸며 속삭였다. 유혹하듯 나직하게 울리는 목소리에 이진은 속절없이 떨었다.

"하지만 거건……."

"내가 미치도록 갖고 싶은 곳이죠. 사랑스러운 당신의 일부분이

기도 하고."

갈등하던 이진은 질끈 눈을 감았다.

시릴이 미소를 머금으며 허벅지를 넓게 벌렸다. 눈에 들어온 분홍빛 입구 주변을 그의 혀가 느릿하게 핥았다. 이진이 흠칫거리는 것이 느껴졌지만 멈추지 않았다. 시릴은 갈라진 틈과 볼록하게 솟은 부분까지 빠짐없이 혀로 문질렀다.

수줍은 꽃처럼 오므린 입구로 그가 불쑥 침입하자 짧은 비명이 새어 나왔다.

"아, 안…… 읏!"

시릴은 아랑곳하지 않고 혀를 뾰족하게 세워 안쪽으로 조금씩 밀어넣었다. 벌려진 허벅지를 꽉 움켜쥐자 파들거리는 게 느껴졌다. 깊고 얕게 굴리는 혀의 움직임에 여린 속살이 수축했다.

흥분으로 붉게 익어 가는 몸과 달리 시트를 움켜쥔 손가락이 새하얗게 변했다. 이진은 몸서리를 치며 고개를 흔들었다. 타액과 애액으로 젖어든 안쪽이 간지러웠다.

그를 원하고 있다. 어서 그가 제 안을 채워 주길 간절히 열망했다. 그 뜨거운 열기에 직접 닿고 싶었다.

"시릴, 제발."

시릴의 입술이 동그랗게 부푼 부분을 덮었다. 그는 보드랍고 연한 속살을 모조리 삼킬 것처럼 빨아들였다.

이진이 작은 비명을 내지르며 절정에 올랐다. 그녀의 눈앞에서 별들이 하얗게 부서져 내렸다.

시릴은 밭은 숨을 몰아쉬며 아래를 내려다보았다. 아랫배에 닿을 듯 꼿꼿이 선 페니스의 끝에 맑은 이슬이 맺혀 있었다.

그는 처음 섹스를 시작한 이래 콘돔을 하지 않은 적이 단 한 번도 없었다. 이것은 시릴에게도 낯선 경험이었다.

시릴이 부드럽게 풀린 입구에 맞춰 자신을 밀어넣기 시작했다. 아플 정도로 민감해진 표피가 매끄러운 내벽에 곧바로 닿자 소름이 돋았다.

"맙소사."

탄력 있는 안쪽이 그의 성기에 빈틈없이 달라붙었다. 벼락같은 쾌감이 허리를 타고 정수리까지 직격했다.

시릴은 이를 악물었다. 문득 오늘은 자제하기 쉽지 않을 거란 예감이 스쳤다.

그러나 시릴은 그녀와 함께 이 순간을 완벽하게 즐기고 싶었다. 그는 할 수 있는 한 최대로 천천히 삽입했다.

이진이 첫 삽입은 늘 힘겨워하는 걸 알기 때문이다. 게다가 이번엔 일정 때문에 지난번 관계를 가진 후 이 주가 넘었다.

가장 굵은 앞부분이 통과한 후에야 시릴은 참았던 숨을 토했다.

매일매일 안아 줄 수 있다면 좋을 텐데. 당신이 내 몸을 기억하도록. 날 보기만 해도 여기가 젖어들 수 있게.

시릴은 이진이 알면 뜨악할 생각을 하며 조금씩 몸을 앞으로 전진시켰다. 마침내 그녀가 뜨거운 기둥을 완전히 삼킨 후에는 눈물이 맺힌 속눈썹을 쓸어 주었다.

"눈을 떠요. 당신 눈을 보고 싶어요, 진."

암갈색 눈동자가 자신을 담자 시릴이 나직하게 웃었다.

이 순간 당신 눈에 온통 나만 비친다는 사실이 얼마나 날 벅차오르게 하는지 당신은 알까요.

그가 그녀의 목덜미를 살며시 깨물었다.

"아파요?"

그냥 따끔한 정도였다. 이진이 고개를 저었다. 시릴은 방금 전 깨문 곳을 혀로 핥았다.

"그런데 왜 날 그렇게 꽉 붙잡고 있어요? 마치 물어뜯기는 기분인데요? 하."

그의 말뜻을 깨달은 이진의 얼굴이 새빨개졌다. 시릴은 당장이라도 이진이 자신을 밀치고 일어날 듯하자 달랬다.

"진, 당신 안이 너무 뜨거워요. 당장이라도 녹아 버릴 것 같은데 너무 좁아서 움직일 수가 없어요."

시릴은 늘씬하지만 단단한 근육으로 짜인 몸을 그녀에게 밀착시켰다. 두 사람의 복부가 찰싹 맞닿았다.

"내가 이대로 끝내길 원하는 건 아니죠? 그럼 날 좀 도와줘요."

"어떻게 하는지 몰라요."

"천천히 숨을 내쉬면서 힘을 풀어요. 그래요, 그렇게. 아, 깨물지는 말고."

또다시 시릴이 장난치며 자신을 놀리자 이진은 그를 밀어내려 했다. 하지만 탄탄한 가슴은 꿈쩍도 하지 않았다. 대신 그녀는 눈앞에 보인 것을 물어 버렸다.

"으, 진."

시릴이 헐떡이며 말을 끊었다. 그는 놀란 얼굴로 그녀가 깨문 자신의 유두를 내려다보았다.

"방금 전 그거, 절대 하지 말아요."

으르렁대는 목소리에 이진은 움찔거리며 몸을 젖혔다. 그게 마치 자신에게서 벗어나려는 것처럼 보여 시릴의 눈이 가늘어졌다.

"일 년쯤 지난 후라면 몰라도 지금은 절대 안 돼요."

한숨을 내쉰 시릴은 그녀의 손가락 하나하나에 제 손을 얽었다. 그리고 깍지 낀 손을 들어올려 키스를 퍼부었다.

"왜요?"

"내가 미쳐서 달려들지 모르니까요. 당신을 다치게 하긴 싫어요."

시릴의 말이 끝나자마자 촉촉한 혀가 그의 유두를 핥았다. 작고 납작한 돌기 위에 말캉한 혀가 닿은 순간 시릴은 자신도 모르게 소리쳤다.

"진!"

숨이 턱, 하고 막혔다. 이진이 처음으로 보여 준 적극적인 모습에 한순간 정신이 나가 버릴 뻔했다.

"괜찮아요. 원하는 만큼 얼마든지 해도 좋아요."

이진은 시릴을 향해 미소를 지었다. 오늘만큼은 나도 마음대로 할 테니까. 만지고 싶은 만큼 당신을 만지고 속속들이 당신을 느낄 거예요. 어떤 아쉬움도 남지 않게.

"당신은 부서질지도 몰라요."

망설이는 시릴의 허리에 이진의 날씬한 다리가 감겼다.

"내가 원해요."

그것이 그나마 시릴의 이성이 남아 있던 마지막 기억이었다.

거칠게 밀어 올리는 몸짓에서 다급한 열망이 느껴졌다.

쉴 새 없이 치고 들어오는 열기에 시야가 흔들렸다. 단단한 살덩이가 내부를 짓누를 때마다 안쪽에서 불꽃이 터졌다.

처음엔 그의 움직임을 따라가는 것도 벅찰 정도였지만 어느새 이진은 그에게 맞춰 스스로 허리를 움직이고 있었다. 불길처럼 번지는 쾌감에 온몸이 욱신거렸다.

"참지 말아요."

그녀가 입술을 깨물고 있는 것을 본 시릴이 요구했다.

"이 신음은 전부 내가 만든 거야. 당신 소리가 듣고 싶어요."

시릴이 크게 허리를 움직였다.

"아, 하읏."

울음처럼 교성이 길게 울렸다. 이진은 자신이 낸 소리에 당황해 어쩔 줄 몰라 했다.

"얼마든지 울어도 좋아요, 내 품에서라면."

시릴이 젖은 눈가를 핥으며 속삭였다. 신음을 참느라 떨리는 입술에 그가 키스를 퍼부었다. 시릴이 허리를 거세게 쳐올리기 시작하자 더 이상은 소리를 숨길 수도 없어졌다.

"웃, 시릴. 아, 아앗."

시릴은 터져 나오는 신음을 자신의 입으로 삼켜 주었다. 겹쳐진 두 개의 혀가 뜨겁게 뒤엉켰다. 마침내 시릴이 뿌리까지 파묻을 듯 깊게 들어간 순간 울음 섞인 비명이 터져 나왔다.

"아…… 앗!"

온몸을 차오르는 쾌감에 손끝까지 저릿해졌다. 눈앞이 새하얗게 점멸했다. 밀물처럼 덮쳐 오는 절정에 이진은 잘게 몸을 떨었다.

자신을 둘러싼 내벽이 한껏 조여들자 시릴도 스스로를 해방시켰다. 낮은 신음 소리와 함께 그가 길게 사정했다.

"당신은 실수한 거예요."

나직한 목소리가 좁은 방안에 울렸다.

이제 난 더 당신에게 집착하게 될 텐데 감당할 수 있어요?

내 안의 탐욕스러운 짐승은 끝도 없이 당신에게 내놓으라고 요구할 거예요. 머리에서 발끝까지 당신을 아무리 삼켜도 이 허기를 채우진 못할 거예요.

결국엔 깊은 곳에 숨겨 놓은 당신의 심장까지 내놓으라고 할 테죠.

시릴은 이진의 얼굴을 물끄러미 내려다보았다. 지쳐 잠든 얼굴이 애처로웠다. 그는 조심조심 이마에 달라붙은 머리카락을 떼어 냈다. 이진은 가늘게 신음만 뱉을 뿐 깨지 않았다.

그녀의 손안에서 검붉은 성기가 꿈틀거리고 있었다.

시릴은 가느다란 손에 자신의 손을 겹쳐 기둥 위를 문질렀다. 단단한 살덩이가 손안에 넘치게 차올랐다. 질척이는 마찰음이 조금씩 속도를 더했다.

이진이 기절한 동안에도 시릴은 멈추지 않았다. 아니, 멈출 수 없었다. 그녀의 손에, 가슴에, 허벅지 사이에 셀 수 없이 정액이 흩뿌려졌다.

내 안에 나도 모르는 비겁한 욕망이 숨어 있다는 걸 알게 됐어요.

시릴은 체액으로 흥건히 젖은 입구를 열어 자신을 밀어넣었다. 수없이 범해진 안쪽이 부드럽게 시릴을 맞았다. 그는 그녀를 끌어안고 깊게 침잠했다.

당신이 내 아이를 가졌으면 좋겠어.

당신 안에 싹을 틔워 우리 사이에 끊을 수 없는 다리가 생겼으면 좋겠어.

시릴은 그 소망이 헛되이 사라질 걸 알면서도 그녀 안에 자신을 쏟아붓는 걸 멈출 수 없었다.

깜박 잠이 들었던가 보다.

정신이 든 이진은 자신이 시릴의 침대로 옮겨진 것을 확인했다.

시릴은 곁에 없었다. 벌써 일어난 것일까.

고개를 들어 탁상시계를 바라보자 다섯 시를 가리키고 있었다.

창에 커튼이 내려져 있지만 새벽일 것이다. 아니라면 자신은 오늘 무단결근을 한 것이 될 테니까.

온몸이 나른하고 힘이 들어가지 않았다. 침대에서 일어날 땐 잠시 다리가 휘청거렸다.

어젯밤 입었던 네글리제가 의자 위에 있었지만 다시 입을 용기는 나지 않았다. 이진은 티셔츠를 찾아 걸치고 잠시 창밖을 바라보았다.

아직 어둑어둑한 사위를 희미한 가로등이 밝히고 있었다. 텅 빈 거리에 차오르는 희뿌연 안개가 시야를 가렸다.

욕실이 비어 있는 것을 확인한 이진은 아래층으로 내려갔다. 시릴은 부엌에 있었다. 식탁에 턱을 괴고 앉아 골똘히 생각에 빠져 있었다.

"잠이 오지 않아요?"

그녀를 발견한 시릴이 웃으며 의자를 빼 주었다.

"시차 때문인가 봐요. 조금 있다 커피나 끓이려던 참이었어요."

고작 세 시간의 시차로? 이제껏 시차적응에 한 번도 어려움을 보이지 않던 시릴이었다.

"기왕에 일어났으니 이거나 열까요? 사실은 어제 주고 싶었는데 잊어버렸어요."

시릴의 눈매가 부드럽게 휘었다. 식탁 위에는 선물상자가 놓여 있었다. 어젯밤 그가 가져온 것들 중 하나인 것 같았다.

"이번 선물이 당신에게 특별했으면 좋겠어요."

어쩐지 그는 조금 긴장한 듯 보였다. 정육면체의 상자는 이제껏 시릴이 사 왔던 과자상자보다 조금 작았다. 특별히 구한 러시아의 과자인 걸까?

"당신이 주는 건 언제나 특별했어요."

그녀의 대답에 시릴이 환하게 웃었다. 잠시 후면 사라질 그 미소에 이진은 시선을 뗄 수 없었다.

"앞으로도 기억할게요."

시릴의 웃음이 싹 사라졌다. 그녀의 말투에서 뭔가 느낀 것 같았다.

"무슨 뜻이죠?"

"이제 그만뒀으면 좋겠어요. 시릴."

"뭘요?"

시릴의 반응은 날카로웠다.

"우리 말이에요."

"그런 결정을 내리기에는 너무 이르지 않아요? 우리가 사귄 지 고작 두 달이 지났을 뿐이에요."

이진은 애써 설득하려는 시릴에게 고개를 저었다.

"한쪽의 감정만으로 관계를 이어 갈 순 없어요."

허를 찔린 듯 시릴의 눈동자가 흔들렸다.

"……당신이 주는 거라면 고통조차 달다고 생각했는데 이번 건 좀 아프네요."

그의 표정이 씁쓸하게 변했다.

"앞으로 내가 좋아질 수도 있는 거잖아요?"

이진이 아무런 답도 하지 않자 푸른 눈동자가 흐려졌다.

이미 당신을 사랑하게 됐는데 어떻게 앞으로 좋아질지 모른다고 할까요. 심장이 쿡쿡 쑤시고 있었다. 억지로 침을 삼킨 이진은 힘겹게 말을 끌어냈다.

"사실은 사진을 보고 깨달은 게 있어요."

그 말에 시릴은 이진이 뭘 봤는지 알았다. 결국 그 기사가 사달이 난 거였다.

"그 사진은 오해예요. 진. 클로에와 난 그런 관계가 아녜요. 그녀는 내……!"

"아뇨. 사진은 아무 관계가 없어요. 문제는 나예요."

이진은 고개를 저으며 시릴을 가로막았다. 시릴이 가늘게 눈을 좁혔다.

"그게 무슨……?"

"그 사진 때문에 내가 얼마나 끔찍해질 수 있는지 깨달았거든요."

그녀의 허탈한 미소에 시릴이 멈칫했다. 이진은 눈을 내려뜨고 천천히 입을 열었다.

"엄마는 운이 나쁜 입양아였어요. 친부모에게 버려진 것도 모자라 낯선 땅에서 또다시 버림받았거든요. 여덟 살 때 파양된 후로 그녀는 위탁가정을 전전하는 신세가 됐죠. 병역을 피해 유학 온 아버지를 만난 건 그녀가 고작 열일곱 살 때였어요. 애정에 굶주리던 소녀의 눈에는 그가 자신을 구해 줄 왕자님으로 보였나 봐요. 그녀는 가망 없는 지독한 사랑에 빠졌죠."

어리석고 비참한 사랑이었다. 잘못된 선택으로 그 자신과 모두를 불행하게 만든 사랑이었다.

"아버지는 돈과 인생을 낭비하던 부잣집 아들이었어요. 그도 하룻밤 자고 버린 십 대 소녀가 몇 달 뒤 부른 배를 안고 나타날 줄은 몰랐겠죠. 그 때문에 발목이 잡혀 결혼까지 해야 할 줄은 더구나 예상치 못했을 거예요. 아버지에겐 불운하게도 당시 정계에 갓 입문한 조부가 추문을 원치 않았어요. 조부의 명령만 아니었다면 결혼은 불가능했겠죠."

이진은 담담하게 이야기를 이었다.

"결혼으로 엄마가 얻은 건 아무것도 없었어요. 수없이 바람을 피우는 남편과 근본 없는 고아라며 멸시하는 시아버지, 누구도 원치 않은 아이, 어디에도 기댈 데가 없었죠. 엄마는 매일 술을 마시지 않으면 잠들지 못했어요. 우린 아버지와 따로 살았지만 그래도 엄마는 아버지를 포기하지 못했어요. 아버지가 새로운 여자를 만난다는 소문이 들릴 때마다 찾아갔죠. 매번 살림을 부수고 아버지에게 매달려 울었어요. 그런 일이 벌어질 때마다 난 절대 엄마처럼 살지 않을 거라 맹세했어요."

단순히 아이를 방치한 부모라고만 생각했다. 그녀가 이렇게까지 고통받았을 줄은 몰랐다.

시릴은 의자에서 일어나 이진에게 다가갔다. 하지만 이진은 자신을 안아 주려는 그를 거부했다.

"사진을 본 순간 생각했죠. 그녀는 누굴까, 이게 사실일까, 당신이 날 기만한 걸까, 기사까지 났는데 왜 당신은 아무 얘기도 하지 않는 걸까. 수많은 상상에 시달리다가 문득 깨달았어요. 내가 엄마와 같은 행동을 하고 있다는 걸."

"대체 그게 무슨 소리예요? 당신은 어머니와 달라요."

불길한 예감에 시릴의 가슴이 덜컥 내려앉았다. 다음에 그녀가 무슨 말을 할지 두려워졌다.

"난 당신이 눈앞에 없으면 초조해지고 다른 여자들을 질투하게 될 거예요. 언젠가는 엄마처럼 변할지도 몰라요. 당신과 있으면 내가 끔찍해져요. 변하는 내가 무섭고 싫어요."

손끝이 저려 왔다. 심장이 느리게 죽어 가는 기분이었다.

당신을 사랑하고 있다. 이토록이나.

눈가가 뜨거워지고 있었다. 눈물 때문에 시릴의 얼굴이 제대로 보이지 않을까 봐 겁이 났다.

"나는 살고 싶어요. 시릴. 평범하고 평화롭게 하루하루를 살고 싶어요. 그런데 당신과 함께 있으면 그게 불가능해요."

"말도 안 돼요. 이럴 수는 없어요, 진."

이진의 어깨를 붙든 시릴이 거칠게 고개를 저었다. 이건 아니었다. 이렇게 떨려 날 수는 없었다.

"……내가 원하는 건 다 들어준다면서요."

그녀의 말에 시릴이 파랗게 질렸다.

"이건 반칙이에요, 진."

햇살처럼 따뜻하고 다정한 당신과 사랑에 빠졌다. 하지만 사랑을 받아 본 적 없는 자신은 어떻게 사람을 사랑해야 하는지 모른다.

이진에게 사랑은 언제나 두렵고 무서운 것이었다.

자신에게서 어머니를 닮은 부분을 발견한 순간 소름이 끼쳤다. 엄마처럼 일그러진 사랑은 주변 사람까지 병들게 만든다. 시릴을 그런 위험에 빠뜨릴 순 없었다.

소중하니까 절대 망가뜨리고 싶지 않았다. 자신 때문이라면 더욱.

난 당신이 언제나 반짝거리면 좋겠어. 내게 따뜻함을 알려 주었던 오래전 그때처럼.

"……그러니까 당신이 떠나 줘요. 제발 내 삶에서 나가 줘요."

그녀의 눈에서 눈물이 떨어졌다.

시릴은 얼어붙었다.

고작 그런 말로 자신이 물러날 것 같냐고, 지금껏 그랬듯 당신 곁에서 떨어지지 않을 거라고 해야 하는데 입이 붙어 버린 것처럼 아무 말도 하지 못했다.

내내 두려워하던 일이 벌어졌는데도 그의 눈에는 진의 눈물만 보였다. 그녀의 눈물을 처음 보는 것도 아닌데, 자신이 침대에서 울린 것만도 셀 수 없는데 숨이 쉬어지지 않았다.

시간이 필요하다면 얼마든지 기다릴 수 있었다. 다른 사람이 생긴 거라면 빼앗아 올 자신이 있었다.

하지만 나 때문에 행복할 수 없다는데 어떻게 숨을 쉴까.

고통으로 가슴이 천천히 짓이겨지고 있었다. 그런데도 진의 눈물이 더 아파서 참을 수가 없었다. 진이 얼마나 슬프고 괴로운지 너무 똑똑히 보여 그 눈물에 질식할 것 같았다.

257

이번엔 진짜구나. 한 번의 거절 따위가 아니라 그들은 헤어지는 것이다. 그녀가 이렇게 진심으로 울면 자신은 다시 돌아올 수 없다는 걸 알았다.

진이 원치 않아도 내 맘대로 움켜쥐고 놓아주지 않으면 된다. 도망치지 못하게 억지로 당신을 내게 묶어 놓으면 된다.

……하지만 그러면 당신은 울겠지.

아무리 자신이 남의 사정 따위는 돌아본 적 없는 인간이라 해도 진에게만은 그럴 수 없었다. 안 그래도 상처투성이인 사람에게 자신조차 아픔을 더해 줄 순 없었다.

문득 어릴 때의 기억이 떠올랐다. 아마 어머니가 돌아가시고 얼마 되지 않았던 날인 것 같다.

시릴은 어머니의 정원에서 새하얗고 예쁜 나비들을 보았다.

어머니에게 보여 주면 침대에서 일어나 웃어 주지 않을까, 시릴이 뭔가를 하면 언제나 웃어 주던 어머니였으니까. 어린 마음에 그런 생각을 했던 것 같다.

무릎이 까지도록 쫓아다녔지만 그 예쁜 나비들은 잘 잡혀 주지 않았다. 결국 지나가던 정원사가 그를 도와주기 전까지는.

시릴은 힘겹게 잡은 나비를 쥐고선 종종걸음으로 드넓은 집안을 헤맸다. 주인 없는 침실부터 서재를 지나 가끔 햇볕을 쬐던 온실까지 하루 종일 어머니를 찾아다녔다.

그사이 자신의 실종으로 집안이 발칵 뒤집힌 줄도 몰랐다.

클로에가 온실의 나무 아래에서 잠든 그를 발견할 때까지도 시릴은 나비를 움켜쥐고 있었다. 결국 그 연약한 생물은 시릴의 손안에서 죽어 버렸다.

놓아주기 싫어요. 하지만 그러면 당신은 그 나비처럼 시들어 버리겠죠.

당신이 내 곁에서 불행해진다면 난 견딜 수 없을 거예요. 그러니까……

시릴은 어금니를 악물었다. 그러지 않으면 목안에서 무언가가 터져 나올 것 같았다. 어딘가를 잘못 씹었는지 피 맛이 느껴졌다.

이것이 정말 마지막이라면 그녀에게 웃어 주고 싶었다. 괜찮다고, 괜찮을 거라고 말해 주고 싶었다.

시릴은 입가에 미소 비슷한 것을 지으려 애썼다.

"울지 마요. 갈 테니까."

그는 눈물이 맺힌 이진의 눈가를 쓸었다. 시릴의 입술이 떨리고 있었다. 난생처음 거짓으로 웃는 게 너무 힘들었다.

온 세상이 안개로 뒤덮일 것 같던 그날 아침, 시릴은 가지고 왔던 가방 하나만 들고 떠났다.

Lap 13. 마지막 선물

비행기가 서서히 하강하고 있었다.

구름 아래로 드러나는 인천공항을 바라보는 서인제의 표정은 굳어 있었다. 영국에서의 일이 별다른 성과 없이 끝난 탓이었다.

젊은 시절 서인제는 자신의 회사를 한국 굴지의 기업으로 키우는 데 모든 것을 바쳤다. 하지만 아무리 회사가 거대해져도 권력자의 입김에 이리저리 휘둘리는 건 변함이 없었다. 그는 권력을 갖지 못하면 영원한 약자가 될 수밖에 없다는 사실을 깨달았다.

그래서 서인제는 스스로 권력의 심장부에 서리라 다짐했다. 그 후로 그의 인생은 지금껏 목표를 향해 순탄한 항해를 하는 중이었다.

이진은 불쑥 튀어나온 암초였다. 작긴 하지만 충분히 거슬리는 정도의.

서인제는 적당히 돈을 쥐여 주고 이진의 입을 막을 생각이었다. 자존심이니 뭐니 입으론 떠들어도 막상 돈을 보면 달라지는 게 그런 천한 핏줄의 습성이니까.

그런데 그 맹랑한 것이 그렇게 나올 줄은 몰랐다. 마음 같아서는 혼쭐을 내 주고 싶지만 긁어 부스럼을 만들 필요는 없을 것이다.

서인제는 변호사에게 이진과 관련된 흔적을 모두 지우라고 지시해 놓았다.

얌전히만 굴면 유산도 주려 했는데 제 복을 제가 찬 게지. 어리석은 것. 서인제는 입꼬리를 비틀며 웃었다.

"국적기 서비스가 이 따위라니, 낯부끄러워서 원!"

갑작스러운 목소리에 그의 생각이 중단되었다. 건너편에 앉아 있던 강 의원이었다.

비지니스석에는 여섯 명의 국회의원들이 자리를 차지하고 있었다. 그들 모두 해외시찰을 마치고 귀국하는 중이었다. 사실 시찰을 빙자한 관광여행이라는 사실을 모르는 사람은 아무도 없지만.

"이제 그만 강 의원이 이해하시지요."

서인제는 너그러운 가면을 쓰고 상대를 진정시켰다.

아까 이 작자는 자신이 선호하는 술을 준비해 놓지 않았다고 기내에서 난리를 피웠다. 고작 술 하나 때문에 구설수에 오를 짓을 자처하다니 어리석기 짝이 없는 위인이었다.

"나랏일 하는 사람을 이렇게 대접해서야 무슨 일이 되겠습니까?"

그는 승무원을 눈물이 쏙 빠지도록 호통쳐 놓고도 아직 분이 안 풀린 듯 씩씩거리고 있었다.

"사실 강 의원 말이 맞습니다. 한국은 국민 의식부터 바뀌어야 되는

데 큰일이지요. 솔직히 우리가 해외 한번 나갈 때마다 여론의 눈치를 봐야 한다니 말이 됩니까? 사사건건 이렇게 힘들어서야 누가 국회의원을 하려 들겠습니까? 마음 같아선 저도 사퇴하고 싶은 적이 참 많습니다."

옆에서 다른 의원이 거들고 나섰다.

그럴 리가. 서인제는 그 허세 가득한 말을 내심 비웃었다.

한국의 국회의원 연봉은 선진국의 몇 배나 되고 그 연봉과 맞먹는 수당과 운영비, 보좌진 비용까지 사 년간 삼십억 원이 넘는 금액을 지원받는다. 거기다 돈 한 푼 내지 않고도 평생 연금을 받고, 이렇게 해외를 나갈 때마다 VIP 대우를 받지 않는가.

그 모든 것을 제쳐 두더라도 각종 면책특권과 특혜가 수백 가지가 넘었다. 이런 어마어마한 이권을 챙길 수 있는 자리를 내팽개친다고? 그것도 이미 그 권력의 단맛에 빠져 허우적대는 자들이? 씨도 안 먹힐 엄살이었다.

"그러니 우리가 어리석은 국민들을 이끌어야지요. 그게 올바른 정치인의 자세가 아니겠습니까? 허허."

서인제는 노련한 정치꾼답게 점잖은 얼굴로 의원들을 다독였다.

비행기에서 내린 그들은 낮은 국민수준에 대한 우스갯소리를 하며 입국장 쪽으로 이동했다.

입국장에 다다르자 앞에 기자들이 구름처럼 모여 있는 것이 눈에 들어왔다.

"무슨 일이 있는 걸까요? 어디 연예인이라도 왔나."

한 의원이 고개를 쭉 빼고 힐끔거렸다. 유난히 여자를 밝혀서 성희롱으로 물의를 일으킨 적도 있는 의원이었다.

"기자들만 있는 걸 보니 그건 아닌 것 같고, 혹 장관 후보자 지명이 있었던 게 아닐까요? 이제 서 장관님으로 불러드려야 할 것 같습니다."

눈치 빠른 의원 하나가 서인제의 옆에서 살랑거렸다. 선거철마다 철새로 유명한 작자가 하는 말이지만 기분은 나쁘지 않았다. 자신이 푸른 기와집에 한 발짝 더 가까워졌다는 반증이었으니까.

"허허, 너무 앞질러 가시는 거 아닙니까?"

짐짓 겸양의 말을 내뱉으면서도 서인제는 대외용 미소를 띤 채 입국장으로 나갔다.

"서인제 의원님!"

"의원님!"

카메라와 마이크를 든 기자들이 일제히 서인제에게 몰려들었다.

"영국 언론에서 의원님의 정치비자금을 폭로한 사실을 알고 계십니까?"

"영국령 버진아일랜드에 페이퍼컴퍼니를 세워 천억 대의 비자금을 빼돌렸다고 발표했는데, 횡령과 탈세 사실을 인정하십니까?"

서인제의 얼굴이 노기로 희미하게 흔들렸다. 그는 여기저기서 들이대는 마이크에 침착하게 답변했다.

"그런 사실 없습니다."

"오늘 아침 서강해운 본사에 압수수색 들어간 거 알고 계십니까?"

서인제의 얼굴에 매달려 있던 거짓 미소가 싹 사라졌다.

단지 의혹이 있다는 것과 조사를 당하는 건 차원이 다른 문제였다. 방금 전과 달리 마음이 조급해졌다.

설마 이중장부를 압수당한 건 아니겠지? 사태가 어떻게 돌아가고 있는지 알 수가 없었다.

하필 자신이 자리를 비웠을 때 이런 일이 벌어지다니.

게다가 지금까지 검찰에 깔아 둔 돈이 얼만데 막상 일이 터지니 언질 한마디 해 준 놈이 없었다.

쓸모없는 것들!

굳은 얼굴의 서인제는 속으로만 이를 갈았다.

어찌된 일인지 먼저 상황 파악을 해야 했다. 굼벵이 같은 보좌관들은 대체 어디 있는 거야?

서인제는 도움을 받을 만한 인물이 있는지 재빨리 주위를 둘러보았다. 하지만 언제 빠져나간 건지 같이 나왔던 의원들이 코빼기도 보이지 않았다. 제게 불리한 일은 귀신같이 알아채고 발을 빼는 작자들이었다.

기자들이 숨 쉴 틈도 없이 그를 에워싸고 있었다. 서인제는 신경질을 감추고 억지로 웃어 보였다.

"허허, 무슨 오해가 있는 것 같습니다. 일단 나중에 따로……."

그의 목소리는 휴대전화를 든 기자 하나가 외치는 소리에 묻혀 버렸다.

"방금 서울중앙지검에서 소환장이 발부됐답니다!"

서인제의 눈앞에서 미친 듯 카메라 플래시가 터졌다.

◆❖◆

"어쩐 일이시죠?"

일요일 한낮이었다.

이진은 예고도 없이 현관문 앞에 나타난 래리를 바라보았다.

"시릴의 전화를 가져왔습니다. 러시아에서 망가졌거든요. 그 얘기 들으셨죠? 하하, 황금 같은 주말시간 뺏는다고 시릴이 난리치기 전에 어서 가 봐야겠습니다."

싱글싱글 웃는 래리가 그녀에게 휴대전화를 건네주려 했다. 이진은 입술을 깨물었다.

"그는 여기 없어요."

"또 뭘 사러 갔습니까? 요즘 아주 쇼핑에 재미를 붙인 것 같네요."

혀를 차는 래리에게 이진이 고개를 저었다.

"아뇨. 시릴은 돌아갔어요."

"어디로 말입니까?"

뭔가 이상한 낌새를 챘는지 래리의 표정이 변했다.

"그야 런던……."

이진은 말끝을 흐렸다. 그제야 무심코 지나쳤던 부분에 생각이 미쳤다. 어째서 시릴이 떠난 걸 매니저가 모르고 있는 거지? 마른침을 삼킨 이진이 다시 물었다.

"……설마 런던으로 돌아간 게 아닌가요?"

벌써 일주일이나 지났다. 시릴은 어디에 있는 거지? 당연히 집으로 돌아갔을 거라 생각했다. 그가 어디로 갔는지 래리가 모른다는 사실을 믿을 수가 없었다.

"시릴이 여길 떠났단 말입니까?"

커다랗게 눈을 뜬 래리가 이내 얼굴을 일그러뜨렸다.

"아니, 그놈이 제 발로 나갈 리가 없지. ······당신이 내보냈군요."

이진은 아무 말도 하지 못했다. 고개를 돌린 래리가 서둘러 전화를 걸기 시작했다.

"여보세요. 제롬? 접니다. 시릴이 거기 있나요? ······혹시 갈 만한 다른 곳을 알고 있습니까? 예, 연락 부탁드립니다."

진짜 블루벨 하우스로 돌아가지 않았다고? 이진의 심장이 욱신 조여들었다.

"시릴에게 무슨 일이 생······."

"더 이상 당신이 신경 쓸 바 아닙니다. 그러려고 쫓아낸 거 아닙니까?"

래리의 날 선 말에 이진은 한마디도 하지 못했다. 매몰차게 돌아선 래리가 몇 걸음 가다 다시 되돌아왔다. 그의 눈에는 분노가 들어차 있었다.

"그냥은 못 가겠군요."

래리는 겨드랑이에 끼고 있던 신문을 이진에게 내밀었다.

"자, 똑똑히 보시죠, 그놈이 당신을 위해 무슨 일을 했는지."

신문기사 하나에 커다랗게 동그라미가 쳐져 있었다.

역외탈세 건으로 연일 국회에서 뭇매를 맞던 영국 국세청이 큰 건을 터뜨렸다는 기사였다.

국세청은 제보를 받고 역외탈세의 거점인 런던의 한 변호사 사무실을 급습했다. 그들은 한국과 공조수사를 벌여 수천억 대의 탈세 증거를 확보했다고 밝히고 있었다.

이 스캔들에 한국의 저명한 국회의원이 연루되었다.

조사 과정에서 뇌물수수와 청탁비리 의혹까지 불거지는 바람에 지금 한국 정계는 발칵 뒤집힌 상태였다. 유력한 차기 장관 후보였던 그는 이 일로 의원직 상실은 물론 실형을 받을 가능성도 높아졌다. 기사는 그의 정치 생명이 끝난 것과 다름없다고 마무리하고 있었다.

이걸 시릴이 했다고? 왜? 아니 그보다 시릴이 자신의 조부를 안다고? 암갈색 눈동자가 당황으로 흔들렸다.

"그들은 더 이상 당신을 괴롭히지 못할 겁니다."

그 말에 담겨 있는 의미에 이진의 얼굴이 창백해졌다.

"당신이 표면에 드러나지 않게 시릴이 얼마나 애를 썼는지 안다면……! 아니, 당신은 이제 그놈에게 관심 없겠죠."

래리는 이를 악물었다.

난생처음 사람들에게 아쉬운 소리를 하던 시릴의 모습이 떠올랐다.

이 여자를 보호하기 위해 직접 에티엔을 만나러 가고 얌전히 자선 파티에도 참석했다. 시릴은 에티엔의 주선으로 파티에서 만난 하원의원에게 거액의 기부를 약속했다. 조건은 단 하나, 역외탈세에 대한 이슈를 불러일으키는 것이었다.

죽어도 싫은 일은 하지 않던 놈이 이리저리 불려 다녀도 군말 한마디 없었다.

"이게 시릴의 마지막 선물이 되겠군요."

싸늘하게 내뱉은 래리가 등을 돌렸다.

그의 자동차 소리가 멀어지자 거리는 순식간에 적막 속으로 빠져들었다. 시월의 선명한 태양 아래 이진은 우두커니 서 있었다.

시릴은 손에 쥘 수 없는 햇살 같은 사람이었다.

그를 불행하게 만들까 봐 두려웠다. 언제 다가올지 모를 끔찍한 미래에 시릴을 끌어들일 수 없었다. 그녀의 삶에 유일한 빛을 가져다준 사람에게 그런 짓을 할 순 없었다.

시릴에게는 자신처럼 망가진 사람이 아니라 밝고 따뜻한 사람이 어울렸다. 사랑에 당당할 수 있는 그런 사람이.

그러니 그녀가 한 일은 옳았다.

아무리 그렇게 되새겨 봐도 가슴이 아렸다. 심장 어딘가에 가시가 박혀 있는 것 같았다.

정신을 차렸을 때는 시간이 꽤 흘러 있었다.

회색빛 구름에 가려 어느새 햇살 한줌도 비추지 않았다. 매서운 칼바람에 몸이 싸늘하게 얼어 있었다.

요즘 부쩍 이렇게 정신을 놓고 있을 때가 많아졌다. 이진은 현관문을 닫고 돌아섰다.

현관 앞에는 상자가 쌓여 있었다. 그녀는 얼마 전부터 조금씩 집을 정리하고 있었다.

새로 지낼 곳을 구해야 했다. 시릴의 흔적이 가득한 이 집에서는 더 이상 살 수 없었다.

외로움에는 질릴 만큼 익숙하다고 생각했는데 아니었다. 시릴의 빈자리는 지나치게 컸다. 텅 빈 공간이 심장을 짓눌러 잠을 잘 수 없었다.

당신이 없는 상실감에 익숙해지는 날이 올까.

내가 당신에게 준 고통을 잊어버리고, 그렇게 아프게 웃던 당신의 모습을 지워 버리는 날이 올까.

언젠가 이 사랑을 잊게 되는 것보다 차라리 평생 아픔에 시달리는 게 나았다. 그것만이 자신이 시릴에게 할 수 있는 유일한 속죄였다.

이진은 마지막으로 남은 부엌 정리를 시작했다.

찬장을 비우고 시릴이 사다 놓은 조리도구와 그릇들을 한쪽으로 모았다. 청소도 빠짐없이 했다.

그녀는 청소하는 내내 식탁 한쪽으론 시선을 주지 않았다. 하지만 아무리 시간을 끌어 봐도 결국 식탁 앞에 설 수밖에 없었다.

식탁 위에는 시릴이 두고 간 상자가 그대로 놓여 있었다.

장갑을 벗은 이진이 작게 한숨을 내쉬었다. 그녀는 상자 위에 곱게 매인 리본을 풀었다.

상자에서 나온 것은 러시아 인형인 마트료시카였다.

푸른 눈을 가진 금발의 소년이 환하게 웃음 짓고 있었다. 정교하게 그려진 나무 인형은 어딘가 시릴을 닮아 있었다.

이진은 반으로 나뉜 인형의 윗부분을 열어 안쪽에 든 인형을 꺼냈다. 속에 감춰진 인형을 하나씩 꺼낼 때마다 인형의 표정이 달라졌다. 어떤 건 찡그린 소년이었고 때론 울거나 화를 내는 얼굴도 있었다.

다채로운 표정의 인형 다섯 개를 꺼내자 끝으로 손가락보다 작은 인형이 나왔다. 이진은 부끄러워하는 소년 인형을 열었다.

속에 든 건 또 다른 인형이 아니었다. 종이로 싼 납작한 물체가 만져졌다.

그것의 정체는 목걸이였다. 가느다란 은색 줄 끝에 푸른 물방울처럼 보이는 보석이 영롱하게 빛나고 있었다.

이진은 식탁 위에 여섯 개의 나무인형을 나란히 늘어놓고 그 아래 목걸이를 놓았다. 시릴을 닮은 인형과 그 푸른 눈을 떠올리게 하는 목걸이를 그녀는 오랫동안 바라보았다.

문득 목걸이를 쌌던 종이에 시선이 닿았다.

그 순간 이제껏 태연함을 가장하던 이진의 얼굴에 균열이 갔다. 마치 둑이 무너진 것처럼 눈물이 쏟아졌다.

종이에는 낯익은 필체의 글이 적혀 있었다.

「내가 웃을 수 있는 건 당신으로 인해 행복을 느껴서죠. 화를 내는 건 당신을 볼 수 없어서고, 울고 싶을 땐 당신이 곁에 없어서예요. 당신은 내 인생에 생명을 불어넣었어요. 그 어느 때보다 난 살아 있음을 느껴요.」

추신도 달려 있었다.

「ps. 공기역학 엔지니어를 미치도록 사랑하는 드라이버가 있어요.
혹시 그 남자와 사랑에 빠질 생각 없나요?」

◆❖◆

머릿속에서 시끄럽게 울리는 소리에 시릴은 억지로 눈을 떴다.

정신이 들자마자 덮쳐 오는 두통과 어지럼증에 신음이 흘러나왔
다. 깨질 듯 머리를 조이는 통증 때문에 눈앞까지 출렁거리는 느낌
이었다.

머리를 움켜쥔 시릴은 천천히 소파에서 몸을 일으켰다.

잠을 자기 위해 마신 술은 지독한 숙취를 남겼다.

그는 소파 옆 탁자를 더듬어 약통을 찾았다. 물도 없이 약을 씹어
삼키자 쓴맛이 입안 가득 퍼져 나갔다.

시릴은 물끄러미 손안의 약통을 내려다보았다.

처음 만난 날 진이 건네준 두통약이었다. 팀 닥터가 도핑테스트
에도 문제없는 약이라고 확인해 준 후로 시릴은 항상 이 약을 가지
고 다녔다.

남에게 처음 받은 순수한 호의라고 생각했다. 대가를 바라지 않는.

그 아무것도 바라지 않는 관계라는 것이 이렇게 비참한 결과를
불러올 줄 몰랐다. 그것은 언제라도 상대에게 떨려 날 수 있다는 의
미였다.

차라리 진이 다른 사람들처럼 자신에게 뭔가 원하는 게 있었다면 달라졌을까. 돈이든 유명세든 하다못해 섹스라도.

당신이 원하는 뭔가를 내가 가지고 있었다면, 그랬다면 난 아직 당신 곁에 있을 수 있었을까요.

창밖엔 아직 어둠이 자욱하게 깔려 있었다.

이곳은 남서부 도싯 주(Dorset州)에 있는 에티엔의 별장이었다. 마을이나 다른 인가와 멀리 떨어진 언덕에 있어 첫인상이 무척 황량한 곳이었다.

언젠가 왜 이런 곳에 있는 집을 사들였는지 물어본 적이 있었다. 그때 에티엔은 가끔 혼자 있고 싶어질 때가 있다는 대답을 했었다.

이해할 수 없는 말이었다. 자신은 사람들이 곁에 있으나 없으나 똑같았기 때문이다.

시릴은 평생 무료함은 알아도 외로움을 느낀 적은 없었다. 그런데 지금은 외로웠다. 진이 곁에 없다는 사실 하나만으로 외로움에 질식할 것 같았다.

그는 지난 열흘간 이곳에 틀어박혀 있었다.

하루이틀은 그럭저럭 버틸 수 있었다. 결국 사흘째부터 술을 마시기 시작했다. 술기운이 돌면 잠들 수 있지 않을까 싶어서였다.

고통은 아무리 삼켜도 사라지지 않았다. 낯선 절망은 그를 짓누르고 뭉개어 집어삼키길 원했다.

진은 애초에 자신이 그녀의 인생에 존재하지 않았던 것처럼 그렇게 살아가길 원했다. 사랑하는 사람의 인생에서 통째로 도려내진 기분은 끔찍했다.

머릿속에서 들리는 소리라고 생각했는데 이제 보니 누군가 문을 두드리고 있었다. 쿵쿵거리는 소리가 집 전체를 울리고 있었다.

"문 열어! 거기 있는 거 아니까 당장 열어!"

시끄러운 불청객은 이제 목청껏 소리치고 있었다. 쩌렁쩌렁 울리는 그 목소리에 다시금 머리가 욱신거렸다.

이마를 짚은 시릴은 현관으로 나갔다. 그냥 내버려두자니 자신 말고 항의할 이웃이라곤 갈매기들밖에 없었다. 그리고 어차피 찾아내지 못할 거라곤 생각 안 했으니까.

"이 나쁜 인간아!"

래리는 얼굴을 보자마자 고함을 질렀다.

"어디 있는지 연락은 해 줘야 할 거 아냐! 제롬도 제이미도 네가 어디 있는지 모른다고 하지. 무슨 일이라도 생긴 건 아닌가, 혹시 나쁜 마음이라도 먹은 건 아닌가 내가 얼마나, 얼마나……!"

시릴의 팔이며 어깨를 마구 때리던 래리가 갑자기 울먹이기 시작했다.

별장에 침입자가 있는 것 같다고 에티엔이 넌지시 알려 주지 않았다면 지금도 여기저기 뛰어다니고 있었을 거다. 마음 졸이며 오는 동안엔 가만 안 두겠다고 이를 갈았는데 막상 멀쩡한 모습을 보자 안도감에 눈물이 솟구쳤다.

"미안해."

"뭐, 뭐라고?"

순간 래리는 자신의 귀를 의심했다. 매니저 일을 하는 팔 년 동안 단 한 번도 들어 보지 못한 말이었다.

내가 바람소릴 잘못 들었나? 아니면 얘가 머리라도 다친 거 아냐? 그러고 보니 평소라면 질색하며 뿌리쳤을 텐데 가만히 맞아 준 것부터 불안했다.

시릴의 얼굴을 찬찬히 살피던 래리는 순간 때린 게 미안해졌다.

고작 이 주 전만 해도 시릴은 얼굴에서 반짝반짝 광채가 날 정도로 생기에 가득 차 있었다. 그런데 지금은 파리한 안색에 뺨은 말라 광대뼈가 도드라져 보였다. 같은 사람이 맞나 싶을 정도로 체중이 확연히 준 상태였다.

"얼굴이 이게 뭐야? 설마 단식투쟁이라도 할 셈이야?"

지독한 술 냄새에 래리가 인상을 찡그렸다.

"당장 호텔로 가자. 우선 제대로 좀 먹고, 잠은? 자기는 한 거야?"

래리는 우왕좌왕하고 있었다. 시릴이 시즌 중에 제 스스로 몸을 상하게 하다니. 그 모습이 놀랄 만큼 낯설고 당혹스러웠다. 이럴 때 정신을 차리게 할 수 있는 건 하나뿐이었다.

"미국그랑프리가 다음 주인 거 기억은 하나?"

아무런 반응이 돌아오지 않자 래리는 덜컥 불안에 휩싸였다. 뭐야, 설마?

"……모르겠어. 뭘 해야 할지. 아니, 아는데 몸이 움직이지 않는 건가. 지금은 내가 달릴 수 있을지조차 모르겠어."

순간 래리는 할 말을 잃어버렸다.

달리지 않겠다고? 트랙을 달리는 것만이 인생의 유일한 목표인 놈이?

있을 수 없는 일이었다. 지금 계약 위반이나 천문학적인 위약금이 문제가 아니었다. 자신이 아는 시릴은 레이싱 없이 살 수 없는 인간이었다.

목이 바짝 타들어 가는 기분에 래리는 억지로 침을 삼켰다.

"괜찮아. 첫사랑은 원래 이루어지지 않는다잖아. 지금은 세상이 끝난 것 같이 힘들어도 시간이 지나면 괜찮아져. 다음번엔 잘될 거야. 더 좋은 사람을 만나 사랑하게 될 거야. 그러니까⋯⋯."

"한 번뿐이라면?"

"뭐?"

황당한 대답에 래리가 인상을 썼다.

"내 인생에서 중요한 건 레이싱뿐이라고 생각했어. 살아 있다는 사실을 느낄 수 있는 유일한 통로였으니까."

시릴이 담담한 어조로 말을 이었다.

"언제나 아무도 없는 진공 공간에 나 혼자 떠 있는 기분이었어. 무엇에도 영향받지 않는 죽은 공간이 내 세계의 전부였거든. 보통 사람들이 느끼는 그 감정들이 내게는 그저 다른 세상의 얘기 같았어. 난 날 때부터 뭔가 중요한 부분을 잃어버린 게 아닐까 의심한 적도 있어."

래리는 멍하니 아무 말도 하지 못했다. 시릴이 그렇게 느끼는지 몰랐다. 그저 좀 무심하고 제멋대로인 성격이라고만 생각했다.

"그런데 진과 함께 있으면 트랙을 달리지 않아도 심장이 뛰는 걸 느껴. 나도 다른 사람들처럼 따뜻한 피가 흐르는 인간 같아져. 마음이 들뜨고 웃고 싶어지고 초조해 하는 스스로의 모습에 당황하지. 숨을 쉬는 매순간 감정들이 생생하게 느껴져."

분명 이진을 만나기 전과 후의 시릴은 놀라울 정도로 달랐다. 하지만, 하지만 그렇다고 해도……

"진이 없으면 난 더 이상 나로 있을 수가 없어. 그런데 이런 사람이 또 있을 거라고?"

그 황량한 표정에 래리는 울컥하고 말았다. 그는 시릴의 멱살을 움켜잡았다.

"시릴, 정신 차려! 실연 따위 너만 겪는 거 아냐. 살다 보면 누구나 연애도 하고 실패도 해. 하지만 아무도 사랑 때문에 인생을 포기하진 않아!"

말없이 래리를 응시하던 시릴이 천천히 입을 열었다.

"……그 사람들은 내가 아니잖아."

래리는 참담한 심정으로 손을 놓았다.

언제나 하나만 바라보고 사는 녀석이었다.

그 위태위태함 때문에 언젠가 트랙 위에서 불꽃처럼 사라져 버리는 건 아닐까 걱정했지, 이렇게 사랑 때문에 망가질 거라곤 생각도 하지 못했다.

"……내가, 내가 데려다줄까?"

목소리가 제멋대로 갈라져 나왔다.

"그러지 마."

힘없이 고개를 젓는 시릴을 보자 코끝이 시큰하게 아렸다.

할 수만 있다면 당장이라도 그녀를 끌고 오고 싶었다. 그래서 똑똑히 보여 주고 싶었다.

당신이 망쳤다, 하나밖에 모르는 이 지독한 놈을 당신만 바라보게 해 놓고 버렸다, 큰 소리로 따지기라도 하고 싶었다.

"어떻게 해 줄까? 내가 뭘 도와주면 돼?"

"아무것도."

시릴은 무척이나 지쳐 보였다. 바스러질 듯 위태로운 그 모습에 래리는 엉엉 울고 싶어졌다.

"……가 볼 곳이 있어."

짧은 침묵 후에 시릴이 말을 꺼냈다.

시릴은 불안해 하는 래리의 시선을 느끼며 푸른 눈을 창밖으로 돌렸다.

또다시 진이 없는 하루가 밝아오고 있었다.

Lap 14. 행복을 잡는 법

❦

새하얀 종이 위로 굵은 선 하나가 그어졌다.

슥슥.

몇 번의 연필 선이 더해지자 고속서킷에 유리하도록 다운포스(Downforce, 차체를 지면으로 내리누르는 공기역학적인 힘)를 줄인 프런트 윙(Front wing, 다운포스 생성과 차체 뒤쪽으로 흐르는 공기의 흐름을 정리하기 위해 레이싱 카의 앞쪽 노즈 아래에 부착하는 날개)이 형체를 갖추기 시작했다.

새로운 에어로 파츠를 그리던 이진은 문득 눈앞이 흐려 보인다는 사실을 깨달았다. 피곤해서 눈이 침침해졌나. 눈을 비비려던 이진은 멈칫했다.

종이 위로 무언가 떨어졌다. 투명한 물방울 하나가 왕관모양으로 번졌다. 대체 어디서 물방울이? 이진은 눈살을 찌푸린 채 멍하니 종이를 내려다보았다.

"괜찮아요? 이진."

옆자리 동료인 이브가 놀란 얼굴로 물었다.

왜 저런 눈으로 보는 거지? 내 얼굴에 뭐라도 묻었나? 뺨에 손을 가져가던 이진은 축축한 물기를 발견했다.

아, 내가 또 울고 있었구나. 그제야 그녀의 반응이 이해되었다.

이브의 얼굴이 눈물 때문에 일그러져 보였다. 후드득, 좀 더 많은 물방울이 떨어졌다. 요즘 들어 이렇게 눈물샘이 제멋대로 반응했다.

모든 게 엉망이었다. 이제 자신은 유일하게 할 줄 아는 일조차 제대로 하지 못하고 있었다.

트라우마 때문에 자동차를 제대로 타지 못해도, 불을 켜지 않고선 잠을 잘 수 없어도, 가족에게 버림받아 혼자 남겨져도 그녀는 그럭저럭 평범하게 살았다. 하지만 더 이상은 그런 척 흉내조차 낼 수 없었다.

이젠 자신의 인생에 무엇이 빠졌는지 알아 버렸기 때문이다.

조용하고 평화롭다고 생각한 삶은 사실 도피처였을 뿐이다.

자신은 상처 입는 게 무서운 겁쟁이였다.

마음이 더 깊어지면 도망칠 수 없다. 그래서 시릴의 손을 놓아 버린 것이다. 하지만 이미 돌이킬 수 없게 된 이 마음은 어떻게 해야 하는 걸까.

마치 고장 난 수도꼭지처럼 눈물이 쏟아지고 있었다.

그 사람이 필요했다.

자신을 그렇게나 사랑해 준 사람이 그리워서 눈물이 그치지 않았다.

사랑하지 않는다고 거짓말로 상처 입힌 그 사람이, 자신을 놓아 주며 아프게 웃던 그 얼굴이 떠올라 멈출 수가 없었다.

주변의 웅성거리는 소리는 그녀의 귀에 전달되지 않았다. 눈물을 닦아야 하는데. 사람들이 놀랄 텐데. 짧게 떠오른 생각들은 스치듯 사라져 버렸다.

시릴이 보고 싶었다. 그리움에 온통 잠식돼 버려서 더 이상은 버틸 수가 없었다.

"왜 그래요? 이진."

"무슨 일 있어요?"

"어디 아파요?"

아무리 불러도 이진이 반응을 보이지 않자 사람들은 불안을 느꼈다. 눈조차 깜박이지 않고 표정 없이 눈물만 흘리는 모습은 정상이 아니었다. 마치 혼이라도 나간 사람 같았다.

이진? 이진!

그녀의 상태에 당황한 동료들의 목소리가 멀리서 울렸다.

모든 소리가 귀에서 멀어졌다. 마치 세상과 유리돼 홀로 떨어진 것 같았다.

따뜻한 물수건이 눈가에 닿았다. 이진은 천천히 무감각 상태에서 깨어났다.

낯익은 실루엣이 시야에 들어왔다. 에드였다.

"그 버릇은 이제 고친 줄 알았더니. 지금껏 뭐 한 거야, 그놈은."

에드는 이진을 마주 보고 앉아 투덜거렸다.

미국으로 떠나기 전에 이진을 보러 연구실에 들렀다가 화들짝 놀라고 말았다. 에드는 우왕좌왕하는 직원들을 진정시키고 이진을 의무실로 옮겼다.

처음 있는 일은 아니었다. 그가 이진을 보아 온 시간 동안 그녀는 혼자 이렇게 앓곤 했다.

보통은 여름 때였다. 지금처럼 늦가을에 이런 적은 없었다. 부모의 사고 이후로 생긴 후유증이었으니까.

에드는 이진이 소리 내 우는 것을 한 번도 보지 못했다. 그녀는 그저 숨죽여 조용히 눈물만 흘렸다. 탈진해 쓰러질 때까지.

우는 법을 배우지 못한 아이 같은 그 모습을 볼 때마다 에드는 안타까웠다. 대체 저 가슴에 얼마나 상처가 많은 걸까.

"……여기서 뭐 하세요? 비행기 타셔야 하잖아요."

이진이 힘없는 목소리로 물었다.

오늘 떠나면 당분간 에드의 얼굴을 보기는 힘들 것이다. 미국에 이어 브라질그랑프리가 고작 일주일 간격으로 있기 때문이다.

"아직 한 시간의 여유는 남았는걸. 자, 마셔. 또 탈수증상 올라."

이진은 자신의 손에 쥐여진 물컵을 바라보았다. 자상한 에드를 보자 다시 눈물이 솟았다. 그녀의 눈물을 손으로 닦아 주던 누군가가 떠올라서.

그랑프리에는 나타나겠지? 아니, 반드시 와야 했다. 지금은 그에게 무엇보다 중요한 때니까.

"그놈하고 무슨 일 있었어?"

에드가 못마땅한 어조로 물었다. 늘 그랑프리 직전까지도 뭉그적대던 놈이 없는 것만 봐도 뭔가 일이 생긴 게 분명했다.

"……라고 했어요."

목소리는 꺼질 듯 희미했다.

"응?"

"제가 나가라고, 떠나라고 했어요."

"왜? 그놈이 싫어졌어?"

에드가 고개를 갸우뚱거렸다.

"아뇨."

"그런데 왜 그랬어?"

"그래야 한다고 생각했어요. 시릴을 위해서도 그게 나으니까. ……그런데 이젠 잘 모르겠어요."

이진은 또다시 울 듯한 얼굴로 고개를 저었다.

"언제나 진을 보면 날 참 많이 닮았다고 생각했어. 하지만 이런 것까지 닮을 필요는 없지 않을까 싶은데."

에드가 그녀의 눈을 들여다보며 중얼거렸다.

그가 이진을 알게 된 것은 대학에서 유체역학을 가르치면서부터였다.

늘 혼자 떨어져 있는 모습이 눈에 들어온 후론 자꾸 그녀에게 마음이 쓰였다. 마치 어릴 때의 자신을 보는 것 같아서.

"……언제까지 도망칠 생각이지? 진."

그의 목소리는 안타까움과 씁쓸함을 담고 있었다. 에드는 깊은 한숨을 내쉬었다.

"내가 왜 F1을 떠났는지 알고 있나?"

에드는 당시 유명한 스파이게이트에 연루되었다. 그 일은 몇 달 간 세상을 떠들썩하게 만들 정도였다.

"난 내가 만든 레이싱 카의 기술문서를 라이벌 팀에게 넘겼다는 오명을 썼지. 사건이 터지자 그들은 내게 결백을 증명하라고 했어. 하지만 팀은 내 말을 믿지는 않았지. 정황증거가 너무 확실했거든."

지루한 진실 공방과 인신공격이 이어졌지만 에드는 그 일에 온전히 신경을 쓸 수 없는 형편이었다.

시기가 무척이나 나빴다. 당시 메리가 급성신부전으로 쓰러진 후여서 에드는 어느 때보다 힘거운 날을 보내고 있었던 것이다.

때마침 팀은 그와의 계약을 갱신하지 않을 것이라는 소문을 언론에 흘렸다. 하이에나처럼 뒤를 쫓아다니는 기자들과 에드의 다툼이 잦아졌다. 그러자 에드에게 불리한 기사가 쏟아지기 시작했다.

신생 팀을 사 년 만에 챔피언 자리에까지 올려놓은 에드는 그렇게 하루아침에 팀에게 버려졌다. 많은 사람들이 그에게서 등을 돌렸다.

뒤늦게 진실이 밝혀졌을 때 에드는 또 한 번 타격을 받았다.

"범인은 바로 팀 보스와 새로 온 드라이버였어. 날 F1에서 아예 내쫓아 버릴 생각이었다더군."

F1은 천문학적인 돈이 오가고 정치가 난무하는 거대 비즈니스의 장이다. 스폰서가 없는 드라이버가 밀려나거나 실력이 부족한 드라이버가 시트를 돈으로 사는 일도 공공연히 벌어지곤 했다.

하지만 에드는 함께 고생했던 드라이버가 그런 부당한 일로 팀을 떠나는 것을 이해할 수 없었다. 그는 팀 보스에게 돈으로 시트를 산 애송이가 자신이 만든 레이싱 카를 모는 꼴은 보지 않겠다고 단언했다.

순진한 이야기였다.

새로운 스폰서가 필요했던 팀 보스는 결국 돈줄 대신 에드를 쫓아내기로 결정했다. 하지만 그가 다른 팀으로 가는 꼴도 볼 수 없어 일을 꾸몄다.

"한 팀이라고 생각했는데 다른 사람들은 그렇지 않을 수도 있다는 걸 몰랐어. 누군가는 고분고분 말 잘 듣는 치프가 필요했을 뿐이고, 또 누군가에겐 눈엣가시를 치워 버릴 기회였지."

그저 순수하게 모터스포츠만 사랑하던 에드에게 F1은 녹록한 곳이 아니었다. 에드의 정신은 너덜너덜 만신창이가 되었다.

"모두 말렸지만 난 결국 F1을 떠났어. ……그리고 돌아오는 데 십 년이 걸렸지. 진절머리 나는 이따위 곳, 다시는 돌아보지 않겠다고 큰 소리쳤지만 사실은 도망친 거야. 사람에게 상처받는 게 무서웠거든."

에드의 음성은 쓸쓸하게 들렸다.

"대학에서 보낸 시간도 좋았다고 생각해. 순수하고 열정 어린 학생들과 함께하면서 치유받기도 했으니까. 거기다 진 같은 훌륭한 제자도 만났잖아? 하지만 가끔 혼자 있을 때면 생각하곤 했어. 그때 F1을 아예 떠나지 않고 다른 팀으로 갔다면 달라졌을까 하고."

이진은 속마음을 털어놓는 에드를 물끄러미 바라보았다.

"문제도 많고 탈도 많은 곳이지만 난 이 일을 사랑하고, 이젠 포기하지 않을 거야. 그래야 내가 행복할 수 있다는 걸 아니까."

멋지고 화려하게 보이는 F1의 세계는 열정만으로 버틸 수 없는 곳이지만 또한 열정 없이는 생존할 수 없는 곳이다. 그 아이러니에 오늘도 차에 열광하는 수많은 사람들이 이 세계를 꿈꾼다.

"뭐, 여전히 굽실거리거나 비위 맞추는 건 싫어. 그나마 맥라렌이 상위 팀이라 스폰서십을 찾는 데 어렵지 않아 다행이지 뭐야. 하하."

에드가 어깨를 으쓱하며 웃었다.

"도망치면 편하기는 하겠지만 결코 행복을 잡을 수 없어. 진."

에드는 아끼는 제자의 머리를 쓰다듬어 주었다.

"행복할 거라는 걸 어떻게 알죠? 불행하게 끝날 수도 있잖아요."

스승의 충고에 이진은 눈물이 가득 고인 눈으로 물었다. 에드가 소리 내어 웃었다.

"하하. 그래, 모르지. ……하지만 도망쳐 버리면 영영 그 답을 알수 없지 않을까?"

이언 S. 크레이그는 미디어의 제왕이었다.

TV, 잡지, 신문, 출판, 엔터테인먼트 등 모든 미디어 부문에 진출한 다국적 거대 그룹 C&G의 총수.

비서실을 통해 미리 약속을 잡지 않고서 그와 만나는 일은 불가능했다. 그래서 사무실 소파에 침입자가 앉아 있는 것을 보자 이언의 눈썹이 힐끗 치켜 올라갔다. 마호가니 책상 뒤로 돌아간 이언은 뒤따라온 비서진을 손짓으로 내보냈다.

의자에 기대앉은 그가 입을 열었다.

"웬일이지?"

작년 크리스마스 이후로 처음 보는 막내아들이었다.

"알고 싶은 게 있어 왔어요."

"내게? 내일은 해가 서쪽에서 뜨겠구나."

단단하고 박력 넘치는 얼굴에 의외라는 표정이 떠올랐다.

그의 모습은 에티엔이 나이가 들면 이렇게 되지 않을까 싶은 그대로였다. 시릴은 푸른 피가 돌 것 같은 냉랭한 얼굴을 바라보며 입을 열었다.

"어머니가 떠났을 때 어떻게 견뎠어요?"

래리나 여자를 만날 시간도 없는 에티엔에게 물어볼 순 없었다.

자신이 아는 모든 사람들을 떠올리다 문득 아버지가 생각났다.

젊었을 때 수많은 염문의 주인공이었던 아버지는 어머니를 만난 순간 사랑에 빠졌다고 했다. 아버지는 삼 년간의 열렬한 구애 끝에 결혼에 성공했다.

어릴 때라 기억은 희미하지만 시릴에게 부모는 세상에서 서로를 가장 사랑하는 사람들처럼 보였다. 지금은 믿기지 않아도 이 고압적인 아버지는 어머니 앞에서만은 순한 양이 될 정도로 소문난 애처가였던 것이다.

"뭐?"

"견디는 법을 모르겠어요. 제 곁에선 행복할 수 없다는 사람을 어떻게 놓아주어야 하죠?"

이언은 매처럼 날카로운 눈으로 아들의 얼굴을 주시했다. 시릴의 얼굴빛이 시체처럼 창백했다.

시릴은 늘 제멋대로 굴어 속을 썩인 아들이었다. 하지만 이자벨을 빼닮은 얼굴이 핼쑥한 걸 보니 기분이 좋지는 않았다.

그러고 보니 말도 없이 사라져서 매니저가 백방으로 찾고 있다는 보고가 올라왔었지. 에티엔이 동요하지 않는 걸 보고 대충 짐작은 했지만.

이언은 아들의 눈을 들여다보았다. 푸른 눈에서 익숙한 빛을 발견한 그의 입술이 심술궂게 휘었다.

"차였군."

시릴의 얼굴이 좀 더 창백해졌다.

"칠칠치 못하게 그 얼굴로 차이기나 하고."

혀를 차긴 했지만 전혀 안타깝지 않다는 투였다. 시릴은 건조한 시선으로 그를 바라보았다.

이래서 아버지가 싫었다. 괴팍하고 심술궂은 노인네.

그는 언제나 독설로 주변을 초토화시키곤 했다. 그나마 클로에에겐 나름 다정하지만 다른 사람에겐 가차없었다.

"좋으시겠네요. 아버지는 차인 적이 없어서."

시릴의 대답에 이언은 눈썹을 추켜세웠다.

"하던 대로 살아. 가망 없는 사랑 따위에 휘둘리지 말고."

아버지의 목소리는 무자비했다.

"사랑은 널 약하게 만들고 자존심 따위 내동댕이치게 만들지. 넌 더 이상 네 자신의 주인조차 될 수 없을 거다. 그런 인생을 살고 싶은 거냐? 너라면 얼마든지 원하는 대로 살 수 있을 텐데? 사랑 없이도 지금껏 잘 살지 않았던가?"

그게 잘 산 거였나. 시릴의 눈빛이 가라앉았다.

심장이 뛰지 않는 삶이었다.

몰랐을 때는 그럭저럭 살 수 있었다. 하지만 한번 맛본 감정들이 너무 달콤해서 예전으로 되돌아가고 싶지 않았다.

돌처럼 냉혹한 아버지의 모습이 마치 자신의 미래를 보는 듯해서 더욱 기분이 가라앉았다. 한때는 저 사람도 이 정도는 아니었던 것 같은데 너무 오래전이라 이젠 기억도 가물거렸다.

"괜히 왔네요."

시릴은 자리에서 일어났다. 역시 오는 게 아니었다. 혹시나 하는 기대는 쓸쓸함만을 남겼다. 그때 무심히 들려온 한마디가 시릴의 뒷덜미를 잡았다.

"……그래도 그 사람 없이는 인생이 채워지지 않을 것 같다면,"

문 앞에 선 시릴의 어깨가 굳었다.

"가서 붙잡아."

언제 저렇게 자랐지? 이언은 눈을 가늘게 뜨고 아들의 등을 바라보았다.

이자벨의 몸이 약해진 것 때문에 한동안 이 아들을 미워했었다.

게다가 이 뻣뻣하고 건방진 아들은 귀여운 구석이 없었다.

절대 자신을 굽히지 않고 누구와도 타협하지 않는다. 그저 앞만 보고 달려가는 시릴의 모습은 그에게 낯익었다. 사랑에 빠져 제 모든 걸 내던지고 상대를 갈구하는 것까지.

볼수록 젊은 시절의 누군가를 떠올리게 해서 기분 나빴다.

"살려 달라고 해. 그 사람 없이 살 수 없다면 매달려. 구걸을 해서라도, 꼴사납게 매달려서라도 놓치지 마라."

시릴의 고개가 천천히 돌아갔다.

"그렇게 해서도 잡을 수 없다면 그때 보내 줘. ……네 운이 따라 준다면 평생 행복을 누리고 살 수도 있겠지. 하지만 일생 동안 영혼의 반쪽을 만나지도 못하고 죽는 사람이 대부분이다. 이뤄지지 않는다 해서 그 사람을 만난 것을 후회할 거냐? 네 인생의 다시없을 선물을? ……그걸로 조금은 버틸 수 있을 거다."

처음으로 듣는 아버지의 충고였다. 어딘가 자상하게까지 들렸다. 몹시도 아버지답지 않은 그 충고에 시릴은 팔짱을 낀 채 문에 등을 기댔다.

"……그러고 보니 하나 더 궁금한 게 생겼어요."

"오늘따라 유달리 말이 많구나."

아버지가 눈을 가늘게 뜨며 중얼거렸다.

"어머니한테 매달렸어요?"

짧은 침묵이 흘렀다. 말보다 확실한 그 대답에 시릴은 역시나 하고 고개를 끄덕였다.

이제 보니 글로벌 미디어의 제왕은 삼 년간 구애가 아니라 구걸을 했나 보다. 그렇게나 잘난 척을 해 놓고선.

평소와 달리 비웃을 마음이 생기지 않는 건 자신에게 그런 여유 따위 없기 때문이다. 결국 어머니를 잡을 수 있었던 아버지는 승자였으니까. 오히려 지금 이 순간 그가 미치도록 부러웠다.

"왜 그렇게 날 못마땅해 했어요?"

서로에게 무심한 부자지간이었지만 아버지는 삼 남매 중 유독 시릴에게 차가웠다. 그렇다고 해서 가슴 아프거나 한 건 아니지만 조금 궁금하긴 했었다.

"넌 날 빼닮았거든."

어디가? 어이가 없다는 건 분명 이럴 때 쓰는 말일 거다. 시릴의 외모는 그의 어머니와 판박이였다.

"이자벨의 얼굴로 나 같은 성격이라니 재앙이지. 그건 내 이자벨에 대한 모독이다."

"난 아버지 안 닮았어요."

난데없는 중상모략에 시릴의 눈매가 가늘어졌다.

"거기다 넌 하루 종일 이자벨의 옆에 달라붙어 떨어지지 않았지. 툭하면 이상한 걸 잔뜩 주워 와서 이자벨의 침대 위를 어지럽히고."

"그때 난 다섯 살이었다고요……."

어이없는 추궁에 반박할 의욕도 잃었다.

어릴 때 어머니가 시릴에게 신경 쓰는 만큼 반비례로 아버지는 그를 싫어했다. 이제 보니 자기혐오와 비뚤어진 독점욕으로 아들을 괴롭힌 거였다.

"아들에게 질투하다니, 부끄럽지 않아요?"

그 나이 되도록 아들에게 질투나 하다니. 역시 아버지는 나잇값 못하는 노인네가 맞았다.

"아버지가 부끄러워지려 해요."

시릴이 기가 막힌다는 얼굴로 내뱉었다. 이언의 한쪽 눈썹이 치켜 올라갔다.

"망나니 천사로 불리는 너만 할까?"

그가 가소롭다는 듯 응수했다.

두 부자는 동시에 코웃음을 치며 서로 등을 돌렸다.

래리의 불안한 예감은 적중했다.

텍사스의 오스틴에서 열린 미국그랑프리에서 시릴은 8위로 경기를 마쳤다.

사실 시릴의 상태를 생각하면 크래시를 일으키지 않은 것만도 다행이었다. 하지만 F1 그랑프리에 출전한 이후로 단 한 번도 포디움 밖으로 밀려나 본 적이 없는 시릴의 8위 소식은 충격적이었다.

매스컴은 시즌 후반 내내 승승장구하던 시릴의 컨디션 난조로 올해 월드챔피언의 향방이 불투명해졌다고 전망했다. 언제나 그랑프리 우승을 더 많이 하고도 잦은 리타이어 때문에 포인트를 못 얻어 매번 챔피언을 놓친 시릴의 전적이 도마에 올랐다.

맥라렌의 피트는 초상집 분위기였다.

팀 보스는 점점 마르는 시릴을 걱정하고 스태프들은 레이싱 카 중량 제한에 여유가 생겼지만 전혀 기뻐하지 않았다. 제이미는 시릴이 쓰러지기라도 할까 봐 안절부절못했다.

날마다 래리의 가슴은 타들어 갔다. 차라리 예전의 하늘 높은 줄 모르고 건방지던 모습이 그리울 지경이었다.

급격히 말수가 적어진 시릴은 더 이상 카메라 앞에서도 거짓웃음을 짓지 않았다. 레이싱 카에 탈 때조차 무표정한 얼굴은 아슬아슬해 보였다.

시릴의 트레이드마크인 미소가 사라지자 사람들은 다가온 월드챔피언에 대한 압박감 탓일 거라며 떠들어 대기 시작했다.

사실 월드챔피언이 문제가 아니었다. 래리는 이러다 선수를 잃을지도 모른다는 불안에 시달리고 있었다. 요사이 부쩍 흡연의 욕구를 느낀 그가 한숨을 내쉬었다.

안주머니에서 휴대전화가 울리고 있었다. 또 인터뷰 요청인가.

하지만 발신 번호를 본 래리의 얼굴이 굳어졌다. 잠시 액정을 노려보던 그는 딱딱한 목소리로 전화를 받았다.

"무슨 일이십니까?"

올해 열리는 F1 그랑프리는 총 열아홉 번.

이번 브라질그랑프리는 열여덟 번째 그랑프리이기도 하지만 그보다 다른 의미로 특별했다.

F1은 매 그랑프리마다 순위에 따라 주어지는 점수를 합산해 월드챔피언을 가린다.

현재 챔피언십 포인트 1위인 시릴과 2위의 점수 차는 34점.

만약 나흘 후 시릴이 2위 안으로만 들어오면 마지막 그랑프리에서 설사 리타이어를 한다 해도 포인트가 앞선다. 올해의 월드챔피언이 확정되는 것이다.

구릉지대에 위치한 오래된 서킷은 정식 명칭인 호세 카를로스 파시보다 인터라고스라는 이름으로 더 알려진 서킷이었다. 십일월의 인터라고스는 초여름의 날씨를 보이고 있었지만 프레스의 취재 열기는 뜨겁게 달아올랐다.

시릴이 남은 경기에서 이전까지의 화려했던 모습을 다시 보여 줄 것인가, 아니면 2위를 달리고 있는 레드불의 독일인이 또다시 챔피언의 자리를 빼앗을 것인가.

시즌 막바지에 가까운 만큼 레이싱 카는 물론 드라이버 역시 정신적 육체적 한계에 다다른 상태였다. 과연 누가 이 모든 난관을 극복하고 마지막에 웃는 자가 될 것인지에 관심이 모아지고 있었다.

오전 전략회의를 마친 시릴은 팀 빌딩을 나섰다.

점심때였지만 카페테리아로 갈 마음은 들지 않았다. 모든 스태프의 눈이 자신을 주시하고 있었기 때문이다.

건물 밖으로 나오자 브라질의 강렬한 햇살이 그를 덮쳤다.

컨디션은 날로 나빠지고 있었다. 래리는 쉬라고 귀가 따갑게 잔소리를 하고 제이미는 울기 직전이었다.

일부러 자지 않는 게 아니었다. 바늘 끝처럼 곤두선 신경 탓에 쉴수 없을 뿐이다. 녹초가 되지 않으면 잠들 수 없었다.

시릴의 입가가 자조로 비틀렸다. 한심했다. 자신은 이렇게도 무너지기 쉬운 인간이었나.

가슴속에 사막이 생기고 있었다.

매일 조금씩 허물어지는 가슴이 모래 알갱이로 변하고 있었다. 사막은 차츰차츰 넓어져 언젠가 자신은 그 속에 파묻혀 가라앉고 말 것이다.

그전에 당신을 만나러 갈 수 있을까.

낮에는 훈련이나 회의로 그나마 버틸 수 있지만 밤이 되면 그는 지독한 충동에 시달렸다. 당장이라도 진에게 달려가고 싶었다.

하지만 시릴은 스스로를 믿을 수 없었다.

이대로 진을 만나면 자신은 미친 짓을 벌일 것 같았다. 억지로 진을 붙잡아 품에 가두고 싶어질지 모른다. 이번엔 분명 당신이 울어도 놓아주지 못할 테니까.

그러니까 지금은 갈 수 없었다.

당신을 울리고 싶은 게 아니다. 누구보다 행복하게 해 주고 싶었다. 가슴이 온통 사막이 되어 버린다 해도 지켜 주고 싶었다.

시릴은 매일 밤 흩어지는 인내심을 끌어모았다.

실낱같은 이 인내심이 조금 단단해지면, 당신의 거절에도 버틸 수 있게 되면 만나러 가도 되지 않을까.

시릴은 스스로를 달래듯 혼잣말을 되풀이했다.

일단 그랑프리를 끝내자.

그는 피곤한 얼굴을 거칠게 손으로 쓸어내렸다. 팀 빌딩의 코너를 돌던 시릴이 문득 걸음을 멈췄다.

매순간 미칠 정도로 그리워하던 사람이 그곳에 있었다.

시릴은 그대로 얼어붙었다. 눈이라도 잘못 깜박이면 사라질까 겁이 났다.

이것은 간절히 바라던 상상을 내 눈이 보여 주는 걸까. 아니면 날 시험하는 잔인한 신기루일까.

단 하나 확실한 것은, 이 환상이 목마른 자를 위해 나타난 거라면 자신은 평생 사막을 헤매리라는 것뿐.

낯설게 굳어진 눈이 그녀를 응시하고 있었다. 턱선에 베일 만큼 날카로워진 얼굴엔 웃음기가 사라지고 없었다.

TV 화면을 보고서도 놀랐지만 실제 눈앞에서 보니 시릴은 정말 말라 보였다. 자신이 무작정 래리에게 전화를 걸 만큼, 그래서 이렇게 앞뒤 생각 없이 상파울루까지 날아올 정도로 나빠 보였다.

원래는 시즌이 끝날 때까지 기다릴 생각이었다. 시릴이 처음으로 챔피언이 되는 가장 중요한 순간을 방해하고 싶진 않았다.

하지만 시릴이 아프다는 소릴 듣는 순간 이진은 아무 생각도 할 수 없었다. 당장 눈앞의 일도, 내일 출근해야 한다는 사실도 떠오르지 않았다.

그녀는 모든 것을 팽개치고 자신이 내쫓아 버린 사람을 찾아왔다. 다시 돌아와 달라고 부탁하기 위해서.

이진의 목에는 시릴이 준 목걸이가 걸려 있었다. 그녀는 용기를 끌어모으기 위해 목걸이를 꼭 움켜쥐었다. 그리고 떨리는 입술을 열었다.

"미안해요."

시릴은 아무런 반응도 보이지 않았다. 마치 아무 말도 들리지 않는 것처럼 꼼짝 않고 있었다. 이진은 그의 마음을 돌리기엔 이미 늦은 게 아닌가 하는 두려움에 사로잡혔다.

"미안해요."

당신을 만나면 하고 싶은 말이 넘쳤는데 바보처럼 같은 말만 되풀이하고 있다.

무표정한 시릴을 보자 말문이 막혀 버렸다. 언제나 자신을 볼 때면 반짝이던 눈에는 빛이 사라져 있었다.

눈물이 솟았다. 고장 난 눈물샘이 또다시 말썽이었다.

지금은 아이처럼 울 때가 아니었다. 시릴에게 사과를 하고 용서를 구해야 했다. 그런데 단단한 벽을 둘러친 것처럼 보이는 시릴 때문에 머릿속이 백지가 되어 버렸다.

순간 시릴의 눈이 묘하게 일그러졌다. 화가 난 것처럼 보이기도 하고 어찌할 바를 모르는 것 같기도 했다.

"울지 말아요."

화가 난 게 분명했다. 그의 목소리는 낮고 거칠었으니까. 이진은 울음이 터질 것 같아 입술을 깨물었다.

"제발 울지 말라고!"

시릴이 험악한 얼굴로 외치고 있었다. 이진은 놀라 눈물이 고인 눈으로 그를 쳐다보았다.

"갈 수도 없는데 당신이 울면 나보고 어떻게 하라고……."

형편없이 갈라진 목소리에 밴 고통에 이진은 더 이상 망설이지 않았다. 한걸음에 달려가 그에게 몸을 던졌다.

놀라는 얼굴도 잠시, 시릴은 다시는 그녀를 놓지 않겠다는 듯 강하게 끌어안았다. 이진은 순식간에 넓은 가슴에 파묻혔다.

안도감이 해일처럼 그녀를 덮쳤다. 숨쉬기 버거울 정도로 조여 오는 이 팔 안에서라면 무엇도 두렵지 않을 것 같았다.

숨막히게 차오르는 안도감에 머릿속이 뒤죽박죽 엉켜 버렸다. 이진은 덜덜 떨며 입을 열었다. 자신이 아무에게도 말하지 못한 비밀을 쏟아 내고 있다는 자각도 하지 못했다.

"그건 사고가 아니었어요."

시릴의 미간이 희미하게 찌푸려졌다. 무슨 말인지 이해가 가지 않았던 탓이다.

"그날 운전을 한 건 엄마였어요. 아버지가 떠나겠다고 하자 엄마는 차를 언덕 아래로 몰았어요."

맙소사!

그녀의 말뜻을 깨달은 시릴이 작게 탄식했다. 이진은 자신이 횡설수설하고 있다는 걸 알았지만 멈출 수 없었다.

"마지막 순간까지 엄마에게 난 안중에도 없었어요. 난 그저 쓸모없는 어린애였으니까. 엄마는 만약 내가 아들이었다면, 사랑할 만한 가치가 있는 아이였다면 달라지지 않았을까 끊임없이 의심했어요. 나만 아니면 아버지를 붙잡을 수 있었을지 모른다고 했어요."

시릴은 분노로 몸이 다 떨릴 지경이었다. 사랑할 가치가 없는 아이라니! 해선 안 될 말을 이 사람에게 퍼부은 그 잔혹한 여자를 도저히 용서할 수 없을 것 같았다.

"절대 그렇지 않아요. 진, 당신은 누구보다 사랑할 가치가 있는 사람이에요. 내게 없어선 안 될 소중한 사람인걸요."

시릴은 그를 그렇게나 상처 입힌 자신을 꼭 안아 주고 있었다. 그리웠던 품속이 너무도 따뜻해서 이진은 눈물이 났다.

"미안해요. 당신에게 상처를 주려던 건 아니었어요, 시릴."

늘 자신의 삶에 사랑은 필요 없다고 생각했다. 평생을 그렇게 스스로에게 되새기며 살았다.

하지만 아예 포기한 줄 알았던 희미한 불씨가 마음 한구석에 웅크리고 있는 줄 몰랐다. 시릴을 다시 만난 순간부터 작은 불꽃으로 타오르기 시작한 것도 깨닫지 못했다.

"당신만 곁에 있으면 난 다 괜찮아요."

시릴의 말에 목이 메었다. 이 사람이 얼마나 다정한 사람인지 잘 알았다.

그러니 마지막으로 한 번만 물어볼게요. 그래도 당신이 괜찮다고 하면, 난 앞으로 절대 당신을 놓지 않을 거야.

이진은 두 눈을 질끈 감고 떨리는 입술을 열었다.

"내가 아는 사랑은 아름답고 따뜻한 게 아니에요. 불안하고 추잡한 마음의 나락으로 떨어져 결국 상대방까지 나의 지옥에 끌어들이는 거죠."

시릴을 그렇게 만들 수는 없다고 생각했다. 하지만 사랑하고 사랑받고 싶었다. 이 불안정한 마음을 나누고 함께 끌어안을 사람을 자신은 이제껏 기다렸던 것이다.

이진은 뒷말을 잇기 위해 울음을 삼켰다.

"……이런 사랑이라도 괜찮아요?"

시릴은 이진의 뺨 위로 흘러내린 눈물을 닦아 주었다. 평생을 찾았던 그녀의 안식처가 푸른 눈 안에서 선명하게 빛나고 있었다.

"당신과 함께라면 나의 지옥은 천국보다 행복할 거예요. 그러니 이제 말해 주세요."

"사랑해요, 시릴."

시릴의 눈이 부드럽게 휘어지며 정말 기분 좋은 웃음을 지었다.

Lap 15. 사고

"시, 시릴! 연습 주행이……."

이진의 난처한 목소리가 팀 빌딩 복도에 울렸다. 고백 후에 이제 다 됐다 싶었는데 갑자기 그녀의 손목을 낚아채 걸음을 옮기는 시릴 때문이었다.

"연습 주행은 모레 있어요. 맞아요, 컨디션 조절도 해야 하죠."

시릴이 이진의 말을 가로채 대신 말해 주었다. 그들은 이리저리 복도를 돌아 수십 개의 문과 벽을 지나쳤다.

순식간에 이진은 좁은 방 안에 끌려 들어갔다. 등뒤로 문이 탕 소리를 내며 거칠게 닫혔다. 이진은 강철 같은 두 팔 사이에 갇혔다.

"하지만 내가 아는 건 지금 당장 당신 안에 들어가지 않으면 돌아 버릴 것 같다는 거예요."

이진의 몸을 샅샅이 배회하던 손이 불쑥 스커트 속으로 들어왔다. 시릴은 그녀의 팬티를 찢다시피 끌어 내렸다.

바지 지퍼만 연 그는 곧장 그녀를 들어올렸다. 몸이 허공에 뜨자 놀란 이진은 그의 허리에 다리를 감았다.

"헉."

이진은 뜨거울 정도로 달아오른 것에 곧장 안을 관통당했다. 두꺼운 페니스가 멈추지 않고 죽죽 밀고 들어왔다. 숨이 멎을 것 같았다. 거대한 불기둥 위로 몸이 내리꽂히는 기분이었다.

그녀의 체중이 고스란히 실린 탓에 삽입은 평소보다 한층 깊었다. 아직 충분히 젖지 않아 조금은 버겁게 느껴질 정도였다.

시릴은 그녀를 품에 안은 채 가슴 사이에 얼굴을 묻었다. 그의 숨결이 불규칙하게 떨리고 있었다. 한동안 시릴은 그저 진의 몸을 힘껏 끌어안고만 있었다.

"당신이 여기, 내 팔 안에 있군요."

눈을 감은 시릴이 가만히 속삭였다. 마치 그녀의 존재를 음미라도 하듯.

두근거리는 그의 심장박동이 그녀의 몸속으로 고스란히 전해졌다. 그제야 이진은 시릴이 원한 것이 섹스가 아니라 두 사람의 몸을 잇는 행위 자체라는 걸 깨달았다. 시릴이 이렇게나 자신을 원한다는 생각에 심장이 달아올랐다.

하지만 이곳에서는 무엇도 불가능했다. 상자가 가득 쌓인 공간은 좁아서 두 사람이 겨우 서 있을 만한 여유밖에 없었다. 조금만 건드려도 선반 가득 튀어나온 상자들이 머리 위로 쏟아져 내릴 것 같았다.

"일단 여기서 나가는 게 낫지 않을까요?"

"이런 상태로 말인가요?"

그녀의 목덜미에 키스를 하던 시릴이 멈칫했다.

자신은 지퍼조차 겨우 내릴 정도로 흥분해 있었다. 그나마 짐승처럼 달려들지 않을 수 있었던 건 삼 주 만에 다시 진을 품에 안고 있는 이 순간이 현실로 믿겨지지 않아서였다.

진의 안은 뜨겁고 뜨거워서 당장이라도 폭발할 것 같았다. 시릴은 가느다란 이성의 끈에 간신히 매달려 있었다. 그런데 여기서 그만두자고?

"어차피 여기선 할 수 없잖아요."

"음, 진. 모험심을 가져 봐요. 아무리 좁아도 우린 얼마든지 방법을 찾을 수 있을 거예요."

조금 여유를 되찾은 시릴이 윙크를 하며 웃었다.

하지만 모험심이고 뭐고, 이진은 지금 자신의 모습을 떠올리고 아찔해졌다.

그녀의 팬티는 발목에 걸려 있고 스커트는 허리 위로 말려 올라가 있었다. 거기다 문에 등을 기댄 채 다리로 위태롭게 시릴의 허리를 감고 있었다. 이렇게 그에게 매달린 적나라한 상태라니. 현기증이 날 것 같았다.

"침대에서 하면 안 돼요?"

저도 모르게 애원하는 듯한 어조가 튀어나왔다. 그 말에 시릴이 악동 같은 미소를 지었다. 그가 이진의 엉덩이를 감싸쥐고 자신 쪽으로 끌어당겼다.

"그렇게 여기서 나가고 싶어요?"

완전히 밀착된 두 사람 사이에서 옷이 바삭거리는 소리를 내며 구겨졌다. 이진이 끄덕이자 시릴은 두 손을 그녀의 허리 쪽으로 옮기며 속삭였다.

"그럼 날 꽉 잡아요."

이진은 두 팔을 벌려 그의 목에 매달렸다.

시릴은 그녀의 허리를 움켜쥐고 길게 자신을 빼냈다. 안도의 한숨을 내쉬던 이진은 다음 순간 쿵, 하는 소리가 날 정도로 문에 밀쳐졌다.

"자, 잠깐. 시릴. 앗."

시릴이 깊숙하게 파고들며 안쪽을 문질렀다. 눈앞이 하얗게 번졌다.

"빨리 끝내면 나갈 수 있어요."

억센 기둥이 가차없이 밀려 들어왔다. 허벅지 안쪽이 덜덜 떨렸다. 비명이 터져 나올 것 같아 이진은 입술을 깨물었다.

"소리 내도 돼요. 내가 다 삼켜 줄 테니까."

말도 안 된다. 한 겹 문 너머는 사람들이 지나다니는 복도였다.

눈을 질끈 감은 이진이 고개를 흔들자 시릴은 이를 드러내고 웃었다.

뜨거운 벨벳을 닮은 안쪽이 그의 성기에 착 감겼다. 이제 내부는 드나들기 수월할 만큼 부드러워져 있었다. 밑동을 타고 흐르는 액체가 느껴질 정도였다.

이렇게 젖어 있으면서 싫다고? 어쩐지 심술을 부리고 싶은 기분이었다.

"진, 난 당신이 느끼는 곳을 스무 가지도 넘게 알아요. 얼마나 참을 수 있을 것 같아요?"

꿈결처럼 다정한 목소리가 나직하게 속삭였다. 시릴은 그녀를 아래로 끌어 내리는 동시에 허리를 튕겼다.

"읏."

마치 그가 자궁 안쪽까지 파고드는 기분에 숨이 목까지 차올랐다. 느리게 빠져나가는가 싶던 시릴이 다시 짓쳐들어왔다. 젖은 결합부에서 선명한 마찰음이 비어져 나왔다.

"얕게, 아니면 깊게. 어떤 게 좋아요?"

이진이 대답을 하지 못하자 시릴은 직접 몸으로 보여 주기 시작했다. 그가 각도를 바꿔 찔러 올 때마다 온몸의 감각이 날뛰었다. 날카로운 쾌감의 불길에 데는 것 같았다.

얇은 문짝이 그녀 대신 비명을 지르고 있었다. 하지만 시릴이 안을 가득 채운 순간 이내 머릿속에서 잊혀졌다.

몸 전체가 그저 하나의 감각기관이 된 것처럼 애타게 시릴을 갈구하고 있었다. 이곳이 어딘지, 얼마나 시간이 흐른 건지조차 알 수 없었다. 모든 사고가 휘발돼 버렸다. 이진은 그저 그의 손에 붙잡힌 새처럼 시릴이 주는 아찔함에 흐느끼고 있었다.

시릴은 매끄러운 허벅지 안쪽을 잡고 벌렸다. 크게 안쪽을 휘젓자 이진의 허리가 파득 떨렸다.

시릴은 힘이 빠져 미끄러지는 그녀의 다리를 팔에 걸쳤다. 두 사람이 이어진 부분이 그의 눈에 적나라하게 들어왔다. 자신에게 맞춰 늘어난 입구가 빠듯하게 페니스를 품고 있었다. 자신을 놓치지 않으려는 듯 조이는 압박감조차 사랑스러웠다.

진이 조금만 더 정신이 있었더라면 질색하며 밀어냈을 테지만. 시릴은 혀를 내밀어 입술을 핥았다. 지금이라면 진을 통째로 삼킬 수도 있을 것 같았다.

시릴은 그녀의 흐트러진 모습을 보는 게 좋았다. 진의 이런 모습을 보는 게 자신뿐이란 생각은 섹스만큼 진한 충족감을 주었다.

"키스해 주면 끝내 줄게요."

눈물로 흐려진 시야에 간절한 빛을 띤 푸른 눈이 들어왔다. 열에 들뜬 머리로는 무얼 끝낸다는 건지 기억도 나지 않았다. 그저 시릴에게 입 맞추고 싶었다.

이진은 손을 뻗어 그의 입술에 입을 맞췄다. 입술을 맞댄 두 사람은 혀를 섞으며 정신없이 서로를 탐했다. 물기 어린 소리가 좁은 공간에 울렸다.

"사랑해요."

달콤한 밀어와 키스가 쏟아졌다.

"대답해 주세요, 진."

"나도. 시릴, 사랑해요."

시릴이 비할 데 없이 깊숙하게 들어온 순간 이진은 몸서리치며 그를 조였다. 동시에 뜨겁고 거센 정수가 그녀의 안쪽을 적셨다.

이진은 그만이 줄 수 있는 아득한 절정 속으로 뛰어들었다.

침대에 누운 시릴은 나직하게 들려오는 목소리에 귀를 기울였다. 그의 팔 안에는 이진이 감싸여 있었다.

시릴은 호텔로 돌아오자마자 곧장 침대에 뛰어들었다. 긴 팔다리로 이진을 품에 끌어안고 이야기를 들려 달라고 졸랐다.

"아직도 그날의 기억이 생생해요. 엄마가 입었던 꽃무늬 원피스, 화장품과 향수 냄새가 또렷하게 떠올라요."

이진은 시릴의 가슴에 얼굴을 기댄 채 입을 열었다. 귀에서 울리는 든든한 심장 소리가 두려움을 지워 주고 있었다.

"엄마는 몹시 흥분해 있었어요. 아버지가 처음으로 이혼서류를 보냈거든요. 아버지는 대부분 엄마를 지긋지긋하게 생각했지만 가끔은 쓸모 있다고 여겼죠. 결혼을 요구하는 여자들을 떼어 낼 때 우리 모녀는 좋은 핑계가 되어 줬으니까. 그런데 아버지의 마음을 바꾼 여자가 나타났나 봐요."

엄마는 이진을 데리고 아버지를 찾아갔다. 비행기와 렌터카를 번갈아 타야 하는 긴 여정이었다.

아버지는 그들과 함께 산 적이 없었다. 크고 사치스러운 집에서 늘 새로운 여자와 살았다. 당시에도 그는 여름휴가를 즐기기 위해 에든버러에 가 있었다.

"그날도 두 사람은 큰 소리로 싸웠어요. 엄마는 뿌리치는 아버지에게 울며 매달렸죠."

그녀는 남편의 발치에 매달려 비참할 정도로 애원했다. 당신 없으면 살 수 없다고, 자신도 아이도 죽는다고 울부짖었다.

"당신은 어디 있었어요?"

시릴은 이진의 등을 쓰다듬으며 물었다.

"……난 구석에 숨어 있었어요. 두 사람이 싸울 땐 조용히 있어야 한다는 걸 오래전부터 알고 있었거든요."

한동안 날카로운 고함과 히스테릭한 비명이 오간 후 엄마와 이진은 낯선 집을 떠났다. 무슨 마음이었는지 아버지는 그들을 따라나섰다. 어쩌면 엄마를 설득해 이혼서류에 사인을 받아낼 속셈이었는지도 모른다.

마모되지 않는 기억이란 건 끔찍하다. 남들보다 뛰어난 기억력 탓에 이진은 평생 고통받았다.

이진은 사고의 기억을 방금 전처럼 생생하게 떠올릴 수 있었다. 그날의 바람이나 공기의 흐름, 냄새까지 기억했다.

늦은 밤의 도로는 비에 젖어 있었다. 차 안은 규칙적인 와이퍼 소리와 엄마의 울먹이는 소리로 가득했다. 이따금 엄마를 달래는 아버지의 목소리가 섞였다.

한순간 귀를 찢는 타이어의 마찰음과 함께 아버지의 비명이 울렸다. 새카만 어둠속으로 빨려 들어가듯 몸이 앞으로 쏠렸다.

다음으로 기억나는 건 얼굴에 부딪히는 차가운 빗방울이었다. 엄마가 사 준 예쁜 레이스 드레스가 온몸에 축축하게 감겨 있었다.

달군 금속 냄새를 닮은 피비린내가 사방에 자욱했다.

이진은 춥고 깜깜한 어둠 속에서 엄마를 불렀다. 대답 없는 엄마를 찾아 힘겹게 앞좌석으로 기어갔다. 움직일 때마다 작은 유리조각들이 칼날처럼 어린 몸을 파고들었다.

하지만 한 번도 안아 주지 않았던 엄마의 손은 얼음처럼 차갑게 식어 있었다.

"……엄마를 구하고 싶었어요. 하지만 난 아무 도움도 되지 못했어요."

이진은 그녀를 도울 수 없었다. 그녀가 빠져 있던 절망의 수렁에서도, 스스로 택한 죽음에서도.

"당신은 고작 열두 살이었어요. 진. 보호받아야 할 사람은 오히려 당신이었어요."

시릴은 가볍게 떨리는 몸을 힘주어 끌어안았다. 어린 시절 이진이 혼자서 견뎌야 했을 고통에 마음이 아팠다.

"그때 당신을 알았다면 좋았을걸. 그랬다면 당신이 아플 때 곁에 있어 주고 악몽을 꾸지 않게 지켜 줬을 텐데."

무척이나 아쉬워하는 목소리에 이진은 고개를 들었다.

"당신도 아직 아이였던 때잖아요."

이진의 부모가 사고가 났을 때는 그녀도 어렸지만 시릴은 그보다 더 어린애였을 것이다.

"그래도 난 진 곁에 있었을 거예요."

한없이 진지한 눈과 마주치자 문득 이진이 웃었다.

"늦게 만나서 오히려 다행일지도……."

"왜요?"

불만스럽게 찌푸린 미간이 서운함을 드러내고 있었다. 이진은 그의 눈가에 키스해 주었다.

"난 미성년자랑 이러긴 싫거든요."

잠자코 그녀의 키스를 받던 시릴이 천천히 눈을 떴다. 푸르게 빛나는 홍채가 닿을 듯 가까웠다. 시릴은 이진의 뺨에 손을 대고 나직하게 속삭였다.

"난 당신을 알아봤을 거예요. 언제 어디서고 당신을 만났다면 절대 놓치지 않았을 테니까. 우린 함께 자라면서 사랑에 빠졌을 거예요. 난 언제나 당신에게서 눈을 떼지 못했을 테고 관심을 끌려고 안달했겠죠. 아쉬워요. 당신을 더 일찍 만났더라면 우린 오래전부터 연인이었을 텐데."

그 오랜 진공상태에서 날 건져 줄 당신만 있다면 난 아무것도 망설이지 않았을 거야. 이진의 눈을 들여다보던 시릴이 갑자기 키득거렸다.

"……물론 못 참고 당신을 덮치는 범죄를 저질러 버렸을 것 같긴 하지만."

그 수줍은 고백에 이진이 미소 지었다.

시릴은 기억하지 못하지만 그들은 예전에 한 번 마주친 적이 있었다.

바래지 않는 기억 속에서 늘 햇살처럼 반짝이던 그날. 어쩌면 사랑은 그때부터 시작된 건지도 모른다.

◆❖◆

시릴은 자전거 뒤에 이진을 태우고 힘차게 페달을 밟았다.

그의 얼굴은 기쁨과 행복으로 충만해 반짝거렸다. 누가 봐도 제 컨디션을 되찾은 게 확실했다.

지켜보던 래리가 고개를 절레절레 흔들었다.

거리낄 것 없다, 이거냐. 아예 대놓고 티를 내는구나.

시릴이야 원래 이러고 싶어 안달이었지만 이진까지 장단을 맞춰 주는 게 좀 낯설었다. 하긴 자동차공포증을 이길 정도의 사랑인가. 래리는 스스로 납득하며 머리를 긁적였다.

텍사스에서 이진의 전화를 받을 때만 해도 래리는 그녀에게 감정이 쌓여 있었다. 그는 시릴의 상태가 나쁜 원인을 이진의 탓으로 돌리고 험악한 말을 퍼부었다. 놀랍게도 그녀는 자신의 냉대에도 굴하지 않았다.

모든 것을 제쳐 두고 브라질로 오겠다던 그녀의 말에 조금 마음이 풀렸다. 그래서 시릴 몰래 공항에 마중도 나갔다.

그때까지도 앙금이 남았던 래리는 이진에게 자신의 차를 타고 가겠느냐고 물었다. 의외였던 건 당연히 거절할 줄 알았던 그녀가 그러겠다고 한 거였다. 래리는 뒤늦게 심술부린 걸 후회했지만 이진은 조금이라도 빨리 시릴을 만나고 싶어했다.

다행히 그녀는 새하얗게 질린 얼굴로도 기절하지 않고 끝까지 버텄다. 래리는 그나마 자신이 렌트한 차가 오픈카였다는 사실에 가슴을 쓸어내렸다.

그러니 나도 두 사람이 잘돼서 좋긴 해. ……하지만 아무리 그래도 이건 좀 아니지 않아?

"데이트하러 나온 거 아니니 적당히 좀 하지?"

결국 뒤에서 힘겹게 오르막을 오르던 에드가 빽 소리를 질렀다.

자전거를 타며 트랙 점검을 하랬더니 저게 대체 뭔 짓거리야! 머릿속으로 지형을 암기하고 습득해야 할 드라이버가 제 애인과 노닥거리는 데 열중하고 있었다.

"뭘 그렇게 빡빡하게 굴어요. 진, 좀 더 허리를 꽉 잡아요. 그러다 떨어져요."

시릴은 에드의 핀잔을 건성으로 받아치며 이진에게만 온 신경을 썼다.

"사전점검이란 게 왜 있는데! 스테판이 착실하게 트랙 살피는 거 안 보여?"

"어차피 트랙은 직접 달려 보지 않으면 모르는 거라고요."

시릴은 수석 엔지니어의 분노에 찬 외침을 가볍게 무시해 버렸다.

"진! 당장 이리 와!"

에드는 구름 속을 걷고 있는 시릴 대신 이진을 불렀다. 그의 호출에 이진이 곧장 달려왔다. 누가 뭐래도 맥라렌 피트의 대장은 에드였으니까.

"이런 법이 어디 있어요!"

뒤쫓아온 시릴이 불만을 터뜨렸다. 그 배은망덕한 소리에 에드가 눈을 가늘게 떴다.

"여기 있다, 왜! 아님 다시 본부에 돌려보내 줄까?"

시릴이 입을 꾹 다물었다.

래리에게 일의 전말을 들은 에드는 팀 보스에게 얘기해 이진의 무단결근을 수습해 주었다. 이진이 어시스턴트로 투입돼 피트에 있을 수 있는 건 순전히 에드의 공이었다.

"넌 아무래도 힘이 남아도는 것 같으니 걸어와. 진, 자전거에 타. 그리고 자네! 와서 이놈 좀 끌고 가."

"에드!"

에드가 멀찍이 서 있던 래리를 불러들이자 시릴이 발끈했다.

"아니면? 지금 진을 걷게 하겠단 거야?"

팀의 드라이버가 불만에 가득 찬 얼굴로 자신의 매니저에게 질질 끌려갔다.

"우린 일 얘기나 좀 하지."

훼방꾼을 넘겨 버린 에드가 속 시원하다는 얼굴로 자전거를 탔다. 잠깐 시릴 쪽을 바라본 이진도 한숨을 내쉬고 에드를 따라 움직였다.

오전이라 아직 햇살이 뜨겁게 느껴지지 않았다. 적당히 구름도 끼고 가끔 바람도 불어 트랙 점검을 하기에 좋은 날씨였다.

레이스 엔지니어와 얘기를 나누던 에드가 이진을 돌아보았다.

"진, 인터라고스 서킷은 처음 와 보지? 어떤 느낌이 들지?"

"일단 쉬운 서킷은 아닌 것 같아요."

"왜 그렇게 생각하는데?"

"부담스러운 반시계 방향인 데다 고저 차가 심하고 까다로운 중고속 코너가 많았어요. 서킷 길이도 4.309킬로미터로 짧은 편이라 총 71랩을 도는 동안 집중력을 유지하고 있어야 하니 피로도가 상승하겠죠. 고지대라 기압이 낮아서 엔진 출력이 떨어지는 것도 감수해야 하고요. 노면 상태도 좋지 못하고, 열다섯 개의 코너 중 열 개가 왼쪽 코너로 왼쪽 타이어에 손상이 더 많이 가는 형태의 서킷이에요. 기본적으로 하이 다운포스 셋업에 서스펜션을 부드럽게 세팅해야 할 것 같은데요."

팀 매니저와 레이스 엔지니어가 서로 시선을 교환했다.

지금껏 본부 연구실에만 있었다고 하지 않았나? 시릴 때문에 명목상 어시스턴트로 투입된 사람이라 별다른 관심도 없었는데 그녀는 처음 본 서킷의 특징을 고스란히 파악하고 있었다.

"좋아, 정신이 딴 데 가 있는 놈보다는 쓸 만하군."

에드가 싱글거리며 웃었다.

그의 칭찬에 이진은 어색하게 미소 지었다. 사실 특별한 건 아니었다. 예전에 본 자료를 기억하고 있는 데다 자신의 생각을 덧붙인 것뿐. 아니나 다를까, 에드가 말을 바꿨다.

"하지만 진도 알다시피 그 정도는 기본이니까, 내가 과제를 하나 내 주지. 진이 생각하는 이 서킷에 가장 어울리는 셋업을 가져와. 기한은 모레 아침까지."

에드는 다시 교수 시절로 돌아가기라도 한 듯 신이 난 얼굴이었다.

수차례의 전략회의로 이미 테스트할 셋업들은 정해진 상태였다. 에드의 지시는 에어로 파츠를 환히 꿰뚫고 있는 이진의 의견을 알아보기 위함이었다.

스태프들이 여기저기 흩어져 이야기를 나누기 시작하자 이진은 에드와 단둘이 남겨졌다.

"진, 힘들진 않나? 좀 쉴까?"

"예?"

난데없는 질문에 이진은 눈을 깜박거렸다.

"어제 오후에 저 망나니가 안 보여 한동안 난리가 났었거든."

에드는 사심 가득한 손가락질로 멀리 시릴을 가리켰다. 불안불안하던 드라이버가 갑자기 사라져 버렸으니 패덕이 발칵 뒤집혔었다.

"평소에 거들떠도 안 보던 장비 보관실 쪽으로 갔다고 해서 얼마나 긴장했다고. 다들 목이라도 매러 간 건 아닌가 걱정했지 뭐야. 저 놈 매니저가 안 말렸으면 쳐들어갈 뻔했어. 아니, 그러게 호텔 놔두고 왜 그 불편한 곳에서 사람을 괴롭혀?"

에드가 못마땅하게 혀를 차자 순식간에 이진의 뺨이 달아올랐다.

어쩐지 아침에 미캐닉(Mechanic, 정비 전문가)들이 전부 시선을 피하더라니.

도저히 얼굴을 들고 있을 수가 없어졌다. 당장 맥라렌을 떠나고 싶어졌다. 아니 할 수만 있다면 이 자리에서 사라지는 것도 좋을 것 같았다.

고개를 푹 숙인 이진의 어깨를 에드가 다독였다.

"뭐, 괜찮아, 괜찮아. 죽을상을 하고 있던 드라이버가 쌩쌩해져서 다들 좋아하고 있으니까."

그러니까 그 쌩쌩해진 이유를 다들 알고 있다는 게 문제였다.

"너무 제멋대로인 놈이라 한없이 풀어 주면 진이 힘들어질 거야. 다 받아 주진 말고 적당히 튕기기도 하고 그래. 에잇, 그런데 아무리 생각해도 진이 아까워. 진이 저놈을 좋다고 하니 어쩔 수 없긴 한데 사실 저놈이 볼 게 뭐 있어? 쓸 만한 건 끈질기다는 거 하나뿐인 놈인데."

에드는 지나친 편애로 똘똘 뭉친 말을 마구 내뱉었다.

"저놈이 속 썩이면 언제든 나한테 말해. 눈물 쏙 빠지게 굴려 줄 테니."

이미 시릴을 굴릴 만반의 준비가 돼 있다는 에드의 태도에 이진이 작게 웃었다.

"그런 얼굴을 보니 좋군 그래. 그럼 이제 도망치는 건 관두기로 했나?"

누군가의 눈을 꼭 닮은 목걸이에 에드의 시선이 닿았다. 이진은 밝은 미소를 머금었다.

"행복해지고 싶어요. 그래서 노력하려고요."

"그래야 내 제자답지."

에드가 그녀를 마주보며 피식 웃었다.

갑자기 그들 사이로 불쑥 시릴이 끼어들었다.

"그 제자 타령 좀 그만할 수 없어요? 학교 떠난 지가 언젠데 아직도 제잡니까? 제자가."

"왜! 한번 제자는 영원한 제자지! 이놈아!"

흥분한 에드의 주장을 시릴이 코웃음 치며 묵살했다.

"대체 사람을 얼마나 부려먹으려고 이러는 겁니까? 진, 이런 악덕 상사는 가까이하면 좋을 게 없어요. 자, 어서 도망치죠."

시릴이 재빨리 이진을 자전거 뒤에 앉히고 페달을 밟았다.

"너, 너! 이리로 안 와?"

뒷목을 잡은 에드가 달아나는 자전거의 뒤통수에 대고 소리쳤다. 어림없다는 듯 시릴은 오히려 속력을 높였다.

금요일 오전과 오후에 각각 90분씩, 그리고 토요일 오전은 60분의 연습 주행이 있다.

그랑프리당 한 선수에게 주어지는 타이어는 여덟 세트.

연습 주행과 퀄리파잉을 거쳐 결승까지 써야 하고 여분은 없다. 접지력이 뛰어난 대신 마모가 심한 F1 타이어의 특성상 사실 이 숫자는 무척이나 빠듯하다.

그렇다고 차의 셋업 테스트를 하지 않을 순 없으니 결국 연습 주행 동안 최대한 타이어를 아끼면서 효율적으로 테스트를 진행하는 수밖에 없었다.

새로운 셋업으로 트랙을 돌고 온 시릴이 피트로 들어왔다.

마지막 연습 주행이었다.

식욕도 되찾고 충분한 휴식을 취한 시릴은 펄펄 날아다녔다. 도핑테스트를 해 봐야 하는 거 아니냐는 말까지 나올 정도였다.

"리어 윙(Rear wing, 레이싱 카의 뒤쪽에서 높은 다운포스로 차량을 지면 위로 누르는 역할을 하는 큰 날개) 좀 살펴봐야 겠어요. 흔들거리는 것 같아."

시릴이 한스(HANS, Head And Neck Safety device, 충돌 시 드라이버의 머리와 목을 보호하는 보호대)를 젖히고 헬멧을 벗었다. 그의 말에 대기하고 있던 미캐닉들이 장비를 들고 차량에 달라붙었다.

드라이버의 감은 결코 무시할 수 없다. 어떤 드라이버는 차의 밸런스가 1밀리미터만 달라져도 느낄 수 있다. 시릴이 바로 그런 감각의 소유자였다.

테스트에서 업데이트된 자료를 살피던 이진은 눈을 비볐다.

이틀간 제대로 잠을 자지 못해서 피곤했다. 그녀는 어젯밤도 늦게까지 셋업들을 스케치했다.

다행히 시릴은 그동안 밀린 잠을 자느라 밤새 깨지 않았다. 다만 자는 동안에도 그녀의 허리를 끌어안고 놓지 않는 바람에 이진은 침대 위에서 불편한 자세로 스케치를 해야 했다.

스케치는 과제 검사를 하겠다며 에드가 이미 빼앗아간 상태지만 그녀는 새로운 상황들을 빠짐없이 체크했다.

이진이 이틀 동안 피트에서 보고 들은 사실들은 그녀의 생각을 완전히 바꿔 놓았다.

자신은 이제껏 연구실에서 데이터만 보았지 한 번도 그것들이 실제 트랙에서 어떤 식으로 적용되는지 깨닫지 못했다. 컴퓨터 시뮬레이션이나 풍동 실험의 결과가 현장에서는 수없이 뒤집히곤 했다.

트랙은 연구실과 달리 수많은 변수가 존재하는 곳이다. 기온과 기압, 날씨와 트랙의 상황까지 고려해야만 마지막 셋업이 완성된다.

에드의 말이 맞았다. 그녀는 우물 안 개구리였다.

그래서 이진은 더욱더 열심히 일에 몰두했다.

현장에서 도움이 되고 싶었다. 자신을 이곳에 있게 해 준 에드에게 폐를 끼치지 않기 위해서라도.

그리고 에드에게 말한 대로 노력하기로 했으니까.

자신의 사랑에 조금 더 당당해질 수 있도록 이제는 피하지 않고 두려움에 맞설 것이다.

그렇게 행복해지고 싶었다.

토요일 오후 두 시.

퀄리파잉은 총 세 번으로 나눠 치러진다.

첫 번째 퀄리파잉은 15위 이하의 하위권 드라이버가 탈락하고, 두 번째 퀄리파잉에서는 10위까지만 남기고 나머지를 탈락시킨다. 그리고 마지막은 1위에서 10위까지 출발그리드 순서를 정하는 것으로 끝이 난다.

쐐애애애애액 ——

레이싱 카들이 굉음을 울리며 트랙을 누볐다.

대기를 가득 채운 긴장감에 이진의 심장이 터질 듯 두근거렸다. 헤드셋을 쓰고 있어도 서킷 전체를 울리는 진동이 온몸으로 전해질 정도였다.

그녀는 수많은 스케치를 그리면서 한 번도 느껴보지 못했던 생생한 흥분에 사로잡혔다. 사람들이 모터스포츠에 빠져드는 이유를 이제야 알 것 같았다.

이진은 개러지 안에서 다른 크루들과 함께 중계화면을 주시하고 있었다. 건너편 피트월(Pit wall, 팀의 엔지니어들이 경기상황을 파악하고 지시를 내리는 곳)에 다섯 명의 스태프와 에드의 등이 보였다.

뜻밖의 사건은 첫 번째 퀄리파잉이 시작된 지 삼 분도 되지 않아 벌어졌다.

시릴의 레이싱 카에서 하얀 연기가 피어오르기 시작한 것이다.

"시릴! 차에 문제가 생긴 것 같다."

레이스 엔지니어가 다급한 목소리로 시릴을 불렀다. 모든 사람들의 시선이 중계화면에 쏠렸다.

순식간에 시릴의 레이싱 카 뒤쪽에 불이 붙었다.

"당장 마샬들이 있는 쪽으로 차를 세워! 시릴! 어서 차에서 빠져나와!"

놀란 레이스 엔지니어가 팀 라디오에서 소리치고 있었다.

머릿속이 하얗게 비었다. 공포심에 이진의 몸은 얼어붙어 버렸다. 피가 몽땅 발밑으로 빠져나가는 기분이었다.

잠시 트랙의 상황을 보여 주던 중계화면이 다시 시릴의 레이싱 카를 비췄다. 소화기를 든 마샬(Marshal, 진행요원)들이 달려가 차의 불을 끄고 있었다. 트랙 바깥의 안전구역에 시릴의 모습은 보이지 않았다.

그제야 마비가 풀린 이진은 개러지 바깥으로 뛰쳐나갔다.

어디, 어느 쪽으로 가야 하지? 공황상태에 빠진 그녀는 잠시 방향 감각을 잃어버렸다. 그리고 피트레인(Pit lane, 레이싱 카가 트랙에서 벗어나 피트로 들어오는 길. 속도 제한이 있다)을 따라 무작정 달리기 시작했다.

어느 순간 이진은 헬멧을 든 채 찌푸린 얼굴로 천천히 이쪽으로 걸어오던 시릴과 시선이 마주쳤다. 시릴은 오히려 그녀를 보고 놀란 얼굴이었다.

"진?"

달려간 이진이 곧장 시릴에게 매달렸다.

"괘, 괜찮……?"

혀가 얼어붙어 버린 듯했다. 이진은 자신이 덜덜 떨고 있음을 깨닫고 말을 멈췄다. 시릴이 파랗게 질린 그녀를 진정시켰다.

"난 괜찮아요, 진. 멀쩡해요. 아무 데도 다치지 않았어요. 당신도 알잖아요, 세나의 사고 이후로 FIA가 얼마나 깐깐해졌는지."

F1의 전설 아일톤 세나가 94년 레이스 도중 사망하자 FIA는 F1 레이싱 카의 안전성을 높이기 위해 발 벗고 나섰다. 실제로 엄청난 규제 때문에 레이싱 카의 최고속도가 과거에 비해 오히려 느려졌다.

속도를 늦추기 위해 매년 까다롭게 규정을 바꾸는 FIA와 빈틈을 찾아 새로운 기술을 개발하는 F1팀 간의 치열한 싸움은 이미 전쟁과 다름없었다.

거기다 특수소재로 만든 레이싱슈트는 700도 이상의 화염 속에서도 12초간 드라이버를 안전하게 보호할 수 있다.

모두 알고 있는 사실인데도 순간적으로 아무것도 생각나지 않았다. 그저 이 사람을 잃을까 봐 너무 겁이 났다. 이진은 온 힘을 다해 시릴을 끌어안았다. 시릴도 그녀를 마주 안아 주었다.

"난 안전해요."

낮은 속삭임에 그제야 멈췄던 세상이 다시 움직이기 시작했다.

"하지만 이렇게 당신이 먼저 안겨 오니까 좋은데요?"

시릴은 세상을 다 얻은 듯 환하게 웃고 있었다. 그 말에 이진이 고개를 저었다.

"다치지 말아요. 절대 안 돼요. 당신이 머리칼 하나라도 다치는 거 싫어요."

"응. 안 다칠게요."

시릴은 마냥 기분 좋은 얼굴로 고개를 끄덕였다.

"들었죠? 에드!"

시릴이 그녀의 등뒤를 향해 소리쳤다. 놀라 뛰어왔던 에드가 질렸다는 얼굴로 서 있었다.

"시답잖은 소리 하지 말고 떨어져!"

"왜요? 분위기 좋은데."

"회의해야 할 거 아냐! 당장 따라와!"

싱글거리는 시릴의 대꾸에 결국 에드가 불을 뿜었다.

Final Lap. Please marry me

화재는 오일 누출로 벌어진 사고라고 판명되었다.

퀄리파잉 기록을 아예 재지 못한 시릴은 결국 피트레인에서 출발하는 것으로 결정이 나고 말았다.

맥라렌의 피트에 먹구름이 잔뜩 끼었다.

인터라고스 서킷은 날씨가 변화무쌍하고 추월이 힘든 곳이라 퀄리파잉 결과가 무척 중요했다. 피트레인 스타트는 실질적으로 꼴찌나 다름없었다.

한 시간 넘게 이어진 전략회의에서도 쉽사리 결론은 나지 않았다. 내일 어떤 셋업을 적용하는 것이 나을지 스태프들 간에 의견이 분분했다.

결론 없이 지지부진한 회의 도중에 에드가 이진을 돌아보았다.

"새로운 어시스턴트의 의견도 들어 볼까? 진의 생각은 어떻지?"

순간 이진은 자신에게 집중된 이목에 당황했다. 잠시 갈등하던 그녀는 이내 결심을 굳히고 입을 열었다.

"셋업을 아예 바꾸는 건 어떨까요?"

"말도 안 되는 소리! 지금 셋업을 바꿀 수는 없습니다."

엔지니어 하나가 큰 소리로 반대했다. 시릴의 레이스 엔지니어인 잭 앤더슨이었다.

그들은 연습 주행에서 이미 몇 개의 셋업 테스트를 마친 상태였다. 지금 와서 새로운 셋업으로 바꾸면 이 서킷에서 얼마나 효과를 발휘할지 전혀 알 수 없다. 그것은 엄청난 모험이었다.

"물론 위험부담이 큰 건 사실이에요. 하지만 다른 팀과 비슷한 셋업을 가지고는 이길 수 없을 테니까요."

"이기다니? 내일 시릴이 피트레인 스타트를 해야 하는 건 알고 있습니까?"

잭이 어이없는 얼굴로 되물었다.

"지금은 월드챔피언이 되기 위해 포인트를 얻는 게 더 중요합니다. 만약 무리해서 리타이어라도 해 버리면 마지막 아부다비그랑프리에선 반드시 2위 안으로 들어와야 한단 말입니다!"

잭의 냉정한 눈이 안경 너머로 스태프들을 둘러보았다.

"내일 시릴은 테스트한 셋업 중 하나를 선택해 최대한 순위를 올리는 데 집중해야 합니다. 얼마나 순위를 끌어올리느냐에 따라 아부다비에서의 부담이 줄어들 테니까요. 사실 22위로 출발해서 10위권 내로 들어오는 것조차 쉬운 일이 아닌 거 다들 알잖습니까? 그런데 이긴다고요? 하!"

스태프들은 모두 꿀 먹은 벙어리가 되었다. 구구절절 맞는 말이긴 했다.

결승 11위 이하로는 아예 드라이버 포인트가 주어지지 않는다. 포인트를 얻기 위해서는 안전한 레이스를 펼치는 게 낫다. 걱정했던 시릴의 컨디션도 돌아왔겠다, 어차피 최종 승부는 다음 아부다비그랑프리에서 가르면 되니까.

"대체 지금 셋업을 바꿔야 할 이유가 어디 있습니까?"

잭의 질문에 스태프들은 서로 눈치를 봤다. 그러게 말이야, 그런데 왜 이렇게 아쉬운 기분이 들지?

시릴도 그렇지만 맥라렌에서도 육 년 만의 월드챔피언 탄생이었다. 학수고대하는 챔피언 자리를 코앞에 두고 위험을 감수할 이유가 없긴 했다.

이성은 분명 잭의 말에 동조하는데 뭔가가 뒷덜미를 잡아끌고 있었다.

팀 보스와 수석 미캐닉까지 슬쩍 에드의 표정을 살폈다. 레이싱카에 관련된 최종 결정권은 에드가 가지고 있기 때문이었다. 에드는 재미있다는 얼굴로 둘의 설전을 지켜보고 있었다.

"왜냐하면 우린 F1팀이니까요"

이진의 대답에 에드의 눈썹이 치켜 올라갔다.

지난 몇 주간 그랑프리 경기를 보면서 느낀 사실이었다. TV 화면에 비친 시릴을 볼 때마다 이진은 확연히 깨달았다.

이 남자는 달리기 위해 태어난 사람이었다. 시릴은 트랙 위에서 가장 빛나고 생명력이 넘쳤다.

그가 원하는 만큼 마음껏 달리게 해 주는 게 자신들의 일이었다.

그런데 처음부터 포기한 경기를 하라니, 매 순간 이기기 위해 전력을 다하는 시릴에게 그런 식으로 달리라는 건 모욕이었다.

"지기 위한 경기를 하는 건 F1이 아니니까요. 시릴도 그런 챔피언은 원치 않을 거예요."

누군가 낮게 웃음을 터뜨렸다. 사람들의 고개가 일제히 소리가 난 쪽으로 향했다. 범인은 팔짱을 낀 채 의자에 기대앉아 있던 시릴이었다.

"맞아, 잭. 난 그런 식으로 달리지 않아. 비겁하게 승부를 피할 생각은 없으니까. 챔피언 트로피는 내 힘으로 가져올 거야."

시릴이 잭을 보며 싱글거렸다. 드라이버의 열성적인 지지로 추가 이진 쪽으로 기울었다.

"……그래서 어쩌자는 겁니까? 계획이 있으니 말을 꺼낸 거겠죠?"

잭은 여전히 못마땅한 시선으로 이진을 쳐다보았다. 흥미진진한 눈들이 그녀를 주시했다.

"인터라고스는 대부분의 팀들이 다운포스 셋업을 하는 서킷이지만, 아시다시피 두 개의 직선구간 때문에 톱 스피드를 아예 무시하지는 못하죠."

모든 팀이 매 서킷마다 자기 차량에 가장 적합한 셋업을 찾기 위해 고군분투하고 있다.

코너에서는 타이어의 접지력을 높여 주는 다운포스가 중요하고,

직선구간에서는 톱 스피드가 좋은 차량이 유리하다. 어느 쪽에 더 비중을 두고 셋업을 할지가 승부를 가르기도 한다.

"그러니 우리는 톱 스피드를 포기하고 추월에만 집중하는 거예요. 인터라고스에서 사실상의 추월구간은 코너니까 풀 다운포스 셋업으로 코너의 속도를 높이는 전략이죠. 타이어 교체 전략과 날씨만 따라 준다면 포디움까지도 가능하다고 봐요. 다행히 내일 비 예보가 있으니 충분히 승부를 걸어 볼 만하지 않나요?"

여기저기서 눈으로 하는 의견교환이 이루어졌다. 몇몇 스태프는 이진에게 동조하듯 고개를 끄덕였다. 어느 쪽이 나을지 갈등하는 스태프도 보였다.

에드는 수식이 빼곡하게 적힌 진의 스케치 한 장을 힐끗 내려다보았다. 사실 회의에 들어오기 전에 이 셋업을 시뮬레이션 프로그램에 돌려 보았다.

"좋아. 추월에 유리한 셋업으로 전부 변경한다."

"……!"

에드의 말이 떨어지자 모든 스태프가 동작을 멈췄다.

"섀시를 바꾸면 어차피 페널티가 부과돼 피트레인 스타트를 해야 해. 그럴 바엔 기어박스부터 서스펜션까지 모두 교체하자."

불타 버린 섀시를 바꾸는 것은 피할 수 없는 일이었다. 어차피 최하위로 출발할 거면 할 수 있는 모든 부품을 교체해 승부수를 띄워야 한다. 모험이긴 하지만 이길 수 있는 유일한 방법이니까.

"넌 어때? 알다시피 인터라고스는 추월이 쉬운 서킷이 아니지. 할 수 있겠나?"

에드가 시릴에게 질문을 던졌다. 이 모든 일은 드라이버의 능력이 뒷받침돼야 가능한 모험이었다.

"내일이 기다려지는데요."

입꼬리를 끌어올린 시릴이 나른하게 대꾸했다. 선명한 푸른 눈은 이미 승부욕으로 차오르고 있었다.

"원 없이 추월하도록 해 줄 테니 기대해도 좋아."

에드가 의미심장하게 웃었다.

"그런 의미에서 얼마나 할 일이 많은지 다들 잘 알지? 모두 각오 단단히 하도록."

신나는 에드의 목소리에 스태프들의 얼굴이 한순간에 거무죽죽해졌다.

맥라렌의 피트 개러지에 환하게 불이 켜졌다.

모든 미캐닉들이 야간작업에 투입되었다. 그들은 먼저 불탄 섀시를 뜯어내고 새 엔진과 기어박스를 장착했다. 다음으로 프런트 윙부터 리어 윙까지 전 에어로 파츠가 새롭게 교체되었다.

늦은 밤까지 엔지니어들은 서로 머리를 맞댄 채 논의하느라 분주했다.

그 중심에 이진이 있었다.

주행 테스트를 거치지 않은 셋업은 치밀한 시뮬레이션 분석으로 최대한 위험부담을 줄이는 수밖에 없다. 그리고 이진의 스케치를 기반으로 한 셋업을 누구보다 잘 아는 사람은 당연히 그녀였다.

처음엔 지나치며 한두 마디씩 그녀의 의견을 묻던 엔지니어들이 어느새 다들 이진 옆에 자리를 잡고 앉아 있었다. 그들은 본부에서 실시간으로 보내오는 데이터와 비교해 가며 새로운 셋업을 점검했다.

그때 화장실에 다녀오던 미캐닉 한 명이 이진을 불렀다.

"이진, 잠깐 바람이라도 쐬고 오는 게 어때요?"

"예?"

모두 정신없이 일에 매달려 있는데 한가하게 바람을 쐬라니. 뜬금없는 말에 이진은 눈을 깜박거렸다.

"……당신이 꼭 나가 봐야 할 것 같은 상황인데요."

다크서클이 진하게 내려앉은 미캐닉의 얼굴은 한층 피로해 보였다. 그는 당장 울 것 같은 얼굴로 덧붙였다.

"화장실은 마음 편히 가고 싶어요."

원인은 밖으로 나가자마자 곧바로 알게 됐다. 시릴이 온 얼굴에 못마땅한 기색을 드러낸 채 벽에 기대 있었다. 저런 얼굴로 피트 개러지를 노려보고 있으니 사람들이 안절부절못할 수밖에.

"여기서 뭐 해요? 시릴."

시릴이 여기서 이러고 있을 거라곤 꿈에도 생각 못 했다. 아까 먼저 자라며 그를 호텔로 돌려보냈던 것이다.

"당신이 옆에 없는데 내가 잠이 오겠어요?"

"내일 두 시에 결승이 있잖아요."

"그러니까 당신이 아직 여기 있으면 안 되는 거죠."

"여기 서 있는 건 아무 도움도 안 돼요. 시릴, 어서 가서 자고 아침에 봐요."

"지금 여기서 밤을 새겠다는 말이에요? 말도 안 돼."

시릴이 다짜고짜 손을 잡아끌자 이진은 발끝에 힘을 주고 버텼다. 하지만 시릴은 허무할 정도로 쉽게 그녀를 들어올렸다. 속수무책으로 끌려가던 이진이 다급히 외쳤다.

"시릴! 저건 내일 당신이 탈 레이싱 카예요."

"꼭 당신이 있을 필요는 없잖아요."

이진의 지적에도 시릴은 어깨를 으쓱하며 걸음만 재촉했다.

"내가 하고 싶어요! 당신이 타는 차니까 내가 해 주고 싶다고요!"

그제야 시릴이 발을 멈췄다. 잠시 이진을 내려다보던 그는 긴 한숨을 내쉬었다.

"……그런 얘기를 하면 나보고 어떻게 자라는 말이에요?"

그 시무룩한 어조에 시릴의 의지가 꺾였음을 알았다. 이진이 작게 웃으며 속삭였다.

"잘 자요."

"매정하군요."

이진을 끌어안은 시릴은 그녀의 목덜미에 얼굴을 파묻었다.

자신이 선물한 블루 다이아몬드가 그곳에 걸려 있는 게 제법 만족스러웠다. 시릴은 목걸이가 닿는 부분마다 키스를 하기 시작했다.

"시릴, 거긴 보이는 데라 표가 나면…… 아!"

시릴은 키스에 집중하지 않는 이진에게 앙갚음을 했다. 아예 목덜미를 이로 깨문 것이다. 괜히 말을 꺼냈다 본전도 못 건진 이진은 입을 다물었다.

어디서 터틀넥이라도 찾아 입어야겠다. 다만 인터라고스 서킷이 있는 이곳 상파울루가 지금 초여름날씨라는 게 문제였지만.

원하는 만큼 흔적을 남기고서야 마음이 풀어진 시릴이 조건을 내걸었다.

"좋아요. 갈게요. 대신 챔피언이 되면 받고 싶은 선물이 있어요. 당신이 해 주세요."

"음. 힘닿는 대로……."

"아뇨. 꼭 들어주세요."

선선히 입을 열던 이진은 시릴의 단호한 표정에 잠시 멈칫했다. 연봉만 사천만 파운드가 넘는 남자가 원하는 선물이 뭔지 짐작도 가지 않았다.

하지만 그녀에게 무한정 애정을 퍼붓기만 하는 시릴이 처음으로 원하는 것이다. 그가 원한다면 가불을 해서라도 사 주고 싶어졌다.

이진은 웃으며 고개를 끄덕였다.

"좋아요. 꼭 사 줄게요."

그녀의 대답에 묘한 웃음을 짓던 시릴은 금세 다시 투덜대기 시작했다.

"왜 하필 당신은 맥라렌에 입사한 거예요? 이럴 때 함께 있지도 못하고. 혹시 페라리나 메르세데스로 옮길 생각은 없어요?"

시릴은 에드가 들으면 펄쩍 뛸 소릴 아무렇게나 내뱉었다.

"그럼 당신과 싸우라고요?"

"음, 그건 또 싫군요."

딜레마에 빠진 시릴이 앓는 소리를 냈다.

"굿나잇 키스해 주세요, 진."

이진은 자신에게 맞춰 고개를 숙인 그에게 가볍게 입맞춤을 했다. 아니, 할 생각이었다. 입술이 닿은 순간 열렬한 반응을 보인 시릴에게 주도권을 빼앗기기 전까진.

시릴은 혼을 빼놓을 듯한 키스를 퍼붓고서야 겨우 돌아갔다.

피트 개러지로 돌아오자 에드가 그녀를 기다리고 있었다.

"이젠 저 망나니를 제법 잘 다루는데? 무슨 얘길 했기에 얌전히 돌아갔지?"

에드는 매스컴이 지어 준 시릴의 별명 '망나니 천사'에서 천사만 뚝 떼서 부르는 심술을 부렸다.

"약속을 하나 했거든요."

"무슨 약속?"

이진은 대답 없이 미소만 지었다. 자신이 한 말이 떠오르자 조금 불안해지긴 했다.

설마 받고 싶은 선물이 새 슈퍼카 같은 건 아니겠지?

결국 밤을 꼬박 새고 말았다.

이진은 어슴푸레 밝아오기 시작하는 바깥을 바라보며 굳은 어깨를 폈다. 퀭한 눈의 미캐닉들이 흐느적거리며 피트 개러지를 돌아다니고 있었다.

갑자기 그녀의 눈앞에 커피가 들이밀어졌다.

"마실래요?"

처음에 이진의 의견을 반대했던 스태프였다. 시릴의 레이스 엔지니어인 잭 앤더슨.

"감사합니다."

얼떨결에 종이컵을 받아든 이진이 인사를 했다.

"수고했어요."

"예?"

예상치 못한 말에 이진은 그를 올려다보았다. 그녀의 옆에 선 잭이 작게 헛기침을 했다.

"당신의 셋업 스케치 말입니다. 생각보다 꽤 괜찮더군요."

커피를 손에 든 잭은 그녀처럼 피트 개러지 밖을 바라보고 있었다. 안경에 가려져 그의 표정은 보이지 않았지만 어쩐지 쑥스러워하는 것 같았다. 잭이 다시 헛기침을 했다.

"물론 난 지금도 이게 이성적인 판단은 아니라고 봅니다. 아부다비그랑프리까지 시간이 있는데 굳이 무리할 필요가 없다는 게 내 생각입니다."

"죄송합니다."

미안한 마음이 든 이진이 사과했다.

"어쩔 수 없죠. 드라이버는 차가 못 버텨서 리타이어하는 한이 있더라도 당장 달리고 봐야 직성이 풀리는 종족이니까. 특히나 시릴은 그렇죠. 머릿속으로 포인트 계산이나 하며 달리는 드라이버였다면 벌써 예전에 월드챔피언이 되었을 겁니다."

잭이 어깨를 으쓱하며 커피를 한 모금 마셨다.

"하지만 난 항상 냉정한 눈으로 상황을 볼 필요가 있어요. 레이스 엔지니어가 덩달아 휩쓸리면 안 되니까요. 시릴은 잔소리를 한다고 싫어하지만……."

잭은 힐끗 그녀를 쳐다보았다.

"피트에는 나 같은 사람도 필요한 법이죠. 그렇지 않나요?"

인정하라는 듯한 시선에 이진은 저도 모르게 고개를 끄덕였다. 잭은 한결 산뜻한 얼굴로 말을 이었다.

"뭐, 지금까지는 레이스 엔지니어로서 한 말이고, 사실은 나도 시릴의 드라이빙을 좋아합니다. 시릴은 보는 사람마저 그 열정에 감염시키는 드라이버거든요. 그게 바로 시릴이 다른 드라이버와 차별되는 점이고 팬들이 그에게 열광하는 이유죠. 시릴은 과거 F1의 영웅들과 무척 닮았어요. 요즘의 드라이버들은 뭐랄까, 너무 얌전하죠."

그의 목소리에서 시릴에 대한 자부심과 애정이 느껴졌다.

"그건 그렇고 오늘은 꽤 재미있는 경기가 될 것 같군요."

종이컵을 비운 잭의 입가에 희미한 미소가 떠올랐다.

"하늘도 우리 편인 것 같으니까."

그가 손가락으로 하늘을 가리켰다. 어느새 조금씩 비가 흩뿌리고 있었다.

"우리 피트 크루가 된 걸 환영해요, 이진. 앞으로도 잘 부탁해요."

잭이 그녀의 어깨를 툭툭 두드리고 돌아섰다. 멍하니 잭의 뒷모습을 바라보던 이진은 자신의 손으로 시선을 떨어뜨렸다.

기분이 이상했다. 고작 종이컵이 전해 주는 온기가 이렇게 따뜻한 거였나.

비가 오는데도 전혀 우울하지 않았다. 오히려 훈훈한 공기의 막에 둘러싸인 것 같았다.

그녀는 늘 스스로를 사람들 속에 섞일 수 없는 존재라고 느꼈다. 자신과 그들은 아주 멀리 떨어져 있다고만 생각했다.

어쩌면 그건 고작 한 걸음이 아니었을까.

오랫동안 갇혀 있던 어둠 속에서 이제 막 세상 밖으로 발을 내디딘 기분이었다.

비는 그쳤지만 하늘은 잔뜩 흐렸다.

아직 노면이 마르지 않은 상태라 모든 차들은 인터미디어트 타이어(Intermediate tyre, 트랙이 젖어 있을 때 사용하는 홈이 그려진 타이어)를 끼고 있었다.

포메이션 랩(Formation lap, 결승에서 경기 시작 전 차들이 한 바퀴 도는 것)이 시작되자 차들이 지그재그로 달리며 타이어의 온도를 높였다.

현재 드라이버 챔피언십 포인트 2위인 레드불은 오늘 반드시 우승을 해서 시릴과의 포인트 격차를 줄여야 했다. 그리고 마지막 아부다비그랑프리에서의 승부로 월드챔피언을 가릴 생각이었다.

피트레인 스타트를 하는 시릴이 포디움에 들 가능성은 희박하니 레드불로서는 하늘이 준 기회인 셈이었다.

이진은 피트 개러지 안에서 대기 중인 크루들 사이에 앉아 있었다.

그들은 이진에게 모니터가 잘 보이는 앞자리를 내어 줬다. 함께 밤을 샌 후로 사람들이 그녀를 대하는 태도가 한결 스스럼없어졌다. 잭이 했던 말처럼 한 팀원으로 받아들여진 느낌이랄까.

"걱정할 것 없어요. 당신이 보고 있는데 허투루 할 놈이 아닙니다. 당신이 원하면 세계정복이라도 할 놈이에요, 저놈이."

래리가 그녀의 굳은 얼굴을 풀어 주려 우스갯소리를 했다.

하지만 빨라진 심장의 박동이 좀처럼 가라앉지 않았다. 이미 수차례 TV로 시릴의 경기를 봤지만 실제 현장에 있는 것은 차원이 달랐다.

아마도 시릴은 자신의 몇 배나 되는 긴장감을 견디고 있을 것이다. 이진은 중계 화면 모니터에서 눈을 떼지 못했다.

포메이션 랩이 끝나고 모든 차량들이 두 줄로 그리드에 정렬하고 있었다.

첫 번째 신호등에 빨간불이 하나 켜졌다. 뒤이어 두 번째, 세 번째를 지나 마지막 다섯 번째 신호등까지 순서대로 빨간불이 들어왔다. 그리고 그 모든 신호등이 한꺼번에 꺼지는 순간 레이싱 카들이 일제히 앞으로 튀어나갔다.

엄청난 양의 물이 튀어 시야를 가렸다. 이런 상황에서라면 드라이버들은 거의 감각에 의존해 운전하는 것과 다름없었다.

시릴은 다른 차들이 전부 출발하고 피트레인이 개방된 후에야 출발신호를 받았다.

"자, 시릴. 이제부터 천천히 따라붙자."

── 천천히? 농담해?

팀 라디오 저편에서 울리는 잭의 목소리에 시릴이 핀잔을 주었다.

── 지금부터 내가 어떻게 따라잡는지 구경이나 해.

트랙에 들어선 시릴은 순식간에 하위권 차량들을 제치기 시작했다. 두 바퀴를 지나자 21위로 올라서더니 5번째 랩을 돌면서 17위로 진입했다.

"어제 내 의견이 어지간히 마음에 안 들었나 보군."

잭이 웃으며 지적하자 시릴이 코웃음 쳤다.

── 기다려. 아직 시작도 안 했어.

"좋아, 그럼 제대로 보여 봐."

8번째 랩에서 갑자기 황색기(사고가 발생했음을 알리는 신호)가 뜨고 SC보드(트랙에 위험상황이 발생했을 때 세이프티 카—Safety car의 약자인 'SC'라고 적힌 보드를 게시한다)가 걸렸다.

── 무슨 일이야?

"케이터햄의 루키가 십 번 코너에서 스핀해서 타이어 배리어에 부딪혔어. 아무래도 경험이 부족해서 컨트롤이 쉽지 않았나 봐."

사고 차량은 런 오프(커브구간의 안전지대)에 멈춰 있지만 트랙은

데브리(사고차량의 파편)가 널려 있는 상태였다.

SC상황(세이프티 카가 트랙에 투입된 상황)에서는 트랙의 상황이 정리될 때까지 모든 차들이 세이프티 카의 뒤를 따라 천천히 주행해야 한다. 당연히 추월도 금지돼 있다.

대부분의 드라이버들이 이 기회에 타이어를 교체하기 위해 피트인(타이어를 바꾸거나 정비를 위해 레이싱 카가 피트로 들어오는 것)하기 시작했다.

"시릴, 다음번에 피트인해. 앞으로 삼십 분은 비가 오지 않을 거니까 타이어를 바꾸자."

잭이 방금 들어온 일기예보를 전했다.

트랙의 일부 구간이 마르고 있는 상황이었다.

트랙의 최단거리를 달리는 드라이버들의 특성상 레코드라인을 따라 군데군데 마른 부분이 드러나기 시작했다. 100도 이상으로 달아오른 타이어들이 지나치며 고여 있는 물을 튕겨냈기 때문이다.

시릴의 차가 들어오자 피트 앞에서 대기하고 있던 맥라렌의 피트 크루들이 일제히 달려들었다. 그들은 눈 깜박할 사이에 인터미디어트 타이어를 빼내고 소프트 타이어로 갈아끼웠다. 오늘의 옵션타이어였다.

"오, 다들 장난 아닌데?"

잭이 휘파람을 불며 피트 스톱 기록을 전했다.

기록은 훌륭했다. 2.0초.

피트 스톱 기록이 3초 안으로만 나와도 빠르다는 말을 듣는데 이 정도면 전광석화나 다름없는 수준이었다.

그동안 피트 크루들은 수백 번이 넘는 피트 스톱 연습을 했다. 다들 오늘을 위해 한마음 한뜻으로 뭉친 결과였다.

피트레인을 빠져나간 시릴은 13위로 재진입 했다.

하지만 1번 코너에서 또다시 차량이 미끄러지는 사고가 일어나는 바람에 계속 세이프티 카 뒤를 따라야 했다.

13번째 랩.

마침내 세이프티 카가 트랙 바깥으로 빠져나가자 시릴이 무섭게 치고 올라가기 시작했다.

그는 팀메이트인 스테판을 제치고 곧바로 9위를 차지했다. 드디어 포인트권으로 진입한 것이다.

시릴이 코너에서 앞차를 추월할 때마다 맥라렌의 피트에서는 환호성이 튀어나왔다. 앞차에 바짝 따라붙어 슬립스트림을 이용해 물 흐르듯이 추월하는 모습은 그의 전매특허나 다름없었다.

16번째 랩에 들어섰을 때 시릴은 이미 7위를 기록하고 있었다.

이제부터는 상위권 드라이버들 간의 싸움이었다.

4위에서 7위까지 네 대의 차량이 줄줄이 붙어 기차놀이를 시작했다. 차량 간 간격이 1초도 되지 않는 상황에서 추월하려는 자와 추월당하지 않으려는 자 간의 치열한 전쟁이 벌어졌다.

그러나 누구도 쉽사리 추월하지 못했다. 레코드라인 바깥쪽은 아직 물기가 남아 위험한 상태였기 때문이다. 아무런 홈이 없는 소프트 타이어는 물에 닿으면 엄청 미끄러워 자칫 대형사고로 이어진다.

아니나 다를까, 다음 랩에서 사고가 일어났다.

하위 그룹 중 포스인디아의 차량이 같은 팀메이트와 충돌해 리타이어하더니 곧이어 4번 코너에서 또 다른 차량이 스핀을 한 것이다. 황색기가 두 번이나 걸리는 일이 벌어졌다.

"시릴. 브레이크의 온도가 높아지고 있어."

팀 라디오를 통해 잭이 시릴의 주의를 환기시켰다. 연이은 추격으로 브레이크의 온도가 높아져 있었다.

23번째 랩. 또 한 번의 SC상황이 발생했다.

3번 코너에서 빠져나오자마자 만나게 되는 직선구간인 백 스트레이트에서 사고가 났다. 포스인디아의 레이싱 카가 미끄러지면서 타이어 배리어가 없는 콘크리트 벽 쪽으로 추돌한 것이다.

다행히 드라이버는 무사했지만 포스인디아는 두 드라이버가 나란히 리타이어하는 불상사를 맞이했다.

세이프티 카가 출동하고 마샬들이 분주하게 트랙을 정리하며 청소를 시작했다.

트랙이 젖어 있는 경우는 맑은 날보다 레이싱 카의 컨트롤이 몇 배나 힘들어진다. 비가 오면 차의 성능보다 드라이버의 능력이 더 중요해지는 이유였다.

오늘 두 번째로 벌어진 SC상황에 타이어 교체를 노린 차들이 줄줄이 피트인하기 시작했다.

"시릴. 우린 아직 타이어 상태가 괜찮으니까 좀 더 달리자."

── 좋아.

드라이버에게 주어진 여덟 세트의 타이어는 연습 주행과 세 번의 퀄리파잉을 치르는 동안 상당수 마모된다.

드라이버들은 그랑프리마다 지정된 두 종류의 드라이 타이어를 모두 사용해야 하는데, 오늘은 인터미디어트로 시작했기 때문에 그 규정을 지키지 않아도 된다.

소프트와 미디엄. 두 드라이 타이어 중 빠른 것은 단연 소프트였다.

하지만 지우개처럼 무른 소프트 타이어의 수명은 고작 30랩 정도가 한계다. 타이어가 닳을수록 속도도 떨어지기 때문에 적절한 교체 타이밍을 잡지 못하면 순식간에 뒤처진다.

퀄리파잉 때 사고로 제대로 달려 보지도 못한 시릴에게는 아직 새 소프트 타이어의 여유가 있었다. 그의 불운이 오히려 이점으로 작용한 셈이었다.

계속된 추월쇼에 3랩이 더 지나자 시릴은 5위 자리로 올라섰다.

33번째 랩.

시릴의 앞에서 달리던 메르세데스 차량이 물기가 남아 있던 곳을 지나다 크게 스핀했다. 시릴은 간발의 차로 아슬아슬하게 충돌을 피했다.

"괜찮아? 시릴."

── 이상 없어.

놀란 잭의 목소리를 들으며 시릴은 태양의 코너라 불리는 3번 코너를 빠져나갔다. 이제 3위였다.

36번째 랩에서 또 한 대의 차량이 고장으로 리타이어했다.

지금까지 사고로 리타이어한 드라이버가 벌써 여섯 명.

오늘의 인터라고스는 드라이버들에게 가혹한 고난의 칼날을 휘두르고 있었다.

반면 관중들은 열광했다. 수년간 이렇게 흥미진진한 경기는 없었다. 메인 그랜드스탠드에 설치된 각국의 중계부스는 열띤 어조로 현장의 흥분된 분위기를 전했다. 거기엔 시릴의 대추격전이 절대적인 비중을 차지하고 있었다.

"이번에 들어와, 시릴."

── 한 랩만 더 달리고.

시릴은 잭의 지시에 여유롭게 대꾸하며 앞차와의 간격을 좁혔다. 피트 스톱에서 빼앗길 시간을 최대한 벌어 놓기 위해서였다.

현재까지 1위로 달리고 있던 레드불의 독일인이 피트로 들어가자 시릴도 뒤따라 피트인했다.

새로운 타이어로 바꾸고 4위로 복귀한 시릴은 맹추격에 나섰다. 그는 46번째 랩에 들어서면서 다시 3위 자리를 탈환했다.

다음으로 시릴의 앞을 가로막고 있는 것은 페라리였다.

F1을 하기 위해 양산차를 만든다는 말이 있을 정도로 열정이 남다른 레이스의 명문 팀. 페라리는 전 세계에서 가장 인기 있는 F1팀이고 티포시(Tifosi)라 명명된 광팬들도 보유하고 있다.

'이탈리안 레드'라 불리는 붉은 차에 타고 있는 것은 불같은 성격으로 유명한 노장 드라이버였다. F1 경력이 십이 년째인 이 스페인의 국민영웅은 시릴보다 세 배는 더 인터라고스에 익숙할 게 분명했다.

예상대로 그는 노련하게 블로킹을 하며 시릴의 추월을 막았다. 두 차량 간의 간격이 좀처럼 1초 이내로 줄어들지 않았다.

'세나S'라고 불리는 1번과 2번 코너 사이 구간은 까다로운 데다 사고위험도 높아 드라이빙 테크닉을 요구하는 곳이다.

시릴이 1번 코너 바깥쪽으로 파고들자 결국 페라리는 2번 코너에서 자리를 내어 줄 수밖에 없었다. 그 깔끔한 추월에 관중석에서 환성과 비명이 터져 나왔다. 티포시들의 절규였다.

이쯤 되자 더 이상 우승도 꿈이 아니었다.

과연 오늘 기적 같은 승리를 이루고 새 월드챔피언이 탄생할 것인가. 손에 땀을 쥐는 경기에 모든 관중이 숨을 죽이고 트랙을 주시했다.

55번째 랩.

시릴은 새 소프트 타이어로 패스티스트 랩을 갱신했다.

어느새 구름 너머로 빠져나온 햇살이 인터라고스를 비추고 있었다.

선두그룹에서는 세 대의 차량이 바짝 붙어 달리기 시작했다. 차간 간격이 모두 0.9초, 1.2초밖에 되지 않았다.

4번 코너에서 3위인 페라리가 추월을 시도했지만 실패했다. 오늘의 시릴은 감히 누구도 자신을 추월하도록 내버려두지 않았다.

1위인 레드불의 독일인이 안간힘을 쓰며 달아나고 있었다. 하지만 시릴과의 간격은 고작 0.3초로 좁혀졌다.

"RPM(1분당 엔진의 회전수)을 높여, 시릴."

팀 라디오에서 적극적으로 압박해 추월하라는 지시가 떨어졌다.

67번째 랩.

결국 시릴은 12번 코너에서 레드불을 추월해 1위로 올라섰다.

그는 선두로 나서자마자 거칠 것 없이 질주했다. 순식간에 뒤차들과의 간격이 벌어졌다. 이젠 아무도 그를 잡을 수 없을 것 같았다.

마지막 71번째 랩에 접어들자 관중들은 흥분을 감추지 못했다.

달궈진 트랙의 열기 때문에 아지랑이가 피어올랐다.

멀리 맥라렌의 레이싱 카가 피니시 라인을 향해 달려오고 있었다. 마침내 시릴이 체커기를 받는 순간 떠나갈 듯한 함성이 터져 나왔다.

"우아아악! 시릴!"

"챔피언! 월드챔피언이야!"

"브라보! 시릴!"

맥라렌의 피트는 열광의 도가니에 빠져들었다.

피트레인에서 출발해 우승하다니, 시릴은 F1에 또 하나의 새로운 역사를 쓴 것이다.

"드디어 챔피언이에요! 월드챔피언! 으하하하!"

이진은 순식간에 래리의 품에 파묻혔다. 잠시 머뭇거리던 그녀는 웃으며 그를 마주 안았다.

"잘했어! 잘했어!"

얼떨결에 래리에게 안긴 이진은 다음 순간엔 수석 미캐닉의 팔에 얼싸 안겼다. 여기저기서 팔을 뻗은 크루들이 그녀를 끌어안았다.

크루들이 어린아이처럼 소리를 지르며 개러지에서 펄쩍펄쩍 뛰었다. 그들은 고생한 동료들의 어깨를 두드리며 함께 기쁨의 순간을 나눴다.

"잘했어! 시릴! 내 생애 가장 멋진 경기였어."

감격한 잭이 팀 라디오에 대고 칭찬을 퍼부었다.

—— 진을 바꿔 줘. 꼭 할 말이 있어.

방금 전 월드챔피언이 된 남자의 목소리는 생각보다 침착했다. 그는 관중들의 환호에 답하며 트랙을 한 바퀴 도는 중이었다.

서둘러 이진을 피트월로 부른 잭이 자신의 헤드셋을 건네주었다. 이진은 진심으로 시릴의 승리를 기뻐했다.

"축하해요, 시릴. 정말 최고였어요."

—— 진. 챔피언이 되면 선물해 준다는 약속, 기억하죠?

팀 라디오를 통해 흘러나오는 말에 에드가 눈을 굴렸다. 그런 건 함부로 약속하는 게 아냐. 에드가 온몸으로 반대를 외치며 입을 벙긋거렸다.

설마 그게 오늘일 줄은 몰랐는데. 어차피 마지막 그랑프리 후의 일이라고 생각해 잊고 있었다.

파산해도 어쩔 수 없지. 이진은 웃으며 대답했다.

"기억해요."

—— 나랑 결혼해 주세요.

동그란 안경 너머로 에드의 눈이 튀어나올 듯 커졌다. 피트월 앞에 있는 스태프들이 일제히 그녀를 돌아보았다.

—— 승낙할 때까지 차에서 내리지 않을 거예요.

어이없는 협박이었다. 하지만 귓가에 감겨드는 목소리는 조금 떨리고 있었다. 이진은 두근거리는 심장 위에 가만히 손을 얹었다.

"좋아요."

— 이야호! 사랑해요! 진! 사랑해요!

시릴은 월드챔피언이 확정된 순간보다 더 기뻐하고 있었다. 그 행복이 넘치는 목소리에 이진은 다시 웃지 않을 수 없었다.

그때 누군가 조심스럽게 그녀의 어깨를 건드렸다. 돌아보자 잭이 엄지손가락으로 중계 화면을 가리켰다.

화면에는 맥라렌의 팀 라디오 교신 내용이 나가고 있었다. 흥분한 캐스터의 목소리와 함께.

맙소사!

파크 퍼미(Parc ferme, 예선과 결승이 끝난 후 차를 보관하는 장소)에 레이싱 카를 세운 시릴은 곧장 이진이 있는 쪽으로 달려왔다.

그는 안전 펜스 너머 벌떼처럼 몰려든 사람들 사이에서 용케 그녀를 발견하고 와락 끌어안았다. 이진은 환호하는 맥라렌의 크루들 틈새에 끼어 그에게 안겼다. 헬멧 너머로 시릴의 목소리가 울렸다.

"스태프들이 다 들었어요. 그러니 이제 와서 딴소리하면 안 돼요."

시릴은 자신의 프러포즈가 육억 명에게 생중계됐다는 사실을 모르고 있었다. 잔뜩 흥분한 목소리가 그녀에게 다짐했다.

"앞으론 절대 당신 옆에서 안 떨어질 거예요, 진."

"지금은 좀 떨어져야겠는데요."

불쑥 시릴의 뒤에서 팔 하나가 뻗어 왔다. 시릴을 데리러 온 마샬이었다.

"진! 어디 가면 안 돼요! 꼭 기다려야 해요!"

마샬에게 떠밀려가면서 시릴이 외쳤다. 계속 그녀를 돌아보는 모습에 크루들이 와자지껄 웃었다.

대체 자신이 가긴 어딜 간다고. 손으로 얼굴을 가린 이진의 얼굴이 붉게 물들었다.

포디움에 설 세 명의 드라이버들은 규정대로 체중을 잰 후 시상식장으로 올라갔다.

2위와 3위에 이어 마지막으로 시릴이 등장하자 커다란 환호성이 터져 나왔다. 시상대에 오른 시릴은 자신을 응원해 준 사람들에게 손을 흔들어 주었다.

트로피 수여가 끝나고 샴페인 세리머니가 시작될 때, 시릴은 이진을 향해 손 키스를 보냈다. 그 노골적인 애정표시에 맥라렌의 크루들이 소리를 지르며 놀렸다. 보다 못한 2위와 3위 드라이버가 시릴을 향해 집중적으로 샴페인을 뿌려대기 시작했다.

시상대 아래에 구름처럼 모여든 관중들은 박수를 치며 시릴의 우승을 축하해 주었다.

올해의 월드챔피언 탄생이었다.

Just love

"대체 프러포즈를 트랙 위에서 하는 인간이 어디 있답니까? 땀에 절어서, 반지도 꽃다발도 없이!"

래리가 아니꼽다는 얼굴로 코웃음을 쳤다.

시릴의 월드챔피언 등극을 축하하는 파티 중이었다.

시릴은 자신의 행복에 초를 치는 매니저를 지그시 노려보았다. 한 팔은 이진의 허리를 단단히 구속한 채로.

"물러요, 이진 씨."

"래리 보이트, 죽고 싶지?"

래리의 도발에 시릴이 낮게 으르렁댔다.

그 즉각적인 반응에 래리는 샴페인을 쭉 들이켰다. 뭔가 팔 년 묵은 체증이 내려가는 기분이었다. 아무래도 자신은 새로운 재미에 눈을 뜬 것 같았다. 붙어 있는 두 사람을 보고 있으면 흐뭇하면서도 한편으론 자꾸 시릴을 놀리고 싶어졌다.

"흥, 어차피 전 세계에 중계됐다며. 진이 날 버리는 날이면 뉴스에 날걸?"

래리에게 비웃음을 날린 시릴이 진을 향해 단언했다.

"그러니까 당신은 절대 무를 수 없어요, 진."

실제로 시상식이 끝나고 열린 기자회견에서도 시릴의 프러포즈에 관심이 집중됐다. 월드챔피언에 대한 소감보다 결혼에 대한 질문이 더 많았을 정도였다.

농담이 아니라 만약 이진이 시릴과 헤어진다면 진짜 뉴스 헤드라인을 장식하게 될지 모른다.

실소한 래리는 진동소리에 주섬주섬 휴대전화를 꺼내들었다. 발신자를 본 그가 냉큼 전화를 시릴에게 넘겼다.

"뭐야?"

"네 전화다."

화면에 발신자의 이름이 뜨자 시릴의 얼굴이 찌푸려졌다. 귀찮은 기색이 너무 역력한 표정이라 오히려 호기심을 자아냈다.

"누군데요?"

이진의 질문에 시릴이 웃기 시작했다.

"나랑 사진 찍힌 여자, 기억나요? 수다스러운 클로에, 내 누나죠."

이진의 눈이 커다래졌다.

모자와 선글라스 때문에 제대로 얼굴을 보지 못했지만 그들은 남매처럼 보이지 않았다. 둘 다 엄청난 미남 미녀라는 것 말고는 닮은 곳이 없었던 것이다.

"형과 클로에는 아버지를 닮고 난 어머니를 닮았거든요."

시릴은 이진에게 윙크를 하며 건성으로 클로에의 전화를 받았다. 클로에는 지금 비행기를 타러 가는 중이라고 얘기하고 있었다.

"오지 마. 그때쯤이면 우린 집에 가 있을 거야. 어차피 크리스마스 때 볼 거잖아."

흥분한 클로에의 목소리를 시릴이 시큰둥하게 잘랐다.

크리스마스엔 반드시 가족이 한자리에 모여야 한다. 무슨 일이 있건 어디에 있건 예외란 없었다.

자신이 없으면 가족이 뿔뿔이 흩어질까 걱정한 어머니의 유언이 었다.

가족애엔 관심도 없는 아버지지만 아내의 마지막 부탁은 외면하지 못했다. 그는 모임에 불참하는 자식은 상속에서 제외시키겠다며 온갖 협박과 회유를 아끼지 않았다.

덕분에 크리스마스 가족모임은 이십 년째 지속되고 있었다. 지금 껏 시릴은 누나와 형의 잔소리가 귀찮아서 억지로 참석하곤 했었다.

그런데 이번 크리스마스에는 어쩐지 기대감이 생기고 있었다. 그때쯤 진과 자신은 한 가족이 되어 있을 것이다.

— 설마 지금 크리스마스 때까지 기다리란 소리야?

"누나가 우릴 방해하기 전에 결혼 먼저 할 거야."

— 네 결혼식엔 당연히 내가 있어야지! 내가 해 주고 싶은 게 얼마나 많았는데!

"필요 없어."

시릴은 칼같이 냉정하게 거절했다.

— 드레스도 맞춰야 하고 들러리도 구해야 하고 피로연 준비랑 손님들 초대도 해야 해. 할 일이 산더미라고!

얘기만 들어도 몇 달은 걸릴 것 같았다.

"안 돼. 아부다비그랑프리가 끝나자마자 할 거야."

— 말도 안 돼! 고작 이 주 남았는데 무슨 수로 그때까지 결혼식 준비를 하겠다는 거야! 너 설마 얼렁뚱땅 해치울 속셈은 아니겠지? 우리 집안의 첫 신부를!

"내 신부겠지."

말해 놓고 보니 어감이 무척 마음에 들었다. 시릴의 입매가 슬쩍 올라갔다.

— 여자들에게 결혼식이 얼마나 중요한 날인데! 그랬다간 너 평생 미움받을 거야. 진짜야! 시릴, 네 신부에게 물어 봐!

클로에가 당장이라도 숨이 넘어갈 듯 소리치고 있었다. 시릴은 귀에서 휴대전화를 떼고 이진을 바라보았다.

"진, 어떤 결혼식을 하고 싶어요? 혹시 생각한 거 있어요?"

뜻밖의 질문에 이진은 눈을 깜박였다.

그런 게 있을 리가. 자신이 누군가와 결혼을 하게 될 줄도 몰랐는데, 어떤 결혼식으로 할지 생각했을 턱이…….

"전통적으로 성당에서 하는 결혼식으로 할까요? 성당은 프랑스에서 살 때 몇 번 가 본 게 전부지만, 당신이 새하얀 웨딩드레스를 입고 제단 앞에 서 있으면 숨 막히게 예쁠 것 같아요. 아, 프랑스는 지금 좀 추우려나. 그럼 요트 위는 어때요? 아예 따뜻한 에게 해 해변에서 할까요? 인도양의 섬도 괜찮을 것 같고."

시릴은 자신이 점점 스케일을 키우고 있다는 자각을 하지 못했다. 당장이라도 요트를 타러 갈 기세에 이진은 고개를 저었다.

"난 당신만 있으면 돼요."

그녀의 대답에 시릴이 환하게 웃었다. 시릴은 그 달콤한 입술에 입을 맞췄다.

"진이 그런…… 말을 하니까…… 미칠 것 같아요. 너무 예뻐서……, 음. 우리 나갈래요?"

시릴이 이진의 얼굴 여기저기에 입술을 누르며 속삭이는 바람에 소리가 뭉개졌다. 휴대전화 너머에서 애타게 시릴을 부르던 클로에의 목소리는 잊혀진 지 오래였다. 래리는 자신의 휴대전화가 바닥으로 추락하기 직전 몸을 던져 겨우 구했다.

"야, 좀."

보다 못한 래리가 쿡쿡 찔렀지만 시릴은 아랑곳하지 않고 키스를 퍼부었다. 놔두면 이진을 집어삼키기라도 할 기세였다.

"제발 그만 좀 해!"

낮게 소리친 래리가 결국 시릴의 정강이를 찼다.

빨갛게 변한 이진이 시릴의 팔을 벗어났고 이마를 찌푸린 시릴은 곧바로 화살을 래리에게 돌렸다.

"무슨 짓이야?"

"무슨 짓이냐니! 방금 네가 저지른 일을 몰라서 묻는 거야?"

"약혼자끼리 키스하는 게 왜? 훔쳐보는 인간이 변태인 거지."

그 변태가 누구인지 정확히 알려 주는 시릴의 시선에 래리가 발끈했다.

"훔쳐보다니! 파티장 한가운데서 보란 듯이 키스한 게 누군데? 게다가 이 파티, 네가 주인공인 거 기억은 해? 다들 샴페인을 퍼붓느라 반쯤 정신줄 놓고 있는 게 천만다행이지, 내가 정말 너 때문에 살 수가 없다."

시릴은 래리의 잔소리를 듣는 둥 마는 둥 하며 반쯤 비워진 이진의 잔을 빼앗아 마셨다. 그러고는 웨이터를 불러 그녀에게 무알콜 샴페인을 건네주었다. 래리의 표정이 희한해졌다.

"뭐 하는 거야?"

"진은 취하면 안 돼."

"고작 샴페인 반 잔 가지고?"

"오늘을 기억 못하면 곤란하거든. 만약 내일 아침에 기억 안 난다고 하면 내가 무슨 짓을 할지 몰라."

"그 정도는 아녜요."

이진의 작은 항변에 시릴은 그녀의 귀에만 들리게 속삭였다.

"진은 이미 우리의 첫 밤을 잊어버렸잖아요. 난 우리의 처음을 모두 기억하고 있는데. 당신은 내 첫사랑이고 첫 연인이고…….”

갑자기 시릴의 말이 뚝 끊어졌다. 푸른 눈에는 묘한 빛이 떠올라 있었다. 마치 뒤늦게 무언가 깨달은 듯한 얼굴이었다.

시릴은 구석의 테이블에 그녀를 데려가 앉혔다.

"진, 잠깐만 여기서 기다려요. 누가 꼬드겨도 따라가면 안 돼요. 특히 배 나오고 머리 벗겨진 사람은 절대 접근금지예요."

"에드 말이에요?"

안 그래도 파티가 시작될 무렵 시릴과 에드는 한차례 충돌했다. '난 이 결혼 허락할 수 없다'를 외친 에드 때문이었다.

"음, 헛소리의 강도가 점점 심해지더라고요. 멀리 떨어져 있어요."

시릴이 귓가에 키스를 하며 당부했다.

"그냥 장난으로 그런 거예요. 당신을 찾아오도록 용기를 준 게 바로 에드인걸요."

시릴의 눈썹이 치켜 올라갔다.

"흠, 에드가 방금 우리 결혼식 초대 손님 명단에 가까스로 이름을 올렸어요."

에드가 들었다면 또다시 결혼 불가를 외칠 만한 소리였다.

이진에게 웃어 준 시릴은 래리를 끌고 조금 떨어진 기둥 뒤로 돌아갔다. 이진이 시야에서 사라지자마자 시릴은 순식간에 표정을 굳혔다.

"그거 진짜야?"

"뭐가?"

래리는 앞뒤 다 자른 뜬금없는 말에 되물었다.

"첫사랑은 이뤄지지 않는다고 했던 말, 진짜냐고."

시릴의 목소리는 초조감이 잔뜩 배어 있었다.

오호, 그게 마음에 걸렸구나! 다시 시릴을 놀리려던 래리는 지나치게 진지한 표정에 마음을 바꿨다. 자신의 대답에 생사가 걸려 있다는 듯한 얼굴에 대고 어떻게 장난을 치겠나. 래리는 신중하게 답을 골랐다.

"음, 확률상으로 좀 그렇긴 해. 사실 첫사랑이란 말 자체가 다음이 있다는 소리니까. 하지만 괜찮을 거야. 넌 그렇다 쳐도, 이진 씨까지 네가 첫사랑은 아닐 거 아냐? 그러면 문제없는 거지."

시릴의 얼굴이 기묘하게 일그러졌다. 안도감과 분함이 뒤섞인 혼란스러운 얼굴이었다. 시릴은 짜증스럽게 제 머리를 헝클어뜨렸다.

"아무래도 내가 진짜 아버지를 닮았나 봐. 나도 내가 이렇게 질투가 심한 타입인 줄 몰랐는데 말이야. 제발 아들에게 질투하는 아버지만은 안 되어야 할 텐데."

"그건 또 무슨 말이야?"

"그러면 아버지한테 엄청 비웃음당할 거야."

시릴이 머리를 부여잡고 괴로워했다. 그 우울한 목소리에 래리는 영문도 모른 채 시릴을 위로해야 했다.

이진은 먼발치에서 이야기를 나누는 두 사람을 바라보고 있었다.

조명 아래 빛나는 시릴의 금발만 봐도 가슴이 따뜻해졌다. 지금 이 순간 그녀는 평생 기대조차 하지 못했던 행복 속에 있었다.

잔이 빈 것을 본 웨이터가 이진에게 새로운 잔을 가져다주었다. 투명한 유리잔 안에서 찰랑이는 샴페인에 그녀의 입가에 미소가 그려졌다.

시릴을 처음 만났을 땐 이런 날이 오리라곤 생각도 못했는데……

황금색 기포처럼 반짝이는 기억 하나가 천천히 수면 위로 떠올랐다.

그날은 깊어 가는 가을날이었다.

캠브리지 곳곳이 수많은 낙엽으로 뒤덮이고 있었다.

하지만 당시 석사과정에 있던 이진은 계절의 흐름을 느끼지 못했다. 일 년의 대부분을 학교와 기숙사만 오가는 인생에 늘 바뀌는 계절은 하등 중요치 않았다.

이진은 빈 강의실에 혼자 있었다.

갑자기 문이 열리자 그녀는 강의실에 난입한 사람을 돌아보았다.

열일곱, 열여덟 살 정도 되었을까, 키는 훌쩍 크지만 얼굴에는 아직 소년티가 남아 있는 남자였다. 게다가 교복으로 보이는 재킷에는 사립학교 마크까지 선명했다.

이진이 놀란 건 상대가 어려 보인 것도 있지만 그 얼굴 때문이었다.

황금을 녹여 만든 것 같은 금발과 푸른 눈. 그 조합도 드문데 성인남자의 굵은 선이 아직 드러나지 않은 얼굴은 아름답다는 말이 어울릴 정도였다.

천사가 존재한다면 저렇지 않을까 싶은 미소년은 어쩐지 성가시다는 표정을 짓고 있었다.

"여기 혼자예요?"

입을 열려던 이진은 말없이 고개를 끄덕였다.

그녀는 앞치마를 두르고 마스크와 고글까지 쓴 상태였다. 유체역학 실험 준비를 하던 중이었기 때문이다. 내일 있을 풍동 실험을 위해 직접 조립한 모형 비행기에 스프레이건으로 색을 칠하려던 참이었다.

관광객일까? 이 학교 학생이 아닌 건 분명한데 어떻게 여기까지 들어왔지? 이진은 이 낯선 침입자를 어떻게 해야 할지 고민에 빠졌다.

그때 복도가 소란스러워졌다. 재빨리 강의실 문을 닫은 소년이 문에 등을 기댔다.

"이쪽으로 간 거 맞아?"

"그런데 시릴이 분명하긴 한 거야?"

"확실하다니까! 내가 그 금발을 잘못 볼 리가 없어. 실버스톤에서부터 점찍어 놨단 말이야."

누군가를 찾는 듯한 여학생들의 말소리가 가까워지고 있었다. 말의 내용으로 봐서 눈앞의 침입자를 찾는 게 분명했다.

쉿.

소년은 소리 없이 입술에 손가락을 댄 채 이진을 바라보았다. 이진은 눈만 깜박거리며 서 있었다.

"반으로 나눠서 찾아보자."

"우린 위층을 살펴볼 테니 너흰 건물 정문 쪽을 지키고 있어."

문 너머로 들려오는 내용에 소년의 얼굴이 살짝 찌푸려졌다.

여러 발소리와 함께 소음이 멀어지기 시작했다.

문 밖이 조용해지자 이진은 다시 작업을 시작했다. 피하려던 사람들이 사라졌으니 이제 알아서 나가겠지 싶어서였다.

천사를 닮은 침입자는 금세 그녀의 머릿속에서 잊혀졌다. 그래서 갑자기 머리 위에서 목소리가 들려오자 깜짝 놀라고 말았다.

"뭐 하는 거예요?"

살짝 고개를 숙인 그가 이진의 작업을 들여다보며 호기심을 보였다.

"그거 다이캐스팅이죠? 나도 수집하고 있는데, 비행기는 아니고 전부 슈퍼카긴 하지만."

"……이건 그냥 실험 재료인데."

지금껏 한마디도 하지 않던 이진이 입을 열었다.

"무슨 실험인데요?"

"유체역학 실험."

"알아요, 그거 자동차에도 적용되는 거죠?"

이진의 대답에 갑자기 파란 눈이 반짝거렸다. 무표정했던 얼굴에 생기가 돌자 이진의 가슴이 철렁했다.

방금 전까지는 마치 그림을 감상하는 기분이었는데 지금은 그가 살아 있는 사람처럼 보였다. 그제서야 처음으로 눈앞에 있는 소년의 존재가 실감났다.

"F3 레이싱 카가 코너를 돌 때면 다운포스가 끝내주더라고요. G-포스(G-force, 중력가속도)도 더 높아지고. 처음 탔을 땐 에어로 다이내믹 그립이 익숙하지 않아 애를 먹을 정도였어요. 물론 F1에 비하면 우스운 수준이지만. ……아, 어제 내가 F3 유러피언 챔피언이 됐거든요."

어떻게 그런 걸 아느냐는 시선에 소년이 태연하게 마지막 말을 덧붙였다. 마치 어제 동네 축구시합에서 이겼다는 투였다.

F3에 대해 자세히는 모르지만 유럽에서 챔피언이 됐다는 건 뭔가 엄청난 거 아닌가? 그러고 보니 아까 그 여학생들의 얘기도 그렇고, 유명인인가?

이진은 다시 그를 쳐다보았다. 다른 세계에서 온 듯한 묘한 소년은 본격적으로 비행기 모형을 살피고 있었다.

"두 달 후에 열여덟 살 생일이 지나면 다이캐스팅 말고 진짜 슈퍼카를 살 거예요. 지금은 아버지가 도로에서 운전을 못하게 하시거든요."

그 사실이 마음에 안 드는 듯 잔뜩 찌푸려진 미간을 보며 이진은 놀랐다. 열여덟 살에 슈퍼카를 산다고? 역시나 범상치 않은 소년이었다.

"도와줄까요?"

다이캐스팅을 수집한다는 말이 빈말이 아니었는지 그는 익숙한 손길로 스프레이건을 만졌다.

"……아니."

이진의 거절에 소년의 얼굴이 굳어졌다.

그의 도움을 받을 생각은 없었다. 왜냐하면……. 이진은 잠자코 의자 위에 올려둔 가방을 뒤져 연고를 내밀었다.

조금만 부딪혀도 쉽게 멍이 드는 편이라 그녀는 항상 약을 가지고 다녔다. 스스로를 챙길 사람은 자신밖에 없으니까.

"이게 뭐죠?"

"손가락, 다친 것 같아서."

소년의 눈이 커졌다.

"……들켰네요."

다음 순간 뭐가 즐거운지 그는 부드럽게 눈을 휘며 웃었다.

"보통은 잘 모르던데."

소년이 연고와 그녀를 번갈아 보며 혼잣말처럼 중얼거렸다.

이진도 처음엔 몰랐다. 그가 오른손을 주머니에 넣고 있어서 눈에 띄지 않았던 것이다. 하지만 소년이 스프레이건을 집어 드는 순간 여기저기 부어오른 손가락 마디가 보였다.

꽤나 부은 것 같던데 아프지 않나? 이진의 눈길을 알아차렸는지 소년은 순순히 손에 연고를 발랐다. 그리고 그녀에게 다시 물었다.

"그럼 여기서 지켜봐도 돼요?"

이진이 승낙하자 그는 방해가 되지 않도록 한 걸음 물러났다.

소년은 작업을 하는 이진을 지켜보며 이따금 질문을 던졌다. 그가 궁금해하는 건 주로 유체역학 기술이 자동차에 어떻게 적용되는지였다. 그녀는 자신이 아는 대로 답을 해 주었다. 대부분 전문적인 질문이 아니라 그다지 어려울 게 없었다.

갑자기 찾아든 불청객과의 시간은 제법 평화롭게 흘러갔다.

문득 이진은 이런 것도 나쁘지 않구나, 하는 생각이 들었다. 누군가와 이렇게 한가롭게 대화를 주고받은 적이 언제인지 기억이 나지 않았다.

이진은 친구도 없고 늘 사람들과 따로 떨어져 혼자인 적이 많았다. 사람들은 그녀의 살갑지 못한 태도에 보통 한두 번 말을 걸다 흥미를 잃곤 했다. 그런데 소년은 그녀의 짧고 간결한 대답에도 전혀 실망한 기색을 보이지 않았다.

어느새 한 시간이 훌쩍 지났다.

"아, 기차 시간이 다 돼 가네요."

손목시계를 확인한 소년이 한숨을 내쉬었다. 시계라기보다 거의 자동차 계기판처럼 보이는 물건이었다.

"저녁 시간까지 돌아가지 않으면 당분간 경기 참가를 금지당할 거예요. 다음번에는 봐주지 않겠다고 했으니까."

그가 지금껏 걸터앉아 있던 책상에서 일어났다. 푸른 눈이 잠시 이진에게 머물렀다.

"음, 이런 말 하는 거 처음인데……. 십일월에 마카오그랑프리가 있거든요. 혹시 보러 오지 않을래요?"

뜻밖의 초대에 이진은 고개를 저었다.

평생 그런 곳엔 갈 일이 없을 것이다. 여행을 다닐 만한 여유도 없을뿐더러 하필이면 자동차경주라니, 자신에겐 불가능한 이야기였다.

이진의 대답에 그는 조금 아쉬운 얼굴로 어깨를 으쓱했다.

"뭐, 그래도 언젠가 내 얼굴을 TV에서 보게 될 거예요. F1은 이 주마다 중계를 하니까."

소년의 입술에 자신감 가득한 미소가 걸렸다.

"갈게요."

인사를 건넨 그가 거침없이 창문 쪽으로 다가갔다. 어? 이진은 눈을 깜박였다.

"……여기 이 층인데."

그러자 창턱에 한쪽 다리를 걸친 소년이 그녀를 돌아보았다. 이진에게 가까이 오라고 손짓한 그는 재킷 주머니에 손을 넣었다.

"좋은 걸 줄 테니 손 내밀어 봐요."

무언가가 투둑, 하고 가볍게 그녀의 손안으로 굴러떨어졌다. 얇은 종이에 감싸인 모양이 사탕 같았다.

"고집쟁이 아저씨 책상 위에서 훔쳐 온 건데 당신에게 주면 좋을 것 같아서요."

훔쳐 왔다고? 고글 너머로 동그랗게 커진 눈을 보며 그가 입술 끝을 끌어올렸다.

"손님용이라고 했으니 괜찮아요. 그리고 그 아저씬 뱃살을 좀 줄일 필요가 있어요."

소년과 청년의 경계에 있는 아름다운 얼굴이 가까이 다가왔다. 금빛 실 같은 머리카락이 이진의 눈앞에서 흔들렸다.

"이제 보니 당신, 눈이 예쁘네요."

소년이 활짝 웃으며 속삭였다. 빛을 받은 푸른 눈동자가 이진의 뇌리에 선명하게 박혀 들었다.

문득 어릴 때 본 사진 한 장이 떠올랐다. 낡은 내셔널 지오그래픽 잡지에서 뜯어낸 사진은 사고 현장에서 잃어버리기 전까지 늘 이진이 가지고 다니던 보물이었다.

어떤 보석보다 아름다운 푸른 바다를 머금은 원구.

그것은 우주에서 바라본 지구 사진이었다.

소년의 눈은 이진이 언젠가 평화로운 그 푸른빛을 보기 위해 우주로 가고 싶다고 생각한 바로 그 색을 닮아 있었다.

이진이 잠시 멍해 있는 사이, 그가 창밖으로 뛰어내렸다. 놀라 아래를 내려다봤을 때 소년은 태연하게 잔디밭을 가로지르고 있었다. 눈부신 가을햇살이 그의 금발 위에서 춤을 추었다.

순식간에 멀어지는 금빛을 보며 이진은 마스크를 벗었다.

손안에 남겨진 물체에서 따뜻하고 달콤한 냄새가 났다. 햇살에 냄새가 있다면 분명 이런 냄새가 아닐까.

이진의 입술에 희미한 미소가 떠올랐다.

만약 언젠가 자신이 누군가를 사귀게 된다면 금발이었으면 싶었다. 햇살을 닮은 황금빛을 보면 어쩐지 가슴이 따뜻해질 것 같았다.

외전

First love

♣

피커딜리에 있는 고풍스러운 외관의 호텔은 런던의 명소로 잘 알려진 곳이었다.

그 호텔 입구에서 시릴은 삼십 분이 넘도록 안으로 들어가지 못하고 있었다. 한 걸음 뗄 때마다 팬들의 사진과 사인 요청이 쏟아진 탓이었다.

"저 자동차에 미친 인간들!"

도어맨이 열어 준 문 안으로 겨우 들어선 시릴이 이를 갈았다. 래리가 어이없는 얼굴로 그를 돌아보았다.

"네가 그런 말 하면 안 되지, 그중에서 가장 미친 인간이 넌데."

래리의 핀잔에 가볍게 코웃음 친 시릴은 곧바로 프런트로 향했다. 하지만 뒤이어 들려온 말에는 걸음을 멈출 수밖에 없었다.

"지금 시간엔 방이 아니라 콘퍼런스 룸에 있지 않을까?"

목적지를 콘퍼런스 룸으로 바꾼 시릴이 성큼 앞서가기 시작했다.

화려한 로비의 샹들리에 불빛 아래 금색과 빨간색으로 장식된 거대한 트리가 눈에 들어왔다. 바야흐로 크리스마스 시즌이었다.

"어떻게 나 없는 틈에 다른 남자들과 외박할 생각을 할 수 있지?"

시릴의 목소리에는 분함과 서운함이 배어 있었다.

"야, 그냥 콘퍼런스야."

"한 호텔에서 밥을 먹고 잠까지 자는 거잖아."

"말은 똑바로 하자. 밥은 호텔 레스토랑에서 단체로 먹는 거고, 잠은 각자 방에서 자는 거지."

래리는 바람난 아내를 잡으러 온 것처럼 구는 시릴을 보며 고개를 저었다.

"너 아무래도 증상이 점점 심각해지는 것 같다. 좀 진정해."

"짜증이 난 것뿐이야. 이게 전부 너 때문이잖아!"

매서운 푸른 눈이 래리를 노려보았다. 뜨끔한 얼굴의 래리가 슬그머니 시선을 피했다.

이미 올해의 챔피언이 결정된 후라 마지막 아부다비그랑프리는 김빠진 콜라처럼 밍밍한 상태로 치러졌다.

시릴은 마지막 트로피까지 손에 거머쥐며 완벽하게 시즌을 마감했다. 하지만 시즌이 끝나자마자 래리가 그에게 떠안긴 것은 산더미 같은 일거리였다.

시릴은 기함했다. 수많은 화보와 CF 촬영이 유럽 절반은 물론 아메리카대륙까지 횡단하는 일정이었기 때문이다.

시릴은 공격적인 드라이빙으로 카메라에 자주 잡혀 스폰서들이 가장 좋아하는 드라이버였다. 그러다 보니 그의 연봉에서 광고 수입은 무시할 수 없는 비중을 차지하고 있었다.

당연히 결혼식은 미뤄졌다.

시릴은 못 간다며 펄쩍 뛰었지만 계약 위반으로 줄 소송을 당하지 않으려면 광고를 찍어야 했다. 게다가 이진은 연구실에 묶인 몸이라 함께 갈 수도 없었다.

그렇게 시릴이 워킹을 떠난 게 삼 주 전이었다.

사실 어제까지만 해도 시릴의 기분은 나쁘지 않았다. 오히려 이진과 크리스마스 휴가를 보낼 생각에 잔뜩 들떠 있었다. 그의 유례없이 열렬한 협조로 일정이 예정보다 일찍 끝났기 때문이다.

일이 어긋나기 시작한 건 오늘 아침부터였다.

이진을 놀래 줄 생각에 곧장 비행기를 타고 날아온 시릴이 맞닥뜨린 건 텅 빈 집이었다. 그의 약혼녀는 맥라렌의 엔지니어들과 콘퍼런스에 참석하기 위해 런던에 가고 없었다.

이진을 보지 못한 데다 에드에게 놀림까지 받고 온 터라 시릴은 짜증이 쌓일 대로 쌓인 상태였다.

다행히 회의가 끝났는지 콘퍼런스 룸의 문이 활짝 열려 있었다. 쏟아져 나온 사람들 사이로 낯익은 얼굴들이 보였다.

"이게 누구야? 시릴!"

"광고 찍으러 갔다며? 언제 왔어?"

시릴은 반갑게 인사를 건네는 엔지니어들을 보며 입을 열었다.

"진 여기 없어?"

목소리가 뾰족했다. 이진과 친해진 엔지니어들이 요사이 둘만의 시간을 방해하는 일이 잦아진 탓이다.

"누구 이진 본 사람?"

"안에서 이야기 중이던데?"

그들이 주고받는 대화에 시릴은 서둘러 안으로 들어갔다.

콘퍼런스 룸은 꽤 넓었지만 한적해서 연단 아래 있는 이진을 찾는 건 어렵지 않았다. 그녀 앞에 낯선 남자가 서 있었다.

시릴은 곧장 콘퍼런스 룸을 가로질렀다.

"진!"

"시릴?"

동그랗게 뜬 암갈색 눈과 마주치자 심장이 두근거렸다. 오늘 그녀는 긴 머리를 늘어뜨리고 있어선지 한층 예뻐 보였다. 당장 삼키고 싶을 정도였다.

"누구예요, 진?"

시릴은 화사하게 웃으며 이진의 허리를 끌어안았다.

"닥터 고든과는 예전에 알던 사이였는데 우연히 여기서 만났어요. 지금은 나사(NASA, 미국항공우주국)에 근무하고 있대요."

"진의 약혼자인 시릴 크레이그입니다."

시릴이 먼저 자신을 소개하며 손을 내밀었다.

"앤드류 고든입니다."

시릴은 상대를 머리에서 발끝까지 훑었다.

예전에 알던 사이?

진의 첫 직장은 맥라렌이니 전 직장 동료는 당연히 아닐 것이다. 수녀원 기숙학교를 제외하면 남는 건 대학 때라는 건데…….

문득 시릴의 눈이 앤드류의 금발에 가 박혔다.

금발?

색이 좀 어둡긴 했지만 금발에다 키도 자신과 엇비슷했다. 어쩐지 남자를 볼수록 기분이 나빠졌다.

시릴의 눈이 가늘어졌다.

"나사에 있는 분이 이 먼 런던까지 어쩐 일입니까?"

"보다시피 콘퍼런스 때문입니다. 그런데 이렇게 옛 친구도 만나게 됐군요."

잿빛 안개를 연상시키는 눈이 힐끗 이진의 손을 쳐다보았다.

"그런데 약혼한 지 얼마 안 된 모양입니다, 반지가 없는 걸 보면."

"아, 일하는 중이라 반지를 빼놓았어요."

당황한 이진의 대답에 앤드류가 피식 웃음을 흘렸다.

"얼마나 거추장스러웠으면……. 아, 실례. 혹시 아는지 모르겠지만 이진은 허영심과는 거리가 멉니다. 그녀의 진가는 스마트한 두뇌에 있죠. 그런 의미에서 나는 이 약혼이 조금 안타깝군요. 당신은 그녀의 두뇌를 반의반도 이해하지 못할 테니 말입니다."

앤드류의 한마디에 갑자기 분위기가 싸해졌다.

이 자식이 감히? 시릴이 입꼬리를 비틀며 웃었다.

"당신은 사랑도 뇌세포를 따져 가며 하나 보지?"

시릴은 겉치레나마 지키던 정중함을 내던져 버렸다. 대놓고 비웃는 말투에 앤드류의 얼굴이 굳어졌다.

"난 가슴으로, 온몸으로 사랑을 해. 어떻게 하면 진을 행복하게 만들 수 있을까, 진이 내 품에서 얼마나 뜨거워질까 생각하느라 당신처럼 한가하게 뇌세포나 셀 틈 따위 없는데?"

뺨이 붉어진 이진이 시릴의 팔을 살짝 잡아당겼다.

"그런 게 좋으면 인체박물관에라도 가 보지 그래? 혹시 알아? 거기 당신이 사랑에 빠질 만한 두뇌 표본이라도 있을지."

낮게 쏘아붙인 시릴은 앤드류에게 한 걸음 다가가 쐐기를 박았다.

"한 번만 더 내 여자 앞에 얼쩡거리면, 그땐 진짜 포르말린에 담긴 표본이나 끌어안고 살게 해 주지. 닥터 씨프(Thief)."

시릴은 새파랗게 질린 앤드류를 버려둔 채 이진의 손을 잡고 자리를 떠났다.

이진이 묵는 방으로 올라가는 동안 그는 한마디도 할 수 없었다. 가슴속에서 질투심이 끓어올랐다.

시릴은 진의 옛 남자를 애써 찾아보려 하지 않았다. 그 남자를 눈앞에서 본다면 과연 자신이 참을 수 있을지 확신할 수 없어서였다.

방금 전 진이 곁에 없었다면 자신은 분명 그 허여멀건 면상을 흠씬 두드려 팼을 것이다.

"왜 그런 소릴 했어요?"

크림색에 화려한 금박장식을 덧댄 엘리베이터 안에 나직한 음성이 울렸다.

"난 일반인과 트랙에서 붙자는 소린 안 해요. 그런데 방금 그치가 한 짓이 바로 그거라고요. 치사한 자식!"

시릴은 분을 삭이지 못했다.

객실 문이 열리자 높은 천장 아래 고전미가 넘치는 앤티크 가구와 벽난로가 그들을 반겼다. 하지만 그의 눈에는 아무것도 들어오지 않았다.

시릴은 긴 다리로 초조하게 방안을 오가기 시작했다.

"……그 남자죠? 당신의 예전 연인."

"어떻게……?"

순간 놀란 이진은 순순히 고개를 끄덕였다.

앤드류의 태도를 보고 짐작했겠지. 누가 봐도 앤드류의 말은 지나쳤다. 굳이 숨길 생각은 없었는데 예상보다 시릴의 반응은 격렬했다.

"어떻게 나 몰래 그를 만날 수 있어요, 진?"

시릴은 마치 배신이라도 당한 듯한 얼굴이었다.

몰래 만난 건 아니었다. 콘퍼런스에서 우연히 마주친 것뿐이었다. 인사를 하는데 무시하고 투명인간 취급할 순 없지 않나?

"앤드류도 나도 콘퍼런스에 참석하러 온 것뿐이에요."

이진은 시릴이 왜 앤드류 때문에 속상해하는지 이해할 수 없었다.

그녀는 앤드류에게 아무런 감정도 없었다. 원망조차 남아 있지 않았다. 그는 이제 자신에게 전혀 중요한 존재가 아니었다.

얼굴을 일그러뜨린 시릴이 머리를 거칠게 헝클어뜨렸다.

"난 진 말고 다른 여자와 커피도 마셔 본 적 없는데 당신은 나 몰래 옛 애인을 만나고, 다른 남자와 다정하게 별을 보며 추억을 만들었다고 하고……!"

거침없이 쏟아 내는 말에 이진은 반응할 타이밍을 놓쳐 버렸다.

다정하게 별을 보며 추억을 만들었다고?

앤드류가 언제 그런 얘기를 했지?

무엇보다 앤드류와 별을 보며 추억을 만든 기억 같은 건 없었다. 앤드류와 사귈 무렵엔 각자 연구실에 틀어박혀 연구하느라 얼굴도 제대로 못 볼 때가 많았다.

하지만 그녀는 앤드류 이야기로 이 순간을 낭비하고 싶지 않았다. 삼 주 만이었다. 전화가 아니라 직접 시릴을 보는 것은.

이진은 시릴에게 한 걸음 다가갔다. 그리고 그의 뺨을 감싼 채 살짝 입을 맞췄다.

"잘 다녀왔어요?"

순간 시릴이 숨을 멈추는 것이 느껴졌다. 거친 신음이 토해지고 허겁지겁 입술이 달려들었다.

"보고 싶었어요, 진."

그는 굶주린 사람처럼 마구 키스를 퍼부었다. 순식간에 그녀의 옷이 벗겨졌다.

"샤, 샤워부터……."

겨우 정신을 차린 이진이 더듬거렸다.

"함께해요."

시릴은 입술을 떼지 않은 채 그녀를 안아 들었다. 욕실에 들어설 무렵 그의 입술은 이진의 목을 더듬고 있었다.

욕조 안에 이진을 내려놓은 시릴은 그녀가 벽을 짚고 서게 했다. 따뜻한 물이 어깨 위로 쏟아졌다.

등 뒤에서 바지 지퍼가 내려가는 소리가 들렸다. 뒤이어 완전히 발기한 페니스가 엉덩이 위에 비벼졌다.

"진, 웃."

그가 이진의 엉덩이를 움켜쥐고 양쪽으로 벌렸다. 긴 손가락이 불쑥 안쪽으로 침입하자 다리가 덜덜 떨렸다. 시릴은 그녀의 귓불을 핥으며 손가락을 깊게 휘저었다.

"훗."

이진은 신음이 터져 나올 것 같아 입술을 깨물었다.

"젖어요, 진. 좀 더 흠뻑 젖어야 해요."

시릴이 도톰하게 부어오른 돌기를 문지르며 그녀의 귓가에 속삭였다.

"빨리 젖지 않으면 아플지 몰라요. 나 지금 너무 흥분돼 있어서 위험하거든요. ……여기 빨아 줄까요?"

흠칫 놀란 이진이 허벅지를 오므렸다.

"하, 하지 마요."

그의 손가락이 끈질기게 입구를 건드리고 있었다. 그 주변만 홧홧하게 달아오르는 느낌이었다.

"그럼 사랑한다고 말해 줘요."

시릴이 그녀의 허벅지 사이로 단단히 솟은 기둥을 비비기 시작했다. 깊숙하게 들어온 귀두가 볼록 솟아오른 살점 위를 스쳤다.

"흐읏."

"응? 어서요."

그녀는 입술을 깨물었다 열었다. 하지만 나오는 건 간헐적인 신음뿐이었다.

시릴은 집요할 정도로 한 곳만 문질렀다. 뜨겁게 부풀어오른 점막 안쪽이 젖고 있었다. 흘러내린 애액이 입구에 고였다.

젖은 살을 마찰하는 소리가 욕실 안에 울렸다. 좁은 공간이라 그 소리가 무척이나 야릇하게 들렸다.

"말해 줘요, 진."

시릴의 움직임이 빨라질수록 입구도 따라 움찔거리는 기분이었다. 배 속이 아릿해졌다.

"사, 사랑해요."

이진의 말이 끝나자마자 뜨거운 정액이 엉덩이 위로 쏟아져 내렸다. 동시에 그녀의 점막 안에서도 울컥 액체가 흘러나왔다. 애액이 입구를 적시고 뚝뚝 떨어지고 있었다.

"아직 부족해."

거친 숨소리가 귓가에 닿았다.

시릴은 그녀의 손을 뒤로 끌어와 자신을 만지게 했다.

눈으로 보지 못하자 손바닥에 닿는 부피감이 더 또렷하게 느껴졌다. 그는 사정을 하고도 그다지 힘을 잃지 않은 상태였다.

"만져 줄래요?"

시릴의 요청에 이진은 조심스럽게 그를 쓸어 올렸다.

페니스는 한 손에 채 잡히지도 않을 만큼 굵었다. 핏줄이 울퉁불퉁 드러난 표면은 젖어서 한층 매끄러웠다. 이진의 손이 닿자 기둥이 점점 더 팽팽해지고 있었다.

그때 시릴의 혀가 그녀의 목덜미를 핥았다.

"아흣!"

이진은 저도 모르게 높은 교성을 흘렸다. 손안의 페니스가 순식간에 다시 빳빳해졌다.

"진."

만족스러운 신음과 함께 그가 안으로 쑥 들어왔다. 묵직한 기둥이 뿌리까지 박히는 느낌에 이진은 몸서리쳤다.

"너무 좋아. 당신이 날 꽉 무는 게 느껴져요, 진."

시릴이 거칠게 헐떡이며 허리를 밀었다.

잔뜩 젖은 채 뜨거운 열을 내는 살갗이 그녀의 등에 달라붙었다. 그가 두 팔로 이진을 끌어안았다.

"당신 거예요, 진. 난 전부 당신 거야. 그러니까……."

나직한 목소리가 귓가에서 다크 초콜릿처럼 녹아들고 있었다.

"영원히, 이렇게 날 붙잡아 줘요."

이진은 저도 모르게 그를 꽉 조였다.

짧은 탄성과 함께 시릴의 허릿짓이 격렬해졌다. 퍽, 소리가 날 정도로 사나운 움직임에 이진의 몸이 자꾸 밀렸다. 시릴은 가느다란 허리를 양손으로 움켜잡았다.

내뱉는 숨결이 수증기와 한데 뒤섞였다. 세상이 온통 뜨겁고 뿌옇게 흐려졌다.

시릴은 몇 번이나 그녀 안으로 깊숙이 짓쳐들어왔다. 이진 역시 온몸을 열어 그를 받아들였다.

마침내 두 개의 육체가 완벽하게 맞물린 순간 폭발하듯 그의 정액이 쏟아져 나왔다.

"흐읏."

신음과 함께 낯익은 뜨거움이 이진의 안을 가득 채웠다.

조그맣고 예쁜 것이 빳빳이 고개를 치켜들고 있었다.

시릴은 선홍색으로 달아오른 유두에서 눈을 떼지 못했다. 마구 빨고 싶었다. 하지만 더 이상 괴롭히면 이진이 울 것 같았다.

대신 그는 그녀의 다리를 잡아 올려 아래를 드러냈다.

밤새 혹사당한 입구가 부어 있었다. 발갛고 통통한 게 꼭 추위에 움츠러든 꽃봉오리 같았다.

그 모습에 화끈한 열기가 허리 아래를 직격했다. 또다시 허기가 치밀어 오른다.

시릴은 다른 손으로 천천히 페니스를 훑으며 몇 번이나 입술을 적셨다.

"진, 괜찮죠?"

멍한 암갈색 눈동자가 그를 보는가 싶더니 이내 눈꺼풀 아래로 사라졌다. 양심이 있냐고 묻는 것 같았다.

너무 몰아붙였나. 그는 작게 혀를 찼다.

파랗게 핏줄이 돋은 페니스가 사납게 꿈틀거리고 있었다. 이대로 들어가긴 무리였다.

시릴은 힘없이 늘어진 다리를 양옆으로 넓게 벌렸다. 그리고 고개 숙여 살짝 입구를 핥았다.

"······!"

순간 새하얀 허벅지가 움찔했지만 이진은 그만두라고 말하지 않았다. 어쩌면 그럴 정신이 없어서인지도 모르지만.

마음을 놓은 시릴이 본격적으로 그 예쁜 꽃봉오리를 탐색하기 시작했다. 자신을 봐 달라는 듯 뾰족 솟은 살점을 혀로 굴리기도 하고, 애처롭게 부어오른 입구도 빠짐없이 핥아 주었다.

시릴은 혀끝을 세워 꽉 다물린 꽃봉오리 속으로 밀어넣었다.

"훗."

진이 작게 흐느꼈다.

열이 나는지 안쪽은 한층 뜨거웠다. 머릿속이 하얗게 날아갔다. 그는 매끈한 점막을 게걸스럽게 빨았다. 말랑해진 입구에서 타액이 줄줄 흘러내릴 때까지.

숨 쉴 때마다 자신의 것과 뒤섞인 그녀의 체향이 선명하게 느껴졌다. 원초적인 만족감에 머릿속이 진탕하는 것 같았다.

터질 듯 아래가 땅겨 오자 시릴은 조심스럽게 안으로 파고들기 시작했다.

뜨거운 점막이 빠듯하게 늘어났다. 둥근 주머니가 그녀의 엉덩이 아래 부딪혔다.

"아흑."

아래를 깊게 꿰뚫린 진의 몸이 파르르 떨렸다.

"아파요?"

그가 가슴골 사이에 흘러내린 땀방울을 핥으며 물었다. 달아오른 피부가 혀끝에 달라붙었다.

시릴도 진의 신음이 아파서가 아니란 걸 알았다. 그 증거로 그녀의 앙증맞은 유두가 단단하게 부풀고 있었다.

"읏! 진."

순간 아찔하게 덮쳐 오는 현기증에 시릴은 눈을 감았다.

이진이 그의 등에 손톱을 박고 있었다. 그러잖아도 비좁은데 쥐어짜지는 기분이었다.

그는 뻐근해진 성기를 천천히 빼냈다. 한껏 젖은 기둥이 번들거리고 있었다.

시릴은 이진의 다리를 움켜잡고 어깨 위로 들어올렸다. 그녀의 몸이 반으로 접히다시피 하자 입구가 훤히 노출되었다. 그 새빨간 점막 안으로 그가 거침없이 제 것을 박아 넣었다.

"아앗."

굵은 페니스가 좁은 안쪽을 후벼 파듯 긁었다. 가느다란 허리가 튀어 올랐다. 시릴은 그녀가 느끼는 곳만 골라 찔러 댔다.

"아, 흐읏. 흑!"

진의 목소리는 세이렌의 울음 같았다. 아무리 삼켜도 허기가 채워지지 않는다. 뜨거운 안쪽도, 진의 머릿속도 전부 자신으로 채우고 싶었다.

"아흑!"

그녀가 울음 섞인 교성을 길게 내뱉었다. 그를 삼킨 점막이 경련을 일으키듯 잘게 떨었다.

절정에 오른 이진을 본 시릴은 그제야 자신을 풀어놓았다.

"읏."

뿜어져 나온 정액이 세차게 안쪽을 적시고 있었다. 입구 밖까지 흘러넘친 우윳빛 씨앗은 뜨겁고 질척했다.

끝도 없는 바닥으로 떨어져 내리는 기분이었다. 영원히 이 몸에서 벗어나지 못할 것 같았다. 그래도 좋았다, 당신이라면.

시릴은 환하게 미소 지으며 이진을 끌어안았다.

"사랑해요."

이진은 갑자기 잠에서 깨어났다.

침대 위엔 그녀 혼자였다. 잠이 깬 건 옆자리가 싸늘해진 탓인 듯싶었다.

몸을 일으키려던 이진은 순간 당황했다. 허리에 힘이 하나도 들어가지 않았다.

오후부터 새벽까지 이어진 섹스는 시릴과의 관계에 제법 익숙해진 그녀에게도 버거울 정도였다.

시릴은 평소보다 몇 배나 불타올랐고 지치지도 않았다. 문득 약혼반지와 목걸이만 걸친 채 그의 위에 올라타야 했던 기억이 떠오르자 얼굴이 달아올랐다.

눈으로 시릴을 찾던 이진은 창가에 서 있는 그를 발견했다.

"시릴?"

검은 셔츠와 바지 차림의 시릴이 가만히 그녀를 바라보고 있었다. 역광 때문에 그의 표정을 읽을 수 없었다.

"왜 거기 서 있어요?"

"나는 당신이……."

시릴은 잠시 말을 끊었다. 밤새 부드럽게 속삭이던 목소리가 잔뜩 굳어 있었다.

"아직도 약을 먹는 줄 몰랐어요."

그제야 이진은 그가 무얼 발견했는지 깨달았다.

어제 아침 자신이 무심코 콘솔 위에 올려 두었던 것. 피임약이었다.

"시릴, 그건……."

이진은 서둘러 입을 열었지만 무어라 설명해야 할지 몰라 뒷말을 잇지 못했다.

창가를 벗어난 시릴이 그녀에게 다가왔다. 그는 상처받은 표정이었다.

"당신은 마치 우리가 헤어지길 기다리고 있는 사람 같아. 내가 당신에게 질릴 때를 기다려요?"

"그런 게 아니……."

"그런데 어쩌죠? 난 죽어도 당신 안 놓을 건데."

시릴의 말투는 삐딱했다.

"시릴, 난……."

그녀의 눈을 바라본 시릴이 긴 한숨을 내쉬었다.

"부탁이니 지금은 아무 말하지 말아 줘요. ……잠깐 바람 좀 쐬고 올게요."

말릴 새도 없이 그가 방을 나가 버렸다.

이진은 시릴을 쫓아가려다 하마터면 침대에서 굴러떨어질 뻔했다. 다리가 완전히 풀려 있었다.

아침 햇살이 비치는 방안에 혼자 남은 그녀는 물끄러미 자신의 왼손을 내려다보았다.

선명한 블루 다이아몬드가 세팅된 반지는 브라질에서 돌아오자마자 시릴이 끼워 준 것이다. 그는 처음부터 이진에게 프러포즈할 생각으로 목걸이와 함께 반지를 주문했다고 말했다.

시릴은 반지를 빼놓은 그녀에게 아무 말 하지 않았다. 하지만 서운했던 걸까? 어젯밤 몇 번이나 손가락에 키스를 하던 그가 떠올랐다.

이진은 반지 낀 손을 다른 손으로 감싸쥐었다.

앤드류의 말처럼 반지가 거추장스럽다고 느낀 적은 없었다. 시릴의 사랑이 담긴 소중한 반지였다. 거추장스럽다니, 말도 안 되는 소리다.

단지 반지를 끼고 있으면 사람들이 자꾸 시릴에 관한 질문을 했다. 그게 일에 방해가 될 정도라 잠시 빼 놓았을 뿐이다.

이진은 가벼운 한숨을 내쉬었다.

그녀는 언제나 답이 정해져 있는 수학을 좋아했다. 수학은 제대로 된 공식만 찾는다면 틀릴 일이 없으니까. 하지만 사랑은 정해진 공식이 없어서 자신은 아직도 서툴기만 했다.

그에 비해 시릴은 지나치게 빨랐다. 그녀가 용기를 내 한 발 디디면 그는 벌써 저 앞에 가 있었다.

눈을 들자 콘솔 위의 약이 보였다.

자신은 그저 조금 두려웠을 뿐이다. 혹시라도 자신이 어머니처럼 아이를 사랑하지 못할까 봐.

나와의 아이를 원하지 않는 건가요?

차마 그 질문은 물어볼 수 없었다.

시릴은 애꿎은 엘리베이터 표시등을 노려보았다.

시릴이 아는 완벽한 부부는 바로 그의 부모였다. 어머니의 죽음으로 평생을 함께하진 못했지만 그들은 누구보다 서로를 사랑했다.

인생의 유일한 여자를 찾고 나니 시릴의 머릿속은 자연스럽게 아이와 함께하는 미래를 그리고 있었다. 서로 사랑하니까 당연히 진도 자신들의 아이를 가지고 싶어할 거라 생각했다.

완전히 내게 온 게 아니었나? 진은 아직도 떠날 여지를 남겨 두려는 걸까?

자신의 세상은 언제나 한 사람만으로 가득한데 그 사람은 아닐지 모른다니, 심장이 쓰라렸다.

그래도 진 말고 다른 사람을 사랑한다는 건 상상도 되지 않아서 시릴은 이를 악물었다.

역시 결혼식을 했어야 했다. 약혼자라는 타이틀만으로는 부족했다. 그는 하루라도 빨리 진의 남편이 되고 말겠다는 다짐을 되새겼다.

무작정 걸음을 옮기던 시릴이 도착한 곳은 레스토랑 앞이었다. 그는 한쪽에서 아침을 먹는 맥라렌의 엔지니어들을 발견했다.

"이진하고 싸웠어?"

시릴과 시선이 마주친 잭 앤더슨의 첫마디였다.

"왜 그렇게 생각하는데?"

"왜긴, 약혼녀랑 만났으니 신나서 날아다녀야 할 네 얼굴이 죽상이니까."

"시릴의 기분이 나쁘다면 당연히 이진과 관련된 일이겠지."

"보나마나 시릴이 잘못했을걸?"

엔지니어들이 하나둘 보태는 말에 시릴은 울컥했다. 생각해 보니 이들은 런던까지 진을 꼬여낸 원흉들이었다.

"쓸데없는 엔지니어들만 우리 사이에 안 끼어들면 돼."

"시즌 끝났다고 바로 모른 체하는 것 봐라."

잭이 쯧쯧 혀를 찼다.

"하긴 자그마치 첫사랑이지?"

래리가 입을 잘못 놀리는 바람에 잭은 시릴이 첫사랑 중이라는 사실을 알게 되었다. 그 후로 그는 종종 시릴을 놀리곤 했다.

잭이 안경을 끌어올리며 씨익 웃었다.

"이해해, 누구나 그건 평생 잊지 못하는 법이니까."

"뭐?"

시릴이 잠시 멈칫했다.

"그런데 이진도 이 망나니 천사의 실체를 알아야 하지 않을까? 누가 이진 좀 불러와."

"닥쳐!"

잭의 도발에 시릴이 낮게 으르렁거렸다. 하지만 요즘 그의 성격에 익숙해진 엔지니어들은 태연하게 쑥덕거리기 시작했다.

"누가 갈래?"

"제비뽑기로 하는 게 어때?"

여기서 테이블을 엎으면 레스토랑에서 쫓겨날까? 시릴은 작게 이를 갈았다.

그래도 진이 있는 호텔에서 쫓겨나는 건 좀 곤란했다. 대신 그들을 하나씩 노려보던 그의 시야에 낯익은 얼굴이 잡혔다.

순식간에 엔지니어들의 만행이 잊혀졌다. 테이블 사이를 성큼성큼 지난 시릴은 남자의 맞은편 의자에 털썩 주저앉았다.

"무례하군요, 미스터 크레이그."

앤드류의 잿빛 눈이 불쾌감으로 가늘어졌다.

정장 차림의 직원이 서빙을 위해 다가오는 것을 본 시릴은 손을 들어 제지했다.

"내가 지금 예의 차릴 기분이 아니거든. 그런데 그쪽은 잘도 아침이 넘어가나 보네?"

반쯤 비운 커피잔이 앤드류의 앞에 놓여 있었다. 안타깝게도 이미 식사를 마친 것 같았다. 그것만 아니면 입맛을 뚝 떨어뜨려 줬을 텐데.

진의 논문을 훔친 주제에 다시 그녀 앞에 나타나다니. 시릴은 눈앞의 뻔뻔한 인간에게 주먹을 날리고 싶어 손이 근질거렸다.

"무엇 때문에 여기 온 거지? 어쭙잖게 콘퍼런스 핑계를 댈 생각은 버리는 게 좋아."

진은 몰라도 자신의 눈을 속이기엔 어림도 없었다. 앤드류의 눈에는 진에 대한 미련이 남아 있었다.

"그녀의 잘못된 선택에 내 책임도 있을지 모른다는 생각이 들어서 말입니다."

앤드류가 담담하게 대꾸했다.

"잘못된 선택? 네가 우리에 대해 뭘 안다고 지껄이는 거지?"

움켜쥔 주먹에 힘이 들어갔다. 감히 제 불감증을 진에게 뒤집어씌운 졸렬한 자식이 뭐라고?

"적어도 당신보다는 이진에 대해 잘 알죠."

앤드류의 입가에 비웃음이 떠올랐다.

"너 따위가!"

더 이상 참지 못한 시릴이 주먹을 뻗었다.

"당신은 그녀의 꿈이 뭔지도…… 윽!"

앤드류가 의자와 함께 나동그라지는 모습에 속이 후련했다. 그래서 그가 뱉은 말은 시릴의 귀에 조금 늦게 들어왔다.

뭐? 시릴의 푸른 눈이 흔들렸다.

한 시간 뒤 시릴을 찾으러 내려온 로비에서 이진은 앤드류와 마주쳤다.

가벼운 눈인사만 하고 지나치려던 그녀를 붙잡은 건 앤드류였다.

"할 이야기가 있어. 잠시만 시간을 내주지 않겠어?"

그들은 티룸으로 자리를 옮겼다. 이진은 홍차를 주문했지만 앤드류는 거절했다.

"누구 덕분에 당분간 입안에 뭘 넣을 수 없을 것 같아서 말이야."

이제 보니 앤드류의 입가에 어제까지 없던 작은 멍이 들어 있었다. 이진의 눈이 커졌다.

"설마……."

"아니면 누구겠어?"

입술을 실룩거리다 상처가 땅겼는지 앤드류가 턱을 감쌌다. 그는 이진의 약혼반지를 보며 질문을 덧붙였다.

"돈 때문에 하는 결혼이야?"

이진의 얼굴이 굳어졌다. 앤드류에게 마음의 빚이 있다고 생각하지만 이런 말을 참아 줄 정도는 아니었다.

"그건 날 모욕하기 위해 일부러 하는 말인가요? 아니면 진심으로 그렇게 생각하는 건가요?"

치졸한 물음이었다는 걸 깨달았는지 앤드류의 얼굴이 붉어졌다.

"그 남자는 너와 어울리지 않아."

이진은 미간을 찌푸렸다.

그걸 결정할 수 있는 건 시릴과 자신뿐이었다. 그리고 시릴은 세상에서 오직 그녀만이 그와 어울린다고 이야기해 주었다.

"당신이 다친 건 유감이에요. 하지만 시릴을 도발한 당신의 잘못도 있어요."

시릴이 이유 없이 앤드류를 때렸을 거라 생각하진 않았다. 어제 앤드류의 태도를 보면 두 사람 사이에 어떤 언쟁이 오갔을지 짐작이 갔다.

"스포츠 스타와 사귀다니, 이성적이지 못한 결정이야."

자꾸 자신의 의견을 고집하는 그의 태도에 이진은 한숨을 쉬었다.

"사랑이 이성적일 리 없잖아요."

"사랑이라고……?"

앤드류는 충격을 받은 얼굴이었다.

"시릴을 사랑하고 있어요."

한참이나 앤드류는 말이 없었다. 그 침묵은 테이블 위에 티 포트와 잔이 세팅되고 이진이 차를 한 모금 마실 즈음에야 깨어졌다.

"브라질그랑프리에서 네가 찍힌 사진을 봤어. 맥라렌에 근무하고 있다면 분명 이번 콘퍼런스에 올 거라 생각했지. 널 다시 만나서 이야기를 하고 싶었어. 내가 아는 넌 스포츠 스타나 쫓아다니는 여자가 아니었으니까."

그 말에 이진은 앤드류와의 만남이 우연이 아니라는 사실을 깨달왔다.

"……아직 날 미워해?"

이진은 고개를 가로저었다. 앤드류를 미워하진 않았다. 그때는 그저 모든 것이 자신의 잘못이라고 생각했다.

"당신이 미국으로 떠나고 시릴과 다시 만나게 된 건 다행이라고 생각해요."

그의 얼굴이 일그러졌다.

"원래 아는 사이였어?"

"예전에 한 번 만난 적이 있어요."

앤드류는 다시 말이 없어졌다. 긴 한숨과 함께 그가 꺼낸 건 생각지 못한 말이었다.

"내가 고백했을 때 왜 날 받아 줬지? 날 전혀 좋아하지도 않았으면서."

전혀 좋아하지 않은 건 아니었다. 친구로 그를 좋아했다. 다만 사랑할 수 없었을 뿐이다.

"당신은 좋은 사람이었으니까요."

앤드류는 그녀의 말에 짤막한 웃음소리를 냈다. 전혀 기쁘지 않은 표정이었다.

"하, 네 무심함이 가끔 지독하게 느껴질 때가 있어. 맞아, 그 좋은 사람이라는 게 언제나 내 자리였지. 하지만 난 좋은 사람 따위로 남아 있기보다는 네게 상처 주더라도 날 잊지 않기를 바랐어. ……결국 실패한 것 같지만."

이진의 눈이 누군가를 연상시키는 앤드류의 금발에 닿았다. 앤드류와 사귄 이유에 그의 외모가 어떤 영향을 끼쳤는지 깨닫게 되자 그녀는 도리어 미안해졌다.

"축하 인사는 안 할 거야. 그러면 내 꼴이 더 우스워질 것 같으니까."

앤드류의 딱딱한 말에 이진은 고개를 끄덕였다.

처음부터 잘못된 연애였다. 서로가 줄 수 없는 것을 바라고 시작했으니까.

이진은 오래전 이별로 상처받은 게 자신만이 아니라는 사실을 알게 되었다. 기억 속의 앤드류는 예의 바르고 친절했다. 지금처럼 냉소적인 남자는 아니었다.

아마도 이것이 마지막이겠지. 이진은 시릴의 마음을 상하게 하면서까지 앤드류를 다시 볼 생각은 없었다.

지금 그녀에게 중요한 것은 자신이 사랑하는 남자가 어디에 있는가였다. 그 반짝이는 푸른 눈이 보고 싶어졌다.

레스토랑에서 쫓겨난 시릴은 1층 바에 틀어박혔다.

그의 앞에는 칵테일 잔 하나가 놓여 있었다.

과거는 자신들과 관계없다고 생각했다. 그런데 지나간 과거가 눈앞에 나타나서 진에게 기웃거리는 꼴을 보니 속이 뒤집혔다.

거기다 누구나 첫사랑을 잊지 못한다던 잭의 말이 계속 마음을 어지럽히고 있었다.

앤드류는 진의 첫사랑이었다.

그런 자식을 평생 잊지 못한다니, 말이 돼? 아무리 첫사랑이라 해도…….

다음 순간 시릴은 그것이 진실에 가깝다는 사실을 깨달았다.

그의 아버지는 평생 어머니 한 사람밖에 사랑하지 못했다. 분하지만 생각보다 더 아버지를 닮은 자신도 분명 진밖에 사랑할 수 없을 것이다.

한층 침울해진 시릴은 단숨에 칵테일을 들이켰다.

"시릴? 시릴 맞죠?"

낯선 목소리였다. 한 여자가 알은척하며 그의 곁에 다가왔다.

"기억해요? 에티엔의 파티에서……."

"꺼져."

그는 돌아보지도 않고 짧게 내뱉었다. 여자가 흠칫 놀라는 기색이 뚜렷하게 느껴졌다.

시릴은 고개를 틀어 여자를 보았다. 역시 기억에 없는 여자였다. 그는 또박또박 힘주어 다시 말했다.

"꺼지세요."

여자는 뭐 이런 미친 또라이가 다 있나 하는 얼굴로 뒷걸음질쳤다.

그녀의 뒤쪽에 래리가 서 있었다. 래리는 희한한 표정으로 시릴을 쳐다보고 있었다.

"방금 뭐 한 거야?"

"……험한 말하면 진이 싫어하니까."

시릴의 대답에 래리가 실소했다.

망나니 천사는 여전히 망나니였다.

약혼녀가 생겼다고 시릴이 신사가 됐을 거라는 건 사람들의 착각일 뿐이다. 시릴이 천사처럼 구는 건 오직 서이진 한정이었다.

래리는 시릴의 옆에 앉아 칵테일을 주문했다.

시릴이 주먹질을 했다는 잭 앤더슨의 전화를 받고 놀라 내려온 참이었다. 도대체 하루도 마음 편히 지나가는 날이 없었다.

"손가락은 괜찮아? 닥터 제라드의 병원이 여기서 멀지 않으니까……."

"됐어."

시릴은 바텐더가 새로 놓아 준 칵테일을 한입에 털어 넣었다. 얼굴만 보면 위스키를 스트레이트로 퍼마시고 싶은 표정이었다.

시릴이 칵테일을 선택한 건 지난번 이진에게 이별을 선고받고 폭음한 일 때문일 것이다. 그 후로 그는 독한 술을 자제하고 있었다.

"이번엔 뭐가 문젠데?"

래리는 머릿속으로 휴가를 떠난 변호사에게 연락을 넣어야 하나 고민했다. 그동안 시릴이 얌전히 지낸 덕에 폭행 합의는 간만이었다.

"결혼하고 싶어."

"무슨 소리야? 이미 약혼 중이잖아."

올리브를 우물거리는 래리의 목소리는 심드렁했다.

"하루빨리 결혼식을 하고 싶다고."

래리는 품절남이 되고 싶어 안달난 드라이버에게 조목조목 현실을 짚어 주기 시작했다.

"아무리 빨라도 내년 봄까진 어림도 없어. 네 아버지와 형의 스케줄을 조정하는 것만 해도 엄청난 일이잖아. 두 사람 다 어지간히 거물이어야 말이지. 거기다 그랑프리 시즌과 겹치지 않게 하려면 아예 여름휴가나 시즌 끝난 뒤가 제일 좋기는 한데……."

그는 도끼눈을 뜬 시릴과 시선이 마주치고서야 말을 멈췄다. 래리는 재빨리 화제를 바꿨다.

"그런데 너 설마 아직도 토피와 초콜릿을 포기 못한 건 아니지? 런던에 있는 벌과 나비를 다 초대할 작정이 아니라면 그건 좀 참아 줘."

시릴은 토피와 초콜릿으로 결혼식장을 꾸미겠다는 원대한 계획을 세웠다가 모두의 반대에 부딪혔다. 시무룩해진 시릴이 어깨를 축 늘어뜨렸다.

"진이 내 여자라는 걸 온 세상이 다 알았으면 좋겠어."

"걱정 마. 어차피 네 결혼은 신문에 대문짝만하게 날 거야. 그건 네가 육억 명 앞에서 프러포즈한 순간 결정된 거지."

"진에게 군침 흘리는 놈들은 다 패 주고 싶어."

"그런 사람이 너 말고 누가 또 있다고?"

코웃음 쳤지만 시릴은 아무런 대답도 하지 않았다. 그러자 래리의 머릿속에 퍼뜩 한 가지가 떠올랐다.

"설마 네가 때렸다는 사람이……."

"진의 첫사랑이래."

래리의 안색이 달라졌다. 그는 마른침을 삼켰다.

"이진 씨 첫사랑이 이 호텔에 있었어?"

하고많은 호텔 중에 하필 여기? 그것도 지금? 이 무슨 얄궂은 상황이야.

"너도 첫사랑은 평생 잊지 못한다고 생각해?"

시릴의 푸른 눈은 복잡한 감정으로 어두웠다.

"뭐야, 누가 그런 소릴 했는데?"

놀란 래리가 펄쩍 뛰었다.

"잭."

안 그래도 집착덩어리인 녀석인데 쓸데없는 말까지 보태다니. 래리는 잭을 원망했다.

"무슨 상관이야? 지금 이진 씨가 사랑하는 건 넌데."

"그 자식이 진의 마음에 티끌만큼이라도 남아 있는 게 싫어."

"과거는 네가 어떻게 할 수 있는 게 아니잖아."

"나도 알아. ……하지만 딴 놈에겐 진의 머리카락 한 올도 내주기 싫은걸."

머리를 감싼 채 바에 엎드리는 시릴을 보며 래리가 혀를 찼다.

"좀 적당히 해라. 남들처럼 평범하게 연애하면 안 되겠냐? 연애는 밀고 당기는 기술도 필요한 법인데, 넌 이진 씨 관련된 일이라면 너무 지나쳐."

시릴이 눈을 부릅떴다.

"미쳤어? 진을 왜 밀어내? 매일 품에 안고 다니고 싶은 걸 겨우 참고 있는데 그런 짓을 왜 해?"

"그러다간 질려."

"뭐?"

"이진 씨가 네 독점욕에 질려서 도망가기 전에 좀 자제해라."

기껏 해 준 충고에 되돌아온 것은 불신에 가득 찬 눈초리였다. 래리는 길게 한숨을 내쉬었다.

"좀 믿어 봐, 그래도 결혼은 내가 경험자니까. 오늘 하루만 내가 시키는 대로 해."

Shiny blue

오늘따라 커피가 썼다.

이진은 테이블 위에 잔을 내려놓았다.

언제부턴가 시릴의 손길이 닿지 않으면 커피가 향기롭지 않았다. 다정한 키스나 모닝콜 없이 혼자 맞는 아침이 쓸쓸한 것처럼.

어제 시릴은 결국 방으로 돌아오지 않았다. 대신 그는 커다란 튤립 꽃다발에 메모를 끼워 보냈다.

「제발 아침 굶지 말아요. 당신이 마르면 내 가슴이 아파요.」

기분이 묘했다.

자신이 고작 한 끼 거르는 건 이렇게 걱정하면서 하루 종일 앞에 나타나지 않다니. 대체 시릴은 무슨 생각인 걸까.

콘퍼런스는 더 이상 이진의 관심사가 아니었다. 그녀의 신경은 온통 시릴에게 쏠려 있었다.

이진은 밤새 뒤척이며 많은 생각을 했다.

진짜 시릴의 말대로일까?

자신은 아직도 그의 사랑이 변할지 모른다고 생각하는 걸까? 그래서 무심코 그와 이별할 때를 대비하는 걸까?

어쩌면 엄마처럼 살지 않겠다고 하고선 여전히 그 그림자에서 벗어나지 못하고 있는 건 아닐까?

뜬눈으로 밤을 샌 이진은 동이 트자마자 아침을 먹으러 레스토랑으로 내려왔다. 그리고 전화를 걸었다.

래리는 정확하게 십오 분 만에 레스토랑 입구에 모습을 드러냈다. 그건 시릴도 멀지 않은 곳에 머무르고 있다는 말이었다.

"아침 일찍부터 죄송해요. 부탁드리고 싶은 게 있어서요."

이진은 맞은편에 앉는 그에게 사과부터 했다. 직원에게 커피를 주문한 래리가 손사래를 쳤다.

"괜찮습니다. 덕분에 아침도 일찍 먹고 좋죠."

이진은 자신이 밤새 내린 결론을 그에게 들려주었다. 끝까지 이야기를 들은 래리는 멍한 얼굴이었다.

"진심입니까?"

"예, 그런데 아무래도 저 혼자서는 벅찰 것 같아서요."

생애 두 번째로 내린 충동적인 결정이었다.

첫 번째는 시릴과 함께 밤을 보내기로 한 일이었다. 그것은 그녀의 생에서 가장 잘한 결정이었다. 이진은 두 번째 역시 그럴 거라 믿었다.

그녀의 확고한 의지를 느꼈는지 래리는 말이 없었다. 그는 커피를 한 번에 쭉 들이켜고 난 뒤 다시 입을 열었다.

"그럼 준비할 게 아주 많겠군요."

래리는 여기저기 전화를 걸기 시작했다. 마지막으로 제롬과 통화를 마친 그가 이진을 보며 활짝 웃었다.

"자, 이제 나가 볼까요?"

이진은 그를 따라 레스토랑을 나섰다. 래리는 빠른 걸음으로 걸으며 그녀에게 질문을 던졌다.

"설마 그 집에 다시 돌아갈 생각은 아니겠지요? 기자들이 금방 냄새를 맡을 겁니다. 그런 면에선 블루벨 하우스가 안전하죠."

이진은 아직 워킹의 집에 머무르고 있었다. 시릴 역시 삼 주 전까지 그녀와 함께였다.

"아무래도 이젠 힘들겠죠?"

"당연하죠."

힘차게 고개를 끄덕이던 래리가 문득 눈썹을 찌푸렸다.

"아, 그런데 신혼여행은 좀 평범한 곳으로 가면 안 되겠습니까?"

"예?"

"솔직히 그 정도면 돈지랄이라고밖에……. 미안합니다, 이진 씨에게 한 말은 절대 아니고요. 거기만 아니면 전 어디라도 반대하지 않겠습니다."

래리의 표정은 사뭇 비장했다.

"이런 곳에서 누굴 만난다는 거야?"

차가 멈춘 곳은 런던 교외의 한적한 교회 앞이었다. 저물어 가는 붉은 태양빛이 오래된 건물 유리창에 반사되고 있었다.

"늦었어, 어서 내려."

래리는 서둘러 시동을 끄고 차문을 열었다. 그는 오는 도중 수시로 시간을 확인하곤 했다.

아침부터 래리는 뭐가 그리 바쁜지 시릴을 혼자 두고 밖으로 돌아다녔다. 그의 당부 때문에 진을 만날 수 없어 갑갑해진 시릴은 온종일 피트니스 센터에서 달리기만 했다.

"신분은 확실한 사람이야?"

미심쩍은 말투에 래리가 두 눈에 힘을 줬다.

"엄청나게 영향력 있는 사람이야, 누군가의 인생을 바꿀 수 있을 정도로."

"하긴 네가 어련히 알아서 조사했겠지."

순간 래리가 뜨끔한 표정을 지었다.

"왜?"

"잠깐 예전 일이 떠올라서…… 아, 아무것도 아냐! 넌 몰라도 돼!"

몹시도 수상쩍은 래리의 반응에 푸른 눈이 가느다래졌다.

오늘 시릴이 만날 사람은 서인제의 일에 도움을 줄 수 있는 인물이라고 했다.

시릴은 시간이 흘러 그 사건이 묻히도록 내버려둘 생각이 추호도 없었다. 그는 이진의 조부가 다시는 재기하지 못하도록 철저히 밟아 줄 생각이었다.

"그런데 이렇게 슈트까지 입어야 해?"

시릴이 거추장스러운 애스콧타이를 가리키며 물었다.

"격식을 차려야 하는 자리니까. 그 사람이 오늘 여기서 중요한 가족모임을 가지거든. 군소리하지 마, 나도 입었잖아."

래리의 핀잔에 시릴은 못마땅한 얼굴로 묵묵히 돌계단을 올랐다. 하지만 텅 빈 교회 안을 보고선 걸음을 멈췄다.

"……우리가 너무 일찍 왔나 보다."

"지금 장난해?"

시릴이 노려보자 래리가 재빨리 한 걸음 물러섰다.

"넌 여기서 기다려, 내가 찾아보고 올게."

래리는 허겁지겁 시릴을 문 안으로 밀어넣고 건물 뒤쪽으로 사라져 버렸다.

혼자 남은 시릴은 아무도 없는 교회 내부를 힐끗 쳐다보았다. 곳곳에 켜진 촛불 덕인지 생각보다 썰렁하진 않았다.

탁.

문 열리는 소리에 돌아선 그의 눈이 커다래졌다.

"진?"

문 앞에 이진이 서 있었다.

"여기 어쩐 일이에요?"

시릴은 마치 자석에 이끌리듯 그녀에게 다가갔다. 크림색 미니드레스를 입은 이진이 숨막히도록 예뻤다.

"당신과 같은 이유에서요."

"진도 초대받았어요?"

이진은 그 질문엔 대답하지 않고 살짝 눈을 내리깔았다. 그녀는 조금 긴장한 것처럼 보였다.

"시릴, 어제 일은……."

"화내서 미안해요. 어젠 내가 너무 성급했어요. 화 많이 났어요?"

시릴은 더 이상 버티지 못하고 항복했다.

서른네 시간이나 진을 보지 못하고 목소리도 듣지 못하자 금단증상이 심각했다. 이젠 그녀만 곁에 있다면 아무래도 좋다는 생각이 들었다.

"아뇨, 밤새 걱정했어요."

그의 다급한 사과 덕분인지 이진의 표정이 조금 풀렸다.

밤새 걱정만 시키다니, 역시 래리의 작전은 역효과였다.

때려치워! 내가 다시 래리 말을 들으면 바르테즈로 성을 바꾼다. 그리고 보니 장미 사건도 있었지? 시릴은 속으로 이를 갈았다.

"미안해요. 내가 래리의 말에 넘어갔어요. 내가 곁에 없으면 당신도 질투할지 모른다는 말에 잠시 흔들렸어요."

시무룩한 그의 말에 이진이 미간을 찌푸렸다.

"질투요?"

"난 진 주변의 모든 사람을 질투하는데 당신은 늘 담담하니까……. 알아요, 나도 요즘 내가 얼마나 질투가 심한 인간인지 깨닫는 중이거든요. 생각보다 내가 아버지를 많이 닮았더라고요."

시릴은 긴 한숨과 함께 고개를 저었다. 그런 그를 바라보며 이진이 천천히 입을 열었다.

"만약 당신이 딴 여자에게 눈길이라도 준 거라면……."

"무슨 말도 안 되는 소리예요?"

놀라 소리치는 그의 입을 이진이 손으로 막았다.

불현듯 떠오르는 언젠가의 기억에 시릴은 눈을 깜박였다. 그때 그랬듯 지금 그녀의 손바닥을 핥아도 될지 판단이 서지 않았다.

살짝 웃어 보인 이진이 다시 말을 이었다.

"쫓아가서 방해하려고요. 물론 기자회견도 할 거예요. 난 절대 당신을 빼앗기지 않아요."

뭐라고?

시릴은 숨을 멈췄다. 자신의 귀를 믿을 수 없었다.

"난 이제 물러서지 않기로 했거든요."

이진의 손가락은 조금 떨리고 있었다. 시릴은 그녀의 손을 붙잡아 자신의 뺨에 가져다 댔다.

"이거 진짜죠? 지금 당신이 질투한 거예요?"

"그러니 앞으론 화가 나도 내 곁에 있어 줘요. 어디 가지 말고."

기대조차 하지 못한 말에 시릴은 머리끝까지 아찔해지는 기분이었다.

"어쩌죠? 진. ……서 버렸어."

그의 목소리가 소름끼칠 만큼 허스키해졌다.

"농담이죠?"

이진이 눈에 띄게 당황했다. 시릴은 그녀를 와락 품에 끌어안았다.

"농담 아니에요. 지금 난 너무 행복해서 미쳐 버릴 것 같아요, 진. 당장 당신과 사랑을 나눠서 이게 꿈이 아니라는 걸 확인하고 싶어."

자꾸만 키스하려 드는 시릴 때문에 이진은 고개를 움츠렸다.

"그건 좀…… 곤란해요. 우린 곧 결혼식을 해야 하거든요."

"뭐라고요?"

이번에야말로 시릴은 완전히 굳어 버렸다.

"래리가 교회를 찾는 걸 도와줬어요. 반지 고르는 것도요. 아, 그가 당신의 베스트맨이 돼 주기로 했어요. 부케는 제롬이 준비해 주고, 또……."

"어째서죠? 진."

두서없이 쏟아 내는 말을 시릴이 가로막았다. 이진은 고개를 들어 푸른 눈과 마주 보았다.

그녀에게 결혼식의 규모나 시기는 중요하지 않았다. 이진은 시릴과 함께하는 모든 순간이 소중했다. 하지만 계속 미뤄지는 결혼식에 시릴이 초조해하는 것 같았다. 그렇다면 자신이 할 일은 하나라고 생각했다.

"단둘이 하는 결혼식도 괜찮겠다 싶어서요."

"나 때문이에요?"

기뻐할 줄 알았던 시릴의 얼굴이 오히려 흐려지고 있었다.

"나 때문에 당신이 원하는 결혼식을 포기하는 건 싫어요. 난 당신이 우리 결혼식을 가장 행복한 순간으로 기억했으면 좋겠어요. 당신을 위해서라면 난 기다려도 돼요."

이진은 그의 말에 고개를 저었다.

"시릴, 나는 화려한 웨딩드레스도, 커다란 웨딩케이크도 필요하지 않아요. 내가 결혼식에서 원하는 건 당신뿐이에요."

푸른 눈에 생생하게 차오르는 기쁨에 그녀는 미소 지었다. 자신은 이것을 보고 싶었던 거다.

"사랑해요, 진. 세상 무엇보다 당신을 사랑해요."

그녀와 이마를 마주댄 시릴이 나직하게 속삭이기 시작했다. 그의 체온이 뜨거웠다.

"사실 내가 너무 들떠 있었어요. 당신과 있는 순간이 너무 행복하면서도 불안해서 멋대로 우리 아이를 가진 당신을 꿈꿨어요."

시릴이 떨리는 숨을 들이마셨다. 다음 말을 하는 그의 표정은 한없이 진지했다.

"아이는 당신이 원하는 대로 해요. 당신이 원하지 않으면 나도 원치 않아."

그녀를 위해서라면 뭐든 이뤄 주려는 남자의 사랑에 눈가가 뜨거워졌다.

대체 자신은 무얼 두려워했을까, 이 사람이 곁에 있는데. 이제는 더 이상 혼자 불안해 하거나 두려워할 이유가 없었다.

앞으로의 생은 시릴과 함께 살아가는 거다.

이진은 눈물을 감추려 짐짓 장난스럽게 입을 열었다.

"내가 야근할 때는 당신이 아이를 봐 줄 거죠?"

"맙소사, 진."

결국 참지 못한 시릴이 그녀의 입술에 키스를 퍼부었다. 수줍은 고백이 이어졌다.

"난 검은 머리에 암갈색 눈을 가진 딸을 갖고 싶어요."

시릴의 달콤한 키스가 이진의 세상을 덮었다.

이진은 짙은 커피 향에 잠을 깼다.

"……아침이에요?"

그녀는 멍한 눈으로 상큼하게 미소 짓는 남자를 올려다보았다.

시릴의 왼손에는 이진이 준 반지가 끼워져 있었다. 석 달 치 급여를 털어서 산 결혼반지는 시릴의 긴 손가락과 잘 어울렸다.

"아뇨, 아직 별이 보여요."

어젯밤부터 그녀의 남편이 된 남자가 이진의 귓가에 다정하게 키스했다.

지난밤은 그 어느 때보다 뜨거웠다. 둘만의 허니문에 흥분한 시릴은 밤새 그녀를 놓아주지 않았고, 결국 이진은 손가락도 까딱하기 힘든 지경이 되었다.

"당신은 그대로 있어도 돼요."

시릴이 웃으며 그녀를 이불 째로 안아 들었다. 발코니로 나간 그는 이진을 의자에 내려 준 다음 뜨거운 커피잔도 쥐어 주었다.

지난밤 그녀는 시릴에게 이른 크리스마스 선물을 받았다. 정확히는 삼십 년간 받지 못한 크리스마스 선물을 한꺼번에 받았다.

「당신의 첫 번째 크리스마스를 축하하며. 태어나 줘서 고마워요, 진. 4년만 기다려 줘요.」

「ps. 늦게 태어나서 미안해요.」

첫 번째 카드와 함께 나온 선물은 갓 태어난 아이에게 필요할 것 같은 인형과 동화책이었다.

상자를 열 때마다 카드의 메시지와 선물도 한 살씩 나이를 먹어 갔다. 어린 소녀가 좋아할 만한 귀여운 장난감들이 점차 성인에게 어울리는 물건들로 바뀌었다.

스무 번째 선물은 첫 파티를 기다리는 여자라면 누구나 꿈꿀 만한 아름다운 드레스였다.

「스무 살의 당신은 얼마나 예쁠까 가슴이 두근거려요. 기다려요, 나는 당신에게 가고 있어요.」

「ps. 이제 10년만 있으면 우린 만날 거예요.」

지난 삼 주간 선물을 하나하나 고르고 카드를 적었을 그가 떠올라 결국 이진은 눈물을 글썽거리고 말았다. 그녀가 지나온 그 모든 순간에 함께 있어 주고 싶어한 시릴의 마음이 고스란히 느껴졌다.

마지막 선물은 다이아몬드가 별처럼 박힌 팔찌였다.

「내 평생의 선물 같은 당신에게. 약속해요, 진. 우리는 앞으로 오래오래 함께할 거예요. 난 영원히 당신 곁에 있을 거니까요.」

「ps. 내일 새벽에 함께 별 보러 갈래요?」

무려 삼십 년 치 선물을 한 남자치고 시릴의 바람은 참 소박했다. 하지만 그렇게 별을 보자던 남자는 이진의 어깨에 고개를 파묻고 있었다.

"별을 보고 싶었던 게 아니에요?"

어쩐지 시릴은 별보다 그녀를 끌어안고 있는데 만족하는 것 같았다.

"사실은 에드가 부러웠어요. 나도 당신과 별을 보며 커피를 마시고 싶었거든요."

시릴의 입술이 이진의 목덜미에 닿았다.

"에드요?"

그 별의 추억 어쩌고가 에드 이야기였어?

아니, 앤드류도 아니고 어째서 에드? 잠이 달아나는 기분이었다.

"날 볼 때마다 그걸로 얼마나 유세를 떠는데요."

나직하게 이를 가는 소리가 들렸다.

에드가 범인이었구나. 그런데 대체 그런 게 왜 부러운 거지?

아무리 돌이켜봐도 에드와의 기억은 퀭한 눈으로 들이켜던 인스턴트커피의 쓴맛 밖에 떠오르지 않는다. 결코 낭만적인 추억 따위가 아니었는데?

어쨌건 쌀쌀한 새벽 공기 속에서 향긋한 커피를 들고 있는 건 나쁘지 않았다. 이진은 따뜻한 품에 기대어 커피를 홀짝였다.

"참, 시릴, 래리가 이상한 말을 하던데……."

"무슨 말이요?"

"신혼여행지가 좀…… 마음에 안 드나 봐요."

차마 돈지랄이라는 말을 그대로 옮길 수 없었던 이진은 돌려 말했다. 시릴이 아, 소리를 내며 웃었다.

"사실 신혼여행으로 우주여행을 갈까 했거든요."

"뭐라고요?"

놀라서 이불 위에 커피를 쏟을 뻔했다. 이진은 순간 자신이 들은 말이 뭔지 이해가 가지 않았다.

"당신의 꿈이 우주비행사였다죠? ……분하지만 그 남자 말이 맞아요. 내가 몰랐어요. 미안해요, 진."

그 남자가 누굴 말하는지는 시릴의 말투가 가르쳐 주고 있었다. 앤드류가 분명했다.

"걱정 말아요. 내가 무슨 일이 있어도 꼭 우주에 데려가 줄게요."

시릴이 해맑게 웃었다.

그제야 이진은 소박이라는 단어와 이 남자가 얼마나 어울리지 않는 조합인지 깨달았다.

아무리 은수저를 물고 태어났다고 해도 그렇지, 우주여행이라니!

머리가 핑 도는 느낌이었다.

시릴은 금전감각이 아예 없었다.

"……우주여행은 안 가도 돼요."

"래리가 스케줄을 뺄 수 없을 거라고 난리쳐서 그래요?"

그렇다고 하면 당장 래리의 목을 조르러 뛰어갈 것 같은 목소리였다.

"시릴, 만약 내가 우주비행사를 꿈꾸었다면 맥라렌에 들어오진 않았을 거예요."

뭔가를 깨달은 듯 시릴의 눈이 커다래졌다.

그의 눈은 처음 본 순간 사로잡혀 시선을 뗄 수 없었던 푸른빛을 고스란히 닮았다.

그 푸른빛은 어린 이진에게 주어진 유일한 위안이었다. 엄마가 술을 마시고 울 때마다 그 사진을 품에 안고 견디곤 했으니까.

하지만 진짜 우주비행사를 꿈꾸었던 건 아니었다. 그랬다면 자신은 애초에 UKSA(United Kingdom Space Agency, 영국우주국)에 지원했을 것이다.

"진짜예요?"

"그래요, 그러니까 우주여행은 취소해도 돼요."

그리고 이진은 이제 자신만을 위해 반짝이는 푸른빛을 찾았다. 더 이상의 위안은 필요하지 않았다.

그녀는 시릴을 마주보며 미소 지었다. 그런 이진을 곰곰이 보던 시릴이 슬쩍 미간을 찌푸렸다.

"염색할까요?"

뜬금없는 말에 이진의 눈이 동그래졌다.

염색이라니, 이 아름다운 금발을? 왜?

"왜요?"

"당신이 내게서 조금이라도 그 남자를 떠올리는 게 싫어요."

시릴의 목소리가 시무룩해졌다. 방에서 새어 나온 불빛에 그의 금발이 희미하게 반짝이고 있었다.

"당신은 앤드류를 떠올리게 하지 않아요."

"하지만 그는…… 당신의 첫사랑이잖아요."

이진의 표정이 묘해졌다.

그녀가 처음 사귄 사람은 앤드류가 맞았다. 하지만 첫사랑이라고?

앤드류와 헤어지게 된 원인이 그를 사랑하지 않아서라는 비난을 들은 이진으로서는 인정하기 어려운 말이었다.

"나보다 먼저 당신이 웃는 걸 보고, 당신에게 사랑한단 말을 들었을 거 아녜요."

이진은 분한 표정을 감추려 애쓰는 남자의 입술에 키스했다. 도저히 키스하지 않고선 견딜 수 없었다.

"또 키스로 날 달랠 생각이라면…… 읏, 진."

잠시 저항하던 시릴은 삼 초도 버티지 못하고 함락되었다. 순식간에 키스가 거칠어졌다.

이진은 그의 입술을 손끝으로 누르며 속삭였다.

"앤드류는 내 첫사랑이 아니에요."

"……다른 남자가 또 있다고요?"

시릴은 마치 발밑에 지옥문이 열렸다는 소리를 들은 표정이었다. 그가 두 눈을 질끈 감았다.

"부탁이에요, 진. 제발 말하지 말아요. 이름을 알면 찾아내고 싶어질 것 같아요."

"스물한 살 가을이었어요."

이진은 완전히 굳어 버린 시릴의 어깨에 기대어 입을 열었다.

질투에 괴로워하면서도 차마 그녀를 밀어내지 못해 한숨만 쉬는 이 남자가 사랑스러웠다.

황금빛 햇살처럼 빛나는 소년과 만났던 기억이 바로 어제 일처럼 떠올랐다. 사랑에 가까운 감정이라면 아마도 그때가 처음이 아니었을까.

"캠브리지에 낙엽이 한창이었던 것 같아요. 나는 그때 강의실에서 실험 준비를 하고 있었는데……."

Cyril

시릴은 난생처음 레이싱 카의 엔진 소리를 들은 날을 생생하게 떠올릴 수 있었다.

고막을 울리는 엔진 소리에 맞춰 심장이 두근거리던 감각이 기억난다. 자신도 다른 사람처럼 심장이 뛴다는 사실을 느낀 날이었다.

그는 어린 시절부터 며칠째 한마디도 하지 않는 날이 허다했고, 모르는 사람과는 아예 상대도 하지 않았다.

열일곱의 그날, 시릴은 낯선 사람과 오랜 시간 대화를 나눴다. 아무런 요구 없이 그저 자신의 말을 들어 준 건 그 사람이 처음이었다.

그 사람을 만난 건 F3 유러피언 챔피언이 된 다음날이었다.

챔피언은 됐지만 경기 내용은 마음에 들지 않았다. 패스티스트 랩을 빼앗겼던 것이다.

가장 빠르게 달리지 않으면 심장소리가 들리지 않는다. 자신이 살아 있다는 걸 느낄 수 없다.

당시의 시릴은 쌓이는 흥분과 스트레스를 어떻게 발산해야 할지 모르는 위태로운 어린애였다.

망나니 천사라 불리기 시작한 것도 바로 그즈음이었다. 그가 종종 훌리건을 건드려 패싸움에 휘말리곤 했기 때문이다.

시릴은 전날 밤도 주먹을 휘두르다 손가락을 다친 상태였다. 손은 욱신거리고 짜증도 났지만 그는 에드 길리언을 만나기 위해 캠브리지행 열차에 몸을 실었다.

사람들은 모두 시릴의 얼굴에만 주목했다. 누구도 몰랐던 상처를 눈치챈 건 그 사람뿐이었다.

무심한 듯 담담한 배려에 마음이 편안해졌다. 경기 이후로 내내 날카로워져 있던 신경이 누그러지는 기분이었다.

그 차분한 목소리를 좀 더 듣고 싶은 마음에 시릴은 이것저것 질문을 해 댔다. 처음으로 누군가와 함께 있는 시간이 지나가는 게 아쉬웠다.

그 후로 캠브리지에 갈 때마다 그 강의실에 들렀지만 그 사람과 다시 마주치는 우연은 일어나지 않았다. 뒤늦게 시릴은 그 사람의 이름이라도 물어볼걸, 하고 후회했다.

오랜 시간이 흐른 뒤에도 혼자 있을 때면 가끔 그 사람이 떠올랐다, 얼굴도 모르는 탓에 남은 건 그저 희미한 이미지뿐이지만.

시릴은 그때 자신이 조금 더 나이가 들었더라면, 이성엔 관심도 없던 열일곱이 아니었다면 무언가 달라지지 않았을까 생각하곤 했다.

이진을 처음 만났을 때 어쩐지 그 오랜 이미지와 그녀가 겹쳐 보였다.

무심함 속에 다정함이 숨어 있는 사람. 세상에 그런 사람이 또 있다니.

시릴의 심장이 다시 뛰기 시작했다.

주행을 마친 시릴은 트랙을 벗어나 피트레인으로 진입했다.

쐐애애애액 ——

연습주행이 한창인 금요일의 실버스톤 서킷은 레이싱 카의 굉음으로 귀가 먹먹할 지경이었다.

사 년 연속 월드챔피언의 자리를 노리는 시릴에게 중요하지 않은 서킷이란 없었다. 하지만 실버스톤은 늘 특별한 장소였다.

삼 년 전 이곳에서 모든 것이 시작되었다. 열일곱에 놓친 이진을 운명처럼 다시 만난 것이다.

만약 그때 이진이 자신을 그냥 지나쳤다면 어찌 됐을까. 상상만 해도 식은땀이 났다.

오늘을 위해 시릴은 만반의 준비를 마쳤다.

이진과 첫 밤을 보낸 H호텔 스위트룸. 지금쯤이면 호텔 직원들이 튤립 1,095송이로 방안을 가득 채우고 있을 것이다.

보라색 튤립의 꽃말은 영원한 사랑이라고 했다. 삼 주년을 기념하기엔 더할 나위 없는 꽃이었다.

미캐닉들에게 차를 맡긴 시릴은 헬멧을 벗어 들고 피트 개러지 안으로 들어섰다.

크루들이 둥글게 모여 있는 중심에 한 어린아이가 있었다. 유아용 팀복을 입은 아이의 모습은 천사나 다름없었다.

시릴이 팔을 벌리자 아이가 그를 향해 아장아장 걷기 시작했다. 하지만 우르르 몰려온 크루들이 순식간에 시릴의 코앞에서 아이를 낚아챘다.

"무슨 짓이야!"

"더럽게!"

"땀에 전 몸으로 미셸을 안으려 하다니!"

그들은 마치 시릴이 죽을죄라도 지은 것처럼 일제히 비난을 퍼부었다. 시릴이 어이없는 얼굴로 래리에게 안겨 있는 아이를 가리켰다.

"……나 얘 아빠거든?"

"아빠 아니라 얘 할아버지라도 안 돼!"

크루들이 입을 모아 한목소리로 외쳤다. 가당찮은 엄포에 시릴이 코웃음 쳤다.

"진짜 미셸의 할아버지 앞에서도 그 소리를 할 수 있는지 한번 불러 줘?"

크루들이 뜨끔한 표정으로 시선을 피했다. C&G의 총수에게 안 된다고 할 만한 배짱을 가진 사람은 존재하지 않았다.

이언 S. 크레이그는 첫 손자를 꽤 예뻐했다. 어찌나 예뻐하는지 일 년 치 스케줄이 잡혀 있는 사람이 한 달에 한 번씩 블루벨 하우스를 찾아올 정도였다.

시릴조차 그를 막을 수 없었다. 아무리 눈치를 줘도 아버지가 꿈쩍도 하지 않는다는 쪽에 더 가깝긴 했지만.

사실 시릴이 아버지를 못마땅하게 여기는 건 얼마 전 그가 한 선물 때문이었다.

런던 중심부에 있는 고급 맨션.

아니, 며느리에게 따로 집을 사 주는 속셈이 뭔데?

말로는 시릴과 싸우면 피난처가 필요할 거란 핑계를 댔지만, 분명 자신의 속을 뒤집기 위해 일부러 그런 게 분명했다.

함께 있을 시간도 모자란 자신들이 싸우긴 왜 싸운단 말인가. 심술궂은 노인네 같으니라고. 시릴이 이를 갈았다.

아버지에 대한 짜증은 래리의 품에 안긴 아이를 보자 눈 녹듯이 사라졌다. 시릴은 래리에게서 아들을 넘겨받았다.

시릴의 팔뚝에 엉덩이를 걸친 미셸이 편안히 그에게 몸을 기댔다. 누가 뭐라 해도 시릴은 아이를 다루는 데 능숙한 아빠였다.

금빛 실 같은 머리칼이 아이의 동그란 이마 위에서 나풀거렸다.

크루들의 찌를 듯한 눈초리 속에서도 시릴은 꿋꿋하게 우유냄새가 나는 정수리에 뽀뽀를 했다.

내 아들이 얼마나 터프한 녀석인데. 십사 개월짜리가 벌써 카트에 관심을 보인단 말이야.

입꼬리를 끌어올린 시릴이 미셸과 눈을 맞췄다.

"잘 지냈어, 아들?"

"빠빠(Papa)."

미셸이 방긋 눈웃음을 지으며 그를 불렀다.

사랑하는 여자와 똑같은 눈망울을 볼 때마다 심장이 따뜻한 물을 부은 것처럼 출렁였다.

미셸은 사랑스러운 아이였다. 자신과 진의 장점만을 모아 놓은 듯한 작은 생명체는 잘 웃고 떼를 쓰는 법도 없었다.

미셸은 맥라렌뿐만 아니라 F1의 아이돌이었다. 아이가 서킷에 나타나는 날이면 모든 팀의 크루들이 서로 안아 보려 제비뽑기를 하곤 했다.

덕분에 제롬은 미셸의 사진을 찍겠다고 담을 기어오르는 파파라치들 때문에 골머리를 앓는 중이었다.

어찌됐건 자신의 아들이 여기 있다는 건 진이 서킷에 도착했다는 말이다.

"네 마망(Maman)은?"

어제 그의 아내는 열흘만의 재회를 손꼽아 기다리던 시릴을 바람맞혔다. 그녀는 새로운 에어로 파츠의 시뮬레이션 때문에 다른 스태프들보다 하루 늦게 도착한다고 했다.

이진은 영국과 유럽에서 그랑프리가 열릴 때면 종종 피트에 합류하고 있었다.

그녀의 차 공포증은 여전히 걸림돌이었다. 하지만 조금씩 나아지고 있었다. 아직은 고작해야 삼십 분 정도가 한계였지만 언젠가는 시릴과 함께 드라이브하는 게 이진의 목표였다.

시릴은 그런 아내의 노력을 적극 지지하고 있었다. 사실 그는 카

섹스라는 원대한 꿈을 포기한 적 없었다.

"곧 올 거야. 에드와 함께 팀 빌딩에 갔거든."

무어라 옹알이를 하는 미셸 대신 래리가 대답했다.

요즘 시릴은 부쩍 둘째를 가지고 싶어졌다. 아들이 생기자 예쁜 딸도 있었으면 했다.

게다가 임신 중의 이진은 침대에서 좀 더 적극적이고 민감했다. 나긋하고 부드러운 몸을 떠올리자 시릴은 저도 모르게 부르르 떨었다.

해가 떨어지려면 아직 멀었는데 자꾸만 생각이 침대로 향하고 있었다.

역시 열흘 만의 귀환은 위험했다.

오늘 밤은 자제할 자신이 없었다. 밤새 진을 울리게 될지도 모르겠다.

"시릴."

내내 기다리던 목소리가 들리자 이번에는 누구도 그를 막을 수 없었다. 시릴은 미셸을 래리에게 넘겨주고 곧바로 이진에게 달려갔다.

"연습 주행 잘 끝냈……!"

반갑게 인사를 건네던 이진은 단단한 남편의 가슴에 파묻혔다.

"안녕, 진. 보고 싶어서 죽는 줄 알았어요."

키스 중간에 입술이 떨어질 때마다 애타는 속삭임이 쏟아졌다.

"아침에도 통화했는데……."

"전화로는 이렇게 당신을 만질 수도, 키스할 수도 없잖아요."

이렇게, 라고 속삭인 시릴이 본격적으로 진한 키스를 퍼붓기 시작했다.

십사 개월 아이에게 못 볼꼴을 보이기 전에 결국 래리가 나섰다.

"야, 적당히 좀 해."

래리는 차마 경기를 앞둔 드라이버의 정강이를 차진 못하고 대신 죄 없는 의자를 걸어찼다.

결혼해서 둘 사이에 이미 아이도 있는데 어째 이 인간은 날이 갈 수록 더했다. 이 정도면 불치병 수준이었다.

그리고 이 만년 발정 드라이버를 말리는 건 언제나 자신의 몫이었다. 아무리 둘이 화보 같은 커플이라고 해도 삼 년 내내 이 꼴을 보다 보니 질렸다.

"마망, 마망."

래리의 품안에서 미셸이 짧은 팔을 내밀며 버둥거렸다. 하지만 시릴의 넓은 등에 가로막혀 이진의 머리카락 한 올 보이지 않았다.

"마망……"

미셸의 예쁜 눈에 서러운 눈물이 가득 차올랐다.

내가 울린 거 아니야, 난 아무 짓도 안 했다고!

크루들의 사나운 눈총에 래리가 잔뜩 억울한 얼굴을 했다.

미셸은 크레이그가의 보물이었다.

요리사인 루이는 온갖 과자로 미셸의 환심을 사려들고, 제롬은 턱시도 안주머니에 항상 장난감을 갖고 다녔다.

조카와 사랑에 빠진 클로에는 매주 선물을 사다 나르느라 바쁘고, 에티엔조차 철의 황태자라는 별명이 무색하게도 미셸의 미소 앞에서 녹아내렸다.

하지만 미셸의 최애 상대는 제 마망이었다.

혼자 잘 놀다가도 이진이 올 시간만 되면 귀신같이 알고 찾는다. 그렇게 미셸은 제 아빠의 유전자를 고스란히 물려받은 티를 냈다.

"미셸?"

아들의 목소리에 이진이 남편의 품을 빠져나왔다. 미셸이 흐느끼며 그녀의 품에 답삭 안겼다.

미셸은 의사표현이 확실한 아이였다. 지금도 이진의 품을 차지하자 금세 생글생글 웃고 있었다.

순식간에 밀려난 시릴의 곁에서 래리가 기가 차다는 듯 혀를 내둘렀다.

"누가 네 아들 아니랄까 봐 아주 녹는다, 녹아. 제 엄마 앞에서는 날개 없는 천사가 따로 없어."

시릴은 아들의 동그란 뒤통수를 떨떠름하게 쳐다보았다.

분명 오랜만에 진을 만나는 건 자신인데, 고작 몇십 분 떨어져 있었을 녀석이 하는 짓이라니. 아들의 열렬한 뽀뽀에 좋은 아빠가 되겠다는 다짐이 흔들린다.

순간 고집불통 아버지가 그것 보라며 비웃는 얼굴이 눈앞에 그려졌다.

천만에! 절대 그렇게 되진 않을 거야. 시릴은 고개를 마구 저어 불길한 얼굴을 지워 버렸다.

"역시 딸이 있어야겠어."

화들짝 놀란 래리가 그를 돌아보았다.

"감당할 수 있겠냐? 지금도 꼼짝 못하면서 딸까지 생기면 네 인생은 완전 끝장나는 거야."

"무슨 소리야?"

시릴이 힐끗 눈썹을 추켜세웠다.

"미셸을 봐도 그렇지만, 너랑 이진 씨 딸이면 얼마나 예쁠 거야? 그렇게 예쁜 딸을 남에게 줄 자신 있어?"

"내 딸을 왜 남에게 줘?"

시릴은 있지도 않은 딸을 납치하겠다는 소리라도 들은 것처럼 새파랗게 질렸다.

"이건 내가 널 잘 알아서 하는 말인데, 만약 그 딸에게 남자친구라도 생기면 어떨 것 같아? 그날로 핵폭탄 터지는 거야. 아서라, F1의 평화를 위해서 넌 아들만 있어야 해."

시릴은 얼음처럼 굳어 있었다.

아무리 예쁜 딸을 갖고 싶어도 그건 진짜 네 무덤 네가 파는 거야. 래리가 고개를 절레절레 흔들었다.

이 지독한 아내중독 드라이버가 딸에겐 또 얼마나 푹 빠질지 안 봐도 훤했다. 그리고 자신은 그 뒷감당을 하러 이리저리 들볶이며 뛰어다녀야겠지.

래리의 우려는 정확히 십 개월 후에 현실로 드러났다. 엄마를 빼

닮은 검은 머리와 햇살 같은 웃음을 가진 아나가 태어난 것이다.

한때 망나니 천사로 불렸던 시릴 크레이그가 F1 최고의 딸 바보로 등극한 날이었다.

〈Finish Line〉

크러쉬

초판 1쇄 인쇄 2019년 6월 21일
초판 1쇄 발행 2019년 6월 28일

지은이 이금조
펴낸이 연준혁

출판 2본부 이사 이진영
뉴북 팀장 조한나 **책임편집** 최은정
디자인 손봄코믹스

펴낸곳 (주)위즈덤하우스 미디어그룹 **출판등록** 2000년 5월 23일 제13-1071호
주소 경기도 고양시 일산동구 정발산로 43-20 센트럴프라자 6층
전화 031)936-4000 **팩스** 031)903-3893 **홈페이지** www.wisdomhouse.co.kr

ⓒ이금조, 2019
값 11,200원
ISBN 979-11-90182-29-4(03810)

이 도서의 국립중앙도서관 출판시도서목록(CIP)은 서지정보유통지원시스템 홈페이지
(http: //seoji.nl.go.kr)와 국가자료공동목록시스템(http: //www.nl.go.kr/kolisnet)에서 이
용하실 수 있습니다. (CIP 제어번호: CIP2019022871)